麦芽糖
maiyatang

兰思思 著

图书在版编目（CIP）数据

麦芽糖 / 兰思思著. — 重庆 ： 重庆出版社, 2016.3
ISBN 978-7-229-10329-3

Ⅰ. ①麦… Ⅱ. ①兰… Ⅲ. ①长篇小说－中国－当代
Ⅳ. ①I247.5

中国版本图书馆CIP数据核字(2015)第196811号

麦芽糖
MAIYATANG
兰思思 著

责任编辑：陶志宏　汪晨霜
责任校对：刘小燕
封面设计：王芳甜

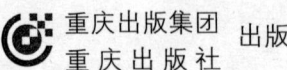 重庆出版集团 出版
　　重 庆 出 版 社

重庆市南岸区南滨路162号1幢　邮政编码：400061　http://www.cqph.com
北京兴湘印务有限公司制版
北京兴湘印务有限公司印刷
重庆出版集团图书发行有限公司发行
E-MAIL: fxchu@cqph.com 邮购电话：023-61520646
全国新华书店经销

开本：710mm×1000mm　1/16　印张：19.5　字数：348千
2016年3月第1版　2016年3月第1版第1次印刷
ISBN 978-7-229-10329-3

定价：32.00元

如有印装质量问题，请向本集团图书发行有限公司调换：023-61520678

版权所有　侵权必究

目录

Chapter1	意想不到的开始	/ 001
Chapter2	花样美男是冤家	/ 018
Chapter3	妈妈放手了	/ 037
Chapter4	哥哥的个人问题	/ 056
Chapter5	男人间的较量	/ 072
Chapter6	平安夜之吻	/ 089
Chapter7	若即若离	/ 107
Chapter8	花开的声音	/ 122
Chapter9	丁丁妈妈	/ 139
Chapter10	想说在一起不容易	/ 153
Chapter11	各自生活	/ 163
Chapter12	暗流涌动	/ 177
Chapter13	愤怒的醒悟	/ 193
Chapter14	寻求出路	/ 211
Chapter15	柳暗花明	/ 227
Chapter16	卑微而惨烈的爱	/ 243
Chapter17	每个人都孤单	/ 260
Chapter18	唯有失去才懂得珍惜	/ 273
终章	幸福的味道	/ 285
番外	家长会以后	/ 300

麦芽糖

MAIYATANG

Chapter 1 意想不到的开始

江小桥三岁那年,父母的婚姻由于她爸出轨而告破,心高气傲的母亲完全不顾父亲声泪俱下的忏悔与哀求,决然离了婚并斩断和过去的所有联系,带着女儿回到家乡——一座与时代脚步略有偏离的江南小镇。

因此,小桥的童年记忆里没有摩天大楼,没有城市的繁华和喧嚣,取而代之的是田园果林、古桥流水、低矮的房屋以及大段大段浓稠慵懒的时光。

单亲家庭的生活并未给小桥带来明显的负面影响,反正打她有记忆开始情况就是这样了。

偶尔有人提及她父亲,她只是茫然地摇头——父母离婚后她就没再见过他,"父亲"在她心中仅仅作为一个抽象名词存在。

她倒也不羡慕别的同学双亲健全,因为见过太多打骂孩子的父亲,有时她反而有点庆幸,至少家里除她以外的另外两个人(妈妈和外婆)永远只会唠叨,从不对她拳脚相加。

在妈妈眼里,小桥是个乖巧好带的孩子,缺点不是没有(时不时犯点小迷糊,偶尔说话有点不着边际),但总体还算踏实本分,也不像别的孩子那样吵着要这要那的。她喜欢看书,给她一摞书,她能安静地独自待上一整天。但学习成绩并不出类拔萃,妈妈对此也不强求,她自己曾经在千军万马中奋斗过并取得过所谓的成功,然而最终却带着一身伤回家,从此心灰意冷。

妈妈认为,女孩子嘛,只要性格随和平顺,将来再能找到个诚实可靠的丈夫,平淡幸福地过日子就行了,至于能不能有出息并不重要。

小桥在妈妈这种观念的主导下完全缺乏学习动力,浑浑噩噩念到高中,又考了所就近的大专院校,读了个为期两年的挺莫名的管理专业。还没毕业呢,妈妈已经在为她将来的工作铺路了。

妈妈盘算着，等小桥工作稳定后，她再通过人脉搜罗到一个满意的女婿，她这当妈的就算功德圆满了。

但越是简单的理想，往往越难以实现。

行将毕业之际，小桥接到初中同学阿玲的来信。

阿玲比小桥大一岁，初中毕业后上了两年职校，紧接着就跟几个同学一起南下打工了。

她在信中以夸张的语气描绘在大城市里的所见所闻，那些对小桥来说倒没什么，她毕竟不是物质女，但在信尾，阿玲那一句气贯长虹的反问句却给了小桥一记当头棒喝。

"江小桥，你真的决定要在那个破落镇上耗完你的青春？"

小桥回眸看看自己走过的二十年路程，只觉轻飘得没有一丝质感。她真的还要继续这样浮游下去吗？

犹如一只净白的瓷碗上忽然出现一道裂缝，喀啦啦一路裂下去直到碗碎成两半，无法逆转。

意识一旦苏醒，平淡就再难忍受，甚至有恐怖的气息从心底升起——人往往容易矫枉过正。自从读了阿玲的信，小桥觉得自己在小镇上一天都待不下去了。

妈妈的灾难时光由此到来。

在经历了协商——不许，坚持——不许，抗争——不许后，小桥破天荒来了次离家出走，把十六七岁时的手段挪到二十岁来用效果依然不错，妈妈到底是有见识的人，知道靠强权不能永久地把小牛圈在围栏里，但要她把女儿就这么没遮没拦放出去又实在不放心，于是，妈妈江秋梓翻开了尘封多年的同学通讯录，逐一筛查可以托付闺女的人选。

综合评估下来，三江市的一位赵姓男同学得分最高，理由有三：

其一，三江是离小镇最近的大城市，坐火车过去也就一个半小时车程，交通方便；

其二，三江的治安情况在全国排名靠前；

第三，这位赵姓同学当年在大学里热烈追求过江秋梓，其体贴细心令人印象深刻，而且为人心胸宽广——恋人结婚时他不仅去喝了喜酒，还大方地祝福了新婚夫妇。

"以后有事去三江，尽管找我！"他当时拍着胸脯向江秋梓保证，如今想来，冥冥中简直一切早已注定。

等所有准备工作都做完，小桥也毕业了，妈妈为她收拾好行囊，又将一张写有赵同学联络方式的纸条塞到小桥手里，跟医生给病人开药方似的，千叮万嘱之后，心情复杂地把女儿送上了火车。

此时，小桥站在妈妈同学所在公司的某个小会议室里，两箱行李紧靠在脚边，她心情忐忑，等待着传说中的赵叔叔与自己见面。

按妈妈的说法，赵叔叔会到火车站接她，并给她安排工作和住宿。但实际情况却是，她在火车站转了好几个圈都没看见任何接自己的人的身影，无奈之下，只好打车前往纸条上抄录的公司地址。

也许赵叔叔工作太忙忘记了，小桥安慰自己。

到了公司，讲明来意，前台帮她联络到赵叔叔，小桥眼见那女孩在电话里哼哈了一通后就把自己带到了这个会议室里。

"你先在这坐坐，一会儿会有人过来的。"

小桥点头道谢，放下心来，看来确有其事。

这家公司很大，刚才一路走进来，穿过绿色的大草坪，震耳欲聋的厂区和一条长长的过道，足足走了五六分钟才到这片办公区域。

以后自己就要在这里上班了。小桥望着窗外的人工绿化景观，心中充满了喜悦和某种神圣感。

耳边传来门被推开的声音，小桥转过头来，刚要张嘴叫"叔叔"，发现进来的是位女士，穿玫瑰色职业套裙，大波浪卷发垂肩，五官勾勒得极为精致，脸上带着矜持专业的微笑，眼里似乎闪过一抹讶异，但很快就消失了。

小桥想改叫"阿姨"，看看对方年纪也不大，而且，她来的路上不断提醒自己千万别跟个没断奶的娃娃似的出洋相，于是也挤出和对方差不多量的笑容来："您好！"

"你好！你是江小桥吧？我是Linda Xu，请坐。"

"嗯，是，我是江小桥。"小桥手忙脚乱地跟她面对面坐下，心里犯起了嘀咕，挺漂亮的女子，怎么取了个五大三粗的名字啊，林大徐？！

Linda摊开记录夹，取出一页纸，开始像拉家常似的询问起小桥的情况来，小桥估计是做上班前的情况登记，便爽快地回答了，几次想问赵叔叔的下落，又担心不礼貌，只能忍着。

Linda终于问完，把夹子一合："谢谢你能抽时间来我们公司面试，我们会在一周内决定是否需要你来参加复试，到时会有人电话通知你。"

她站起身，要送小桥出门的架势。

小桥一边听一边点头，脑子里却有点晕乎乎的："我、我能见见赵叔，哦不，赵总吗？"

讶异的神色再次在对方脸上一晃而过。

"不好意思，赵总他很忙，在开会，再说，你申请的这个职位其实不需要总经理面试……我送你出去吧，顺便帮你叫辆出租车，这地方打车不方便……"

小桥那一脸迷茫无助的表情让Linda有点不忍："江小姐，即使这次面试没过关，以后还有机会的……"

"可，我……"小桥不知道该怎么表达自己此刻心中的混乱，怎么什么都跟妈妈说的对不上号呢？

有人敲了两下门，随即推门进来："Linda，这个房间你用完了吗？"

"马上就好，赵总。"

小桥闻言，目光立刻嗖地往"赵总"身上望过去，修长匀称的身材，穿一件米灰色鸡心领毛衣，肤色白净，五官周正，戴一副无框眼镜，笑容极具亲和力。

这人比她想象的要年轻得多，一点都不像四十出头的人，原来城里人保养得这么好。

"赵叔叔！"她像见了亲人似的脱口喊道。

赵奕南惊异地看了她一眼，白皙的脸上浮起一层淡淡的红色，他还是第一次被这么大的女孩子叫"叔叔"，不过他很快就回过神来："你……你是江小桥？"

"是呀！"小桥几乎要喜极而泣了，总算有一项对上号了，"我妈说到了三江，找你就什么问题都能解决了。"

赵奕南清了清嗓子，看一眼站在一旁面露怪异之色的Linda："Linda，麻烦你跟Lisa说一声，会议延后十分钟。"

"好。"Linda恋恋不舍地走了。

赵奕南关上房间的门，这边小桥已经忙着在行李箱里掏土特产了。

"江，小桥。那个……你妈妈是怎么跟你说的？"

"妈妈说，她跟赵叔叔你都讲好了，你会帮我安排住的地方，还会在你的公司里给我找个事儿做。"

小桥叽里呱啦边说边麻利地抽出五六包家乡土特产，在会议桌上垒成一摞。随即如向日葵一般笑望着赵奕南，"是这样吧，叔叔？"

赵奕南又清了清嗓子，不知道该怎么启齿："那么你……是打算在三江长住？"

小桥使劲点头："我好不容易说服妈妈让我出来的，她老当我还是三岁小孩，但我已经可以养活自己了——叔叔，这些是我们镇上的小吃，味道很好的，我带了一些来给你尝尝！"小桥热情地把特产推向赵奕南。

赵奕南如鲠在喉："小桥，其实是这样……这家公司呢，是美国人开的，不是我的，所以，你要在这里申请职位必须得走流程……"

小桥面露迷惑之色："可你不是这里的总经理吗？"

"总经理也是给人打工的。还有，我叫赵奕南，我不是你妈妈的同学，你妈妈的同学叫赵利澜，是我二叔，两年前他移民去美国了。"

"啊！怎么会这样？"小桥呆若木鸡，敢情自己管人家叫了那么多声"叔叔"，居然还叫错了！

"我二叔，就是赵利澜确实跟我提过你，但他只是要我给你提供一次面试机会，并没涉及别的。"

"可妈妈明明说……"小桥脑子里又混乱了。

"我不知道你妈是怎么跟她同学沟通的，但看起来这里面有些误会，你不妨再和你妈妈确认一下。"赵奕南低头扫了眼桌上的土特产，"这些东西你还是拿回去吧，心意我领了……真的很抱歉。"

"这个，我……"

小桥手足无措，心里陡然空落落的，眼眶里更是有不争气的泪水想往外涌。但她忍住了，提醒自己，成熟点儿，别动不动就掉眼泪。

她抽抽鼻子，把眼泪憋回去，又使劲挤了点笑容出来："既然是这样，那、那我另外想办法好了。这没什么的，车到山前必有路，船到桥头自然直。"

不好，鼻子怎么又酸起来了，眼眶里湿漉漉的，眼泪马上要流出来似的，小桥慌忙低头拉起自己的行李箱："那什么，赵叔，哦，不，我，那我走啦。"

赵奕南提醒她："还有你的这些东西。"

小桥扭头望望那一摞朴素的特产，感觉就像自己躺在桌上一样，又傻又蠢的样子。

"这是我妈让我带给叔叔——我是说那位赵叔叔的，你还是留着吧。"

"不不，你还是带回去吧，替我谢谢你妈。"

赵奕南见小桥不动，就主动把特产抱起来，蹲下身一包包塞回她的行李箱，心想我哪敢吃你的东西，回头你妈不定在家怎么骂我呢。

他瞧了眼小桥稚嫩的面容，心里微微漾起一丝愧疚："那么，接下来你有什么打算？是回家还是……"

小桥忙道："你不用担心，我有办法的。先找个地方住，然后再慢慢找工作。既然决定独立生活了，这点困难难不倒我的。"

"你要给你妈妈打电话吗？可以用我的手机。"

"不用不用！"小桥慌忙摇头，"我有手机的！"

"不管怎么说，得跟你妈说明一下情况。"

"我会的，你放心。"小桥拉上箱子拉链，手里捧着包松糕起身，"这个松糕是妈妈特意为赵叔叔准备的，她说那位叔叔以前最爱吃这种松糕，你就留着吧，是她的一点心意。"

"……好，谢谢。"赵奕南接过松糕，像接过一枚烫手山芋似的，在心里狠狠咒骂他那个不靠谱的二叔。

出了公司的门，小桥回望门口那块银光闪闪的招牌，忍不住叹了口气，一个本以为唾手可得的落脚点就这么没了。

不过刚才还踊跃往上冒的委屈现在差不多都平复了，至少她已经走出小镇，真实地踏上了梦想中的旅程，这一点比什么都重要。

她才不会给妈妈打电话报告这一意外情况呢，用脚指头都能猜得出来妈妈的反应，肯定是大惊失色，然后心急火燎招她回去。

她离开家乡，不就是为了要离开妈妈的保护伞吗？

往后什么事都得靠自己想办法，这才是她独立的意义所在。想到这里，小桥忍不住把胸膛挺了挺。

赵奕南快步走进Linda的办公室："江小桥面试下来感觉怎么样？"

Linda耸耸肩，又摇摇头，把记录在案的小桥的履历给他看，赵奕南低首扫视，眉头越皱越紧，Linda刚要张口问点什么，他已经掷下资料，一言不发出去了。

回到自己办公室，赵奕南第一时间拨通了二叔赵利澜远在加州的住宅号码。

赵奕南的奶奶四十多岁时才生下二子赵利澜，赵利澜和大哥相差十六岁，而与侄子的年纪反而相近，两人又从小在一块儿长大，再加上赵利澜生性活跃热情，而赵奕南个性沉稳，常被人误会是兄弟而非叔侄。

电话响了很久才有人接，赵利澜梦呓一般的嘟哝声从遥远的地方传过来："拜托，你看看现在才几点？"

赵奕南不理会他的不满，劈头就问："二叔，你跟你那位同学究竟是怎么说的？"

"什么同学？"他二叔还没完全清醒。

"江小桥的妈妈！"

"江……哦！你是说江秋梓啊！她怎么了？"

"她女儿刚来过我这儿。"

"So？"

"她说你许诺过会给她找个工作。"

赵利澜不以为然："什么大事儿呀！你给她在公司里安排一个不就完了嘛！"

"但以她目前的资历，我们公司没有适合她的职位。"

"那我就爱莫能助了。你照章办事呗！"赵利澜口气轻飘飘的。

赵奕南深吸一口气："你还允诺会给她安排住宿！"

"我不就随便那么一说嘛！"

"你随便一说，麻烦的是我！"赵奕南气不打一处来，"你知道刚才我跟她摊牌时有多尴尬吗？"

赵利澜居然还笑得出来："好啦小南，我知道你脸皮薄，不过就算她妈要怪罪，也是怪我，不会怪到你头上去的！"

"承诺别人了又不兑现，你这不是胡闹嘛！"

"哈！谁规定承诺了就一定要兑现啊？你当年还承诺要跟尹莉结婚呢，最后不还是始乱终弃了！"

赵奕南气得要吐血："这两件事能相提并论吗？！"

"什么？你的意思是结婚事小，帮陌生人事大？"

"你……"

赵利澜听出侄子声调都扭曲了，知道再胡搅下去他就要摔电话了，忙转个话题："嗨！那个叫江什么桥的女孩子长得漂不漂亮？"

赵奕南完全没好气："我没注意！"

"没注意？你一定很久没擦眼镜片了吧，哈哈！话说当年她妈妈可是我们学校公认的大美女！"

"你还有心思说这个！瞧你办的这事，人家小姑娘还是第一次出远门，万一出点什么事，你负得起责任吗？"

"你少操这份闲心啦，如今的女孩子可跟咱们那会儿完全不一样了，个个都又鬼又精，没一个老实的。再说了，她妈妈江秋梓可是个厉害人物，常言怎么说来着，虎母无犬女嘛！"

赵奕南简直不知道拿他怎么办才好："拜托你将来再要胡乱答应别人什么条件，别把我扯进去行吗？"

赵利澜嘿嘿笑着，声音忽然低沉下来："小南，不妨实话告诉你，这回不是我记性差，我是故意的。"

"你又搞什么？"

"你不知道二叔我当年有多惨，为了追到江秋梓，我差点就砸锅卖铁倾尽所有了。"

"你追哪个女孩不是这副德行啊！"

"No！No！No！我对江秋梓是真心的！"赵利澜把嗓音压得极低，赵奕南猜测他是怕弄醒在隔壁房间带孩子的二婶。

"我当时是铁了心要跟她结婚的，谁知她玩弄了我一年半后转身就扑进别人的怀抱！我连想死的心都有啊！"

赵奕南想起二叔大四那年寒假回来时，精神状态确实很差，跟霜打的茄子似的，隐约听爸爸妈妈提及二叔好像失恋了，那年他才15岁，上初三，对感情的事懵懵懂懂的。

虽然同情二叔，但赵奕南认为对事实还是要本着客观公正的态度。

"如果我没记错，她从来就没答应过做你女朋友吧？"

尽管事情过去很久了，赵利澜听侄子这样帮着江秋梓还是老大不高兴。

"不管她答没答应，我对她付出了那么多，到头来却是一场空，难道她不该对我负点儿责任？！"

赵奕南本想说，感情的事本来就是一个愿打一个愿挨，没什么好计较的，但考虑到二叔当年受伤的情绪，还是决定不说了。

"你现在不是挺好的，家庭和睦，儿女双全，犯得着再为这点陈年旧事去捉弄别人吗？江小桥毕竟只是个孩子。"

"母债女偿啊！"赵利澜口气又轻松起来，"比起我当年受的委屈，这点儿小玩笑实在算不了什么！而且，最让我气不过的是，江秋梓居然是为了个人渣放弃我，这下好吧，三年后人渣又闹幺蛾子两人给崩了，女人的智商呀，唉！梦醒方恨当年傻呀！可是已经——晚喽！"赵利澜越说越来劲，连京剧唱腔都出来了。

"依我看，"赵奕南慢悠悠地下结论，"你比那人渣也好不了多少。"

"嘿！你怎么说话呢，是我亲侄子吗？我跟你讲……"

没等他讲出什么来，赵奕南已经挂了电话，他实在受够了二叔那些厚颜无耻的废话。

他摘下眼镜，从镜盒里取出绒布，慢条斯理擦着镜片，这是从小养成的习惯，每次只要一心烦他就会反复擦眼镜，为此赵利澜没少笑话他。

目光扫过桌上那包松糕，小桥带笑的脸蛋再次在眼前浮现，不安的情绪逐步升级。

当他放下绒布，重新戴好眼镜时，心里已经拿定了一个主意。

门被人敲了两下，秘书Lisa的脑袋很快从门外探进来："赵总，开会时间到了。"

"你让James主持会议吧，我有点事，要出去一下。"

Lisa愣了一愣，随即点头："哦，好的。"脑瓜又迅速从他的视野里消失了。

赵奕南抓起外套，取了车钥匙和手机，大踏步走出了办公室。

赵奕南把车速控制在四十码左右，目光不断投向车窗外，密切关注着人行道上的动静。

他们公司位于工业园区一个比较偏僻的位置，白天很难打到出租，除非公司帮着叫车——他刚才出门时已经问过保安，江小桥并未向他们寻求此类帮助。

他想好了，如果小桥足够幸运，一出门就拦到一辆车扬长而去，那他也没什么可做的，尽快把二叔的这件麻烦抛诸脑后就成了。但如果他找到江小桥，出于道义的考虑，他会帮她找个宾馆暂时安顿下来，然后和她妈妈取得联系，接下来要怎么做，就得看她妈妈的意思了。这样一来，自己也算仁至义尽，对得起良心了。

大白天，园区的路上空空荡荡，江小桥的身影很快出现在他视野中，他加快车速靠近她。

小桥左右手各拉一个行李箱的拉杆，脑袋歪得跟肩膀齐平，正用手机跟妈妈通电话。

"……赵叔叔人挺好的，已经帮我安排了一个职位了，好像是，是物料计划什么的，我这一转头就忘了……住宿？住宿也挺好，公司有统一安排的，反正一切都好，妈妈你就放心吧……知道，我会每天给你打电话的……好的，好的。拜拜！"

小桥摁断通话按钮，长舒了口气，得亏刚才出门前扫了眼他们公司的公告栏，里面有个招聘物料计划员的职位被她给记住了，不然还真没法应付妈妈连珠炮似的提问。

物料计划，唉，如果那个职位真属于自己就好了。小桥发现她在短短一天内就爱上了赵叔叔（不对，现在她明白该称呼对方"哥哥"了，如果还会见面的话）所在的那家公司，井然有序的工作氛围，礼貌专业的职员，一切都显得那么迷人，和她从前的生活截然不同。

她走得腿酸，正懊悔忘了让"林大徐"帮自己叫一辆出租车，耳畔忽然传来汽车鸣笛的声音，她吓了一跳，猝然扭头，看见赵奕南的脑袋从黑色轿车中探出来："江小桥！"

小桥又惊又喜："赵大哥，你怎么出来了！"

赵奕南听她切换称呼如此快捷自然，忍不住又是一阵脸红，不过"大哥"显然要比"叔叔"顺耳多了，他随即恢复自然，笑笑说："先上车吧。"

赵奕南帮小桥把行李放进后备箱，斟酌着解释："我刚给我二叔，就是你妈妈那位同学打了电话，他……"

小桥双眸闪亮地盯着他，眼神生动清澈，让人不忍破坏那里面的一腔期望，赵奕南不知怎么，瞬间就改变了主意。

"他的确有答应过你妈妈，让我，让我照顾你，是我太忙，忙得把这茬儿……给忘了。"

赵奕南一边说，一边在心里历数自己这是第几次替他二叔挡事儿了——没见过这么作践自己的，他真想啐自己一脸。

小桥喜笑颜开："我就说嘛，妈妈那么谨慎的人，不可能托错人的。"

"但你工作的事，恐怕那个职位不适合你，还得再等等看……"

"没关系啦！刚才在路上我想过了，就算暂时进不了你们公司，我还可以去别的地方找工作的，只要能有个住的地方就行。对了赵哥哥，我住哪儿呀？"

"就……先住我家吧，反正赵利澜，就是我二叔，他人不在，房间空着也是空着，不住白不住。"赵奕南这样一说，心里顿时解气了不少。

小桥笑得心无城府："那就给赵哥哥添麻烦了！"

赵奕南加快车速，朝家的方向驶去，小桥坐在副驾上，眼睛一眨不眨望着车窗外，这里的一切都让她觉得新奇。

车子驶入市区，窗外的景致逐渐繁华起来，他们上了一条高架，车子沿着圆弧形顺滑地爬上去，小桥感觉像在游乐园里坐过山车，很刺激。

"小桥。"

"嗯？"

"你刚刚，为什么要和你妈妈撒谎？"

"呀，被你听见啦？我怕我实话实说了我妈晚上睡不好觉。"

"真的？"赵奕南勾起嘴角微笑，显然不信。

小桥咬唇憨笑了会儿，决定坦白："假的。如果我妈知道我没着落，她会第一时间杀过来，那我好不容易争取到的自由就没了。"

"你就这么想一个人生活？"

"那当然了，每个人都有自己的理想，我的理想就是靠自己的能力养活自己。"

赵奕南笑着摇了摇头。

小桥没想到赵家住的居然是三层的独栋别墅，位于两条老巷的交界处，临街的那面墙上爬满藤状植物，阳台在两株高大的香樟掩映下，露出雕花铁栏的一角。整栋房子均由青砖黛瓦铸就，显然不是新近几年的产物。

赵奕南用遥控器打开车库的卷帘门，车子缓缓驶入，小桥感觉自己像钻进了某条时空隧道。

"你们家一定很有钱吧？"小桥在车里转动头颅四下打量。

"不算是。"

即使小桥对财产没什么概念，也明白在这样一个环境优雅的街区拥有一栋别墅绝非平常人家能够做到。

"可这是别墅，你能买得起这样的别墅，还不算有钱啊？"

"只是栋老房子而已，还是我太爷爷留下来的，里面的故事说起来话就长了，以后有时间跟你讲。"

走出车库就是个袖珍小院，院子周围种满诸如竹子、南天竹之类的植物，把房子和外面的世界隔离开来。

"我就喜欢老房子，有味道。"小桥边看边赞叹，"我们镇上也有一栋这样的老房子，还是民国时期造的，现在成一个小景点了，我特别喜欢去那儿玩。"

赵奕南引小桥进门，带她在家里大略参观了一下。

一楼是待客厅、厨房和储藏室，二楼有三个房间和一个由阳台改装的餐厅，餐厅三面全是玻璃，透光性极好，小桥想，冬天有阳光的日子坐在里面一定很享受。三楼又是几个房间，边上的两个房间各对着一个小晒台。

"以后你就住这间房。"赵奕南指着最尽头的那扇门告诉小桥。

小桥兴高采烈地跑进门对面的晒台，俯视外面的街道和稀疏的车流："赵哥哥，你们家真漂亮！"

赵奕南这才想起来问："对了，你吃过饭没有？"

"我在火车上吃了半盒桃酥，现在一点都不饿。"

赵奕南忍不住笑："桃酥是零食，怎么能当饭吃呢，走吧，我带你去吃饭。"

他带小桥去了离家不远的一家茶餐厅。

小桥嘴上说不饿，但赵奕南给她点的一个铁板牛排套餐被她消灭得干干净净。

赵奕南见她胃口这么好，就问："还要不要再来点儿什么？对了，这里的提拉米苏做得不错。"

小桥拿纸巾擦擦油汪汪的嘴巴："我已经饱了，不过提拉米苏是什么呀？"

"一种意大利甜点，女孩子大多喜欢。"

小桥舔舔嘴唇。

赵奕南注意到她这个动作："那就来一份？"

"……也行。"

提拉米苏果然好吃，小桥一口接一口地往嘴里塞，简直停不下来。

赵奕南坐在她对面，边喝咖啡边等她，午后的阳光从玻璃窗外透射进来，打在小桥年轻娇嫩的脸上，二叔的玩笑冷不丁涌入脑海，赵奕南不觉细细打量起面前的女孩来。

小桥的脸蛋像是面人高手用白面精心捏造出来的，脂粉不施却依然看不出一点瑕疵，五官更是精致细巧，鼻梁秀挺，双唇红润，眼睛虽不大，却极有神，尤其是眼神里那股挥之不去的好奇劲儿，给她整个人都笼上了一层熠熠的神采。

赵奕南没见过江秋梓，无从知道小桥的相貌是否可以代表她母亲，但他疑心小桥和江秋梓长得不会太像，因她的美有点过于含蓄古典，毫无张扬的气息，而赵利澜一向偏于浓墨重彩的口味。

直到此时，他依然无法断定将小桥带入自己的生活是否妥当，这么个半大不大的孩子，还是个姑娘，不知将来会不会让自己陷入什么麻烦。

然而，当他注视着小桥，她脸上那种单纯且专注的神情又让他觉得，收留她似乎是自己唯一的出路。

小桥干掉最后一口蛋糕，又喝了口快要冷掉的红茶，一副心满意足的表情："这回是真饱了。"

赵奕南很自然地从纸巾盒里抽出一张纸巾递给她，手机这时候响起来，他接听后告诉小桥："我得回公司去了，刚才是偷偷溜出来的。一会儿你自己回家可以吗？"

"我认得路的。"

赵奕南掏出一串钥匙，解下其中两个，递给小桥："这是大门钥匙，这个是你房间的，你回去先休息一下，要是闷了想出门，记得带好钥匙，这一带靠近大学城，有两个博物馆和一个湿地公园，你喜欢的话，可以去转转。"

"那人才市场在哪儿呀？"

"工作的问题，你先别急，让我考虑一下，过两天我们再商量，好吗？"

小桥点点头："那又得麻烦你啦！妈妈本来死活不许我出来的，不过她去庙里帮我求了一卦后就答应了，老和尚说我这趟出门必遇贵人。"

赵奕南笑笑："你妈妈还信这个？"

"她本来也不迷信的，不过她结婚前外婆去帮她问过一卦，是下下签，解签的人说她的婚姻长不了，后来果真如此，妈妈这才信了。这些都是外婆告诉我的。"

小桥望着他的眼睛里充满感激："赵哥哥，我和妈妈都得谢谢你，哦，还有那位赵叔叔，你们都是很好的人。"

赵奕南真想告诉她，谢我一个人就行了，你那位赵叔叔差点就把你给卖了。不过对着小桥无邪的双眸，他只能干笑着点点头，说一声："不客气。"

小桥的房间是位于三楼的一个客卧，赵奕南并未将二叔的房间指派给她，那只是他一时气话，毕竟逢年过节二叔一家可能还得回来住一住，而他目前还不知道小桥会在家里待多久。

房间很小，且因为在顶楼，带一个倾斜的天花板，看上去很温馨，小桥对此很满意，她花了近一个小时把自己的东西打点好，感觉有点累，但神经处于兴奋状态，毫无睡意，她在过道里拣了张塑料小凳，在晒台上坐了会儿，望望楼下的街道和葱郁的常青树，开心得不得了，以后自己将是这里的常客啦！

想想昨天这个时候她还在小镇的石子路上乱逛呢，一转眼就来到这样一个完全陌生的环境，真神奇。

深秋日头短，三点一过，阳光的力道明显不足。

小桥想起妈妈的嘱咐："到了外面可不能像在家里似的饭来张口衣来伸手了，要有点眼色，自己干得了的活儿就主动多干点儿。"

妈妈说得一点不错，而且帮赵家干活对小桥来说一百个愿意，她决定就从今天的晚饭做起。

下楼时，楼梯间里忽然滚出一只篮球，小桥轻轻一脚又将它踢回去，低头看，发现里面还存了不少用得很旧了的体育用品，还有一些花里胡哨的玩具。

小桥抿嘴笑，想不到赵奕南这么有童趣。

通过问路，她找到了附近一家超市，挑挑拣拣买了两袋子蔬菜和肉类回来，对于今晚的菜谱已胸有成竹——小桥的外婆做得一手好菜，她闲时没少跟在外婆屁股后面转悠，对自己的手艺充满信心。

正在厨房忙得不亦乐乎，大门口传来动静，有人用钥匙开了门进来。

小桥以为是赵奕南回来了，从厨房探出脑袋去张望，谁知门口站着个背书包的男孩，年纪十岁左右，长得胖乎乎的，两人一打照面，同时吓一跳。

"你是新来的保姆？"男孩说话时声音沙沙的，有种和年龄不相称的老练。

小桥忙解释："不是，我住在这儿的。"

男孩微微皱眉："那我以前怎么没见过你？"

"因为我今天刚来——你是赵哥哥什么人？"

"赵哥哥？你指赵奕南？"

"对。"

"他是我爸爸。"

"啊？"小桥特意外，"原来你是赵哥哥的儿子呀！怎么没听他提起你呀？"

男孩鼻子里哼气儿："他也没跟我提起你呀！"

说着，他就地甩下书包，从楼梯间里扒拉出刚才那只滚出来的篮球，在地上拍啊拍的，眼睛却频频瞄向小桥，脸上的戒备并未退掉多少。

"既然你不是保姆，那就是我爸的女朋友喽？"

小桥受到惊吓，忙不迭摆手："不是不是！这怎么可能呢！是我妈妈跟赵哥哥联系好了，介绍我来这儿住的，我是暂时借住你们家，等将来生活稳定了会搬走的。"

男孩神色缓和下来一些，继续问："你叫什么？"

"江小桥。"

"是'小乔初嫁了'的那个小乔？"

"不是，是小桥流水的小桥。"

"你多大了？"

"二十岁。"

小桥感觉自己像在接受审查，而且对手还是个小屁男孩，她有点不服气，反问："那你多大了？"

"我？十岁。"

"叫什么名字？"

男孩对她的口吻不舒服，又皱了皱眉头："你问这么清楚干吗？"

"你刚才也问我了呀！再说，我以后总不能老是喂喂的叫你吧。"

男孩不情不愿地回答："赵丁丁。"

小桥扑哧一声笑出来："是锤子叮叮的那个叮叮吗？"

"不是！"丁丁双眉立起，"是甲乙丙丁的那个丁。"

小桥煮的山药排骨汤在锅子里沸腾，香气飘出厨房，她连忙跑回去换小火。

丁丁拍着球跟过去。

"你在煮什么？"

"山药排骨，你喜欢吗？"

丁丁耸肩："其实你用不着做饭，一会儿会有保姆过来做，你把她的活儿给抢了。"

"这样啊，我又不知道。对了丁丁，你妈妈呢？"

丁丁低头用力拍球："她不跟我们在一起。"

他落寞的口吻让小桥心生怜悯，她用欢快的语气说："这么巧！我也不跟我爸爸住一起。"

丁丁抬起头，眼神似乎亮了亮："你爸爸呢？"

"我很小的时候他就跟我妈离婚了，我一直跟我妈还有外婆一起过。"

她正想问问丁丁妈妈的情况，保姆推门进来，是个五十来岁的中年妇女，看见小桥也吃了一惊，丁丁主动把小桥的情况告诉她，又说："张奶奶，今天的晚饭都煮好了，你可以回去了。"

"那以后我还要不要来呢？"保姆盯着小桥问。

小桥正不知怎么回答，丁丁抢在她前面说："我看不用了，小桥煮的饭闻起来比你做的香。"小桥窘死了，摇着头道："张奶奶，不是这样的，我、我不知道家里的情况，您明天还是来吧。"

保姆瞥瞥她，又瞥瞥丁丁，笑得还算有风度："这孩子，就知道捉弄我。行，那我走了，等晚上我跟小赵先生打个电话问问清楚再说吧。"

保姆一走，小桥就责备丁丁不该乱讲话，丁丁不以为然："我实话实说嘛，爸爸一个月给她好多钱买菜，可她做饭老是偷工减料，而且做得一点都不好吃，反正爸爸很少在家吃晚饭——小桥，有什么菜已经做好了？我饿。"

小桥给他盛了碗排骨汤吃，丁丁狼吞虎咽地吃完，一看时间，不得了，五点半都过了。他抛下碗，拎起书包就往楼上冲："我得做功课去啦！今天好多作业啊！"

因为小桥的缘故，赵奕南这天下班特别早，但一下高架桥就遭遇堵车，比预计时间晚了半小时才到家。一路上，他猜测着丁丁会不会为难小桥。

他倒不是忘了丁丁，而是不知道该怎么向小桥介绍这个儿子，从来只听说过未婚妈妈，很少有人见过未婚爸爸的。

一直以来，跟外人介绍儿子是令他很有些头疼的事，因为要解释很多原委，翻出不少他不愿提的旧事。他是怕麻烦的人，想来想去觉得还是直接让两人见面后介绍最省事。

他用备用钥匙开了门，家里的情形让他有点呆，空气里混合着一股特别浓郁的饭菜香气，小桥正戴着厨房手套把一大盆什么汤往楼上端，看见他，立刻眉开眼笑。

"赵哥哥，你回来啦！丁丁在房间做功课呢！"

看小桥笑得那么欢快，赵奕南暗松了口气："你跟丁丁见过面了？"

小桥脚下顿了顿，点头道："刚见面时吓一跳，你怎么没事先告诉我你还有个这么大的儿子？"

赵奕南神色略显尴尬："你们现在不是认识了吗？"

好在小桥没再问下去，端着汤径直往楼上走。

赵奕南跟在她身后问："今天怎么你煮饭，张阿姨没来？"

这回轮到小桥尴尬了："那个，我不知道你家请了保姆，张奶奶来的时候我已经开始做饭了——她可能不太高兴。"

赵奕南笑道："没什么，一会儿我跟她解释一下——真没想到你还会做饭，要不要我帮忙？"

"不用，我都忙完啦！"

餐厅的饭桌上摆了满满一桌子菜，有炒的，蒸的，煮的，炸的，赵奕南讶然："原来你手艺这样好！"

丁丁蹦蹦跳跳地进来："爸爸，不如以后就让小桥做饭吧，别让张奶奶来了。"

见到儿子，赵奕南把脸肃了肃："你怎么这么没礼貌，叫阿姨。"

丁丁老老实实对着小桥叫了声"阿姨"。

吃着饭，赵奕南问小桥："这小子没为难你吧？"

小桥笑道："没有，我们已经算朋友了，对不对，丁丁？"

丁丁点点头："爸爸，小桥阿姨只有妈妈，没有爸爸，我跟她同病相怜。"

赵奕南脸上现出一丝难堪，幸亏小桥没注意，她正忙着给丁丁夹鱼肉："我外婆说鱼肉补脑子，你多吃点儿，做数学题脑筋能动得快一点儿。"

小桥做的菜不仅卖相好，味道也不错，丁丁吃完一碗饭，又嚷着添了半碗。

赵奕南的手机响了，他起身，一边接听一边往餐厅外走。

小桥偷偷问丁丁："刚才没来得及问你，你妈妈是怎么回事呀？"

丁丁吃得满嘴油光锃亮的，含混不清地说："她跑了。"

"跑了？！为什么呀？"

"爸爸要跟她结婚，她吓得就跑了。"

小桥呆了呆，没太想明白："是不是你爸爸对她态度不好……太凶了？"

丁丁耸肩："这我哪里知道，不过爸爸这人是不怎么和善。"

小桥还要问，赵奕南走进来："在讲我什么？"

丁丁立刻谄媚地笑："爸爸，我们在讨论你这个人算不算和善。"

赵奕南闻言，脸一绷："今天又考试了吧？得了几分？"

丁丁声音放得低低的："72。"

赵奕南双眉一拧，有点凶："去把试卷拿过来我看！"

"哦。"

赵奕南仔细检查丁丁的试卷，丁丁像自首的犯人一样低眉顺眼站在他身边。小桥见气氛有些尴尬，便想离开，被丁丁一把拽住胳膊，他用眼神哀求小桥留下来，小桥只得又坐下。

赵奕南的眉头越皱越紧："这道题，还有这道题，都是粗心丢的分！你考试的时候脑子里在想什么？"

丁丁认罪伏法，作出一副痛悔莫及的表情。

赵奕南数落够了，把考卷丢回给儿子："今天家里有客人，我给你点面子，不揍你了，以后给我注意点儿！好好订正去！"

丁丁控制住眉飞色舞的冲动，继续沉痛地点头："知道了，爸爸——还得麻烦你在试卷上签个字。"

吃完饭，赵奕南抢着要洗碗，被小桥死活拦住了："赵哥哥，我住在你们家已经很添麻烦了，以后这些活儿就交给我吧。"

赵奕南见她这么坚持，只得作罢，他带了好多公事回来处理，跟小桥打完招呼后就回房间去了，临走前又吩咐儿子帮小桥收拾碗筷。

小桥盯着赵奕南的背影，对刚才他教训儿子的严肃劲儿还心有余悸，朝丁丁吐了吐舌头："想不到你爸爸这么凶。"

丁丁无所谓似的："时间长了你就习惯了。"

"你爸爸真的会揍你啊？"

丁丁嘿嘿一笑："他不揍我，但会请我吃毛栗子，又麻又辣！"

Chapter2 花样美男是冤家

晚上，小桥洗了澡，换上厚实的棉睡衣，在正对晒台的走廊里席地坐着等头发干，透过阳台的玻璃门望出去，远处人家的暖色灯光在树梢间时隐时现，宛如天上的星星。

她的脚边散着几包从家里带来的零食，都撕开了口，她一边哼着小曲，一边时不时拈上一片往嘴里送。

丁丁爬楼梯上来，哼哼唧唧地感慨："总算把作业搞定了！可累死我了！唉，这苦命的日子啥时候是个头哇！"

小桥忙挪开东西让他坐："你爸爸呢？"

"在书房，忙公务——你在吃什么？"

"麦芽糖！"小桥拾起一包递给他，"你吃不吃？各种口味都有。"

丁丁不接，怀疑地打量包装："好吃吗？"

"当然好吃啦！我告诉你呀，这种麦芽糖就我们镇上有，我都吃了十多年了，每次心情不好的时候，就去买上一袋，嘎嘣嘎嘣一嚼，就什么烦恼都没有啦！"

丁丁扫了眼地上其他几袋："哪种最好吃？"

"这种白芝麻的，还有一种桂花口味的都不错，你尝尝，可香了！"小桥边说，边往自己嘴里又塞了两根。

丁丁看着她吃，有点担忧："你不蛀牙吗？"

"蛀牙？没有！"小桥朝他咧嘴，晃了晃自己那两排整齐洁白的牙齿。

丁丁这才放心地吃起来，果然很香，他接二连三往嘴巴里塞。

小桥扑哧一笑："男生跟女生就是不一样啊！我以前在学校分糖果给我那些女同学吃的时候，她们老担心会发胖，可我们从来没想过蛀牙的问题。"

"我爸不许我多吃糖，说会蛀牙。"

"你一直跟你爸生活在一起？"

"是啊！以前家里还有奶奶、小爷爷一家，后来小爷爷一家移民走了，再后来奶奶身体不好，小爷爷就接她去国外看病疗养，家里就只剩我跟我爸了。"

小桥掰指头算了算，"小爷爷"应该就是指妈妈的同学赵利澜了。

"你今年十岁，那就该上五年级了吧。"

丁丁点头。

"对了，你妈妈什么时候离开你的？"

"我三岁时候吧。"

"那咱俩又有个共同点了——我爸爸也是我三岁时和我妈离婚的。"

丁丁叹了口气："往事不堪回首啊！"

小桥被他逗乐，又问："你妈妈走了以后没再回来过？"

"嗯，天晓得她跑哪里去了。"

"你爸爸后来一直没结婚？"

"没，他说妈妈说不定哪天会回来。"

"哎，你爸爸多大了？"

"三十五岁，明年是他本命年。"

小桥心算了一会儿："那就是说，他二十五岁生的你哦！"

丁丁纠正："不对，是我妈妈生的我。"

小桥笑起来，妥协道："好吧，是你妈妈生的你。你还记得你妈妈长什么样儿吗？"

"当然，我有她的照片，你要不要看？"

"好啊！"

丁丁冲下楼去房间找母亲的照片，小桥则思索着赵奕南和丁丁的母亲之间曾经发生过什么，原来这个世界上，有故事的家庭不止一个两个。

丁丁很快举着个相框上来，小桥接过来看，相片上是一名年轻妩媚的女子，干净利索的短发，眼眸亮闪闪的，双颊还带一点婴儿肥，她让小桥想起鲜亮热烈的凌霄花。

小桥对比着丁丁和他母亲说："你比较像你妈妈哎！"

丁丁咧嘴笑："好多人都这么说，不过他们讲得比较委婉，他们总说：丁丁，你怎么一点都不像你爸爸？"

小桥盯着照片细瞧，喃喃道："你妈妈真漂亮，还好年轻。"

丁丁挑眉："拜托！这是好多年以前照的了。现在也不知道她长什么样了。"

"你想她吗？"

丁丁沉默了一会儿，点点头："想。你呢，难道不想你爸爸？"

小桥噘了噘嘴："我对我爸爸的印象很模糊了，我们家连张他的相片都没有，我妈完全把他当仇人。不过，反正我也过了需要爸爸的年纪，现在对我来说最重要的东西是freedom！"

"fre……那是什么？"

"自由！"

两人嚼着糖果，东一榔头西一锤子地聊天。

"真想不通，你妈妈为什么要跑呢？"小桥托着腮帮子，"对了，他们是怎么认识的？"

"这你得去问赵奕南本人了。"

"你们平时不聊你妈妈的吗？"

丁丁一脸嫌弃她的表情："拜托！我们都很忙的，他要上班，我要上学，哪有时间在一起扯闲天啊！哎，我跟你商量个事儿行不？"

"你说吧。"

"我能不能只在我爸面前叫你阿姨，他不在的时候我直接叫你名字好不好？"

"行——不过，为什么呀？"

"我觉得，你比我傻多了。"

"……"

楼梯上传来脚步声，赵奕南走了上来："丁丁，怎么还不去睡觉？"

丁丁一听爸爸的声音，慌忙把相框藏在身后，不过赵奕南还是看见了，皱眉强调："九点半了，赵丁丁，你该去睡觉了！"

"知道了，爸爸。"

丁丁嘴上还粘着几粒白芝麻，跟螃蟹似的从父亲身边横过去，相框紧抓在背后的手里，赵奕南没有戳穿他，走到小桥身边问："给你妈妈打过电话了？"

"打过了！我告诉她，一切都好，这回可没骗她。"

丁丁在楼梯口朝小桥做了个鬼脸，一阵风般溜下楼去。

小桥笑道："赵哥，你对丁丁真严厉，他见了你跟避猫鼠一样。"

"男孩子是得严厉点儿，不然天都能给你拆下来。"赵奕南拿了两张凳子过来，递给小桥一张，"别坐地板上，天凉，小心冻感冒了。"

小桥忙接过来，两人并肩坐着，她注意到赵奕南还是在公司时的那身打扮，脸上带一点疲倦之色。小桥从未感受过父爱，但此刻，她看着身边的赵奕南——尽管刚刚他还对丁丁凶巴巴的——她仍然觉得他很亲切，值得信赖。

小桥说："幸亏我是女孩，我妈妈从来不要求我名列前茅。"

赵奕南笑道："如果我有个女儿，肯定也好好宠着，可男孩跟女孩不一样，男孩将来要担负很多责任，不严厉一点不行。"顿了顿，又说："即便如此，他的学习还是搞不好，老师经常打电话给我投诉。这一点，他可能比较像他妈妈，不爱学习。"话一说完，他就后悔失言。

小桥乘势问："丁丁的妈妈是怎么回事呀？"

赵奕南料到儿子肯定跟小桥聊过这事儿了，便反问："这小子怎么跟你说的？"

"他说……妈妈跑了。"

赵奕南低下头，朝地板笑了笑："是啊，一走就是七年，连一点音讯都没有。"

小桥等着他往下讲，可他久久没有动静，似乎没有说下去的欲望，小桥心里好奇极了，但代表妈妈的小警钟在心里告诫她：不该问的少问，不该管的别管。她只得生生闭嘴忍住。

沉默了一会儿，赵奕南又恢复自如的神色，问小桥："你这是第一次出远门吧？"

"学校里春游秋游不算的话，的确是。"

"在陌生环境里会不会睡不惯？"

小桥摇头："应该不会，我妈说我像小猪，沾枕头就能睡着。"

赵奕南笑道："那就好。"

两人又聊了聊接下来几天的安排，赵奕南建议小桥乘着这段空闲时间多出去走走，先熟悉一下三江的环境。小桥嘴上答应着，心里却有另外的盘算。

赵奕南说着话，小桥半干的头发间散发出的清香却搅扰得他有些不自在，他转头望过去，见小桥正拿亮晶晶的眼眸盯着自己，里面是满满的信任。

走道灯发出浅淡温和的光芒，打在小桥的脸上，令他有些恍惚。他站起来，看看表，说："不早了，早点儿睡吧。"

小桥也起身："好的，赵哥。你也早点休息。"

赵奕南转身往楼梯口走，下楼的刹那，忍不住又转过脸去看。

小桥收拾好两张小凳，正趴在地板上用纸巾收集糖果碎屑。柔软的长发披散下来，遮住了她清秀娇嫩的脸。

小桥在闹钟响起前醒来，她一夜睡得很踏实，起床时神清气爽。洗漱完后下楼，家里依旧静悄悄的。天还没完全放亮，她把闹钟定得太早了。

按照在家的习惯，小桥煮了白米粥，又把自己从家里带来的糕团放在蒸锅里蒸热，腌了两条昨晚做饭剩下的小黄瓜。

早饭准备好后，还是没人起床，她便从卫生间里搜罗出来一把笤帚来扫地，照例从大门口扫起。外婆告诉过她，扫地也是有规矩的，得由外往里扫，这样家财才不会流失。

扫到楼梯口时，看到台阶上陡然多出一双穿球鞋的脚，抬头望，丁丁正带着一脸惺忪的睡意欣赏她干活。

"早啊！赵丁丁！"

"什么事让你这么忐忑？"

小桥奇怪："忐忑？我没有啊！"

丁丁一边走下来一边解释："我奶奶说，从前困难人家的媳妇早上起床算算不够钱买米了，心里就发烦，一心烦就开始扫地，想用干活来麻痹自己。"

小桥捂嘴笑："你真逗！我好着呢！哎，我给你盛粥去。"

丁丁稀奇："嚯嚯！还有粥吃啊！"

小桥反问："不吃粥，你每天早上都吃什么呀？"

"冰箱里有面包和牛奶。再不然，我爸就给我钱让我出去买东西吃。"

小桥撇嘴："那些有什么好吃的！早上就该喝米粥，养胃！"

不多会儿，丁丁就吃上了米粥和糕点，吃得津津有味的。

小桥问他："你爸爸起来没有？"

丁丁用力啃一口甜糕，摇摇头："不知道。我爸是夜猫子，每天都起得比我晚。不过刚才下楼前，我已经在他门上踢过两脚了。"

小桥怕粥会凉掉，就没给赵奕南盛起来，她坐在丁丁对面看他吃："味道怎么样？"

丁丁连连点头："不错不错！"

"等我去超市买个豆浆机回来给你做豆浆喝，再配上油条一起吃，那才叫无上的美味呢！"

"江小桥，你真是太贤惠了。"

小桥得意地眯眼笑："谢谢夸奖！"

丁丁吃得肚子饱饱的，自己去饮水机那里接了一杯水，又从橱柜里取出一盒药丸来吃。

小桥好奇："好好的，你吃什么药啊？"

"医生给我开的，保护心脏的。"丁丁娴熟地就着水吞药，眉头都不带皱一下,"以前要吃好多种,现在就只要吃这一种了。"

赵奕南拎着包急匆匆下楼来,在楼梯上就扬起嗓门喊:"赵丁丁!赵丁丁你人呢?"

丁丁抹抹嘴,赶紧跑出去:"我在这儿呢,老爸!我起得比你早,刚才喊过你了。"

"是吗?我怎么没听见?"赵奕南嘟哝一声,想起来有个东西忘房间了,只得又赶上去拿,一边不忘叮嘱儿子,"丁丁,你赶紧收拾好,我下来咱们就走!"

"我都准备好啦!"丁丁嚷完,扭头对小桥挤挤眼,"看见没,我踢门都闹不醒他,睡得跟死猪一样。"

小桥笑:"有你这么说自己爸爸的吗?"

须臾,赵奕南又下来。

丁丁道:"爸爸,我早饭已经吃好了。"

小桥说:"赵哥,你也吃点早饭再走吧。"

赵奕南看看表,抱歉道:"来不及了,早上有个会,我必须在八点前到公司。你自己吃吧!"小桥二话不说,奔回厨房,用食品袋装了两块糕点跑出来塞给赵奕南:"那你带到公司去吃。"

"这……"赵奕南从来没干过带早点去公司的事情,可面对热情的小桥,拒绝的话实在说不出口。

丁丁在一旁舔舔嘴巴,怂恿他:"爸爸,你就带去吧,很好吃的。"

赵奕南拍一下儿子的脑袋瓜:"你就知道吃!好了,我拿着,谢谢你小桥——丁丁,赶紧走!"

早晨总是忙碌得跟打仗一样,赵奕南要先送丁丁去校车指定的车站,然后再去公司,两个地方方向完全相反,他还得依靠推理和经验判断走哪条路可以少吃红灯,避开堵车的危险。

但即便如此,堵车在这座大型城市里还是家常便饭,唯一的区别是时间长短问题。

今天他的车被堵在去公司的那条主干道上,他伸长脖子往前看,亮着刹车灯的车子排成一条长龙,近乎凝滞在路面上。

这种时候,着急是没有用的,他只能庆幸好歹丁丁不会错过校车了。

赵奕南等得无聊,转头瞥见公文包上搁着的糕点,感觉肚子真是有点饿了,便拿了起来。

正是江秋梓为二叔特别准备的松糕，细腻的豆沙馅儿，松软可口，吃在嘴里有股奇特的香气。他慢慢吃着，想到二叔曾经的那段失败的单恋，又由二叔的恋情联想到自己那更富戏剧性的感情纠葛，真是一团让人心烦的乱麻。他用力摇摇头，又咬了一口松糕，小桥那张天真无邪的笑脸再度浮现于脑海。

　　他的生活正在因为小桥的突然出现而产生某种变化，照目前看来，这种变化似乎还不坏。

　　小桥忙了一早上，总算把里里外外都打扫了一遍，等保姆张阿姨上门时，发现自己又无事可干了。

　　想到昨天傍晚的尴尬，小桥赶忙给张阿姨沏了杯茶请她坐，张阿姨因为昨晚跟赵奕南通过电话，明白小桥不是来抢自己饭碗的，这会儿看小姑娘这么殷勤，心里也就不再疙疙瘩瘩了。

　　两人拉了会儿家常，小桥便提到找工作的事儿，张阿姨咂嘴道："哟，这也算个事儿呀！你让小赵先生帮你想办法不就得了。他在那个什么世界五百强公司里做总经理，帮你找个饭碗肯定不成问题的。"

　　小桥有点不好意思："他也答应帮我想办法，但我文凭不够硬，一时半会儿恐怕进不去，我不想让赵哥为难，所以想自己先找找看。"

　　"那你想干什么呢？"

　　小桥眼睛亮亮的："干什么都可以，只要能挣钱养活自己！哦，当然了，最好能先做初级一点的活儿，接触面广一点的那种。工作累点儿我倒无所谓，主要是想锻炼锻炼自己。"

　　张阿姨笑起来："你这小姑娘倒跟别人不一样，干活不拣轻怕重的。既然这样，你可以去假日新天地转转啊！离这儿也不远，那里有餐饮啊，服装店啊，大小卖场什么的，经常招人，就喜欢你这种年轻肯干的女孩子。"

　　小桥高兴道："是呀！我怎么没想到呢！"

　　张阿姨一走，小桥拾掇拾掇，换了身行头准备出发找工作去，刚下到二楼，听见客厅里电话在响，她忙冲下去接听，是赵奕南打来的。

　　"小桥，你没出去？"赵奕南口气听上去挺高兴。

　　"嗯，赵哥有事吗？"

　　"我早上走得匆忙，有份文件落在书房了，一会儿我有个同事会过去拿一下，你帮她开下门可以吗？"

　　"没问题！"

　　"我那同事你应该认识，就是昨天面试你的Linda Xu。"

"林大徐？哦，对，我认识！"

"那就麻烦你了，她大概半小时后到。"

小桥在楼下一边玩丁丁的篮球一边等"林大徐"，没多久就觉得无聊了，她又回到自己房间，趴在桌上想给阿玲写封信，自己终于独立了，好歹得跟老同学知会一声。

可一落笔才发现，除了自己离开妈妈来到三江这一点外，没什么值得夸耀的东西。她咬着笔杆正冥思苦想，耳边听到门铃叮咚的声音。

职场美女Linda笑吟吟地站在门外："你好，江小桥。"
小桥一边将她往里让，一边也跟她打招呼："你好，林小姐。"
Linda扭头看看她："我不姓林。"
小桥有点结巴："你、你不是姓林，叫大徐吗？"
Linda愣了一愣，忽然笑弯了腰，让小桥有点不知所措。
"不好意思，我、我不是笑你。"

小桥无辜地望着她，她明明是在笑话自己嘛！可小桥不知道自己哪儿弄错了。

Linda笑够了才纠正她："我姓徐，叫徐琛，英文名Linda。"

"哦——原来是这样！"小桥这才恍然大悟，心里不禁犯嘀咕，好好的中国人，取什么洋名儿啊！

徐琛显然不是第一次来赵家了，无须小桥帮忙，她驾轻就熟地在书房拿到了赵奕南的文件，小桥陪她一起走到大门口，徐琛跟小桥道别后正要出去，突然又回头望了她一眼："小桥，你真是赵总的表妹？"

小桥暗忖赵奕南一定是这么跟别人介绍自己的，便道："是啊！我们家和赵哥家有点亲戚关系，我跟妈妈说要来三江发展，她就帮我联系了赵哥。要不然，赵哥也不会同意让我住这儿了。"

徐琛听闻又朝她笑了笑，小桥觉得她这一回的笑跟之前好像不太一样，没那么职业化，要灿烂坦率一些——有什么东西在她眼眸里消失了。

一连几天，小桥都在假日新天地转悠，工作并不像张阿姨说的那么好找，很多小商铺人手足够，大一些的店面又需要有点工作经验的。不过她没气馁，也没跟赵奕南抱怨，每天一得空就出门，在三江的几个热闹街区寻寻觅觅。

星期五傍晚，赵奕南特别推掉一个应酬，打算带小桥和丁丁下馆子。谁知到家一看，两个小家伙正趴在桌边津津有味地啃炸鸡。

丁丁一看爸爸的脸色，立刻高声嚷："炸鸡是小桥阿姨带回来的。"

赵奕南一向反对小孩子吃这种"垃圾"食品，但因为是小桥买的，他也不便说什么，只能道："小桥，以后别买这些东西回来吃了，嘴巴馋了，告诉我，我带你们吃好吃的去。"

小桥兴高采烈地解释："这些不是我花钱买的，我今天在肯德基找了份工作，下班时有剩的，他们就给了我一些。"

赵奕南一愣："你找到工作了？不是让你别着急吗？"

"我不想老这么无所事事的，而且我找的这份工作特别好，餐厅又干净又漂亮，一起干活的同事也都特别客气。"

小桥见赵奕南似乎不太高兴，就放缓了声调，小心翼翼地问："赵哥，我打算在那儿干一段再说，你看可以吗？"

赵奕南这才笑了笑："这是你的事，你自己拿主意就行——这样也好，工作是你自己找的，没靠什么关系。你在那儿好好干，万一碰到什么麻烦的事，别憋在心里，告诉我，我跟你一起想办法。"

小桥心里的一块石头落了地，重重地点头，高兴道："谢谢赵哥！"

夜已深，赵奕南正在书房处理一些文件，小桥敲门进来："赵哥，你现在方便吗？我想跟你聊聊。"

赵奕南忙让她进来，又开了盏顶灯，好让房间里亮堂些，他给小桥拖了张软皮椅来坐，打量着她的脸色问："怎么了，睡不着？"

小桥在他对面坐下，神色郑重："现在我有工作了，我想付房租。"

赵奕南颇为意外："我不缺你的房租钱。"

"我知道你不缺钱。可妈妈原先跟我讲，赵哥只是帮忙给我联络份工作和住的地方，并没有说让我住在你们家。不管我住哪里，总是要付房租的，我不能白住在这儿——我本来就是这么打算的。"

赵奕南清清嗓子："小桥，我们家的情况你也看见了，好多房间都空着，你一来，这个家里热闹了不少，丁丁也很喜欢你，我怎么能……"

小桥打断他道："正因为如此，我才想在这儿长住嘛！而且，住在你们家，设施啊安全什么的已经比我随便找个地方住好太多了，我要再一分钱不付，心里怎么过意得去。"

可不管她怎么说，赵奕南总是摇头："我二叔和你妈妈是同学，你住在这儿我还收你钱，说出去他们会怎么想。小桥，我知道你心里想着要独立，但独立并不是非要每件事都分得清清楚楚，得看场合。常言说，谈钱伤感情，你如果坚持要付房租，只会让我难堪。"

话说得这样直白，小桥一时嗫嚅，暗想，如果为了让自己心安理得而让赵哥不高兴，实在有违初衷。

赵奕南讲得口干，端起桌上的茶杯喝水。

小桥决定妥协，抿抿唇道："既然这样，那、那房租的事就算了，我以后，只能拿自己来报答你了。"

赵奕南一听，惊得刚喝进嘴里的一口水差点喷出来，为了避免出洋相，他硬是把茶水强吞下去，结果部分呛进气管里，咳得死去活来。

小桥赶紧抽了几张纸巾递给他，也意识到自己说的话容易引起误解，脸顿时憋得通红："你、你没事吧？我的意思是，以后家里的活儿我全包了。"

赵奕南好容易缓过气来，掩饰着摇手说："没事，我没事。"

他把纸巾揉成一团扔进字纸篓，脸上好歹恢复了人色。

"家务活儿也不能光你一个人干，否则容易滋长其他人好吃懒做的毛病。还是按我以前定的规矩，甭管什么家务，一律平分。"

小桥还想说些什么，赵奕南的电脑"叮"的一声响，他扫了一眼，是封挺重要的邮件。

他对小桥抱歉地一笑："我得忙点儿公司的事，有什么问题咱们改天再聊好不好？"

小桥点头站起："那你忙吧，我不打扰你了。"

小桥在肯德基的工作是每天下午陪一群来用餐的小孩子做游戏以及分发小礼物给儿童，总之就是和小孩子打交道。

她长得白净面善，嘴巴又甜，很容易讨小孩子喜欢，招她进来的经理对她十分满意。小桥也喜欢小孩子，工作起来格外卖力，活儿又不复杂，没几天就上手了，她的生活过得有滋有味起来。

紧挨着肯德基的是一家福利彩票购买点，里面天天挤着不少人，小桥有几个同事也很喜欢去光顾，她们怂恿小桥去试试手气，小桥不肯。

同事梅梅说："又花不了几个钱的，每天扔个三块五块，说不定哪天就砸下来五百万了！"

小桥说："我不是心疼钱，我不想把好运气太快用光。"

同事林筠笑道："可你不见得真能中大奖呀！"

小桥表情特认真："万一中了呢？"

梅梅说："如果我中了五百万，往后一辈子没好运气也无所谓了。五百万耶！够我花一辈子了！"

小桥嘟哝："反正我不想把运气花在那种地方。"

林筠挤眉弄眼："我知道了，我们小桥是想把运气留着撞一门好姻缘呢！"

吴经理下楼来找小桥，过两天有个小朋友打算在肯德基办生日party，他让小桥来主持。

小桥有些紧张，吴经理把标准流程给她讲了讲，见她言语中有退缩之意，便笑着安慰她："没什么好怕的，就是陪一群小孩子吃喝玩乐，这本就是你的长项嘛！再说了，凡事都有第一次，你现在不开始，早晚还得来这么一次。"

小桥一想也是，就接了下来，一看单子，小孩七八个，另外还有四五个大人陪同，看阵势挺隆重的，自己必须好好对待。

她隔天就早早地把节目单排好，礼物准备好，还把生日当天要张贴出来的海报带回家来打算精心加工一番。

现在小桥每天四点半下班，因为丁丁喜欢吃她做的饭，张阿姨便只负责把菜买回来并洗好，剩下的活儿就由小桥干了。

赵奕南一个星期大约有三到四天在家吃饭，据丁丁反映，爸爸回来得比以前勤快多了。他对小桥说："看见没，爸爸嘴上不说，其实也喜欢吃你做的饭，以前张奶奶煮饭，他一个月也就回来四五趟。"

晚饭后，小桥罔顾跟赵奕南定下的口头契约，总是抢着要洗碗，但赵奕南坚持原则，时不时就把洗碗的任务从小桥那里夺过来，再转手交给丁丁，搞得丁丁很郁闷。

小桥乘赵奕南去书房时到厨房探望洗碗的丁丁，丁丁扭头扫了她一眼就愁眉苦脸望着水池里的碗。

"小桥，你不是说你一来我们家的活儿就由你包干了么？"

小桥眨眨眼睛："可你爸爸说家务活要平分，我也没办法。"

"平分？他说平分？！"丁丁气不过，"那他自己怎么不洗啊？"

"你爸爸忙呗！"

"哼！我看他所谓的平分是在咱俩之间平分吧。"

小桥一边帮他把在洗洁精里洗过的碗放在水龙头下冲刷干净，一边安慰他："别气愤了，等干完活儿帮我画画去。"

丁丁喜欢画画，房间的墙上贴了好多他自己的作品。小桥写字比画画强，她先把生日祝福语写好，然后请丁丁帮忙给海报画上些装饰图案。

"现在的小孩子，过个生日都这么多花样哦！"丁丁瓮声瓮气地评价。

小桥笑道："你不是小孩吗？"

"我比你成熟。"

"得了吧！哎，丁丁，你生日一般在哪儿过呀？"

"家里。"

"怎么过呢？"

"爸爸会让张奶奶下面条，再多加几个菜，其他就跟平常一样过。"

"这样啊！"小桥觉得丁丁挺惨的，"要不然，你下回过生日我请你去肯德基好不好？"

丁丁摇头："我的生日刚过完，得等一年呢！还不如好好过圣诞节！"

"那也行！"小桥爽快道，"到时候，你想吃什么、要什么尽管告诉我，我们好好闹一闹！"

丁丁这才高兴起来："那就说定了，你不许耍赖啊！"

"哪能呢！"小桥与他击掌盟誓，"一言为定！"

两个人正埋头涂鸦，赵奕南走进来："丁丁，作业做完没？"

丁丁抬头道："做完了！爸爸，我碗也洗好了。"

赵奕南点点头："那就好——你们在画什么？"

小桥把办生日party的事跟他说了说，赵奕南问："工作怎么样，累吗？"

"不累！挺好玩的，就是跟小孩子打交道。"

丁丁插话："爸爸，你说咱们家最勤劳的人是谁？"

赵奕南一挑眉："还用问，当然是小桥了。"

小桥抿嘴笑，望向赵奕南时刚好与他含笑的双眸撞了个正着，只觉得他今天心情似乎很好的样子。

"小桥姐姐排第一，我应该排第二——这个星期我洗了三次碗。"丁丁说着，用谴责的目光盯住父亲，"爸爸，这样算下来，你只能排第三！"

赵奕南双手往裤兜里一插，微笑："我第三？不错啊，好歹挤进前三甲。"

丁丁和小桥对望一眼，丁丁无语，小桥已笑歪在画报上。

生日会在星期六，小桥为此还跟同事换了个班。过生日的小朋友叫张媛媛，是个五岁的女孩子，她妈妈把她打扮得像个小公主，在七个小孩子中最为抢眼。

陪这群小孩一起来的成人除了张媛媛的妈妈外，还有她妈妈的一位朋友姚小姐以及两名年轻男子，男子之一是张媛媛的舅舅，小桥听媛媛妈妈称呼他为孟平，另一个比较沉默，不详。

小桥等他们点好单，拿着单子下来配餐时，林筠一把揪住她的胳膊，悄悄一指角落跟她开玩笑："小桥，你的好运气来啦！那边，看见没有——花样美男哎！"

梅梅一听，赶紧从柜台里面探出脑袋来迅速张望，随即也低呼："真的耶！好帅——小桥你要加油哦！"

小桥朝角落那边扫了一眼，林筠口中的花样美男正是那位沉默男子，打扮得极为时尚：紫灰色紧身牛仔裤，灰色小西装，略显蓬松的头发，刘海斜遮过额前，五官俊美，表情冷漠，仿佛看什么都不顺眼，小桥可不喜欢这样的男生。

林筠还在调侃她："怎么样？眼睛都看直了吧？"

"什么呀！我刚才都没注意到他……"

小桥想替自己辩解，但林筠说了一句"要帮忙跟我们说哦"，就嬉皮笑脸地撂下她忙活去了。

小桥朝她的背影皱了皱鼻子，站在餐台前一边等餐配齐，一边在心里默诵待会儿要讲的台词，耳朵里忽然钻进谈话的声音。

"你们怎么会想到来这种地方？东西难吃得要命！"口吻十分傲慢。

小桥后退一步，偷偷往与柜台只一墙之隔的洗手池张望，张媛媛的舅舅孟平和花样美男正低头洗手，刚才发泄不满的正是美男。

孟平打着哈哈说："是媛媛非要来这里嘛！你知道的，小孩子就喜欢上这种地方过生日，多热闹！哎，钟越，说正经的，你觉得姚婷这人怎么样？你们这可是第二回见面了。"

原来美男叫钟越。

"什么怎么样？"钟越依旧是漫不经心的口气。

"我的意思是，你俩有没有可能进一步发展啊？"

"没可能。"

孟平急了："钟越，你认真点儿行不行，姚婷很多人追的！"

钟越烘着手，不以为然："那跟我有什么关系？"

"你到底对她哪里不满意？"

钟越把双手从烘干机下面抽出来，朝天花板望了一眼："这么跟你说吧，我靠近她的时候，心跳一点都没加速，所以，我跟她不可能擦出火花。"

"兄弟！"孟平哭笑不得，"你的要求也太高了点儿吧，真以为世上有一见钟情这回事？我劝你还是实际一点，像姚婷这样长相、家庭背景都没得挑的女孩，你还是早下手为强，免得将来后悔都来不及。"

钟越撇了撇嘴角，露出一个不屑的笑容："我都不急，你急什么。"

孟平没辙，叹一口气："我是好奇，到底什么样的女孩子才能入得了你的眼！"

"不瞒你说,我也很想知道。"

钟越搓搓已经因为烘干而暖意融融的手,满意地往西装口袋里一插,晃啊晃地就走了出来。小桥赶忙往前一步,靠在柜台上,假装认真检点食物,偷听壁角总是不好的行为。

不过她还是忍不住回头又瞟了钟越一眼,那厮正甩着两条长腿吊儿郎当往前走。小桥多少有点目瞪口呆,她从小就被反复灌输"人必须谦逊才能生存"的道理,因此实在难以理解像钟越这样不可一世的人是出于怎样的原因而能完好无损存活至今的。

十多个人的餐饮,小桥足足跑了五趟才全部搞定,她很快按节目单上的安排给小孩子们做起了游戏,但效果并不好,孩子们一离开座位就到处乱跑。

媛媛妈妈便向她建议:"这么多孩子一起做游戏太闹了,你还是带她们唱唱歌什么的吧。"

"啊!那样也好!"

小桥好容易把四散的孩子们又拉拢回来,分发完礼物后就开始带他们唱歌,幸亏她昨晚突击学了几首儿歌,除了《生日快乐》外,还有诸如《铃儿响叮当》之类的,简单通俗,很容易上口。

孩子们唱得高兴,张媛媛更是兴奋地站在沙发上对孟平喊:"舅舅,我要你跟我们一起唱!"孟平立刻响应号召,站起来招呼其余几个成人:"那大家都一起来吧,人多热闹啊!"

小桥也笑眯眯地号召:"是啊!大家一起唱吧,人人参与才好玩嘛!"

钟越最讨厌别人勉强自己,低声嘀咕了一句:"幼稚!"身子往角落深处缩了缩,自顾自玩手机上的游戏。小桥看在眼里,对他的印象更恶劣了。

唱完歌,又分了蛋糕,大人小孩都有点乏了。小桥更是一脑门的汗,这活儿想着简单,干起来还真不容易,有点鸡飞狗跳的,幸亏没出什么大乱子。

她正暗暗庆幸,媛媛敲敲自己的空杯子喊口渴,她妈妈便对小桥说:"江小姐,麻烦你再帮她点一杯热橙汁吧。"

"好的!"

小桥很快端了杯橙汁过来:"媛媛小朋友,你的橙汁来啦!"

媛媛却已经和小伙伴们去旁边的游乐园里玩开了,看见饮料到了,她一阵风似的溜下滑梯,朝小桥猛冲过来,力道过大,以至于一头就扎进小桥怀里。

小桥根本没提防,唯恐橙汁翻了烫到小朋友,手本能地往边上一甩,橙汁的杯盖掉落在地,杯中的饮料如绸带一样在空中划过,不偏不倚落在低头打游戏的钟越身上。

随着一声惊呼，钟越怒不可遏地从沙发里跳起来，双眼瞪住小桥，仿佛要把她吃了似的吼道："你会不会小心点儿！"

小桥一颗心立马透心凉，完了完了，怎么这么老套的乌龙让自己给撞上了！

她慌忙取了纸巾要给钟越擦拭，嘴里一个劲儿赔不是："对不起，对不起，我不是故意的，我帮你擦干净！"

钟越怒道："你这人笨死了，衣服能擦得干净吗！"

媛媛妈妈赶紧插进来道歉："钟越，不怪人家服务员，是媛媛不好……"

钟越今天被"骗"来相亲，自认为纯属浪费时间，本就心情不爽，但又实在不便发作在熟人身上，尽指着小桥数落："小孩子懂什么！你既然是这里的服务员，就该有点专业素质，看见小孩子朝你冲过来不会避着点儿？我这衣服好贵的！"

小桥想解释说她是怕媛媛摔跤，但钟越根本不给她辩解的机会，继续历数她的毛病。

"我看你老半天了，忙得要命还一点成效都没有，唱个歌结结巴巴的，光知道对着人笑！你以为笑笑就能把事儿干好了？！"

他这么一训，等于把小桥半天的工作全部否定了，她心里委屈万分，眼泪在眼眶里打转又不敢落下来，真是恨死这个叫钟越的人了。

吵闹声惊动了当班经理，林筠和梅梅等人也赶过来斡旋，在双方的劝解下，钟越的火气总算平息下去，被孟平拉着去洗手间清理。

这么一搞，大家也都没了兴致，媛媛妈妈很快结了账，一行人呼呼啦啦就离开了。

小桥心情十分低落，经理把她叫去办公室问明情况后并未责备她，只叫她以后要小心一点，又安慰她道："来餐厅的客人各种各样都有，我们没法挑选客人，只能学会去适应他们。"

小桥觉得有理，便点点头，用力一抿唇，她不能一遇到麻烦就灰心，得让自己坚强起来，至于那个钟越，就当是上天派来给自己当负面教材的吧。

小桥回到办生日会的区域，保洁员老杨正在打扫卫生，小桥取了笤帚来帮忙。

老杨对小桥也很和善，见小桥眼睛有点红，笑着问："现在感觉好点儿没有？"

"好多了！"小桥不好意思地笑笑。

"这种事谁身上都可能发生，你别太在意，在这儿时间长了就习惯了。"

"谢谢杨阿姨，我知道了。"小桥努力绽放出一个积极的微笑，化感激为动力，勤奋打扫卫生。

　　她弯腰清扫沙发底下时，感觉笤帚碰触到一个异物，不像沙发脚之类的，她一使劲将它拖出来，居然是只手机。

　　小桥将手机拾起，抹掉上面的灰，又按了下功能钮，手机屏幕上出现了钟越的一张自拍照。

　　尽管对钟越十分反感，小桥还是立刻想到要把东西还给人家。她手上有媛媛妈妈的手机号，既然他们是一起来的，只要联络到媛媛妈妈，就能把手机归还钟越本人了。

　　小桥也没心思打扫了，跟杨阿姨打了声招呼就跑去办公间找自己留存的客户底单，才走到半道，钟越的手机忽然响起来。小桥怕是有人找钟越，不觉迟疑要不要接，但铃声一刻不停地响，有用餐的客人用奇怪的眼神瞄她，她只得找了个僻静角落接电话。

　　"喂？"

　　电话那头沉默了几秒，才有个傲慢的声音响起来："你是谁？"

　　小桥一听这口气就知道是钟越，清清嗓子说："你好，这里是肯德基汤巷店。"

　　"我问你是谁？"

　　小桥被他无比清晰的口齿逼问得有点紧张："你是钟先生吧？我、我是店里的服务员江小桥。"

　　"哦——"钟越拖长了声调，"就是拿饮料泼我的那位了？"

　　"我，不是……"

　　"我的手机怎么会在你那儿？"依旧是咄咄逼人的口吻。

　　小桥忙说："是你刚才落下了，我从沙发底下捡到的。"

　　钟越鼻子里哼了一声："捡到了怎么不打电话还给我？"

　　"我正要联络张媛媛的妈妈。"

　　"这么巧？"明显不相信的口吻，听得小桥很来气。

　　"钟先生，我也是刚刚才发现的，所以……"

　　钟越根本不想听她解释，打断她道："你现在就把手机给我送过来。"

　　"现在？可我还没下班呢！"

　　钟越不满道："你怎么这么死脑筋！跟你们经理说一声不就得了！今天的事我本可以去投诉的，放了你一马，你别蹬鼻子上脸啊！"

　　小桥想了想利害关系，委委屈屈地问："你在哪儿？"

　　"诗韵美容院。"

"……美容院？在、在哪里？"

"诗韵你都没听说过？云山路上那家，你打车过来，司机都知道的！"

小桥跟经理打听清楚去美容院的线路，其实离他们店里也不算远，坐公交车十五分钟就到了。她到美容院时，钟越正坐在店堂里吹头发，他换了一身衣服，款式和之前的那套差不多，依旧时髦抢眼。

小桥从包里掏出手机递给他："钟先生，这是你的手机。"

钟越把手机接过来，皱着眉正反检视了一遍，仿佛怕被小桥咬掉一口似的。

坐在收银台旁的一个老板模样的家伙坏坏地笑着问小桥："喂，小妹妹，你是故意的吧？"

"不是！"小桥赶紧辩白，"我是不小心才泼到他的。"

老板和几个理发师一起哈哈大笑，小桥不懂他们在笑什么。钟越冷冷地解释："他是问你藏我的手机是不是故意的。"

小桥一口血涌到喉咙口，又硬生生吞下，颤巍巍地反问："我要是贪图你的东西，还会接你电话，现在巴巴地跑来还你吗？"

钟越哼了一声没说话，老板调侃道："说不定你贪图的不是东西，是人呢！小钟，这是你今年第几次丢手机了？"

周围的人又乐得什么似的笑，小桥气得腿都软了，可她从来没跟人吵过架，根本不知道该怎么应付这种场面，而且，她还记着钟越是店里的客户，脑子里还残存着培训课上那些待人接物的规则，想来想去，还是早点离开这里为妙。

她铆足了劲儿大声问："钟先生，你还有事吗？没事我走了！"

钟越听出她声音有点不对劲，不觉歪头扫了她一眼，见她气得小脸通红，一双眼眸比火苗还亮，恨不能烫死自己似的。

"谁也没留你啊！爱走不走！"他白了小桥一眼，低声嘟哝，"单细胞动物。"

小桥转身就跑了出去，身后爆发的笑声让她有种捂住耳朵的冲动。她一口气跑到附近的车站，眼泪才刷地从眼眶里流出来。

小桥没再去店里上班，而是直接回了家，她哭了一路，心情差极了。

星期六，赵奕南比平时回来得早，听到有人开门的声音，知道是小桥回来了，就从书房里踱出来，看看时间，离四点半还有一个小时，不免讶异："今天这么早？"

小桥嗯了一声，始终低着头，怕被赵奕南发现自己红肿的双眼："我有点累，先上楼躺一会儿。"

"好，去吧。"

赵奕南心里纳闷，平时小桥回来都是蹦蹦跳跳的，哪里有过像今天这样蔫不啦叽的状态，他凝眸注视小桥上楼的背影，明显觉得出了什么问题，有点不放心，暗暗跟了上去。

丁丁从二楼自己的房间里探出头来："爸爸，是不是小桥阿姨回来了？"

赵奕南点点头，丁丁立刻咧着嘴冲在他前面往小桥的房间跑。

小桥的房门紧闭着，父子俩在门外对望一眼，赵奕南示意儿子敲门。

过了好一会儿，门才开，小桥泪眼婆娑地站在两人面前。

赵奕南吃了一惊，心里忽然有种凉凉的感觉——他既然让小桥住在家里，便自觉对她的人身安全负有一定责任，如果她出事，他将无法向小桥的家人交代。

在赵奕南的一再追问下，小桥把跟钟越的过节和盘托出，她在家里时一向风平浪静的，何曾碰到过什么刁难，因此今天的事对她而言不啻于灾难，越讲越委屈，眼泪跟雨似的下个不停。赵奕南倒是暗暗松了口气，庆幸没出什么大事，便软语宽慰了她几句。

丁丁却问小桥："那杯果汁是不是很烫？"

小桥抹着泪："嗯，刚做好的。"

"那么烫的饮料泼在身上是很吓人的……"

小桥一听不乐意了，正想说，我又不是故意的，你怎么尽帮外人不帮我呢？丁丁又说："我们家以前养过一条狗，有一次我不小心把一杯滚烫的白开水洒到它身上，那狗一蹦三尺高呢！所以，今天这个客人他算正常反应，小桥姐姐你想多了。"

小桥破涕而笑，悲伤的情绪忽然就烟消云散了。

赵奕南给丁丁来了个毛栗子："别胡说八道。"

他转头又对小桥说："服务性行业就是这点麻烦，什么样的人都有。小桥，你要是觉得在那里不适应就辞职算了。工作的事不能急，总是找得到的，关键得适合自己。"

小桥的工作其实赵奕南也仔细考虑过，放在自己公司也不是不可以，只是他们公司门槛高，小桥的学历有点够呛；二来，现在大家都知道小桥是他表妹了，外企里比较避讳这种裙带关系，他也从来没在这方面开过先例。但他一直在帮小桥留意外面的机会，也有熟人给他推荐过两三个职位，但他不看好那些职位的前景，而小桥又火急火燎地进了肯德基，这事就搁置下来了。

听他这么一说，小桥心里倒有点松动，今天这个委屈实在受大了，或许这份工作真的不适合自己，她答应赵奕南会好好考虑。

丁丁目不转睛在一旁听他们聊，羡慕得不得了，忍不住对赵奕南道："爸爸，我觉得上学这个事情真麻烦，我已经很努力很努力了，可还是学不好，或许我真的不适合上学……"

赵奕南冷冷地瞥他一眼："你少给我动歪脑筋，作业都做完了？"

"还差一篇作文。"

"还不快去写！"

"哦。"丁丁自讨没趣，灰溜溜下楼做功课去了。

到吃晚饭的时候，小桥的眼睛虽然还跟金鱼眼似的肿着，精神状态明显好了很多。

"赵哥，我还是希望能继续在肯德基做下去。"

对这个答复赵奕南倒也不意外："那以后如果再遇到不讲理的客人，你能应付吗？"

"嗯，如果不知道怎么做，我还可以找经理去请教。刚才我好好地想了想，我不能一遇到麻烦就想着退缩，那样的话，我会越来越没有路可以走的。"

赵奕南赞许地点头："你能这样想就最好了。"他看看丁丁，"你该跟小桥阿姨好好学学，做事要迎难而上，别动不动就打逃学的主意。"

丁丁撇撇嘴："我随便说说的嘛！"

赵奕南又道："下个周末我们公司有家庭日，你俩有兴趣参与一下吗？"

丁丁眼睛一亮："有没有烤肉串吃？"

"你就知道吃——露天烤肉串不卫生，今年已经取消了，不过会有游戏嘉年华，还可以抽奖。"

"奖品是什么？"

"最新上市的iPad。"

丁丁立刻大叫："我去！我去！"

赵奕南征询的目光转向小桥，小桥笑吟吟地点头："我也去，跟你们一起去凑凑热闹！"

Chapter3 妈妈放手了

这是小桥第二次来赵奕南的公司,但跟第一次的印象完全不一样了,到处张灯结彩,人头攒动,搞得像进了集市。

赵奕南先带他们去自己办公室取活动资料,前一晚他忘记带回家了。

小桥头一回进他办公室,只见一张圆弧形办公桌上分门别类摆着电话机、电脑、台历等物,身后是一排文件柜,很朴素。

赵奕南从抽屉里取出游戏券和餐券分给丁丁和小桥,又将一张儿童礼品券递给丁丁,对小桥抱歉道:"本来准备给你也要一张的,不过行政部的说法让我很惊讶,他们认为年满二十岁的小朋友已经不算儿童了。"

小桥笑着跺脚:"赵哥!"

"赵丁丁!"赵奕南的秘书Lisa和另外几位年轻职员大呼小叫地跑进来跟丁丁打招呼,还送了他好多小玩具,不多会儿赵奕南桌上就成了玩具陈列馆。

赵奕南听了几通电话留言,有一个需要他立刻回复的,他怕丁丁和小桥陪着自己闷,就对秘书说:"Lisa,我这儿有点事要耽搁一下,麻烦你带他们两个下去逛逛好不好?"

"没问题!"Lisa欢天喜地。

小桥回头看看赵奕南:"你什么时候下来?"

赵奕南扫了眼手表:"给我一小时吧,一小时后我在东区的草坪上等你们。"

小桥和丁丁跟着Lisa他们往楼下走,小桥低声说:"丁丁,你怎么跟大明星一样受欢迎?"

"嗨!都是老相识了。我生病的时候,他们都来医院照顾过我。"

"是吗？那应该你送他们礼物才对吧？"

丁丁耸肩："他们太热情了，我有什么办法。"

Lisa带两人玩了射箭、钓鱼、套圈等游戏，那几个年轻职员都鬼精鬼精的，在他们的指导下，丁丁和小桥的游戏券上敲到好多"过关"印章，据说敲满6个图章可以去兑换一份礼物，不过丁丁打听到礼物不过是一个绒毛玩具后就没精打采了。

小桥调侃他："你有什么好失望的，大奖还没抽出来呢，你不是冲iPad来的吗？"

丁丁瞥她一眼："江小桥，你现在的口气越来越像我爸爸了。"

在搏击场外，他们一行人和徐琛迎面撞上，徐琛手里抓着个刚兑换来的绒毛玩具阿狸，一见丁丁就塞到他怀里："丁丁，好久不见了！"

Lisa告诉她："赵总让我带他们下来玩呢！"口气有点得意。

徐琛问："赵总人呢？"

"他在办公室T-con！"

徐琛笑笑，转身走了，Lisa盯着她窈窕的背影径直往办公大楼里走，顿时有点气鼓鼓的。

丁丁把阿狸丢给小桥："你留着吧，这是女孩子的玩意儿，没劲！"

小桥挠挠阿狸的头顶心，又瞧瞧Lisa的脸色，想想徐琛刚才的表情，感觉两人关系不会太好。他们逛累了，就找了个休息区坐一会儿，那时身边的人都散得差不多了，只有Lisa还尽忠职守陪着他们，但明显心不在焉。

到后来，Lisa也忍不住了。

"丁丁，我得去趟楼上，你和小桥在这儿坐着没问题吧？"

丁丁挥挥手："没事，你去吧。"

小桥眼巴巴看着Lisa火急火燎往办公大楼里走。

"她是不是去找你爸爸？"

"也许是去找徐阿姨PK。"

小桥讶然回眸："她们的关系果然不太好？"

"徐阿姨原来是爸爸的秘书，后来升职调去做人事了，Lisa是接替徐阿姨位子的，她俩都觉得对方做得不如自己好。"

小桥却认为可能还有别的缘故。

丁丁沧桑地叹了口气："女人是世界上最麻烦的物种。我看，她们大人之间的事，咱们小孩子就别去搞懂了。"

小桥立刻离他远一点儿："喂！谁跟你咱们呀！你是小孩子没错，可我已经成人了啦！"

丁丁上下打量她："谁信呀！"

小桥再回头时，Lisa早就不见了踪迹，她的眼前很形象地晃出一幅动漫来，Lisa和徐琛都成了动漫里的人物：

两人在赵奕南的办公室门口遇上，叉着腰凶神恶煞互相指责，赵奕南在门内抓耳挠腮，对门口这场女人的战争完全没辙。忽然，Lisa从腰间拔出一根雷管，徐琛愣了一下后，两人吵得更凶了。Lisa忍无可忍，于极端气愤中拔掉雷管的引信，袅袅的烟雾立刻在两人之间环绕，不多时，整个办公区域都充满了在烟雾中若隐若现的恐惧脸孔……

"砰——"的一声，身后的某处突然而起的一声炸响打断了小桥脑海里的即兴创作。

哇！不得了，假想成真，雷管真的炸了！

小桥拽着丁丁就往桌子底下钻："丁丁，卧倒！"

闭着眼睛抱着脑袋在桌底下等了一会儿，并无兵荒马乱的情景出现，反而听见有人在欢呼。小桥惶惑地睁眼，丁丁没跟她一起藏到桌子底下去，她急忙探出脑袋张望，原来是一个什么节目放了个礼炮，丁丁安然坐在椅子里，无语地望着她。

小桥尴尬地坐回原位，拍了拍膝盖上的草屑，嘀咕一句："好端端的，放什么炮啊！吓死人了。"

丁丁摇摇头，叹口气："说你不成熟吧，你还不承认！"

"……"

跟赵奕南约好的时间到了，丁丁带小桥去东区草坪，远远地就看见赵奕南已经等在那里，正和几个员工谈笑。

"爸爸！"

赵奕南看见他俩，就把手里的两罐酸奶分给他们："玩得怎么样？"

小桥笑道："挺有意思的。"

丁丁说："还行，小桥姐姐玩得比我投入多了。"

小桥怕他把自己的糗事抖落出来，在一旁拼命清嗓子，丁丁瞥了她一眼，转而对赵奕南说："爸爸，我饿了。"

赵奕南看看表："十点半，可以去拿午餐了。我带你们去餐厅。"

他们穿过草坪，往餐厅走去，四周的人群始终来来去去，只多不减。

小桥看见前面有个穿公主裙的小女孩跟在母亲身边蹦蹦跳跳，两人的身形都有点眼熟，等他们超过那对母女时，小桥回头又瞥了一眼，果然是张媛媛。

因为太意外，小桥立刻把钟越那档子不愉快给忘了，跑过去笑嘻嘻地问："张媛媛，你还认得我吗？"

媛媛妈妈也认出她来，很惊讶，但看见她身边的赵奕南时就更惊讶了。

"你好，赵总！真没想到，原来江小姐是您的家属！"

丁丁啜着酸奶给她介绍："小桥是我阿姨。"

赵奕南听到小桥喊张媛媛的名字，就明白怎么回事了，此时不免对媛媛妈笑笑："我也没想到，Terrisa你还有位那么厉害的朋友，把我们小桥都给气哭了。"

Terrisa很尴尬："那天的事不是江小姐的问题。我也没想到会发生那种事，钟越是我弟弟的同学，家里条件好，人又长得帅气，从小被人宠惯了，脾气就有点坏。赵总，这样吧，哪天我定个时间，请您和江小姐一起来聚聚，我给江小姐赔罪。"

赵奕南道："这倒不必了，也不是什么大事儿。不过你那位小朋友也该有人劝劝才好，脾气这么大，小心将来摔跟头。"

Terrisa笑着道："下次看见他一定跟他说。"

她还想跟赵奕南聊几句，媛媛过来用力扯她胳膊，闹着要去骑大毛毛虫，等她好容易哄完孩子抬起头来，赵奕南已经带着丁丁和小桥走远了。

取午餐的地方排起了长龙，但赵奕南还是带着他们接在长龙的最尾，小桥觉得惊奇，原来总经理也没有特权加塞儿的。

赵奕南说："就是美国总统来我们公司用餐，该排队也还是要排队，什么事都得讲规则。"

丁丁重重地点头："爸爸是挺有原则的男人！"

小桥去上厕所，在洗手池边再次跟媛媛妈相遇，她拉住小桥硬是问她讨了个手机号，笑得跟一朵花一样："江小姐，改天我请你，你可一定要赏光啊！"

一位老外经过身边，笑容满面地嚷："Hi, Terrisa!"

Terrisa转头，认出那人来，两人立刻火热地聊起来，她那口流利的伦敦腔让小桥羡慕不已。

小桥回来告诉赵奕南又碰上Terrisa的事，他并没在意，淡淡地笑道："马上要年终考评了，她是我的直接下属，大概怕我公报私仇影响她前程吧。真是小看我了。"

对这一点，丁丁深表赞同："爸爸最大公无私了。说了该我洗碗，就是得我洗碗，半点通融不得。"

赵奕南皱眉："你怎么回事，最近跟洗碗杠上了？"

小桥抿嘴偷笑。

午餐是麦当劳的汉堡和赛百味的肉卷，冷冰冰的，很不合丁丁的胃口，他边吃边牢骚满腹。

小桥问他："那你想吃什么呢？"

丁丁说："你做的椒盐排骨！"

小桥笑道："好吧，今天晚饭我给你做。"

赵奕南走出书房，先上二楼去看了看丁丁，那家伙正在房间里玩游戏，一听开门声，立刻机敏地把游戏机塞进抽屉，迅速抓起桌上一本语文书大声读起来。

赵奕南一眼就看出他作假，笑着调侃："怎么忽然这么用功了？"

丁丁装模作样："这篇课文要背诵的，我还不熟。"

赵奕南点点头："那你好好读吧。"

"爸爸，你能给我买个iPad吗？我有好几个同学都有了，我也好想要啊！"

公司的抽奖全家都没份。

"想要iPad啊！"赵奕南挑眉，"什么时候考进前十名来找我申请吧。"

小桥正在厨房里煮饭，赵奕南走进来，她回头瞧了瞧，笑道："赵哥是不是饿了？离开饭还有一会儿呢！"

"我不饿，下来随便看看。"

赵奕南抱着膀子站在厨房门口欣赏小桥忙活，看她娇小的身影在灶台边移动，只觉得整个厨房都因为她而温暖起来。他忽然想，如果当年二叔追到江秋梓，两人结了婚，那小桥岂不是真成自己家的人了。

想到这里，他不觉失笑，摇摇头，感觉还是现在这样比较好。

"小桥，你这么能干，在家是不是经常做家务？"

"不经常，有空的时候会陪外婆煮煮饭，绕绕毛线什么的。不过外婆说我比妈妈勤劳。"

小桥洗着新鲜的萝卜，思绪一下子荡回家乡，现在想起小镇来，似乎没那么面目可憎了，反而觉得很温馨，尤其想念外婆，尽管昨晚刚刚跟她通过电话。

"外婆说，女孩子可以不聪明，但一定得勤劳，否则将来去了婆家好吃懒做会被人嫌弃。"

赵奕南轻笑，多么传统的观念，现在也不知道还有几个人会这么想。

"你妈妈也这么认为？她可是名校毕业出来的。"

"外婆告诉我，妈妈年轻的时候不听话，什么都喜欢跟她拧着来，离了婚就踏实多了。不过外婆不赞成妈妈离婚，她说人哪有不犯错误的，知错了就得给他一次机会，妈妈一听这话就跟外婆吵，后来外婆就不提了。外婆说我的脾气比较像爸爸，不像妈妈那么暴躁。"

小桥开始切萝卜，这时候排骨在锅子里沸腾，她忙撂下萝卜，抓了把勺子去撇汤面上的浮沫。赵奕南见状，主动挽了袖子帮她切萝卜。他很少下厨，即使做饭也不过煮个面下个水饺之类的，很少这样大动干戈。

小桥处理完排骨，回头一看，赵奕南正以极其缓慢的速度在切萝卜，便笑着夺下刀："还是我来吧。"

赵奕南见她当当当地切，有点心惊肉跳："你小心手。"

有一片萝卜切坏了，小桥拾起来，往嘴里一塞，嚼巴嚼巴给吃了。

赵奕南讶然："你怎么吃生萝卜？"

"这种萝卜是可以生吃啊！水分足，有点甜，很好吃的，不信你尝尝！"

小桥切了一片就往赵奕南嘴里送，他都来不及拒绝，只能张嘴接，小桥凉凉的手指不经意间在他唇上擦到一下，酥酥麻麻的感觉立刻沿着唇际散开，一直蜿蜒到心里。

丁丁不知从什么地方冒了出来。

"爸爸，你最近好像很空嘛！"

赵奕南清了清嗓子，略带严肃地解释："家务活儿人人有责——我过来看看能不能帮小桥。"

"既然这样，晚上的碗就你来洗喽？"

赵奕南瞥一眼儿子心怀鬼胎的神色，笑了笑："我有个主意，关于饭后洗碗的问题，以后咱们就用下棋来分配。"

丁丁立刻大叫："这主意糟透了！"

小桥也笑："如果这样的话，肯定天天我洗，我下棋很臭的。"

赵奕南挑眉："洗碗这么有内涵的活儿，怎么能给输的人呢，当然得分给赢的人来干了！"

丁丁不相信地看看爸爸，忽然伸出手去摸他的额头："没发烧呀，怎么说胡话！"

赵奕南笑着弹了一下儿子的脑门："你俩没意见吧？没意见今晚就执行。"

"一言为定！不许耍赖！"丁丁兴高采烈道。

晚饭后，棋赛如约进行，鉴于小桥棋艺不精，他们就下最简单的五子棋。

赵奕南和小桥先来，他不费吹灰之力就把小桥给PK下去了，很快轮到丁丁上。

"赵丁丁，你要有思想准备啊！"赵奕南提醒儿子。

丁丁嘻笑："挑战者表示毫无压力！"歪过脸去对观战的小桥挤挤眼睛，"输了不用洗碗耶！"

对弈开始。

没几下后，丁丁就发现自己被逼进了死角，他的心情既矛盾又纠结，一方面不甘心这么快就输掉，另一方面，他本就是来求输的。在不用洗碗的强烈诱惑下，丁丁勉强提醒老爸："爸爸，你往这儿摆一颗就赢了。"

赵奕南捏着下巴思索："我不准备下那儿，今天打算换个思路。"

言毕，棋子在别处落下，果然又拓开一番新局面，丁丁迎头追上。渐渐地，丁丁的好胜心大起，他完全忘了还有洗碗这回事，被赵奕南带着在棋盘上四处开花。

小桥忍不住嘀咕："怎么这么久还没分出胜负来呀，棋盘都快给你们摆满了！"

终于，丁丁成功布下一个陷阱，而赵奕南对此似无察觉。丁丁抑制住兴奋，屏息凝神地等爸爸落下棋子后，举起手中白棋往关键位子上重重一拍："哈哈！我赢啦！耶耶，我赢啦！"

手舞足蹈了一会儿，丁丁发现小桥正拿怜悯的目光望着自己，赵奕南则含笑把手中的黑棋往盒子里一丢："那么赵丁丁，今天的碗又归你洗啦！"

丁丁这才发现上当，"啊？我，爸爸，你……可是，为什么呀！"一瞬间，他觉得委屈死了。

赵奕南拍拍他的小脑瓜："我不是一上来就提醒你了，要有心理准备——洗去吧。"

"……"

小桥在赵奕南书房里挑书看，心里却记挂着在厨房洗碗的丁丁，那小子刚才进去的神情跟去监狱服刑差不多。

她忍不住婉转地向赵奕南吐槽："赵哥，我觉得丁丁好可怜。"

赵奕南从电脑屏幕前转过身来面对她："你认为我欺负丁丁？"

"嗯！"小桥用力点头。

"不是我存心要为难他，丁丁小时候做过心脏手术，医生说他不能进行剧烈运动，但也不能一动不动，可以做一些慢速度的运动，对身体有好处，但这家伙太懒了，就想缩在房间里玩游戏。"

"原来是这样啊！"

"以前我经常带他出去散步，后来一升职，忙得没时间，只能在别的方面想办法了。"

"你怎么不早说，以后我带丁丁出去散步好了，我有时间！"

"那我怎么好意思呢！"

小桥爽快道："吃过饭正好出去走走嘛，不光丁丁，你也该经常出去走走，这样在办公室坐久了才不会腰酸背痛——哎，不如从今天开始，一会儿等丁丁洗好碗，我们就出去好不好？"

赵奕南笑道："都听你的。"

小桥满意地转过身去重新找书："赵哥，你买这么多书，怎么就不见小说呢？"

"小说都在下面的柜子里放着呢。"

小桥蹲下身打开柜门："咦？怎么全是推理侦破的呀！"

"那你喜欢看什么？"

"当然是爱情小说啦！"

"抱歉，这类书还真没有……"

小桥笑嘻嘻地道："其实我什么书都看的，小时候我妈嫌我烦，就会丢一本书给我，我立刻就乖乖的了。"

最后她挑了一本大卫·米切尔的《云图》和比尔·波特翻译的《心经解读》。

赵奕南意外："你对心经有兴趣？"

"我外婆喜欢念经，小时候她教我背过全篇心经呢，其实也没多少字，我光知道背，完全不懂意思，所以有点好奇。"

小桥眨眨眼睛："反正，如果真觉得很枯燥，还可以用来催眠啊！"

赵奕南失笑。

小桥习惯早睡，倚在床头翻了会儿书就觉得眼睛发涩，一瞄闹钟，都快十点了。她打个哈欠，用手掌拍拍嘴巴，躺下去准备睡了。

刚要关床头灯，忽然想起厨房里还晾着吃剩下的半碗椒盐排骨没放进冰箱，赶紧又爬起来。丁丁特别爱吃这道菜，跟她讲好明晚再回炉炸一炸继续吃的。

小桥下到一楼，发现厨房里亮着灯，赵奕南正埋头扎在一个橱柜里窸窸窣窣找东西。

"赵哥，你找什么？"

"哦，找电池。"赵奕南皱眉站起来，一脸纳闷，"明明记得这里还有几节富余的。"

他也洗过澡了，穿了身格子布的睡衣，小桥第一次看见他这种打扮，觉得特别有趣。

小桥也过来帮他找，但哪个柜子里都没有电池。

小桥问："你要几号的？"

"7号，装在耳机里的那种。"

小桥便道："我昨天刚从超市买了两板回来，你要用，我给你去拿好了。"

"不麻烦的话，就谢谢了。"

小桥跑出去，赵奕南在她身后说："我先回书房了，一会儿你拿到书房来吧。"

"好！"

小桥买的是八粒装的金霸王，还没拆过，她索性全拿去了书房。

赵奕南道了谢接过来，扫一眼赠送的一节双鹿，嘀咕道："金霸王什么时候收购双鹿了？"

小桥之前没留意，凑过去望了一眼，果然正品和赠品是两种牌子。

"也许，金霸王只是收购了双鹿的几个仓库，帮双鹿出清库存吧。"

"你真聪明！"

赵奕南笑着把电池取出来，装进bose的耳机里，小桥没有马上就走，站在对面好奇地看着，浑然不觉这是深更半夜，而她跟赵奕南则是孤男寡女。

赵奕南又不便出声赶她走，只能没话找话："这种耳机比较费电，不过音响效果很好。"

"是吗？"小桥一听更加来兴趣了，"你都用耳机来干什么？"

"开电话会议，或者听音乐。"

小桥也喜欢听音乐。

"你平常都听些什么？"

赵奕南把耳机递给她："要不要听听？"

小桥接过来，套在自己耳朵上，赵奕南又帮她调节好护耳的尺寸，打开电脑中自己常听的歌曲，小桥耳边立刻盈满乐曲。

听了一会儿，她把耳机摘下来，一脸发现新大陆的讶异："原来你也听流行歌曲啊！"

赵奕南挑眉："我的年纪还没到老古董的地步吧！"

"那你最喜欢谁的歌？"

"黄家驹。"

"啊，我也喜欢Beyond！"小桥面露一丝忧戚，"可惜黄家驹早早地就死了。"

"你有喜欢的歌手吗？"赵奕南反问。

"有啊！我最爱周杰伦。"小桥歪着脑袋说，"我觉得他的歌内容积极，范围也广，并不总是唱些情情爱爱的。而且他唱的歌都是自己写的，特别厉害！"

赵奕南笑："这也是我喜欢黄家驹的原因。"

"这下我们有个共同点啦！"

"什么？"

"我们喜欢的都是创作型歌手呀！"

两人同时笑起来。

赵奕南又帮小桥选了几首歌来听，两人聊得很开心，时间不知不觉地流逝。

小桥无意中扫了眼电脑屏幕，发现快十一点半了，吓一大跳，忙把耳机取下来还给赵奕南："哎哟，我得去睡觉了。"

赵奕南望着她印满兔子图案的睡衣在自己眼前晃来晃去，第一天晚上跟她在走廊里并肩坐着时的情绪又浮上心头，那是一种对眼前发生的事情不太敢确信的恍惚感，只是这一次，这种恍惚中少了几分疑虑，而多了一些踏实。

他其实是不太容易接纳别人的，像把陌生人带回家来住这种事更是想都没想过，而小桥却例外地让他没有因为一时冲动作下的决定而后悔。

已经走到门外了，小桥忽然又折返回去，赵奕南正怔怔地对着她的背影出神，见她冷不丁又回头，一时没反应过来。

小桥扒拉在门边对他说："赵哥，你也早点休息吧。做夜猫子对身体可不好！年纪大了尤其要注意哦！"

赵奕南正为自己的失态感到不自在，听了小桥煞有介事的叮嘱，顿时哑然失笑，刚才还游荡在心头的一缕危险可疑的气息瞬间便烟消云散了。

小桥的工作渐渐顺利起来，经理喜欢她，主业完成之余，还时常派她一些统计调研的活儿做，手把手教她点儿东西，小桥知恩图报，对这份工作格外珍惜。

她又连着两个星期承办了两次生日会，都没出现过张媛媛生日会上那种尴尬的情形，这让她更加确信，像钟越那样的奇葩毕竟只是少数。

星期五的上午，一切都显得风平浪静。

小桥在经理办公室统计一份客户资料，手机忽然响起来，一看，是妈妈打来的，她以为是常规电话，很欢快地接了。

"小桥，你在上班吗？"

"在啊！"

"那好，我直接打车去你们公司吧。"

小桥吓得差点从椅子上滚下来，简直不敢相信自己的耳朵："你、你来三江了？"

"是呀！我刚从火车上下来。"

"你来干什么呀？"

"死丫头，你出门都一个月了，我还不能来看看你了？"

"这，那……"小桥语无伦次，"可、可我现在不在公司！"

"咦？你刚刚不是说在上班吗？"

"我、我是在上班，可我不在公司，我、我出去办事儿了！"小桥难得说谎，脸憋得通红，幸亏妈妈看不见，她脑子里飞转，很快拿了个主意。

"这样吧，妈妈，你在车站附近找个吃饭的地方好不好，我马上赶过去见你！"

"我一点都不饿！再说了，我来是想看看你上班的地方和住的地方的，既然你不在公司，那我就去你宿舍等你吧。"

"不要啊！"小桥吓得又叫起来，"妈，我已经从宿舍搬出来啦！"

"那你现在住哪儿？"

"就、就住赵叔叔家。"

"这样啊——那我去他家等你？"

小桥情急之下，一时也想不出更好的主意来，只得同意。她把赵家的地址告诉了妈妈，挂了电话后，随即火急火燎找经理请了假，一门心思应对妈妈的到来。

她这么紧张是有原因的，刚来三江时，为了能让妈妈安心，她谎称自己在赵奕南的公司上班，谁能想到妈妈这么精，居然亲自到三江做"调研"来了。

回家的路上，小桥的脑子可没闲着，把妈妈可能质疑的地方都想了一遍，住宿的问题好解释，但直觉告诉她，如果妈妈知道她是在肯德基工作肯定会不满意，得想个法子掩盖过去才好。这个麻烦要顺利过关，没有赵奕南的帮忙是不可能的。

前思后想，她硬着头皮拨通赵奕南的手机号。

赵奕南正在开会，看见小桥来电话，以为出什么麻烦了，急忙从会议室里退出来接听："小桥，你怎么了？"

小桥忐忑的声音传递过来："我能请你帮个忙吗？"

一个小时以后，小桥在赵家门口和妈妈会合。

江秋梓穿着烟灰色的呢子大衣，新烫了头发，薄施脂粉，显得清爽又精神，手里只提着个拎包，这意味着她不准备在外过夜，小桥暗暗松了口气，大踏步朝妈妈跑去，但仍不敢放松警惕。

"妈妈！"

江秋梓回眸看见女儿，眼里涌起一丝激动，母女俩很快拥抱在一起，江秋梓上下打量女儿："还好，没瘦！"

小桥嗔道："妈妈，你要来，怎么不事先告诉我一声。"

"告诉你干什么！我就是来突击检查的。"江秋梓开着玩笑，随女儿往赵家走，抬眸看到那栋雕栏玉砌般的别墅，忍不住赞叹，"想不到赵利澜家住的是这么好的房子。"

第一道关险险地过了，小桥心情暂时缓和了一点，忍不住促狭地朝妈妈笑："妈妈现在后悔了吧？"

"去！胡说什么呀！我当年要是跟了他，说不定就没你了。"

小桥开门领妈妈进去，又说："不过你跟赵叔叔同学的时候，他们家还没住上别墅呢，这是后来政府返还给他们的——这些我是听赵哥讲的。"

母女俩在房子里逛了一圈，小桥向妈妈解释，自己在公司住不惯，赵奕南看在二叔的面上，就让她搬家里来住了。

江秋梓听说赵家现在一共就住了三个人，有点疑惑："那赵奕南的爱人呢？"

不知怎么的，小桥觉得妈妈的问题有点别扭，她不想妈妈乱猜，就含糊着说："离婚了吧。这种事也不好去多问的。"

江秋梓是过来人，随即点点头，但眼里仿佛多了几分担忧。

最后，小桥把妈妈带到三楼自己的房间里。

江秋梓仔细打量了一番，对居住条件表示满意。她坐在床沿上，一会儿摸摸女儿的手，一会儿又帮小桥把额前的头发捋到耳边，比在家的时候慈爱多了。

"小桥，你第一次出门，妈妈总是不放心，所以就过来看看你，看你生活得怎么样，另外还想了解一下你的工作……"

一提工作，小桥神经立刻又紧绷起来，努力堆笑，装作满不在乎地说："不是告诉你了吗，我在赵哥的公司里当物料计划员。你要不信，我打个电话给他，你可以亲自跟他核实一下。"

江秋梓点点头："也好，你打电话告诉他，我想跟他见个面。"

"……啊？"

"有什么问题吗？"

"他、他在上班呢！"

江秋梓拎起包："那你带我去公司，我跟他见过面后就直接去火车站了，最后一趟车是下午四点，来得及的。"

小桥慌忙拦住妈妈："别，妈妈你先坐坐，我打个电话问问他现在方不方便再说吧。"

"那你打吧。"

小桥借口房间里信号不好，遮遮掩掩地溜出来，心里像有一万只蚂蚁在爬，要想个什么办法才能阻止妈妈去公司呢，她一去，再跟人一问，不就全露馅儿了么！

赵奕南在电话里听小桥结结巴巴诉完苦，想了想说："要不我回来跟你妈妈见个面，顺便请她吃顿饭，我们边吃边聊吧。"

小桥感激涕零："赵哥，你真是太好了！"

"应该的，本来给你找份工作就是我的责任，是我一开始没处理好，才让你这么为难。"现在赵奕南已经把小桥的事顺理成章当成自己的责任了。

小桥感动地吸了吸鼻子："我也不是存心要骗妈妈，我是怕她知道我在肯德基里打工会生气，她这个人脾气又急，气头上说不定就要拉我回家了。"

赵奕南笑道："你妈妈既然肯让你出来，就没有再硬拉你回去的道理，你别多想了，等我回去。"

小桥一想也在理，稍觉心安。

江秋梓在大学期间曾听赵利澜提起过自己有位和他年纪相仿的侄子，但并未多留意。而她在饭店包厢里看到赵奕南推门进来的刹那十分意外，主要是没想到赵利澜的侄子这样帅气好看，身上有股子浓浓的书生气，比他叔叔赵利澜沉稳多了。赵利澜油腔滑调，为人轻浮，当年江秋梓就是因为这一点才没选择他。

赵奕南眼里的江秋梓也并无二叔描绘的那么惊艳，或许是感情生活不如意造成的心理压抑，也或许单纯只是年纪的缘故，江秋梓如果和赵利澜同年的话，今年也该四十三岁了，女人总是比男人易显老。

而且，江秋梓跟小桥长得也不算很像，最明显的一点，江秋梓是圆脸，小桥是标准的鹅蛋脸，赵奕南猜想小桥大概比较像她父亲。

不用小桥介绍，两个成年人一照面就热情寒暄上了。

江秋梓一再表示谢意："小赵，我们家小桥这次给你添麻烦了！"

而赵奕南则着重表扬了小桥在家务方面的主动性和突出贡献，但言语又不夸张到失了分寸，句句深得作为母亲江秋梓的欢心，两方面相谈甚为融洽，小桥大大松了口气。

江秋梓跟赵奕南聊了没多久，心头原本的一点担忧也消除了。

赵奕南的谈吐举止无不显示出修养和风度，那样一种从容笃定的气度需要经年的阅历积累，可不是随便什么人能假装得出来的。

江秋梓虽长期蜗居小镇，但在机关单位那样复杂的环境里浸润多年，自信看人不会太离谱，她相信像赵奕南这种社会地位稳定的中层精英多半都洁身自爱，不可能对小桥存不良企图，女儿交给他照顾是安全的，她刚刚还悬着的一颗心顿时放下了。

"小桥几次在电话里告诉我，赵哥人好，她在你们家过得很开心。我听了也高兴，总算没托错人。"

赵奕南笑道："阿姨跟我二叔该有近二十年没见面了吧？想不到你们还保持着联系。"

"没有啦！"江秋梓放下饮料解释，"我是最近为了小桥的事才重新找上他的，他原来的手机号早就换了，我只能通过电子邮件与他联系，联络上后他给我打过两次电话。不过，小桥在这里安顿好以后，我本想给你二叔打个电话表达下谢意的，谁知他手机号又停用了，给他发邮件也没回音。"

赵奕南一听，心里又不自在起来。

江秋梓并未注意："还是小桥告诉我，你二叔原来移民了，他早先怎么也不跟我说清楚，我还以为是他自己开的公司呢！"

"我二叔那个人你又不是不知道，做起事来顾头不顾尾的。"

"可他手机突然拨不通了，邮件好像也很久没查了，应该不会出什么问题吧？"

"没事没事！"赵奕南忙道，"前两天还往家里打过电话，好像在忙搬家。"

"哦，原来这样。"

赵奕南多少有点恼恨二叔，笑了笑道："你就别替他操心了，他日子过得滋润着呢，反正比我们都舒服！"

江秋梓嫣然一笑："不管怎么说，有机会还得请你跟你二叔转达下我的谢意。"

"我会的。"

"小桥，以后你跟着赵哥要好好学学为人处世的道理。"

小桥慌忙点头。

江秋梓又对赵奕南道："这孩子日常生活方面倒是不用多操心，从小就挺乖的，但她在小地方待惯了，一向没见过什么世面，工作上十有八九要出点洋相，这方面以后就得麻烦你带带她了。"

赵奕南除了点头还能说什么，他瞄了眼小桥，小姑娘已经明显坐立不安了。他正想找个话题来转移下江秋梓的注意力，却听她又追问了自己一句："小赵，小桥在你们公司表现还可以吗？"

"妈妈，你吃这个，菜老不吃要凉掉的！"小桥莽莽撞撞舀了一勺子水晶虾仁倒进妈妈碗里。江秋梓没理她，双眸紧盯赵奕南，笑道："没事，你实话实说好了，我的孩子我自己了解。"赵奕南飞速瞟了小桥一眼，她果然是不善说谎的，这会儿一张脸红得太明显了，却还眼巴巴望着自己，除了嘴没动，脸上其他部件都在活动，一句句他心领神会的话语从面部的每个角落朝他飞来。

赵奕南笑道："小桥毕竟刚从学校里走出来，做事出点小错难免的，不过总体上还不错，态度好，做事积极，大家都很喜欢她。"

江秋梓看看小桥，目光又回到赵奕南脸上，点点头："这样我就放心了。"

饭后，赵奕南开车送江秋梓去火车站。

站前不许过往车辆久停，江秋梓跟小桥告别后单独下了车，小桥在车里看着母亲往售票处走，有点不舍，但更多的是轻松。回过头来才发现赵奕南正用谐趣的目光瞧着自己。

小桥拍着胸脯，一副惊魂甫定的样子："乖乖，吓死我了！我妈在单位做人事的，就爱搞这种突击检查制造白色恐怖！"

"现在感觉怎么样，还紧张啊？"

小桥立刻眉飞色舞："轻松过关！哦耶！"

赵奕南被她逗笑："接下来打算去哪儿？"

"我跟经理请了半天假，不过现在回家也没什么事干，还是回去接着上班好了。"

赵奕南赞道："是个勤勤恳恳的好员工。"

小桥吐吐舌头："不能让你白夸我呀！"

周末，肯德基里人特多，辛苦了一周的小孩子们变着法儿把大人拐进来打牙祭。

　　小桥忙完一轮游戏，见梅梅他们在柜台里忙不过来，就进去帮忙，她收银不熟练，主要负责食物的分发和打包，嘴里跟唱歌似的念着：

　　"您的两对鸡翅，一份中薯，一杯可乐和一个草莓圣代，请拿好！"

　　"您好，这是您要的两块吮指原味鸡，三杯土豆泥……"

　　她把盛食物的托盘推给对方时，视野斜上方，有只珠圆玉润的手搁在台面上。

　　呀！这只手怎么这么眼熟，跟妈妈的手很像嘛！

　　小桥这样想着，视线上拉，去看手的主人，随即倒抽一口凉气——江秋梓正面含愠怒盯着自己。

　　小桥呆若木鸡，头一个念头居然是找个什么地方躲起来。

　　"江小桥，你给我出来！"妈妈声音不大，但充满力量。

　　吴经理刚好经过，发现气氛不对，走过来关切地问："小桥，有问题吗？"

　　小桥一脸沮丧："经理，我……我又要请假了。"

　　小桥跟着妈妈来到肯德基对面的小广场，在一排行道树下，江秋梓猛然转过身来。

　　"江小桥！你什么时候学会说谎了？"

　　幸亏有这么几分钟沉默走路的时间，小桥脑子可一秒都没闲着。

　　"妈妈，我工作的事骗你的确不应该，但这是我自己找的一份工作，没有靠任何关系！妈妈，我是能养活自己的！"

　　江秋梓冷笑一声："你这也能算工作？成天跟一群孩子蹦蹦跳跳的，这不胡闹吗？再说，那里是学生仔想打零工才去的地方，谁会在那儿干一辈子呀！"

　　"我是那里的正式工！"小桥有点不服气地挺了挺胸，"我们那里的同事素质都很高的，而且，我们经理也器重我，教了我不少东西呢！"

　　江秋梓根本无心听她解释，断然道："你这就去赵家收拾好东西，跟我回家！别在这儿浪费时间！"

　　小桥就怕妈妈来这手，当时就急了："我不回去！"

　　妈妈嗓门也高起来："你不愿意也得回去！我不能由着你在这儿瞎闹腾！你说说，我给你找的单位哪点不比肯德基强？挣得比这儿多，工作又稳定，关键还体面！"

"妈妈，当服务员没什么不体面的，我们都是自食其力！再说，等将来有新的机会，我还可以去找别的事儿做。总之，我要留在三江！"小桥说着说着，眼神坚定起来。

江秋梓恼火道："你以为工作跳来跳去对你有什么好处！外面动歪脑筋的人多的是，等你被人骗了再后悔就来不及了。你的性格也只能在镇上待着，安安分分过日子有什么不好！"

"既然这样，你当初就不该放我出来！"

"呵！我一时好心还变成驴肝肺了？好吧我现在告诉你，我后悔了！走，这就跟我回家！"

江秋梓说着，上来用力拽小桥，小桥慌忙抱住一棵树，抵死不从。

江秋梓力气大得很，小桥从中读出妈妈的决心，一时有些心慌，忍不住哭着求她："妈妈，你别让我回家好不好？我向你保证，我会好好的，肯定不被别人骗。"

江秋梓被气乐："你怎么保证？你脑子那么简单，别人骗你，你根本瞧不出来，还是跟着我省心！"

"我不要回去啊！"小桥绝望地大哭，"妈妈，我在这儿过得很开心！要是回去了，我会很痛苦的。我不想总是让你保护我。你说我脑子简单，可我回镇上难道就不会被人骗了？你现在能保护我，难道还能保护我一辈子吗？"

江秋梓被她哭得心软，手里的力道就放松了，小桥乘机甩开她的手，依旧哭得抽抽搭搭的。江秋梓取了纸巾给女儿擦脸："你怎么还跟孩子似的？妈妈不是要为难你，可你在外面一天，我在家就担惊受怕一天。我的心情你能理解吗？"

小桥说："妈妈，那当年外婆不让你考外面的大学，你怎么还跑得远远的去念书？那时候你什么心情难道都忘了吗？我在这里不管干体面的活儿还是不体面的活儿，我都觉得很开心，因为我是自由的，我……我不想再让别人安排我的生活了。"

江秋梓听得怔怔的，再想想自己被空耗掉的青春，忍不住悲从中来，眼泪从眼眶里滚落，小桥见状，又有点心慌，忙拉着妈妈在石凳上坐下，给她拭泪。

"妈妈，你放心，我没你想的那么傻的，而且，偶尔吃一点亏也不是坏事嘛！所谓吃一堑长一智啊！"

江秋梓看看小桥握住自己的手，不知不觉中，女儿的手都跟自己一样大了，可她还老把女儿当成褓褓中的娃娃来对待。

有些事，即使你不愿意也没法改变。

她叹了口气："既然这样，就依了你吧。"

小桥大喜。

"小桥，你长大了，我确实不能陪你一辈子，以后的路就得靠你自己了。你要想清楚自己到底要什么，不要浪费时间，一辈子过得很快的，稍不留神就过去了。"

江秋梓用力捏了捏小桥的手，旋即松开，是时候放手让她自己飞了。

妈妈松开自己的刹那，小桥心里忽然有种沉甸甸的感觉，仿佛体会到妈妈的心情，鼻子再度酸酸的。

妈妈终于走了。这一回，小桥一直送她到检票口，看着她汇入旅客人流走进去，直到消失不见。

小桥没敢把妈妈闯肯德基来的事告诉赵奕南，但妈妈临走前跟她说的那些话却反复煎熬着她的心，她第一次尝到失眠的滋味。

"以后的路就得靠你自己了。"

自己真有能力好好走下去，不让妈妈为自己担心吗？

她想得头痛，索性爬起来，出了房门，脚习惯性地往楼下走，一直到底楼。

已经凌晨一点了，赵奕南的书房里还亮着灯，小桥在门外犹豫了片刻，还是上前敲了敲门，听到赵奕南在里面的应答声后，随即推门进去。

"赵哥，你还没睡啊？"

赵奕南正要关电脑上楼休息，看见小桥进来，很是意外，这个点儿，小猪不是应该在打呼噜么？"你是刚醒还是一直没睡着？"

小桥坦言："没睡着。"

"怎么了，有心事？"赵奕南示意她坐下。

"我……我就是想跟你打听打听，如果要进像你们公司那样的地方，需要具备什么样的条件啊？"

"怎么忽然问起这个来了？"

"随便问问。我想看看自己到底有什么不足的地方，我也不能总是安于现状，不思进取——是不是，非得有本科学历才行？"

赵奕南认真想了想："学历上虽然有一定要求，但也不是绝对，我们更加看重能力，至少英文得过关，否则连邮件都读不了。"

小桥若有所思地点点头："哦，英文要好是吧？"

"嗯，关键是读写说的能力，既然是外企，难免跟外国人打交道，语言过关的话，将来发展的机会也大一些。"

聊了一会儿，赵奕南见没什么大事，遂站起来："改天我找些资料给你看看，这种事一时半会儿也急不来的。你先去睡觉吧，不然明天早上，不对，是今天早上可就爬不起来了。"

小桥想到赵奕南也没睡呢，只得跟着起身，乖乖上楼睡觉去。赵奕南跟在她身后，看着她心事重重的背影，不禁起了怜惜之意，但随即又想，至少她还知道要继续学习，也是好事，这一点总比丁丁强。丁丁这会儿估计早梦游到爪哇国去了。

他摇了摇头，一眨眼的工夫，小桥已经上了三楼，彻底不见了。

Chapter4 哥哥的个人问题

隔了些时日，赵奕南果真搜罗了一些英文材料来给小桥看。

"你先试试能不能把这些内容翻译出来，都是商务方面的常用词汇，不着急，你慢慢翻，有问题可以来找我。"

小桥吭哧吭哧翻了几天英文词典也没串出几句完整的句子来，读书时她从来没重视过英语，成绩大多低空飞行，险险过关。

她瞪着白纸上那密密麻麻的字符有点傻眼，岂止单词，就连很多句式她也是第一次接触，怎么查，怎么翻啊？

她还不敢去问赵奕南，他是当小桥有不错的英文底子那样来训练她的，如果她跑去告诉他，自己连很简单的句式都弄不明白，他会怎么看自己？

小桥忧心如焚，但也不能就这么认输，她抽时间去书店买回来一套高中课本和课外辅导书，打算每天复习两课，尽早把落下的程度赶上去。唉，谁让她以前不好好用功呢！这个道理真该找时间跟丁丁好好说说。

现在，就连上班的空闲时间，她都会抽出口袋里的单词抄写本来读几遍。

这天上午，她正一边扫地一边念念有词呢，张媛媛的妈妈Terrisa忽然给她打来电话，说要请她吃饭。小桥哪里有心情，一再拒绝，Terrisa却态度坚决，简直就是不给她面子决不罢休的意思，小桥说不过她，想想反正是中午，自己有休息时间的，就勉为其难去一趟吧。

Terrisa还挺为她着想，专门挑了个离肯德基很近的餐厅，小桥换了衣服赶过去，Terrisa已经早早等候在那里了，小桥开宗明义地说明："我只有一个小时，一会儿还得回去上班。"

Terrisa笑容满面："一个小时足够了，今天请你出来主要是让你见一个人。"

"谁？"

"钟越呀！"

"见他？我跟他没什么可说的！"

小桥想起钟越凶神恶煞的嘴脸就来气，起身要走，被Terrisa一把拽住。

"你听我说，他今天是来向你道歉的！"

"他还会跟人道歉啊？"小桥很难想象。

Terrisa把她摁回座位，笑道："钟越跟我弟弟是哥们儿，他俩一起穿开裆裤长大的，小时候他没少上我们家串门儿，我还给他辅导过功课呢！你别看他神气活现的，我说的话他还是要听听的，上回那事儿，确实是他不对，就这么不明不白掀过去，我心里不舒服——哎，他来了！"

小桥回头看，钟越果然出现在餐厅的玻璃门边，他换了个发型，头发比之前短了一点，衣着打扮就不用提了，跟娱乐杂志上的明星没什么两样，脸上还架着副墨镜，一副目中无人，傲视群雄的派头。

小桥扫了他一眼就把脑袋别回来了。Terrisa向钟越挥舞着手示意他往这边来。

钟越走过来，居然在小桥身边坐下，小桥浑身的肌肉一阵紧张，立刻往沙发里头挪了挪。

"江小姐。"他打招呼的口气都有些阴森森的。

小桥皮笑肉不笑地对他咧咧嘴："你好，钟先生。"

Terrisa乐呵呵道："既然人都到齐了，那就点餐吧——江小姐，你来。"

小桥推辞："我不会点菜，你们点吧，我不挑食，你们点什么我吃什么。"

Terrisa就把菜单给钟越："那你来吧。"

钟越斜了小桥一眼，似笑非笑："你倒挺好养活。"

Terrisa见小桥神经始终放松不下来，就跟她随便扯扯："江小姐，最近在忙些什么？"

"不忙，就是上班、下班啊！"小桥忽然想到Terrisa那天跟老外聊天的情景，便问："Terrisa，我能不能跟你请教个问题？"

"你只管说。"

"唔，要怎样做才能像你那样说一口顺溜的英语啊？"

钟越从鼻腔里笑出声来，小桥只当没听见。

"嗯？你口语不好吗？"

小桥有点羞赧："不只口语，我原来基础就差，现在想好好补补课，我自己正在复习高中的课程。"

Terrisa鄙夷地摆手："那个没用的！学校那套教材只能教你点儿语法，完全是哑巴英语，你想开口讲，还是得多练。"

"那……关键是要怎么练呀？"

"去报培训班啊！"

"哦——"小桥如醍醐灌顶，豁然开朗，"那你有什么培训班可以推荐吗？"

"这我没有，不过你可以上网去查查，应该有好多机构的，一般效率高的价格都比较贵。"

小桥若有所思地点头。

Terrisa见钟越点好菜了，便找个借口去洗手间，半开玩笑地道："钟越面皮薄，道歉的时候不喜欢旁人在场，钟越，你跟江小姐好好聊，态度要真诚啊！"

钟越拿手比画出手枪的姿势，朝Terrisa虚放一枪，Terrisa咯咯笑着走了。

就剩他们两人了，小桥又如坐针毡起来。

钟越斜靠在餐台边，用手肘撑住半边脸，饶有兴致地欣赏小桥的尴尬。

小桥等了半天也没见他开口道歉，便清清嗓子："你、你不是来跟我道歉的吗？"

"你就这么希望我向你道歉？"

"也不是，可既然Terrisa说了……"

钟越盯着她道："我今天来，其实是想弄明白一件事。"

"什么？"

"那天你离开美容院之后，是不是哭了？"

小桥的脸刷的一白，两秒钟后，又刷的红了。

如果那天钟越不是很快离开美容院，又在十字路口等红灯，他是不可能看到在车站哭得上气不接下气的小桥的。

钟越也不是没见女孩子哭过，但能像小桥那样哭得如此投入的他还是第一回碰见，让他有种回到幼儿园的错觉。当时他就纳闷，这女孩怎么能哭得那么专注，那么心无旁骛呢！

也就是在那一刻，他的心忽然软了一下。

如果不是因为有那一幕，Terrisa是绝不可能请动他来见小桥的。

让他道歉？！开什么玩笑！

"哎，你到底哭没哭啊？如果你哭了，我立马道歉，如果没有那就算了。"

小桥绷起脸，生气地说："钟先生，道歉要有诚意，不是让你要挟别人的工具。"

"你别绕弯子，到底有还是没有？"

"……没有！"

钟越故作困惑，"那天你不是出了美容院就去车站了吗？我明明看见你站在站牌前，哭得比林黛玉还凄惨！"

"你认错人了……"

钟越直起腰来，懒懒一笑："是吗？我的视力一向很好的，两点零。如果不是你，难道是你的双胞胎妹妹？"

Terrisa从洗手间回来："怎么样，该说的都说清楚了吧？"

"没呢！"钟越道，"我们还在讨论究竟该不该道歉的问题。"

Terrisa白了他一眼："钟越，你什么时候能正经点儿，说好了跟江小姐来赔不是，又耍花招。"

小桥刚要说算了，我也不吃饭了，也不要他道什么歉了，就当那事从没发生过。却听钟越忽然凑近自己，低低地来了一句："Sorry啊，江小桥。"

语气异常诚恳，小桥一呆，不由自主转过头去瞥了他一眼，发现钟越那双带电的眼睛正目不转睛盯着自己，眼神也不再凶恶了，居然称得上温柔。虽然她并不像梅梅和林筠她们那样花痴美男，但脸还是控制不住地红了。

"没、没关系。"她结结巴巴地说。

钟越又从鼻腔里发出笑声，好像憋也憋不住似的，小桥刚热乎起来的心很快又凉下去，恼火地想，这人真是没救了。

Terrisa喜笑颜开："好了好了！你们俩一笑泯恩仇，再见面就是好朋友啦！"

吃过饭，在Terrisa的热情撮合下，小桥被逼着上了钟越的车。

他的车跟他的人一样灼人眼球，鲜亮的红色，还是敞篷的，小桥一头钻进去，感觉自己就像登上了某个舞台，顿时拘谨得不行。

钟越见小桥规规矩矩坐着，一动不动的样子，便皱眉道："把安全带系好。"

"哦。"小桥说着，左右张望，却没找着安全带在哪儿。

钟越叹了口气，也懒得跟她废话了，直接探过身来，抽出带子替她绑好，小桥绷紧身子，屏息凝神地任他摆布，等他直起腰来时，一股香气掠过小桥的鼻息。

小桥不觉多看了钟越一眼，原来他还抹香水，真讲究，幸亏香水味儿不难闻，淡淡的，有点像雨后树林散发出来的气息。

钟越娴熟地起步、提挡，开车跟玩儿似的，脸色却显得格外严肃，小桥本来跟他就没话讲，见他这样深沉，便也只是直挺挺地坐着。

飙了半天车，钟越见小桥毫无反应，有点憋不住："你觉得我这车怎么样？"

小桥怔了怔，目光朝车内扫一眼："很漂亮。"

钟越蹙眉扫了她一眼："没了？"

小桥困惑："难道它有什么问题？"

钟越气不打一处来，他听惯了上他车的男男女女惊喜的夸赞，像小桥这样木讷的乘客还是头一个，他咬牙："这是玛莎拉蒂！"

"哦——你还给你的车起了名字！"

钟越差点就眼冒金星了："玛莎拉蒂不是名字，是品牌！江小桥，你是不是从外星球上下来的？"

"不是啊，我是纯种地球人。"

"你纯种土包子吧！"

小桥见他气成那样，心里好受了些，宽宏大量地承认："我是不怎么懂车的。"

之后两人更是彻底无话了。

钟越把她送到肯德基，小桥解掉安全带，忽然问："哎，我们之前的恩怨应该算一笔勾销了吧？"

钟越鼻子里哼气："算吧。"

"那你以后还会去我们店里吗？"

钟越没好气："去干吗？等着被你泼啊！"

小桥放心了，朝他嫣然一笑，那笑容如一道灿烂的霞光，陡然在钟越眼前闪过，他顿时有点呆。

"那就好！我也这么觉得。"

"什么？"钟越反应迟钝。

"我的意思是，我们以后还是不要再见面了。"

小桥下了车，脚步轻快地往店里走，钟越望着她的背影，只觉得心里有团莫名其妙的火在滚来滚去，甭提有多郁闷了，还是第一次有人敢如此公然地嫌弃他。

他用力一踩油门，车子疯了似的飙出去。

傍晚，小桥正在厨房煮饭，丁丁拍着篮球在门口晃来晃去。

"小桥，今天你煮的什么，味道怎么怪怪的？"

小桥讶然，揭开锅盖闻了闻："炖羊肉，挺香的啊！"

"羊肉？我不吃羊肉的。"

"可是羊肉暖胃，你爸爸不是胃不太好吗？"

"哦——原来你是买给我爸吃的呀！"

小桥笑起来："你怎么这么小心眼儿，我本来就是煮给大家吃的嘛！"

丁丁不吭声，心不在焉地拍了几下球，忽然说："小桥，晚上散步的时候能不能麻烦你转告我爸爸……这回的数学我考得不怎么样，不过老师说题目是有难度的。"

小桥奇怪："你自己不会告诉他？反正我们得一起出去。"

"可是，散步的时候，你跟他走得比较近嘛！"

小桥扑哧笑出声："你就这么怕你爸爸？"

"怕倒是不怕，就是不想看见他失望的表情。"

"那你为什么不好好学习呢？"

丁丁沉默了会儿，说："我以后会努力的。"

晚上，小桥正在盥洗室洗衣服，赵奕南走进来，两人一照面就笑，今天赵奕南回来得晚，没跟小桥他们去散步，但小桥还是遵守诺言，帮丁丁传了话，之后丁丁才把试卷呈上去给老爸看，有了小桥做缓冲，赵奕南的态度明显不如以前凶狠了。

"考试分数的事，是丁丁主动让你告诉我的吧？"

小桥笑道："小孩子就该以鼓励为主嘛！敲毛栗子很痛的。"

赵奕南摇摇头："他就没吃过几个毛栗子，每次我手才扬起来他就哇哇叫着跑掉了。"

"可是你那吓人的气势在呀！"

赵奕南闻言倒是顿了顿，半开玩笑地问："不会把你也吓着了吧？"

"有点哦！我在家如果做错事，我妈顶多啰唆两句，可见爸爸和妈妈是很不一样的。"

赵奕南略觉尴尬："我也就是做做样子的，男孩子太皮，不唬一唬根本管不住。"

"幸亏我是女孩子。"

赵奕南含笑瞥她一眼："你这么乖，就是做了错事也没人忍心惩罚你。"

洗衣机停了，小桥打开盖子，把衣服一件件取出来。

赵奕南又道："下午碰见Terrisa，她告诉我，今天请你跟那位不讲理的客人吃了顿饭，那人……向你赔礼道歉了？"

小桥想了想："算吧。"

"态度真诚么？"

小桥耸肩："管他是真是假呢！反正以后不会再跟他见面了。今天要不是Terrisa太热情，我根本不会去的。"

赵奕南笑："这么绝？"

"你不知道那人有多恶劣，我以前一直觉得人跟人是差不多的，碰到他我才算见识了，其实人的品种也是丰富多彩的。比如他那一类的，根本不是按正常逻辑发育出来的，不光自以为是，还老觉得全地球都是他一个人的，嗨！不提他了。"

赵奕南虽然还微笑着，但看着小桥那一脸生动的表情，心里不知缘何，隐约有些不安，连他自己都说不清楚是怎么了。

和Terrisa吃饭也不是一无所获，在提升英语方面小桥总算找到了方向——看来不去上个英文培训班，单靠自己的力量，她这英语水平短时间内很难提高。

晚上，她窝在房间里上网查资料，但三江的培训机构实在太多了，还个个都把自己吹得神通广大，她看得眼花缭乱，正不知怎么办好时，手机忽然响了，是个陌生的号码。

她接起来，一个慵懒的声音在耳边响起："江小桥？"

"你是……"小桥有些困惑，这声音有点熟悉，但又不能太确定。

"呵呵！才在一起吃过饭没两天，这么快就把我忘了？"钟越的嗓音仿佛有些酸溜溜的。

"哦，原来是你呀！你给我打电话干什么？"

"你紧张什么，咱俩隔那么远呢，我不会吃了你的——你不是想学英文么，我打听到个比较靠谱的培训机构，你想不想知道？"

小桥眼睛一亮，这简直就是雪中送炭嘛，她对钟越的态度立刻有了大转变。

"当然想了！你快说说，是哪家？"

钟越啧啧咂嘴："小姐，没见过你这么势利的，前一分钟还冷得像块冰呢，一听说有利可图冰川立马就融化了！"

小桥也不示弱："我又不知道你找我干什么，也许你打电话来又想取笑我呢！"

"我有那么无聊吗！"钟越悻悻，"好了好了，不跟你啰唆了，拿好纸跟笔，我把机构名称和联系方式报给你。"

小桥忙依言记录清楚，又不放心地问："这家培训中心真的有效？"

"应该还行吧。"钟越又恢复了懒洋洋的口吻，"我有个亲戚在里面上课，据说老师讲得挺清楚的，而且提供私人辅导，不另外加钱。当然了，报班的费用可不低。"

小桥顿了顿，小心翼翼地问："你说的那个亲戚……不会就是你吧？"

"什么？"钟越一愣，忽然爆发出大笑，"江小桥，你想什么呢！不要自我感觉太良好了！"

小桥脸有点红，讪讪地说："那就好。"

钟越一听又忍不住来气："你就这么嫌弃我？"

"不是啊！可你看我们一碰面就吵，说不定八字不合什么的。为了大家好，以后还是不要多联系为妙。"

"……江小桥，我真不该给你打这个电话！"

听他口气咬牙切齿的，小桥正要补上道谢，但钟越已经把线给掐断了。

经过多方打听，小桥总算确定钟越给她推荐的这个培训机构在三江口碑确实不错，但报价也确实高。当然了，联想到自己的远大前程，小桥觉得先期投资不能省，妈妈临走前给她留了张卡，里面有五万块，小桥迄今一分没动过，这一回，她咬咬牙，取出一部分来，把名给报上了，正所谓舍不得孩子套不着狼。

因为还要上班，小桥的上课时间只能在下班后的时间段里挑，为此她得有三个晚上不能在家做饭，丁丁知道后老大不乐意，但赵奕南更担心小桥的人身安全。

"下课得九点，晚上回来天都黑了，不如给你安排辆出租车接送吧。"

小桥连连摇头："用不着的，培训中心门口就是公交车站，可以一直坐到超市门口，走回来很方便。"

"但从超市回家还得走十多分钟呢！夜路恐怕不安全。"赵奕南心存疑虑，"可惜我下班时间不能保证，不然就直接去培训中心接你了。"

小桥听得心里甜甜的，笑道："赵哥，你就别担心啦！我胆子大得很，以前在我们镇上，经常夜里出门乱逛呢。"

"这里毕竟不是你们镇……"

丁丁挤进书房来："小桥阿姨，以后我又得吃张奶奶做的饭了，作为补偿，你可不可以在星期天给我做顿好吃的？"

"没问题！"

赵奕南斥道："小桥上一个礼拜的班，还要学英文，难道不累吗？星期天不用小桥做饭，我带你们出去吃。"

丁丁反问："那你星期天不用去公司？"

"我……尽量不去，不行中午溜回来吃顿饭总没问题的。赵丁丁——你怎么光惦记吃？学习有没有抓紧？"

丁丁吐一吐舌头，立马往外撤，嘴里还嚷："民以食为天啊老爸！"

经过测试，小桥被安排在一个有一定英文基础的班级里，她报名有点晚，少上了两节课，不过老师看过她的测试成绩后断言她没问题的，给她发了两份资料让她回去先跟着磁带自学。

"前面两课内容很基础，你下次来再做张考卷，过了就可以直接学下去，不行我找肖恩给你补课。"肖恩是他们班的英籍口语老师。

小桥在家对着课本听磁带，果然都是很简单的对话，没两下就全掌握了，而且她所在的那个班大多是在职人员，年龄分布很广，水平也参差不齐，老师讲课会兼顾到所有学员，小桥身处其中，丝毫没有压力，她对未来顿时充满信心。

头一天下课回家，她一下公交车就听到有人喊自己的名字，抬头看，居然是赵奕南。

小桥惊喜："你怎么来了？"

"我刚下班，出来随便走走，一走就走到车站来了。"

小桥抿嘴笑，她知道赵奕南晚上的时间也很宝贵，从来不肯出来乱逛，因此心中一下子充满暖意。

两人边走边聊。

小桥问："丁丁有没有抱怨什么？"

赵奕南说："哦，你不用在意他，小孩子不能惯的，越惯越娇贵——你怎么样，还跟得上吗？"

小桥点点头："对了赵哥，我还报了个学财务的班，每周只要上一节课，其余时间自学。"

"你学得过来吗？"

"应该可以，也在培训中心上。老师说这个课程学完能拿一个专科文凭，还能考到会计证，我觉得挺划算的，比我原来学的那个管理专业实用多了。"

赵奕南只得叮嘱她："肯学习是好事，不过，别把自己累坏了。"

小桥灵巧地一转身："我精力充沛着呢！如果当初我考上的是四年本科制，现在还在学校上课呢！而且哪里只学英文和财务这两门。这么一算，我比他们轻松多了！"

赵奕南听得直笑，小桥是他见过心态最好的女孩子了。

以后，只要赵奕南下班早，总会去车站等小桥，然后两人一起走回来。

天气渐渐冷下来，有时小桥出门忘记换上厚外套，晚上冻得直缩脖子，但只要从公交车上下来，就会有件厚厚的风衣等着自己。

小桥偶尔会想，赵奕南虽然是男人，但比起妈妈来，他其实更懂得照顾别人，最最重要的是，他从来不会向自己唠叨——如果是妈妈，或许也会给她带件衣服来，但免不了要埋怨她一通。

那天上对话训练课，小桥因为入学晚，没来得及找对子，正觉得麻烦，班里的一位女学员主动找上她："咱俩一起练吧！"

小桥求之不得。

"你是江小桥吧？我叫冯念凝。"冯念凝说着，把自己的名字写给小桥看，又解释说，"之前跟我搭伴那人跟不上这里的速度，转班走了。"

"你的名字真好听。"小桥恭维她，又乘势打量对方。

冯念凝年纪不小了，应该有五十岁左右，但她很会化妆，脸上丝丝缕缕的皱纹都被她用粉底抹平了，远看还挺精神的。

冯念凝笑着跟她谦虚："我的程度也不高，一会儿练起来你可别嫌弃我。"

小桥忙道："怎么会！"

此后上课，冯念凝总是和小桥凑一块儿，时间长了，小桥就发现她并不算好相处。

小桥对别人是不怎么挑剔的，尤其像这种随便遇上的学友，但冯念凝喜怒无常的脾气让她有点吃不消，尤其是当两人为一点小问题出现分歧时，她咄咄逼人的口吻仿佛小桥不屈服她就不肯善罢甘休一样，每当这种时候，小桥就闭嘴噤声了。

不管怎么说，冯念凝的年纪比她妈妈还大，她不想跟长辈一级的人起冲突，这是她一直以来的原则——妈妈有时觉得她没出息，也是因为这一点。

后来，小桥从别的学员那里得知，冯念凝原来是个女强人，在三江开着一家规模很大的公司，在生意场上很有决断，从来说一不二的，这种脾气难免渗透到她为人处世的方方面面。

小桥不太想跟冯念凝就伴儿，又不好意思明说，有时她故意晚一点到，挑个离冯念凝远远的位子坐，但课间休息时，冯念凝还是会搬过来跟她在一起。

毋庸置疑，冯念凝喜欢小桥，喜欢她和善的脾气，冯念凝说话，小桥从来不回嘴。当然，除了性格原因，冯念凝还喜欢小桥勤奋的学习劲儿。

"我有个外甥，特别厌恶读书，从小就吊儿郎当的，他要有你一半的认真我不知道该多高兴。"

小桥便说："人的想法是会变的,我以前上学也不用功,要不然现在也不会来参加辅导班了。你外甥将来有了目标,说不定也就肯努力了。"

"但愿吧!"冯念凝不抱希望似的,"就怕智商这事儿跟遗传有关系,他那对父母呀,都不是读书的料,从老子开始见了书本就害怕,也难怪儿子一上学就头疼了。"

小桥笑道:"那也不见得!我妈妈还是S大毕业的呢!我这个做女儿的不也就在县城里读了两年大专。"

"S大呀!"冯念凝眼眸里似乎有什么东西一闪,"那可是所全国闻名的好学校啊!不过遗传要看父母两方面的基因的,你妈妈聪明,不见得你爸爸也聪明吧?"

"这个……"小桥只好笑笑,"我也说不好,我跟我爸爸不怎么熟,不过听说他曾经是S大的老师。"

冯念凝听了,心头猛然间突突地跳:"你的意思是,你爸爸妈妈离婚了?"

"嗯。"

"什么时候?"

小桥对冯念凝那一脸凝重的表情有点奇怪,但还是如实答道:"很久以前的事了,那时候我才三岁。"

"你妈妈……叫什么名字?"

小桥更奇怪了:"你问这个干吗?"

冯念凝勉强笑笑:"没什么,有点好奇而已。我在S市待过好多年,也和S大里面的一些人有来往……说不定,我还认识你妈妈呢!"

小桥想想在理,对冯念凝不觉也生出一丝亲切来,坦然道:"我妈妈叫江秋梓,S大信息学院89级学生,她在学校的时候还当过什么学生会的什么干部,反正挺出名的,你听说过吗?"

冯念凝却久久没有说出话来,表情愣愣的,让小桥摸不着头脑。

那天后来的时间里,冯念凝再也没跟小桥说过一句话,小桥以为她又周期性心情不好了,便也不敢与她搭讪,专心听起课来。

谁知自那天之后,冯念凝忽然就不再跟小桥坐一起了,不仅如此,一看见小桥她就会走得远远的,如避瘟疫似的。

小桥很是纳闷,自己并未得罪她呀,还是说……妈妈曾经得罪过她?

可不是嘛,冯念凝对她转变态度正是在向她打听完妈妈的情况之后。这么说,她一定是认识妈妈的了。

小桥很想打电话问问妈妈,但又怕节外生枝,万一冯念凝真跟妈妈有仇,妈妈知道自己跟她在一起后岂不是又要担心——妈妈上回来三江拖她回去的情景小桥可不想再经历一遍了。

疑团在肚子里琢磨了好几天，小桥有点憋不住，特别想找个人说说话，便乘赵奕南有空时把困惑婉转地讲给他听。

赵奕南也不明白怎么回事，但感觉事情也没什么严重的，便宽慰她："你们不过是萍水相逢，合则来不合则散，犯不着为了她耿耿于怀。"

小桥一想也对，反正她也不喜欢冯念凝，现在这样不正好如她所愿了，顿时释然。

丁丁期中考试了，成绩让所有人跌破眼镜——居然首次破天荒挤入前十名。

虽然只是正好排在第十名，但这个结果赵奕南平时连想都不敢想，他第一次在检查儿子考卷时露出笑容，连小桥都替丁丁高兴。

丁丁心里也特得意，但脸上还装出特别遗憾的样子摇头叹气："老师心黑，作文给我扣了四分，否则我就是第九名了。"

赵奕南笑道："作文扣分很正常，就是莫言的作文拿给你们老师来批，照样也得扣两分——丁丁，这回考得不错，星期六爸爸带你去逛海洋公园怎么样？"

丁丁眼珠子滴溜溜地转："爸爸，咱们说好的iPad呢？"

赵奕南乐道："原来你没忘啊！行了，等着吧，会有的。看来还是苹果对你的吸引力大呀！我成天给你吃鸭梨（压力），你也从来没考进过前十！"

不知道是不是学习太累了，期中考试结束后没多久，丁丁就发烧了，症状挺严重，在医院住了几天，天天挂水。

小桥想请假照顾丁丁，被赵奕南拦住了："有张阿姨在，你还是好好上班、学习吧。跑来跑去太麻烦，别也累出病来。"

小桥只得答应，但心里实在挂念丁丁，课程虽然不能脱，但下班提早一点走还是可行的，只要她跟经理打声招呼。

于是，这天下午游戏时间一过她就开溜了，跑去医院看丁丁。

丁丁看见小桥不喜反忧："唉，偏偏在这个节骨眼上又是生病又是住院的，真想立刻就能好了回家！"

小桥说："你爸爸很紧张呢，你还是安安心心住一阵，把身体养好吧。"

"可是，再过一个月就圣诞节了！小桥，我们说好要庆祝圣诞的呢！"

小桥有点无语："原来你为这个着急！放心吧，你这病过个一星期肯定就好了。还有啊，你要是在医院觉得无聊，正好趁现在想想要买什么。"

丁丁叹了口气："我吧，也没什么特别惦记的，但爸爸答应我的iPad还没买呢，你有空记得给他提个醒。"

"你爸爸肯定不会忘了的。"

"他是不会忘，就怕他老装傻。小桥，爸爸听你的，你跟他一说他肯定买。"

"谁说他听我的了？"

"傻瓜都看得出来！"

小桥不太自信："那万一他不听呢？"

"你用点技巧嘛！说得他不好意思了，就只能买了。"

小桥失笑："我说你怎么忽然成绩上去了呢！原来从前都把心思花在琢磨你爸爸身上了——好吧，我找时间跟他提提看。"

丁丁这才心满意足地笑起来。

有一天，小桥去病房看丁丁，恰好徐琛也在，正跟张阿姨热络地聊天，丁丁在床上闭着眼睛假寐。

张阿姨好像在夸徐琛，她一张脸有点红，小桥忍不住想，原来她也有这样羞赧的表情呢，不知道张奶奶跟她在讲什么。

看见小桥进来，徐琛站起来要走，张阿姨忙从床头拿起热水瓶来晃了晃，跟谁解释似的说了句："没热水了，我去打一瓶来！"就随徐琛一起出去了。

等她们俩走了，丁丁立刻把眼睛睁开，小桥捏捏他鼻子："我就知道你没睡着！"

徐琛带来好多玩具和水果，小桥翻翻这个，看看那个："丁丁，你发财了！"

丁丁不以为然："又是一堆幼稚的东西！女人总以为自己很了解小孩子，其实根本不知道我们真正要的是什么。"

"那你要什么？"

丁丁嘿嘿笑："你跟我爸说了没？"

小桥一拍脑袋，懊恼："哎哟不好！太忙，给忘了！再说这两天晚上也没碰上你爸爸。他公司里好像有很多事！"

丁丁不听她解释，白她一眼，失望地扁扁嘴。

小桥赶忙发誓，"你放心，今晚回去我一定找他说！"

"好吧，那就再给你次机会。"

"谢谢！"小桥笑嘻嘻地说着，从桌上取了个苹果，削好后递给丁丁，"哎，刚才张奶奶跟Linda在聊什么呢？"

丁丁啃着苹果说："张奶奶想给徐阿姨介绍对象。"

"原来如此！难怪她脸红扑扑的呢！张奶奶真够热心的。"

丁丁老成道："徐阿姨年纪也不小了。"顿一顿，又说："看着吧，今天徐阿姨来了，明天Lisa肯定也要来。"

"这是为什么？"

丁丁嫌她不开窍似的："还用问！她们都喜欢我老爸呀！"

小桥笑道："这你都懂！"

丁丁哼了两声，忽然说："如果没有我，爸爸说不定早跟徐阿姨结婚了。"

小桥意外地瞅了瞅他："那也要你爸爸喜欢Linda才行啊！难道说……他喜欢Linda？"

"徐阿姨以前做爸爸的秘书时，两人关系很好的，爸爸还曾经问过我，觉得徐阿姨这人怎么样？"

小桥莫名紧张："你怎么说的？"

丁丁垂眸望着手上的苹果："我说，我希望妈妈能回来……以后爸爸就再也没问过我。"

小桥听了，不知为什么，忽然替赵奕南难过起来。

这天晚上，赵奕南又加班，久不见归，小桥想着自己答应丁丁的事，决定等他回来。

洗完澡，她拎着本书下到一楼，蜷缩在客厅沙发里看书，看着看着就觉得身上冷，又懒得跑上楼去加衣服，把沙发上一条毯子抖开往自己身上一披，继续看。

没多久毯子也顶不住了，她左右望望，将沙发扶手上搭着的一块绒布也揭下来盖在身上，目光朝另一边望过去，那边扶手上还有一块呢。

等赵奕南下班到家，小桥已经歪靠在沙发上睡着了，还轻声打着鼾，赵奕南见了不觉暗笑，真像只小猪。

不过，说是小猪好像还不贴切，他从没见过这么漂亮可爱的小猪，也许，说像小猫更合适一点吧。

他站在小桥面前正胡思乱想，小桥蓦地睁开双眸，揉揉眼睛，打个呵欠："赵哥，你什么时候回来的？"

赵奕南忙把目光从她脸上转开："我，咳，刚到家。"

"你一天比一天晚了。"

赵奕南这时才注意到她那一身打扮，忍不住要笑："你怎么像只从垃圾场飞出来的小麻雀，身上东披一块西披一块的。"

小桥不好意思地爬起来："我冷。"

"冷就多穿点衣服——对了，都十点多了，怎么还不去睡？"

"我等你呢！"

"有事吗？"赵奕南把公事包往桌上一搁。

小桥把属于沙发的布一块块重新搭好："丁丁一直惦记着iPad呢，你可别忘了给他买。"

"这小子！"赵奕南笑起来，"早给他买好了！"

小桥眼睛突然亮起来："真的呀！那明天我给他带去医院吧！"

"不着急，他正病着，一玩iPad就没法休息了。我打算当作圣诞节的礼物送他——你先别告诉他，省得他心痒难熬的。"

"好勒！"小桥理好东西站起来，"你买了我就放心啦！"

"你找我就为这事？"

"是啊！"

"那赶紧睡去吧，不早了！"赵奕南重新抄起公事包，往书房里走。

小桥脚下略一犹疑，忍不住跟上去，"赵哥！"

"嗯？"赵奕南在书房的椅子里坐下，面色有些倦怠，但仍然笑着，"又有什么事？"

小桥站在门口，手扶着门框："今天我去医院看见Linda了。"

"哦，这我知道。"

小桥咬了咬唇，决定说出来："张奶奶准备给Linda介绍男朋友呢！"

"这是好事，Linda早该找个男朋友了。"

小桥见他不以为意的，忍不住嘀咕："赵哥，你是不是因为丁丁，才，才一直没结婚？"

赵奕南没想到话题忽然扯到自己身上来了，不觉怔了怔，随即又笑："怎么无端说起这个来了？"

"我虽然才来你们家不久，但在我心里，已经把你和丁丁都看成亲人了，有些话，也许不该我说，但藏在心里很难受。"

赵奕南隐约明白她想说什么，略觉不自在，但也知道依小桥的性格，让她心里憋点事比骂她都让她难受，便道："有什么话你直说无妨。"

小桥眨巴着眼睛，表情真诚："我妈妈这么多年都是一个人过的，虽然她显得无所谓的样子，可我知道她其实一点都不觉得幸福。外婆说，人到了一定年纪就该有个伴儿，就是什么忙都帮不上，说说话解闷也是好的。"她瞥一眼赵奕南，"赵哥，你还这么年轻，有些机会千万不要再错过了。"

070

赵奕南没想到她小小年纪居然能说出这样一番话来，心里有点暖融融的，便也放弃了跟她打太极的想法，略微思索后，推心置腹道："我倒不是抱独身主义，但一直以来没碰到特别合适的人，或者可能是时机不对，婚姻大事又关系到一辈子，我不想随随便便就……"

"那Linda呢？"小桥冲口而出。

"她……我们是很好的同事和朋友，但也仅此而已。"

"……你不会还在等丁丁他妈妈吧？"

赵奕南苦笑着摇了摇头："七年了，她想回来也早该回来了。一个人存心要躲起来，再怎么想也没用。"

忆及往事，心里便生出一股怅怅的情绪，赵奕南不想再聊下去，伸手打开电脑，笑道："小桥，我看你还是去睡吧。我回掉几封邮件也得赶紧上床了，最近公司出了点麻烦，我连着三天没睡好觉了。"

小桥连忙点着头后退："行行！那你也抓紧时间休息，注意身体！"

等小桥走后，赵奕南并未立刻工作，他闭起双眸，脑袋枕在椅背上，让适才被勾起的思绪再稍稍发散会儿。

曾有那么一阵子，他跟徐琛走得很近，家人察觉后也都怂恿他追徐琛，但他总觉得和徐琛之间缺了点什么，就迟迟没有动作，再加上后来丁丁的反对，他就更不肯举步上前了。

母亲为他的婚姻真是操碎了心，从一次次期望再到一次次失望，直至后来放手不管远走他乡，他知道自己伤了母亲的心。赵奕南也不是不想结婚，正如刚才跟小桥说的那样，或许只是缘分未到而已，而时间却一年年蹉跎了下来。

他下意识地摇摇头，睁开眼睛，再往下想，只会增加他的心烦意乱，不如干点儿实际的，至少能让虚空的心得到短暂的充实。

他凝聚起注意力，专心致志读起邮件来。

Chapter5 男人间的较量

小桥一踏进教室就听到有人高声招呼她："江小桥，坐这儿来！"

她讶然转眸，看见冯念凝正使劲向自己招手，脸上洋溢着超出正常范围的热情，她顿时瞠目结舌，正不知如何是好，冯念凝已经上来挽住了她的胳膊，亲热地说："赶紧过来坐呀！一会儿老师就要到了！"

两人重又坐到一起，小桥却浑身不舒服："那什么，你……"有些话想问又找不到恰当的语句来表达。

冯念凝主动向她解释："前阵子我丢了笔生意，心情特别不好，就没跟你凑一块儿，你知道我脾气的，有时候有点不讲理，万一说错了话得罪你，我这罪过可就大了！"

小桥一琢磨，这理由似乎也说得过去。

冯念凝从包里取出一大盒巧克力硬塞给她："来，拿着，别客气！我公司里的小青年去欧洲做事带回来的，正宗瑞士巧克力。"

小桥推不过，只得拿了："谢谢！那就祝你……祝你生意兴隆。"

冯念凝笑道："真是托你吉言！不瞒你说，这次我们在欧洲弄到一张大单呢！"

小桥见她果然喜气洋洋的，一副人逢喜事精神爽的派头。看来之前是自己多虑了，她这么一想，彻底放下了戒心，同时又为自己过于多心有点赧然。

上着课，小桥专心致志听讲，不经意间转了下头，赫然发现冯念凝正目不转睛打量自己，那直勾勾的眼神让她顿觉毛骨悚然。

"……怎么了？"她忐忑不安地问。

被她发现后，冯念凝并未尴尬，反而把脑袋凑过来低声问她："小桥，你有男朋友吗？"

"男朋友？"小桥眨巴着眼睛，"没有啊！"

冯念凝微笑："我给你介绍一个怎么样？"

小桥吓一跳，连忙摇头："不用！不用！我还小呢！"

"小什么！你明年就二十一岁了吧！我跟你讲，找男朋友一定要趁年轻，先下手为强，不然等以后想找的时候，好男人都给抢光了！"

小桥被逗乐，但还是摇头："我现在没心思考虑这个，想好好读两年书再说。"

"读书跟谈恋爱又不冲突的啰！再说，我也不是胡乱给你介绍。就我那外甥，虽然读书不上进，脑子可是很活络的，如今在我公司里做销售，我可是拿他当接班人来培养的！最最关键的是，他长得帅啊，好多人说他长得像韩国的李什么呢！我一时想不起名字来了，就是腿很长的那个，你们小姑娘不都喜欢看韩剧吗！我这外甥比明星还要出挑，没哪个女孩子看见了不喜欢的，从小学到高中，那真是一路突围才能勉强保持单身至今！"

小桥心说，难怪读书读不好了，原来是个现代贾宝玉！

冯念凝介绍完毕，端详她的表情："你别当我吹牛，等看见真人你就知道我说得一点不假了！"

小桥不知怎么回答她好，只能一味保持憨笑，老师大概察觉她俩不专心，忽然点她名起来回答问题，两人的私语这才被迫终止。

本以为冯念凝是说着玩的，谁知课间休息时她出去打了个电话，回来就眉飞色舞地告诉小桥："一会儿下了课，我外甥来接我去吃夜宵，你也一起来，顺便介绍你俩认识！"

小桥哪里肯，可冯念凝韧劲比她足多了，课程一结束，愣是跟绑架似的连拖带拉把小桥拽到门口一辆红色的跑车跟前。

一见那扎眼的亮红色，小桥本能觉得有几分熟悉，正疑惑间，钟越从车子里探出脑袋来，盯着她笑道："土包子，真不巧！我们又见面了！"

冯念凝拿手指一戳钟越的脑门："臭小子！怎么说话的！"转头看小桥，"怎么，你们早就认识了？"

钟越抢着介绍："姨妈，她就是在肯德基泼我一身那位！"

小桥脸一红，尴尬死了。

冯念凝笑道："该！谁让你以前老戏弄女孩子，现在碰上对手了吧——小桥，愣着干什么，上车啊！"

小桥懵懵懂懂被推进车里，脑子这会儿才转过弯来："哦！钟先生，你之前提到的那位亲戚原来就是……"她手指一转,指向冯念凝。

钟越说:"你总算还没傻到家!"

"什么先生不先生的,以前的事都别提了,直接叫他钟越!"冯念凝亲热地揽住小桥的肩,"至于我呢,你就随小越,叫我姨妈就成了!"

小桥叫不出口,感觉怪怪的,"我、我还是叫你冯姨吧。"

钟越发动了车子,高声问:"姨妈,我们去哪儿?"

"去吃优乐门的小火锅怎么样?"

那地方小桥是知道的,在城北呢,离家很远,她顿时急了:"不行!不行!我得回家去,晚回去了家里人会着急的!"

冯念凝奇怪起来:"你不是寄住在你叔叔家吗?叔叔还管这么严?"

小桥不想和他们解释太清楚,只正色道:"就是因为叔叔家人好,我才不想让他们担心!总之我得回去!"

冯念凝见她态度这样坚决,硬来反而没趣了,只得说:"那……既然小桥急着回去,我们就改天再聚吧。"

小桥顿时松了口气,忙又道:"你们把我在前面的车站放下来就可以了。"

"哎哟!瞧你说的,既然上了这车,就得把你送到家!小越,先送小桥回去——小桥,你叔叔家在哪儿来着?"

小桥当然不想让他们知道自己确切的住址,便把离家不远的那个车站报给了钟越。

一路上,冯念凝没少拿她跟钟越开玩笑,小桥别提有多别扭了,可又不便拂了她的兴致,也说不上来为什么,小桥打心眼里有点儿憷她。

好容易忍到车站,小桥心里顿时高兴起来。

"冯姨,钟先……哦不,钟越,谢谢你们送我回来,我这就下了。"

冯念凝使劲一推钟越的背:"还不赶紧给小桥开车门去!"

小桥实在受不了冯念凝的热情,一边嚷着:"不用不用!我自己下就可以了!"一边慌忙地去推车门,却被冯念凝一把拽住。

她盯着小桥的双眸在夜色里格外闪亮:"这你就不懂了!男人哪,不能对他们太好,得让他为你忙起来,将来他才会珍惜你!"

"我……这……"小桥面红耳赤,张口结舌,连话都不会讲了。

这边钟越已经为她拉开门,低下脑袋来看着她:"请吧,江小姐!今天你面子可大了去了!"冯念凝瞪自己外甥一眼:"小越,小桥可是个好姑娘,你别不知好歹!"

钟越不反驳,只是笑。

小桥臊得不行，逃跑似的下了车。

可巧这天赵奕南得空早回来，算算时间差不多，便像往常一样散步去车站等小桥。

刚走出巷子，就见小桥慌慌张张从一辆醒目的跑车上下来，身边站着个高大帅气的年轻男子，正满面带笑与她道别。

赵奕南的脚步顿在巷口，心里涌起千奇百怪的滋味，让他既陌生又不舒服。

小桥好容易摆脱了那两人，摸摸自己的脸，还烫着呢，有点懊恼，真不该上钟越的车。

她向前走了几步，忽然看见杵在巷口的赵奕南，表情呆呆的，仿佛在出神，小桥顿时又高兴起来，蹦蹦跳跳地冲过去。

"赵哥！"

赵奕南勉强朝她笑笑："今天没坐公交车回来？"

"嗯？啊，刚才你看见啦！"小桥的脸又微微红了红，赵奕南看在眼里，更加不是滋味。

"是一起上课的学员，非要送我回来。"她特意没提冯念凝的名字，暗忖若是赵奕南知道自己又跟她混一块儿去了，该笑话她小孩子了，一会儿猫，一会儿狗的。

两人一起往家里走，小桥问："赵哥，你今天终于不加班啦？"

"嗯，麻烦刚解决，可以轻松几天。今天我带丁丁出去吃了晚饭。"

丁丁在医院住了一个多星期，前天刚出院，可把他憋坏了。

"真好，可惜我没赶上！丁丁睡了吧？"

"嗯。"

小桥双手对着搓了搓，跺跺脚，赵奕南回过神来，把搭在臂弯里的外套递给她。

"谢谢赵哥！"小桥由衷地表达感激。

赵奕南照例只是笑一笑。

不知为什么，小桥觉得今晚的赵奕南不似过去那样兴致高了，显得有些沉默，她几次偷偷打量他表情，没发现什么异常，只是他对什么话题都淡淡的。

一定是前阵子太忙，累着了。小桥想让他以后别来车站接自己了，嘴巴张了张，终究没说出口，她喜欢和赵奕南一起散步回家的感觉。

小桥现在每天过得都很充实，一忙碌就把那天晚上冯念凝开的玩笑给抛到脑后去了，谁知下一次上完课，钟越又来了。

这一回，冯念凝把小桥塞进车里后没上车，而是嘱咐钟越："以后送小桥回去的任务就交给你了。别总是让她坐公交！"

钟越居然爽快地答应了："遵命，姨妈！"

小桥又开始万爪挠心了。

冯念凝满意地走了，她有专职司机接送。

小桥等她走远，才对钟越说："你姨妈不在，咱俩就别演戏了吧！"

"江小桥，看来你挺了解我啊！"

小桥待要下车，被钟越拦住："哎哎！我来都来了，就让我做回活雷锋吧！再说，我姨妈这人精明着呢！回头万一让她发现我脚底抹油了，非骂死我不可！"

"你怎么这么听你姨妈的话？"

"她是我老板！每月给我发薪水的，我能不听她的嘛！"

小桥才不信："你就靠每月领薪水，能买得起这么贵的车？"

她后来总算弄明白了，钟越这辆骚包车值好几百万呢！

"你说这车？"钟越得意起来，"凭我自己当然买不起了，这是我爸送我的生日礼物！"

小桥咋舌："你爸真有钱！"

"还成吧，他上世纪80年代就下海做生意了！不过跟我姨妈比起来还是差得很远。"

一路闲着也是闲着，钟越又难得和颜悦色，小桥就跟他聊起来。

"对了，听你姨妈说，她打算培养你做她公司的接班人呢！你姨妈……她自己没孩子啊？"

钟越瞥她一眼，仿佛觉得她有点八卦，但因为心情好，也就没给她冷脸看。

"她是没孩子，我姨父，不对，是前姨父没有生育能力。"

"哦，原来这样！"小桥恍然，"难怪她这么看重你。"

钟越皱皱眉："你那什么眼神啊，我也不是很差吧？"

小桥这时候又想起来个事儿，"对了，你姨妈说她以前在S市待过，她在那儿是干什么的？"

"S市？那可是很多年前的事了！我前姨父当时被调去市委做这个。"钟越翘翘大拇指，"姨妈就跟他一起过去了。后来两人离了婚，姨妈就又回来了。"

小桥不便打听冯念凝离婚的细节，但对她突如其来的热情依旧困惑："你姨妈怎么会看上我了呢？"

"她品味独特呗！"钟越一脸没正经，小桥反正都习惯了。

"那……她是怎么跟你提到我的呀？"

钟越眼神闪烁："没什么特别的，就是觉得你人好，说你这样的女孩现在不多见了。"说着，嘴角不觉噙一丝笑，"其实就是说你傻！"

小桥是不喜欢蹚浑水的，冷不丁遇到冯念凝这样的，有点不知所措，想了半天，觉得还是从钟越这里打开缺口比较好。

"钟先生……"

"叫我钟越。"

"好吧，钟、钟越，你看啊，咱俩其实不是你姨妈想的那回事……"

钟越打断她："你说清楚点，哪回事？"

"就是，你不会看上我，我呢，我也不会喜欢上你……"

钟越大概觉得后半句话格外刺耳，忍不住冷哼一声。

"所以，你能不能跟你姨妈说清楚，以后我们还是别来往了，行不行？"

"那不行！"钟越阴阳怪气，"我姨妈脾气大，你不怕得罪她，我还怕呢！再说了，你有这想法，干吗不自己跟她说去？"

小桥苦着脸："我说好多次了，她根本不听！"

钟越解气地笑："那我也没办法了！小土包，看来你一时半会儿还甩不掉我，咱俩来日方长呢！"

赵奕南第二次看到小桥从那辆跑车上下来时，心情就不只失落了，他甚至有点生气。等小桥走近了，他虽然还微笑着，但表情里掺进了几分冷淡。

"赵哥！"小桥依旧没心没肺地朝他扑过来。

赵奕南忍住不看她，淡淡地道："既然都让你同学送了，为什么不直接送到家门口？"

小桥听出他口气有些异样，便说："我不想让他们知道我住哪儿。"

赵奕南脸色更不好看了："这又是什么道理？"

小桥瞅瞅他的表情，明显感觉赵奕南生气了，尽管她不懂是为什么。她有点慌，看来必须得跟他说实话了。

"其实，那个人就是，就是在肯德基被我泼到的客人钟越……"

赵奕南的心突地往下一沉，如果人的确有第六感的话，他相信此刻那玩意儿正在自己身上起作用——早在Terrisa告诉他小桥和钟越一起吃饭那次开始，他心里就有种不安，本以为那件事已经淡了，想不到如今又重新冒头。

"你又跟他来往了？"他控制住不悦问。

"不是！"小桥忙解释，"只是恰好碰到，他非送我回来，我根本拒绝不了。"

"他想干什么？"

小桥支吾起来，但觉得还是不要瞒着赵奕南为妙："是他一个亲戚跟我在同一个英语班上课，也不知怎么想的，突然说……要撮合我们……"

赵奕南不觉停下脚步："这么说，他在追你？"

"不算吧。"

尽管街灯昏暗，赵奕南还是看到小桥的脸在慢慢红起来。

"你喜欢他吗？"他尽量心平气和地问。

"没有！没有！"小桥立刻把脑袋摇得像拨浪鼓，"我现在根本就不想考虑这个问题。"

赵奕南微微松了口气："那么他呢？"

"他…….他也没那意思，不过是应付他亲戚罢了。而且，还有点恶作剧心理。"小桥想起钟越临分别前那得意嚣张的口气，忍不住又烦恼起来。

赵奕南想了想，说："如果你没那意思，不妨跟他们把话说清楚。你善解人意，肯替人着想是优点，但有时候，必须学会对某些人说不。"

小桥本还想为自己辩解两句，转念一想，即便赵奕南也未必应付得了那两人，一个固执一个蛮横，说了反而给赵奕南添不痛快，还是自己想办法吧。

她点点头，乖顺地答应："知道了！"

上课的日子又到了，小桥第一次对去培训中心感到发怵，不过钱都交了，她学也学了好一阵了，总不能半途而废。

硬着头皮去培训中心，没想到这天冯念凝没来，小桥大松了口气，总算可得片刻安宁了。

课程即将结束时，小桥忽然收到赵奕南的短信："你下课了吗？我在培训中心门口。"

小桥既惊且喜，这还是赵奕南第一次亲自来接她，忙回信过去："马上就出来了！"

一下课，她拎起背包就往大门口冲，远远地看见赵奕南的黑色奥迪停靠在对街的树荫下，心里顿时乐开了花，嘴一咧，正要往对面奔，半路上忽然冒出个身影来拦住了她，同时，她的胳膊被猛地拽住，一个声音在耳边响起："江小桥，你跑什么跑！我的车在这儿！"

小桥一见钟越就心烦意乱："你怎么又来了？！"

"嘿！不是说好由我负责送你回家么？"

"可你姨妈今天没来啊！"

"哦,她出差了——这有什么关系!我不是没出差么!我这人哪,没别的优点,就是一诺千金!"

不由分说,钟越拽着她就往自己的车边走,小桥急道:"你放开我呀!我哥哥今天来接我了!"

钟越目光朝对面胡乱一扫,笑起来:"别拿你那些个什么叔叔哥哥来哄我了!我说你也真是,有人肯免费提供服务,你非但不说声谢谢,还总是这么嫌弃我,幸亏我不是玻璃心,不然就有一百颗心都被你敲碎了!"

小桥使劲挣扎:"我没骗你,我哥真的来了!钟越,你别总是这么强人所难行不行?"

钟越被她这不情不愿的态度搞得有点受伤,更多的是恼怒:"你这人怎么回事!非要这么矫情是不是?你以为我多高兴来接你呢!要不是我姨妈……"

就在这时,一个沉稳的男中音打断了他的控诉:"钟先生,麻烦你放开小桥。"

钟越错愕地扭转头,小桥乘势挣脱他,如获大赦般跑到赵奕南身边:"赵哥!"

"你,你是小桥的哥哥?"钟越一脸尴尬。

赵奕南点头:"听小桥说,最近她回家都是你送的?"

钟越茫然地笑了笑:"是啊!你好,你怎么称呼……"

"我姓赵。"

"赵先生,我跟小桥认识有一阵了,我们……"

"谢谢你送小桥回家。"赵奕南并无心听他解释,下巴略略扬起,"前段时间我太忙了,只能让小桥自己坐车回家,不过从今天开始,我会按时来接小桥,就不劳你费心了。"

言毕,赵奕南很有涵养地对钟越点点头,带着小桥并肩过街去了。

钟越愣在车边,望着两人远去的身影,心里忽然酸溜溜的,赵奕南根本不用强拉小桥,她就乖乖地跟着他走了,还一脸喜悦的表情。

他忽然有种被冷落的感觉,心情也迅速变得灰溜溜起来,这让他很不爽。

真是见鬼了!

小桥喜滋滋地上了赵奕南的车,隔一会儿就转头瞄一眼他的脸。

赵奕南笑道:"你老看我干什么?"

"谢谢赵哥!"

"应该的。"赵奕南嘴上这样讲,心里却觉得险险的。

那小子长得的确不错,如果他懂得谦逊一些,而不是像刚才那样摆出一脸不可一世的表情,小桥说不定就不会将他拒之门外了。

"你今天怎么忽然会来接我？"

"下班早，就直接过来了。"赵奕南瞥她一眼，半开玩笑，"怕那家伙还缠着你。"

"那你刚才说的是真的？"

"什么？"

"以后每次都会来接我？"

被小桥这么一提醒，赵奕南才回过神来，心中有些歉然，也对刚才的冲动许诺感到懊恼，他不见得真能做得到，不过还是点头说："我会尽量。"

答案不尽如人意，但小桥已经很高兴了，一想到以后一下课就能见到赵奕南，她就忽然很开心。

她不得不承认，如今赵奕南在她心目中的地位已经和妈妈并驾齐驱，某些方面甚至都超过妈妈了。

最后一个会开完，赵奕南扫了眼时间，匆匆走出会议室，即将进办公室时，秘书Lisa抱着一堆文件跟进去。

"赵总，LEK的陈总打电话来找你，说有重要的事情跟你谈。"

"知道了，我明天会打给他。"

"这几份报告是安吉拉的急件，需要你签字确认的。"

赵奕南一边收拾东西一边说："安吉拉自己都下班了吧？明天我会看的，先放着。对了，Lisa，以后不用总是跟我到很晚，有事留张条在我桌上就可以了。"

"没关系的，赵总！"Lisa笑得一脸妩媚地走出去。

赵奕南有点无奈地摇摇头，关好电脑，收拾完公事包，准备锁门出来，孰料Lisa又跑了过来："赵总，Bobby的长途，我给你转到办公室去吧！"

"别！"赵奕南看看表，"我有事得走了！你跟Bobby说晚些时候我会打给他。"

"可他非要你现在就听！而且……我都告诉他你还在公司了。我还是给你接过去吧。"

Bobby是总部的大佬之一，赵奕南叹一口气，妥协："好吧，接进来。"

下了课，小桥就站在培训中心门口等赵奕南，冯念凝出差还没回来，更值得庆幸的是，钟越也终于不在眼前晃荡了。

已经是十二月下旬，圣诞节的钟声即将敲响，这个城市的各个角落都洋溢着节日的氛围，不过在偏远的市区东北角，晚风拂过面颊带来的可绝不是浪漫，而是森森寒意。

小桥冻得直哆嗦，不得不时刻跺脚妄图借此驱散寒冷，但效果不大。

半个小时前，赵奕南给她发来一条短信，说要稍晚一点过来，没想到这一等就是差不多一节课的时间。等她看见赵奕南的车从十字路口往这边飞驰过来时，面部肌肉已经冻得不会笑了。赵奕南一下车就道歉："真对不起，临走被老板一个电话拖住了，以为十分钟能搞定，没想到啰啰唆唆聊这么久——你怎么样，很冷吗？"

小桥机械地点点头，拉了车门就要往车里钻，赵奕南脱下自己的外套递给她："披着取取暖吧。"

"你不冷吗？"

"不冷，我都心急如焚了。"

小桥想笑，结果上下牙齿一阵打架。

见她冷成那样，赵奕南忍不住埋怨："为什么不多穿点衣服出来？"

"早上出门天挺暖和的，没想到晚上会这样冷。"

赵奕南的外套上还残留着他的体温，小桥被裹在里面，感觉那阵暖意一直传递到心里。

"三江的昼夜温差是挺大的。"一想到是自己迟到才让小桥受冻，赵奕南又觉得歉疚，"小桥，以后我来接你，时间上可能不会每次都很准时，所以你要记得多穿点衣服，知道吗？"

"不如以后还是让我自己坐公交车回去吧。"

赵奕南有些犹疑："万一钟越再来烦你呢？"

小桥笑道："那天你跟他不是说得很明确了吗？他要再来就成厚脸皮啦！这家伙傲气着呢，肯定不会再来找我了！你看，今天不就没来嘛！"

赵奕南可没她那么有信心，但想想自己有时真的身不由己，与其让小桥在这挨冻，不如就让她自己回去省事，前思后想了一番，只能无奈同意。

圣诞节前，小桥又去上了次课，这回冯念凝终于出现了，一段时间不见，她更加红光满面，仿佛喜事临门一样。

外籍老师都回国过节去了，他们的课是中国老师给上的，年底节日气氛浓厚，老师们也不那么紧张兮兮的了，一堂课倒有半堂在插科打诨，冯念凝乘机跟小桥私聊。

"钟越最近有没有来送你回家？"冯念凝目光如炬盯住小桥。

"嗯……送了。"小桥这么明目张胆撒谎实在是不想再让冯念凝为了自己大动干戈了，但谎一撒完就又后悔，这不是摆明了她跟钟越的关系进展顺利么？！

果然，冯念凝闻言满意地一笑，随即掏出两张券给小桥："这是万豪俱乐部平安夜的晚餐券，你跟钟越一块儿去吧。"

小桥骑虎难下，想想还是实话实说得了："冯姨，你的好意我心领了，但我跟钟越不是一路人，我们俩在一起不合适。"

"可你们最近不是……"冯念凝两只眼睛忽然牢牢盯住她，"小桥，你是不是心里有人了？"

"啊？没，没有！"

"那么，你看不起钟越？"

"也不是。"

"既然两者都不是，你为什么不肯跟钟越试试呢？"

"问题是，钟越也不见得愿意啊！"

冯念凝笑："那小子为难你了？放心，回头我说他几句就好了。"

小桥发现她会错意了，忙又解释："我的意思是，我跟他，我们俩都没那意思，所以还是不要……"

"小桥，"冯念凝打断她，"凡事都不要先入为主，也许你现在觉得不合适，将来发现他就是你想找的那个人呢！得给双方机会互相了解嘛！"

小桥心想，你那外甥，我已经了解得很清楚了。

冯念凝继续道："我问过钟越，他倒是挺愿意和你交往的……"

小桥差点没吐血："啊？怎么可能！我……"

"你先听我说完。我就钟越这一个外甥，差不多是看着他长大的，他的脾气我也很了解，有时候嘴上尖酸刻薄，但心眼真不坏。你不是也说过，人是会变的吗？钟越他喜欢你，等将来你慢慢影响他，让他往好的方向变过去，这难道不是一桩好事？"

小桥听得晕乎乎的，很多信息都让她难以消化，比如钟越喜欢自己，说出来谁信呢？！还有，自己既不是慈善家也不是保姆，干吗要去影响一个和自己毫不相干的人呀！

可当她抬眸看到冯念凝真诚凝视自己的双眼，心又顿时软了一软，她从来就不怕对自己态度恶劣的人，偏偏承受不了对自己怀有好意和期待的人。

就在她几乎要妥协时，赵奕南的告诫冷不丁跃入脑海：有时候，要学会对人说不。

她眼睛飞快眨了几下，终于还是决定不被冯念凝的期待"绑架"。

"对不起，冯姨，我还是那句话，我跟钟越……不合适。"

转眼就到了平安夜。肯德基店里张灯结彩，喜气洋洋，客流量比平时汹涌了一倍，午餐时间，店堂里更是人满为患。

小桥也被额外派了任务：收拾桌面以及在门口迎宾。

她一边忙碌一边憧憬和丁丁一早就讲好的庆祝会，前一天她在超市里买了一株圣诞树，打算用来点缀家里的餐厅，但只有一棵圣诞树还不足以烘托节日气氛，是不是得再去搞点彩带什么的在天花板上拉一拉，就像以前学校每次举行文艺会演时那样，但……会不会太老土了？

客人接二连三地进门，小桥喊得嗓子都快哑了。

正当她打算溜休息室去喝口水时，又有人推门而入，她立刻像被触动开关的机器人那样喊道："欢迎光临肯德……基！"

这最后一个字倒不是因为嗓子真出问题了，纯粹是因为走进门来的这位是不速之客。

她两只眼睛警惕地瞪着钟越，钟越却看也不看她，径直走到边上客人最少的那一队，梅梅的手脚麻利是出了名的，没两分钟后就轮到他点餐了。

"一杯可乐。"

梅梅噼里啪啦输入着："就一杯可乐吗？"

"对。"

"好的。"梅梅输入完毕，忍不住抬头望了一眼，双眸顿时一亮，好养眼的一个帅哥哇！

不多时，钟越端着杯可乐挤出点餐队伍，站在餐厅中央，双目四处搜罗着什么，到处只见脑袋不见空位。

梅梅偷空赶紧向小桥招手，小桥撇开一肚子心思奔过去。

"小桥，下面没位子了，你把客人带楼上去吧。"说着，梅梅指了指钟越，又朝她挤挤眼睛，显然，梅梅已经认出钟越是谁了。

小桥想嘀咕两句，但梅梅已经又忙开了，小桥也不好对着那么多点餐的客人吐槽，免得被误会服务态度不好，踌躇了片刻后，她朝钟越挪步过去。

"先生，楼下没空位了，你去楼上坐吧。"

钟越收回目光，低首看看小桥，仿佛在琢磨她话里的意思，小桥浑身不自在，看见又有客人进来，乘机想溜，胳膊却忽然被钟越拉住。

她吃了一惊："你干什么？"

钟越抓着她，不由分说就往楼上走："跟我来！"

二楼也都坐满了人，只有最角落的一张高脚凳还空着，钟越拉着小桥大踏步走过去，小桥急赤白脸的，又不敢喊，生怕惊动了别人。

钟越一屁股坐上高脚凳，小桥这才有机会甩脱他。

"你、你不是说不会再来这里了吗？"

"我是不想再来啊！"钟越坐着，小桥站着，两人的视线正好在一个高度，"可只能在这儿找到你，没办法，只好来喽！"

"你找我干吗？"

"我姨妈说，她想请你今晚吃顿饭，但请不动你，就把我派来了。"

小桥顿时烦死了："你姨妈真是……她怎么这么固执呀？"

钟越笑道："做老板当然得有点儿韧劲啦！你什么时候也能做到这么执着，你就也能当老板了！"

小桥脸一绷："不管你怎么说，反正我是不会去的！"

"那我只能守在这儿了。今天你去哪儿我也去哪儿！"钟越优哉游哉啜了口可乐。

小桥生气道："你要什么无赖啊！我在上班呢！"

他难得好脾气："我就在这儿坐着，又不打扰你。"

"你难道不用上班？"

"我现在就在上班啊——今天的任务就是请你吃饭！"

"你……好吧，你爱怎么样就怎么样吧！"

小桥气愤地一甩手，走了。

钟越一点都不难堪，喝着饮料看窗外的风景，享受得很。

没隔几分钟，小桥的身影又出现在他面前。

"你这么快就改主意了？"

小桥一脸烦恼："可我晚上真的没空。"

钟越忍住想笑的冲动，"你约了谁？"

"我跟赵哥还有丁丁，就是赵哥儿子讲好了，平安夜要一起庆祝的。"

"赵哥？"钟越眼前晃过赵奕南的脸，"哎，他真是你表哥吗？"

小桥不想跟他费唇舌解释，含糊地点点头："远房亲戚——钟越，算我求你了，你就回去吧。"

她第一次这么软声细语跟钟越说话，他心里不觉一动，再看小桥的脸，粉艳艳红扑扑的，满是少女娇嗔的神色，他一时失神，怔在那里。

小桥以为钟越被说动，顿时感觉见到希望，忍不住要为他的人品添把柴火："其实，你、你也不是那么难说话的人，对吧？"

钟越好容易回过神来，想了想，慢条斯理道："既然晚上没空，那中午一起吃顿饭总没问题吧？"

跟肯德基的门庭若市相比，万豪俱乐部里显得非常冷清，钟越本来想要个包间，小桥坚决不肯，最后他们在大堂里随便找了个位子坐下。

菜品很精致，可小桥哪里有胃口吃。

钟越倒是好兴致，每上一道菜都耐心地给小桥介绍，还用公勺分到小桥碗里，可谓体贴备至。小桥却不过意，又不想浪费，只能努力把盘子里的东西往嘴里塞。渐渐地，她明白了一个道理，再好吃的饭菜，如果不是跟自己喜欢的人在一起吃，也是无滋无味的。

终于忍到上甜点的时候了，坐在对面的钟越忽然站起身，换到小桥身边坐下。

小桥一阵紧张，立刻朝沙发另一端挪了挪，钟越却长臂伸展，结结实实将她搂进怀里。小桥大惊失色，一边挣扎一边还要留神别引起其他人的注意："钟越，我警告你啊，你可别乱来！"

"别动！"钟越从兜里掏出手机，"马上就好。"

他将手机调到自拍模式，转首吩咐小桥："表情温柔点儿，笑一笑！"

小桥哪里笑得出来，但总算明白他想干什么了，勉强没再动换，只听"咔嚓"一声，照拍好了。

钟越放开小桥的同时，自己也松了口气："总算可以交差了！"

平安夜，赵奕南特意提早一小时下班，以避开车流高峰，反正很多外国的同事这几天都休假了，他的工作量也因此骤减。

小桥和丁丁正在家热火朝天地布置餐厅，丁丁用剪刀剪出雪花的形状，再由小桥一张张贴到窗玻璃上，肯德基店里就是这么干的。

丁丁说："爸爸公司里圣诞节放假的，你又正好轮到调休，偏偏我们学校里不放。"

小桥笑道："圣诞节本来就是外国人的节日，我们中国人都过春节。"

"不过我晚上可以回来吃饭，小桥，你要做几个拿手菜才行哦！"

"放心，肯定让你吃得开开心心的。"

"不对，圣诞节老爸公司很多同事会来家里玩，到时候肯定不用你做饭。"

"那我不跟他们去，做了饭在家等你好不好？"

丁丁咧嘴笑："好！"

赵奕南提着大包小包上楼来，一看餐厅，模样大变样了，换了新桌布，干净明亮的窗户上贴着圣诞老人的头像和雪花片,天花板上还拉了几条彩带。

"布置得很漂亮啊!"

小桥和丁丁同时回头。

"赵哥回来啦!"

"爸爸!"丁丁一看赵奕南手里的东西立刻就冲上去,"你给我们带什么礼物回来了?"

赵奕南一样样清点给他们看。

"这是Lisa送你的小马,明年不是马年么!这是Linda送的灯珠,她上医院看你的时候听说你想庆祝平安夜,就买了这个给你。"

小桥拾起那串灯珠,忍不住赞:"Linda真有心——丁丁,我们把它挂起来吧!"

丁丁的心思却不在这些小玩意上,紧盯着赵奕南问:"那爸爸你给我的礼物呢?"

赵奕南指指圣诞树:"去那里找吧!"

话音未落,丁丁已一头扑了过去。

灯珠不长,小桥把它绕在圣诞树上,插上电源,五颜六色的灯光闪闪烁烁,圣诞树就像活了一样。

丁丁终于在圣诞树背后找到礼物盒子,三下五除二拆开,果然是他心仪已久的最新款iPad,他大叫一声:"爸爸,你真是太好啦!"

赵奕南说:"别急着高兴,我要和你约法三章。"

"你说!你说!"

"第一,不做完作业不许看;第二,不准长时间打游戏;第三,不准在上床以后偷偷玩。能不能做到?"

"能!"丁丁答得格外响亮。

"小桥,我也买了点东西给你。"

小桥赶紧抓起自己给赵奕南准备的礼物跑过去。

赵奕南从马甲袋里翻找给小桥的礼物,一只包装精美的纸盒从袋子口跌落到桌上,里面是条深蓝色的斜条纹领带。

小桥拾起来看,随口问:"这是给谁的?"

"哦,是Linda送我的。"

小桥横看竖看,想象赵奕南系起来的样子,禁不住道:"很漂亮呢!Linda眼光真好。"

这时候,她感觉自己的礼物有点拿不出手了。

赵奕南终于掏出一个厚实的大盒子递给小桥。

小桥接过来，笑问："是什么？"

"你拆开看看不就知道了？"

居然是全套周杰伦的CD，一共12张专辑，很完整，另外还有一个CD播放机。

小桥用力抿唇，激动得有点说不出话来。

"虽然现在流行听iPod了，不过我觉得CD比较有质感，就给你买了这个——你不喜欢？"

"不是！"小桥猛烈摇头，抑制住心头的感动，笑道，"就是因为太喜欢了，连话都不会说了，谢谢赵哥！"

她把自己亲手包装好的礼物拿出来："我也给你准备了礼物，就是没你送的这么好。"

赵奕南拆了礼物，扫一眼那张薄薄的CD，一时也有点说不出话来，抬头望望小桥，两人同时笑起来。

小桥送他的是beyond的一张纪念专辑。

赵奕南低头望着专辑上黄家驹的笑脸，突然觉得有点恍惚："看来我们……想一块儿去了。"

"希望你喜欢。"

"我很喜欢，谢谢！"赵奕南说得很轻，心里却有异样的情绪在涌动。

丁丁不知什么时候跑出去，这会儿又咚咚咚咚地跑回来："爸爸，小爷爷来电话了！"

赵奕南忙快步走出去接，丁丁在他身后补充："我跟小爷爷已经聊了一会儿了。"

美国时间这会儿还是早上，赵利澜起床没多久，家里正忙着为过节作准备，他是懒出名的，借着给家里打电话在房间躲活儿。

叔侄俩聊了会儿两边的情况，也没什么大起大落的（用赵利澜的话说是没有情况就是最好的情况），赵利澜忽然话锋一转："小南，你是不是准备给丁丁找个妈妈了？"

"这话从何说起？"赵奕南紧张起来，主要是怕二叔回头跟他母亲乱讲，又惹老人家心思活络起来。

"你就别藏着掖着了，小家伙刚才在电话里都告诉我了，现家里住着个千娇百媚的小姑娘，烧得一手好菜，丁丁说你们爷俩都喜欢她！"

赵奕南不听则已，一听立刻把旧怒都勾起来了："你还敢跟我提这事，都是你惹的麻烦！"

他把自己一时心软把小桥留下的事儿说了说，他二叔这才不敢拿他取乐了，一个劲儿赔不是，最后又埋怨他："你也是傻，我不早说了由她去就行了！还真怕她到了三江找不着落脚点啊！你也太小瞧现在这帮90后的女孩子了！"

赵奕南忍不住为小桥辩解："她跟别的女孩不一样，人特别老实，万一放任不管出点什么娄子，我一辈子都不安心。"

丁丁趴在二楼的回旋楼梯上朝下面大呼小叫的，赵奕南不知出了什么事，便匆匆跟二叔道别。挂了机，他一回头，看见小桥站在楼梯口，表情愣愣的，不觉怔了一下，笑问："丁丁在闹什么？"

小桥本是下楼来取裁纸刀的，走到楼梯口恰好听见赵奕南说的那些话，前后一串联，忽然什么都明白过来，心里顿时五味杂陈。

此时，她盯着赵奕南问："赵哥，赵叔叔原来是不是没打算留我在家里住？"

"你别多心，他远在美国，有些情况不太清楚，我……"

"你不用解释了。"

小桥清澈的目光凝视着赵奕南，那里面不掺任何杂质，纯净得让赵奕南忐忑，然而，她脸上忽然就乌云散尽，露出灿烂而感激的笑意来："谢谢你，赵哥！"

她把"赵哥"咬得格外清晰，赵奕南想，原来她的心思也细腻得很，并非像她平时表现的那么无所谓。

赵奕南朝她笑笑，还想说点什么，丁丁又在楼上哇啦哇啦乱叫了："小桥！你快点儿啊！胶水都快干了！"

小桥也仰头喊："知道啦！马上来！"

她一头冲进书房去取裁纸刀，赵奕南望着她忙碌的背影，绷紧的神经总算松弛下来，嘴角也不自觉露出一丝微笑。

Chapter6 平安夜之吻

　　小桥买了些冷菜，又多炒了几个热菜，炖了一大锅鸡汤，晚饭比平时丰盛。

　　丁丁咂嘴笑："小桥，你终于又恢复到第一次做菜的水平了！"

　　赵奕南今晚也格外高兴，特意拿出一瓶朋友送的高档红酒，给自己倒了满满一杯，丁丁见状也想要，赵奕南却不肯。

　　"小孩子不能喝酒，你们喝饮料吧。"

　　小桥本来没打算喝酒，闻言立刻把自己的杯子推过去，要紧跟丁丁撇清："赵哥，我是成人了，我可以喝的！"

　　丁丁不乐意了，用手一把遮住小桥杯子的杯口："你不能算的！你跟我是一样的！"

　　小桥拿眼瞪他："我二十岁了！法律规定，十八岁就是成年人了！"

　　"你有成人证吗？"

　　"我有身份证，你有吗？"

　　丁丁一时噎住，赵奕南笑着把他的手拿开，象征性地给小桥倒了半杯。

　　"喝是可以喝，但也只能少喝点儿。"

　　小桥一脸得意，把自己准备的一瓶橙汁开出来，给丁丁倒上，笑嘻嘻道："这才是小孩子喝的！"

　　丁丁郁闷地嘟起嘴，赵奕南见了就摇头："别不知足，刚给你买了iPad，你就跟小桥要脾气！"

　　"我没耍脾气！"丁丁说着，改变策略，抓起酒瓶晃了晃，对小桥嘿嘿一笑，"小桥阿姨，今天晚上，你要跟爸爸把这些红酒都喝掉哦！"

小桥从没喝过酒，妈妈和外婆都是滴酒不沾的，逢年过节出去走个亲戚，她们也都只喝果汁，所以，她从来不知道自己的酒量大小。半杯红酒很快被她喝完，只觉得口齿留香，身体里暖暖热热，煞是舒服。

"这个酒真好喝，我想再来一杯。"

不等赵奕南动手，丁丁已经抢先抓过酒瓶给小桥斟满了一杯："小桥阿姨，你酒量很好嘛！"小桥笑道："这个喝上去不像酒，倒像果汁，但又比果汁好，胃里暖暖的。"

赵奕南见她虽面若桃花，水眸含笑，口齿却一点不含糊，便也没拦着。

"红酒暖胃，每天喝一点对身体有好处，但不能过量。酒喝多了总是伤身。"

丁丁惦记着新到手的iPad，如果不是赵奕南不许，他早就扒完饭溜房间玩去了。好容易挨到撤了桌，帮小桥把碗具挪去厨房后，便一溜烟跑没影了。

小桥摸摸红彤彤的脸，感觉有点飘飘然，她拿了抹布开始洗碗，暗忖可别失手打了什么才好。赵奕南走进来："今天喝得有点多，得来壶茶醒醒酒才好。"

小桥回头，看见赵奕南原本白净的脸也红了不少——那瓶红酒最终还是被两人分着喝光了——她笑道："等我先把碗洗好吧。"

"不用，我自己来。"赵奕南去拿茶具，随口问，"丁丁呢？"

"他回房间了吧。"

"这臭小子！"赵奕南看看那一池子的碗具，遂挽起袖子，"我来帮你吧，可以快一点儿。"两人说说笑笑，很快就把碗具都收拾干净了，水也刚好煮开，赵奕南沏了一壶浓浓的铁观音，端着茶壶重新上二楼餐厅，小桥抓着两个茶杯跟在后面。

"赵哥，你走路怎么歪歪扭扭的！"小桥笑着道。

"是吗？"赵奕南回头看看自己的脚，"我是很努力在走直线啊，看来得试试走S形了。"

不知谁家忽然燃起烟花，大朵大朵鲜亮的彩花盛开在玻璃上，小桥趴在椅背上看，轻声赞叹："真漂亮啊！"

赵奕南端坐在沙发里，惬意地喝着茶说："烟花污染空气，市区早就不允许燃放了，抓到要罚款，这家人家胆子不小。"

"是吗？我们镇上可没这规定，一到过年，很多人家都会买了放，我们小孩子白天就打听好谁家买了多少，晚上就跑去那一家等着看。"

温柔的回忆划过心田，小桥都有些想家了。

赵奕南已经在喝第二杯茶了，见小桥还扒拉在窗边痴痴地看烟花，忍不住招呼她："过来喝茶吧，要凉了。"

"哦。"小桥在椅子里转了个身，谁知用力过猛，身子一下子失衡，连人带椅子翻倒在地上，赵奕南急忙起身去扶她："摔着哪儿没有？"

小桥头昏眼花的，揉揉后脑勺："这儿疼。"

赵奕南帮她查看了下，幸亏没摔破，只是头皮上起了个青肿包。他把小桥扶进双人沙发里坐着，笑道："还好丁丁不在，不然准得笑话你。"

小桥哼哼唧唧地靠在沙发上，赵奕南把茶递给她，看着她一口气喝完，又把空茶杯接过去。

"再来一杯？"

"不要了，肚子里好饱。"

赵奕南便自己慢慢喝，过一会儿，他回过头来，发现小桥正专注地盯着自己，如此近距离地面对她那双异常澄澈的明眸，他多少有点不自在，好像心底有个陀螺正在飞快旋转并时刻要倾倒下去似的。

他不露声色地对小桥笑了笑："觉得好一点儿没有？"

"嗯。"小桥的目光并没从他脸上移开，酒精加上刚才那结实的一摔，她脑子里始终昏昏沉沉的，可又舍不得立刻回房休息。

"赵哥，你给我讲个故事吧。"

小时候她只要碰伤了哪里，妈妈就会特别有耐心地陪着她，给她讲各种跌宕起伏的故事。

"呃……"赵奕南顿时卡壳，他肚子里装的可都是现实的烦恼，哪来什么故事，可又不太忍心拒绝她。

"你，想听什么样的故事？"

"什么样的都行。"

"那……我就给你讲讲我家这栋房子的故事吧。"

小桥莞尔："好呀。"

"这房子是我爷爷的爷爷造的，那会儿还是清朝……"

这个家族故事，赵奕南小时候在奶奶嘴里不知听过多少遍，因此时隔几十年后再来讲，记忆依然新鲜。

"解放后，房子就收归国有了，一度成为一个粮食供应站。我们小时候不住在这里，而是住在这条巷子对面的一排平房里。左邻右舍有很多和我年纪差不多的孩子，我小时候挺内向的，朋友也不多，不过邻居家有个叫许燕妮的女孩子很喜欢上我们家来玩，那时候我俩关系是最要好的……"

随着记忆的拉伸，往事一幕幕在眼前浮现，酒精降低了人的意识水平，很多平常根本不会说出口的话此刻也没有任何障碍就从嘴里流了出来。

赵奕南讲得有些恍惚："我上初中那会儿，国家又把房子还给了我们，我那些同学都羡慕得不得了，也有人在背后讲我们家的坏话，不过燕妮从来不说，她还会朝那些对我们不友善的同学动手，那时候，很多小孩子都叫她母老虎。"

小桥听得笑起来，不过赵奕南脸上某种异样的表情忽然让她发现了这其中的不寻常。

"赵哥，"她小心翼翼地试探，"这个许燕妮，会不会就是丁丁的……妈妈？"

赵奕南缓缓地把目光转向小桥，思绪仿佛有些迟滞，但过了片刻，他还是点了点头。

小桥一下子清醒过来，连后脑勺上的疼痛都不知去向，她悄悄把腰板挺直，"那后来呢？"

"后来？"

赵奕南有些吃力地把断片续上，这样的夜晚，他的体内充满倾诉的冲动，也许明天他就会后悔吧，但今晚，他想任性一会儿。

"后来我们都长大了。我和燕妮的差别也越来越大，我考上了重点大学，她十八九岁就去饭店打工，我们很长一段时间都是各过各的。"

"你……心里还是惦记着她的吧？"

赵奕南轻轻摇头："我一直把她当作一个不错的朋友，但也仅此而已，根本没想过后来我们……"他低头喝了口茶。

"她后来又找你了？"

"不，是我们偶然又碰上了。我大学毕业后回到三江，很快就找了份工作，那时候生活没什么压力，下了班成天跟一群朋友到处乱逛，有次在某家饭店正吃着饭，一个服务员打扮的女孩向我走过来，问我是不是赵奕南，我们这才算重逢了。不过燕妮长大后变了很多，不再像小时候那么虎气十足像个假小子了。"

"而且长得还很漂亮。"

赵奕南笑笑："丁丁给你看过她照片？不过她虽然长相上温柔了许多，性格里的不少东西其实一直没变，这是后来跟她交往后我才发现的。"

"难道你们一重逢就，就谈起恋爱了吗？"

"当然没有，我根本没往那方面想过，对我来说，她还是儿时的一个伙伴。"

"可你们怎么会……"

"你是说丁丁？"赵奕南又是一笑，接着往下讲。

"我们像朋友那样来往了有近一年的时间，也就是大家凑一堆出去吃吃饭，喝喝茶什么的，燕妮挺爱热闹的，有聚会一叫她她准来。后来我换了份工作，老板看重我，给我加了不少任务，还经常要出差，外面的应酬我就很少参加了，和燕妮的来往也相应减少。我觉得是时候好好工作了，谁知我妈忽然急着让我找女朋友，隔三差五就要给我安排相亲，搞得我很烦。"小桥笑道："老太太都这样，我外婆在家没事就爱给人做媒，做一次失败一次，可还乐此不疲呢，有瘾的。"

"说的是。"赵奕南无奈地摇摇头，"有天我又碰上燕妮，她苦着脸跟我说家人在给她找对象，她快烦死了，我顿时如遇知音，请她吃了顿饭，好好诉了诉苦。她在饭桌上忽然提议，说我们俩可以搞个反相亲联盟，我没明白意思，她解释了我才懂，就是我跟她装成情侣骗两边的父母，省得他们老在耳朵根唠叨。"

小桥听得入戏，这时候忍不住警惕地盯着他："你同意了？"

"我觉得没必要，不过燕妮非要我帮她这个忙，她比我大一岁，当时该有二十六岁了吧。她妈妈逼婚逼得很紧。我一时心软就答应了。"

"结果你们弄假成真了？"

赵奕南笑得有点不好意思："一失足成千古恨。"

小桥喝口茶，这时候脑子里越发清楚起来，她思索了会儿，托着腮分析："赵哥，你别怪我小人啊，我觉得吧，她要跟你搞什么反相亲联盟说不定是故意的，因为她一开始就喜欢你，可女孩子面皮薄，她不好意思跟你说明白，只能用这种办法来提醒你。"

赵奕南瞥了她一眼，微笑："你什么时候变得这么聪明了？"

小桥得意地笑："嘿嘿！不过这样不是也挺好的，你们后来又为什么分手了呢？"

赵奕南叹了口气："主要是我妈不同意，她觉得我跟燕妮差别太大，将来容易闹矛盾。老太太固执起来真让人没办法。这事儿就这么僵着了。一来二去，燕妮知道了我家人的意思，一赌气，跟着朋友去南方打工了。"

小桥一愣："她，她怎么说走就走啊？"

"嗯，就是这样，说走就走了。所以我说，她虽然长相变了，脾气可一点没变，说一不二的。"

"那丁丁……是怎么来的呀？"小桥一问出口就赧然。

还好赵奕南喝醉了酒，一点没觉得难堪，还朝她笑了笑。

"那时候我根本不知道她怀了丁丁。她走后我冷静下来，想想我妈的话也有道理，其实我跟她作为男女朋友相处一年都不到，吵架倒成了家常便饭，主要是她太敏感，总觉得我看不起她——据说她曾经有过一段挺混乱的日子，这也是我妈不喜欢她的原因——有时候她跟我胡闹我保持沉默，她会忽然摔门出去，过后又打电话给我道歉，次数多了，我也觉得挺烦的。"小桥问："她走后你找过她吗？"

"给她打过电话,她分手的意志很坚决,说仔细考虑过了,我们的确不合适。既然她都这么说了,我也就没再坚持下去。"

听到这儿,小桥已经猜到后面会发生什么了:"可是她发现自己有了丁丁,就马上回来找你了?"

赵奕南却摇头:"她一走就是四年。这期间,我认识了另一个女孩,叫尹莉,人挺不错的,我妈也很满意,那会儿我快奔三了,我妈也一年年地老了,我不想还让她为我操心,再说尹莉也没什么好挑剔的,所以我打算跟她结婚,了了我妈的心事。准备得差不多,就等举行婚礼时,燕妮却忽然回来了,身边还带着个孩子,说是我儿子。"

小桥叹了口气:"你们这故事,都能上演黄金档的家庭生活剧了。"

赵奕南苦笑:"燕妮说丁丁的事,她本来不想让我知道,也无意搅乱我的婚礼,但她刚刚发现丁丁的心脏出了毛病,医生说要做手术,得花一大笔钱,她没这能力,只好来找我。"

小桥瞪圆了眼睛:"原来她不是回来跟你复合的呀?"

"话是这么说,可出了这样的事,我怎么可能还心安理得跟尹莉结婚呢?我把事情跟尹莉摊了牌,之后我们和平分手。我妈知道后气得血压飙升,在医院住了一个多星期。那时候幸亏有我二叔在两边斡旋着,我妈对我的态度才缓和下来。"

小桥抿嘴笑:"难怪你肯替他揽各种各样的麻烦事。"

赵奕南止不住也笑。

小桥给两人的杯子里都倒满了茶,这会儿只觉得神清气爽,精神倍儿好,开始做起了总结。

"现在我明白了,丁丁三岁的时候回到你身边,之后就一直跟你一起生活,他妈妈把他扔给你之后是不是又跑了?"

赵奕南点头:"我本来打算跟她结婚的,既然连孩子都有了,而且经过我二叔的劝说,我妈也勉强同意接受燕妮了,可燕妮的自尊心太强,跟我妈首次以婆媳身份见面时,我妈可能说了几句重话,她又不乐意了,认为我是看在丁丁的分上才要跟她结婚,结果没两天,她留下封道别的信,又走了。"

"又跑南方去了?"

"不知道。我找了所有她可能去的地方都没找到她,她父母都过世了,她长期在外面漂着,跟哥哥姐姐关系都很淡,走时谁都没告诉。"

"天哪!"小桥喃喃,"她这一走可就是七年,难道一点都不想丁丁吗?"

赵奕南心情有点沉重:"我不知道。其实即使到现在,我都不敢说自己很了解她。"

他转头，将目光投向窗外那无尽的虚空之中："看着丁丁一天天长大，我没法不怨她。可想想她在外面一个人孤苦伶仃的，又对她恨不起来。"

"赵哥，"小桥轻声问，"你……爱过她吗？"

这个问题赵奕南沉思了好一会儿，才缓缓转过脸来，淡淡地笑着回答："当然，毕竟我们在一起有过一段很快乐的时光，虽然很短暂。"

小桥被感动了："所以你会甘心等着她，而且还要一直等下去。"

赵奕南再次笑起来，这一回，他笑得有些茫然，连他自己都分不清楚自己这么多年来保持单身是真的相信燕妮还会回来，或者单纯只是对爱情和婚姻产生了难以名状的惧怕感。

茶水不知不觉喝光了，小桥殷勤地跑下楼去续水，脑子里则被赵奕南刚才讲述的那段往事塞得满满的。

作为一个年轻女孩，她当然也向往美好的爱情，也没少看缠绵悱恻的言情小说，只是因为妈妈的遭遇，她一直认为那些动人爱情只有书中才有。

赵奕南是她遇见的第一个，或许也是唯一一个能够坚守爱情的人，也因此，她对他充满了景仰，毋庸置疑，这是个十足的好男人。

同时，她对丁丁母亲许燕妮的评价怎么也高不起来，先不说两次辜负了赵奕南，单凭对儿子甩手不管这一件就让小桥对她失去好感。

妈妈当年那么恨爸爸，可在小桥的抚养问题上也是不容置喙地一力要求由自己承担，且根本不需要爸爸的任何援助，何等有志气。

续完水，小桥胡思乱想着回楼上餐厅，忽然，一个念头猛然在脑海里划过，她的脚不由在楼梯上顿了顿。

赵奕南从洗手间出来，回到还闪烁着五彩灯光的餐厅，见小桥正蜷缩在沙发一角，盯着窗外啃手指，神情如一只迷惘的小猫。

他放重脚步走进去，小桥回过脸来。

"你去看丁丁了？"

"没有，今晚是平安夜，姑且放他一马。"赵奕南仍旧在小桥身边坐下，"跟你聊了会儿天，脑子里清爽不少——你是不是又饿了，都啃起手指来了？"

"啊？不是！"小桥神色迟疑，"赵哥，我、我能问你个问题吗？"

刚才那个一闪而过的念头让她如鲠在喉不吐不快，尽管理智告诉她问出来的话可能不太合适。

"没关系，尽管问吧。"赵奕南放松地靠在沙发里，这样的夜晚，如此惬意的气氛，让他难免生出久违的缱绻情怀来。

"你……确定丁丁是你的亲生儿子吗？"

小桥的声音很低，但赵奕南一下子就明白了。

"这个问题，我和家人早就讨论过。不过我还是放弃了去做DNA检验的打算，家里人虽然对丁丁的出现感到突然，但当时他生着病，我们不可能对他置之不理，家里人最终都支持我抚养丁丁，并为他治病。"

他转眸望着小桥，表情无比认真："到了今天，这个问题就更加不重要了，不管丁丁是不是我亲生的，谁也别想把他从我身边带走。"

"赵哥，你很了不起呢！"

"别这么说。我没你想的那么伟大。"赵奕南双臂抱在脑后，以一个舒服的姿势仰望天花板，"我在生活中其实一直很被动，总是被这样那样的偶然因素牵着鼻子走，不知不觉就走到现在这一步了。对我来说，日子就分两种：tough or easy。"

小桥到底是上过培训课的，一下就听懂了他的意思，不觉冲口问道："那你遇到我的那天呢，觉得是tough还是easy？"

赵奕南笑着看向她："一开始觉得有点tough，不过后来发现你还是很容易相处的。"

小桥听了，心里很舒服："我妈说，我这人就是好养活，这也是我唯一的一个优点了。"

赵奕南很想说"你的优点还有很多"。但不知为何，有点说不出口。

小桥又道："虽然你独自抚养丁丁长大很了不起，但我觉得，你还是应该找个人结婚，过完整的生活。丁丁的妈妈就像一颗蒲公英的种子，飘到哪儿是哪儿，但你不一样，你是适合过稳定日子的人，如果你一辈子都等不到她，不是一辈子都蹉跎过去了吗？"

她讲得情真意切，字字句句都发自肺腑，但赵奕南并未认真在听，类似的话母亲不知道跟他唠叨过多少回了。

他的心里和眼里只看得见小桥那两片红润的不断开合的双唇，还有她眼睛里的溢彩流光，仿佛照到哪里，哪里就会亮堂起来。

他的身体里忽然进驻了另一个人，那个人抹去了他原来的思想和意识，取而代之的是满满的令他陌生的占有欲，支配着他朝小桥伸出手。

小桥还沉浸在自己的思绪中，对赵奕南的异样神色毫无察觉。

"你别以为以你现在的年纪找不到了，其实你身边就有，只要你留神去发现……"

"是吗？"赵奕南嘴里低语着，伸出的右手已经碰触到小桥的后脑勺，他稍稍用力，就把小桥往自己这边揽了过来，根本没时间去思考自己到底要干什么，便已俯下脑袋，照着她的嘴唇吻了下去。

小桥的唇湿软温热，带着刺激他神经的韧劲，令他血脉贲张，无法停下来。

但不管他怎么努力，心里的虚空总是无法填满，仿佛有个声音在嘲弄他：你不可能拥有她，不可能。这让他恐慌，同时又有些愠怒，他加大力道，越吻越深，恨不能将小桥揉进自己的身体里。

小桥猝不及防，涌到嘴边的金玉良言统统被赵奕南吞噬掉，有那么一刻，她根本没弄明白自己身上正在发生什么，一贯直线型的思路忽然卡壳死机，她动弹不了，只能愣愣地由着赵奕南将自己越搂越紧，肆意在她唇齿间辗转吮吸。

她整个人都傻掉了，失去思维和所有意识功能，只有被扩大无数倍的感觉在脑子里不断闪过：双唇间那滑腻柔润的触感，他托在自己后脑勺上那只有力道的手，还有他体内迸发出来的仿佛要将她揉碎了的气势。所有这些都是小桥从未经历过的，她更不可能想到有朝一日，这些恋人间才会发生的情景会由赵奕南施加在她身上。

仿佛过了好几个世纪那么久的时间，赵奕南终于觉得够了，他的焦渴在某种程度上得到满足，一种心底深处的疲倦悄悄升了上来，他放开小桥，率先看到的是一张呆若木鸡的脸，以及一双充满震惊和错愕的眼睛。

正是小桥眼里那难以置信的神色猛然间点醒了他，赵奕南的脑子轰的一声骤然炸开，忽然明白自己刚才都干了些什么。

小桥还怔怔地望着他，仿佛在等他一个解释，而他根本无法与那双澄澈的双眸对视，仓皇地站起来，慌乱中还带翻了手边的一杯茶，但他已无暇顾及。

"我……"他仅仅吐出了这一个字，脑子里茫茫一片空白，他搜索不到任何能够用来解释的语句，而清醒后的难堪却越来越浓烈，令他无法再在此间停留分毫，他猝然转身，慌慌张张就往餐厅门口走，在即将出去时脚下被什么东西绊到，身子踉跄了一下，幸好没跌倒。

他的身影很快消失在黑暗之中。

良久后，小桥慢慢将翻倒的茶杯摆正，扫一眼窗外，不知何时，周遭都静寂下来，仿佛整座城市已陷入睡眠。

她觉得身上有点冷，忍不住用双臂环抱住自己，又往沙发深处缩了缩，呆了片刻，鼻子蓦地一酸，眼泪莫名地淌落下来。

赵奕南站在洗手池边，手掌里接满水，往脸上一泼，狠狠地揉搓，但不管他怎么洗，都无法洗掉刚才那段让他可耻到心悸的记忆。

他抬起脸，看向镜中的自己，那张一贯矜持自信的脸上此刻印满狼狈。而更让他害怕的还远远不止这些：就在刚才，他无比清晰地发现，自己竟然对小桥——不是燕妮，也不是其他任何一个他曾经交往过的女子——充满了渴望。

小桥躺在床上辗转反侧，她花了足足一个小时才让自己相信赵奕南刚才纯粹是喝醉了才会有那样震天动地的举止，或许他还把她错当成了许燕妮——一个他情感上的替代品。

她越想越难受，偏偏又停不下来，脑子里乱七八糟什么念头都有。

她该怪谁呢？谁让她要赵奕南给自己讲故事呢，现在好了，事情发展得不可收拾，明天两人还怎么面对面相处？更让她难过的是，赵奕南肯定又后悔又难堪，都是自己的轻率让他陷入如此尴尬的境地。

"江小桥，你真是蠢透了！"她用手使劲捶自己的脑袋，一把拉起棉被盖住了脸。

赵奕南轻轻走上楼，在小桥的门外徘徊——他欠小桥一个解释，他打了无数遍腹稿，才有勇气走到她门前。

他举起手，却在即将敲响她门的那一刻又顿住。

不论他给出怎样冠冕堂皇的理由，他都犯下了一个不可饶恕的错误。想到这里，他的心就凉凉的。

他转过身来，慢慢地在小桥门口的走廊里席地坐下，十指深深插入发间，如一个忏悔者那样久久无法抬起头来。

一觉醒来，太阳都快爬上中天了，昨晚思绪纷乱，小桥哪里还想得到上闹钟。

她躺在床上发了会儿呆，忽然想起来今天丁丁还要上学，她连早点都没准备，立刻一个激灵爬起来，随即又躺下，这个钟点，丁丁估计都在学校上了好几堂课了。

却再也睡不着，越躺脑子反而越昏沉，她只能起床，草草洗漱一番后，硬着头皮下楼，心里有种丑媳妇要见公婆的障碍感。

楼下静悄悄的，好像没有人，小桥做贼似的溜进厨房，灶台上的碟子里有油条和生煎包，电饭锅插着电，她揭开锅盖，白粥的热气立刻腾腾冒上来，想必是赵奕南准备的。

小桥也真饿了，将包子放在微波炉里热了热，又盛了碗白粥，站在灶台边就吃开了。

喝最后一口粥的时候,赵奕南悄无声息走过来,在门边站定,低声唤:"……小桥。"

小桥一口气没喘匀,呛出来半口粥,到处找餐巾纸,还不忘狼狈地跟赵奕南打招呼:"赵哥,你,你真早!"

赵奕南清了清嗓子,眼睛看着别处说:"一会儿有几个同事要来家里玩,我去超市买点水果和零食。你……你喜欢吃什么,我给你一起带回来。"

小桥已经擦干净嘴巴,撂下碗筷道:"还是我去吧,我办了超市的会员卡,买东西能打折。"

赵奕南没跟她争:"……也好。"

他掏出钱包掏钱,小桥哪里肯收,搁在平时,赵奕南肯定得跟她推让一番,但今天他着实是有点怕跟她讲话,依然点点头,同意了。

小桥正准备上楼换衣服,赵奕南又叫住她,她在楼梯上转过身来。

"昨天晚上……"赵奕南一开口就发现要对昨晚的"事故"解释说明对他而言简直是项不可能完成的使命,舌头上仿佛压着千钧重担。

小桥的心也怦怦跳着,有点想听他解释,又怕他向自己道歉什么的,那样只会让尴尬翻倍。

赵奕南低下头,盯着自己的脚尖琢磨了一会儿,终于还是退缩了。

"没事了……你去吧。"

等小桥满载而归,赵奕南的同事们已经上门了,正在二楼那个采光很好的餐厅里热闹地谈笑,小桥在楼下将食物分装好了端上去,徐琛和Lisa抢着过来帮忙。

徐琛夸小桥:"赵总,你表妹真能干。"

Lisa忙道:"你也不看看是谁培养出来的,强将手下无弱兵呀!"

徐琛笑起来:"有人变着法儿夸自己呢!"

Lisa不示弱:"Linda,你别忘本,没有赵总,哪来你今天的风光哦!"

一位男同事打着哈哈过来:"你们两位女士能不能别一见面就舞刀弄枪的,今天可是圣诞节,大家都休着假呢!"

徐琛和Lisa同时拿话呛他:"Gary,你不要乱讲话!我们什么时候舞刀弄枪了,我们好着呢!"

两人立刻又亲亲热热起来,看得一旁的小桥都有点呆。

Gary扯了两根香蕉递给小桥,反客为主:"小妹妹,辛苦你了,也来点水果吧。"

小桥红着脸接过,在最角落的位子上坐下,偷偷扫一眼前面,昨晚她腻了半宿的那张沙发此刻被徐琛和Lisa占据了。思绪一再延伸，小桥的脸便红得娇艳不可方物，她不得不转过脸去假装欣赏外面的风景。

赵奕南虽然跟她离得远，却是面对面的，他总是在不经意的时候，目光就会掠过小桥，因此她的一颦一笑都逃不过他的眼睛，包括她脸上乍然而起的嫣红。

同样的思绪立刻也侵入他的脑海，令他浑身燥热，以至于错过Gary的问题，等他回过神来，发现大家正盯着自己。他不得不佯装思考，沉吟着喝了口茶水。

徐琛见状，立刻主动替他作答："听说还不错，升了一级，现在是PLL工厂的老大。那年我跟赵总一起去欧罗拉，Matthew还邀请我们去他家做客来着。"

Matthew是赵奕南的前任老板。他总算跟上话题，不露声色接下去说："Matthew在威斯康星州还有个农场，他的业余爱好是节假日找一伙同伴去打猎。"

Lisa听得很是向往："赵总，什么时候我也能去美国看看呀？"

"现在经济大形势不好，全球工厂的成本都卡得很严，很多问题都要求通过电话解决，尽量降低出差频率，所以只能等等再说了。"

有人问："听说Matthew结婚17年了吧？"

赵奕南笑道："是的，今年正好是17周年，上次开T-con的时候，我跟他开玩笑，让他谈谈结婚这么多年的感想，他想了又想，说：她很容易，我不容易。"

大家都笑起来。

餐厅里聊天的气氛很好，小桥却像个局外人，只有听的份儿，偏偏他们讲的不少东西，她因为没有参与其中，很难产生共鸣。眼见没自己什么事儿，其他人也都不曾注意到她，小桥便逮个空子，悄悄溜了出去。

当赵奕南的目光再度扫过角落那张位子时，发现小桥不见了。

小桥房间的门关着，赵奕南上前敲了敲，无人应答，他心里涌起一阵莫名紧张，一咬牙，转动把手，门没锁，一下子就开了。

房间里空无一人，收拾得却极为干净，单人床上铺着铁红色碎花床单，被子叠放在床尾，奶白底色的被子上参差交错着桔梗花的图样，有种与小桥很相称的清纯。阳光透过倾斜的窗户照射进来，洒在床单上，异样温暖。

一张简易书写桌就放在窗户底下，因为太矮，没配椅子，取而代之的是一个厚实的软垫，想必是小桥平时写字学习的地方。这些赵奕南所陌生的物品都是小桥住进来后一点一点添置的，他由此看出小桥在生活上的细心，一时无言，默默退了出来，重新带上房门。

接着往楼下走，厨房里传出琐碎的动静。

赵奕南故意弄出些响声，然后才慢慢走过去，小桥果然在里面，正站在水池边洗菜。

他轻声问："你在干什么？"

小桥没有回头，笑着解释："做午饭呢！"

"我们不在家吃。"

"我知道，我就做我和丁丁两个人的。"

"你也别忙活了，跟我们一块儿出去吃吧。"

"可是丁丁……"

"丁丁也一起去。"

小桥抿了抿唇，不打算跟他争执："那好吧。不过我还是把这些菜洗干净，晚上可以吃。"

赵奕南始终站在厨房门口，因为小桥不回头，他可以肆意盯着她的背影看，那几句酝酿了许久的道歉此刻又在肚子里发作，并很快涌到喉咙口。

"小桥，昨晚上……"

小桥一听这开场白，顿时又不自在起来，低下头兀自洗菜。

赵奕南深深吸了口气，第一次发现自己也有如此怯懦的时候，主要也是他长这么大，从没像昨晚那样犯过浑，那种感觉，就像是另外一个人干下的蠢事，而他此刻却在这里为别人顶缸，甚是冤枉。

小桥见他迟迟说不出话来，深知赵奕南的难堪，她有点不忍，尤其她觉得自己昨晚也有一定的责任，此刻却要赵奕南一人承担，实在过意不去，正想回头说几句解围的话，放了学的丁丁突然闯进来。

"小桥！"一见父亲也在，丁丁忙又改口，"呃，小桥阿姨，你做好饭了没？我饿死啦！"

他一出现，小桥和赵奕南同时松了口气。

丁丁一回来，气氛就完全不一样了，小桥感觉又可以自由呼吸了，偷眼瞧赵奕南，他居然也是跟自己一样如释重负的神色。

赵奕南说："我刚跟小桥讲别做饭了，今天来了很多叔叔阿姨，一会儿我们出去吃。"

老爸开口，丁丁也不好回绝，耸耸肩道："好吧，不过吃完饭你得送我回学校哦！刚刚我是搭同学家的车回来的。"

"没问题。"

赵奕南走出厨房前，又忍不住扫了小桥一眼，看来自己那一番酝酿已久的道歉又得往后拖一拖了。这情形颇似在拍一部特别艰难的电影，而他的演技如此拙劣，耳边不断听到导演怒声在喊："NG! One more time!"

心情多少有点沮丧。

十一个人凑了张大桌子吃饭，小桥和丁丁紧挨在一起，赵奕南则坐在她右首，气氛和在家里一样热闹，不过依然是公司里的人聊公司里的话题，小桥和丁丁低着头玩手机里的小游戏。赵奕南被下属们缠着，也不来管他们。

每上一道菜，小桥都会给丁丁夹一些，自己再尝个一两筷子，然后跟丁丁一起玩小鳄鱼洗澡的游戏。虽然是挺幼稚的游戏，可比起参与其他人的话题还是让小桥感觉自在多了，丁丁想必也是这样。

而每当小桥玩输了把手机让给丁丁继续时，总能发现自己餐盘里多了一些菜，当然，除了赵奕南，不会有别人给她夹。她偷偷瞄一眼赵奕南，他浑然无觉，不是专注地听别人说话，就是专注地发表自己的意见。

小桥便低了头，老老实实把那些菜都吃光了。

即将散席时，徐琛接了个电话，走过来跟赵奕南交头接耳了一番，赵奕南随后说："那一会儿我跟你一起回趟公司。"

丁丁闻言，立刻抬头问："爸爸，那我怎么回学校呀？"

叫Gary的那位立刻说："我送你吧，丁丁！"

丁丁特仗义："那小桥阿姨呢？"

小桥忙道："我自己走回去好了，反正不远。"

赵奕南说："走回去也不少路呢，要不还是我送你回去。"

徐琛伸长脖子提醒他："赵总，他们已经在公司接待室等咱们了。"

Gary这时候又跳出来："反正我下午没事，他俩都由我送啦！"

结完账出来，小桥和丁丁跟在Gary身后，Lisa去了趟洗手间后匆匆赶上他们，嘴里不满地嘀咕："就知道找由头把赵总弄在自己身边，假期都不消停！"

小桥装作没听见，心里却有了异样的感觉，朝前看，徐琛和赵奕南并肩走在最前面，有说有笑的，徐琛侧脸看向赵奕南时，眼里的专注和崇拜显而易见。

小桥忽然有点失落。

另有两个同事也要回公司，和徐琛一起上了赵奕南的车，赵奕南拉开驾驶座旁的门，不急着进去，而是朝停在不远处的Gary的车张望，小桥和丁丁正相继上车，小桥仿佛感应到了他的目光，也朝他这边看了看，两人隔着那么远的距离互望了一眼，彼此都有些怔怔的。

很多话，近距离的时候说不出口，此时却在心里游来荡去，尽管依然不成形状。

"赵总！"徐琛在车里叫他。

赵奕南也不知道自己究竟在想些什么，轻轻摇一摇头，钻入车内。

一晃元旦假期都过了，人人都期盼着一月底的春节，工作起来也没平时那么有冲劲了，聊闲天的人多了起来，无非是对上一整年的得失总结：工作是不是称心如意啦，薪水有没有涨啊，抑或是心仪的房子是不是到手了之类的话题。

别人聊天，小桥就在一旁听着，很少插嘴，一来这些事儿跟她相距有点远，她现在考虑为时过早，但最关键的问题还是，她从圣诞节以来就始终快快不乐，原因很简单，赵奕南近来对她的态度很淡，甚至开始刻意避开她。

小桥当然明白是平安夜的意外影响所致，这让她实在不甘心，不就是喝醉了酒脑子一时糊涂做了点出格的事嘛！她自己都觉得没什么了，为什么赵奕南还耿耿于怀。

想想之前他俩的关系多亲密，她有什么心里话都跟赵奕南讲，赵奕南也不遗余力为她出谋划策。那时候，她以为自己真的找到了家的感觉，谁知一觉醒来，什么都可能改变的。

小桥也尝试主动找赵奕南聊聊，既然是无心之错，彼此说开了不就好了。

但赵奕南总是以工作忙为借口搪塞她，后来就干脆连晚饭都不回家吃了，早晨两人见面也是匆匆忙忙的，小桥自己还要上课，一来二去，她一周都没法跟赵奕南说上几句话。

时间久了，她难免心存怨念和委屈，可是连个能诉诉苦的人都找不到。

午餐时间，小桥和最要好的两个同事梅梅以及林筠去小广场那里的美食街吃过桥米线。等上饭的时候，林筠又开始算起了按揭买房的账，她算到其中一步感觉不对，就叫小桥帮忙算，小桥哪有心思，懒懒地回绝："我不懂贷款的。"

"你不是在学财务吗？"

"还没学到按揭买房那一课呢！"

林筠拿手指一点她的脑门："你就懒吧！看你以后买房子要不要算这个账！"

梅梅笑道："你就别替她操心了！我们小桥可是当少奶奶的命！将来才不用算这些琐碎的玩意儿呢！是吧，小桥？哎，你那位玛莎拉蒂怎么好久没来找你了？"

如果不是梅梅提起，小桥都快把钟越给忘了，自从平安夜中午吃过一顿饭后，他还真是没再来烦过自己，更神奇的是，连冯念凝都调了班级，不再跟小桥在一个班上课了，这倒是意外之喜，着实让小桥松了口气。

她白一眼梅梅："我哪里知道！他跟我又没什么关系！"

"咦？他不是在追你吗？"

小桥立刻表示严正抗议："才没有！你不要乱讲啊！"

林筠也说："那种人就算了吧，一看就是个香饽饽，跟谁都长不了，找男人就得找稳重可靠的。"

梅梅笑道："林筠真是个实际派！"

"梅梅是浪漫派的！"

梅梅叹了口气："我浪漫个屁啊！昨天房东来找我，说又要涨房租，我跟她吵了一架，最后她撂下一句'房租肯定要涨的，你爱租不租'就走了。看样子，我要不肯多交她就要把我扫地出门了。"

林筠说："谁让你租那么好的地段，还是单身公寓。你如果跟人合租根本花不了那么多钱。"梅梅很有个性地说："我不喜欢跟人合租，再穷也得有点儿私密空间啊！"

小桥忽然插嘴问："梅梅，你租的房子一个月要多少钱？"

"你打听这个干什么？"

"我，我也想租房子住。"

梅梅和林筠同声谴责她："你傻呀！你那什么叔叔家那么大豪宅，又不收你钱！你还想搬出去，真是要作死！"

小桥辩解："那房子再好也不是我的，本来就说好是借住，等我生活稳定了就另外找房子的。"

"哎呀！你赖得一时是一时嘛！一旦搬出去，柴米油盐可都得靠自己想办法，麻烦大着呢！"小桥是不怕柴米油盐的，她怕的是同一屋檐下各怀心事地过日子，与其那样互相提防着，不如分开来得省心。

而且，关于那件事，真的说开就能好了吗？

小桥联想到自己目前的状态，每次听到门开合的动静就会竖起耳朵，心怦怦直跳，既期待发生点什么，又怕发生什么让自己措手不及的事。赵奕南大概也一样吧，他比自己想得明白，既然见了面难免尴尬，索性就尽量避免碰见。不管怎么说，那个突发的夜晚已如一道难以逾越的鸿沟，横亘在她和赵奕南之间。

这么一想，小桥又高兴起来，总算找到一个解决问题的方案，同时心里还有种解气的感觉，也说不清为什么。

又是一个晚归的工作日。

赵奕南在车库停好车，又在车内待了一会儿，直到暖气散尽，寒意从四面八方包围过来才慢吞吞推门出来。

如今回家对他来说不再享受，心上反而有种沉甸甸的感觉，时间越长，那种沉重感越强烈。

他知道自己欠小桥一个解释，一句道歉，但每当他听到小桥清脆欢快的嗓音，看到她一如往常的明媚笑颜时，又觉得也许全无必要，他郑重的解释只会让尴尬重现，他更怕看到小桥眼里的了然或类似原谅的神色，那反而会让他更加无地自容。

只能自欺欺人地想，说不定她早就忘了。唯一遗憾的是，他自己忘不了，做不到和小桥一样从容。

因此，他只能很懦弱地选择避开她。

启锁开门，他照例先往书房走，还没到门口，脚步就迟滞下来——书房里亮着灯。

他小心翼翼地推开门，看见小桥站在书架前，正埋头读一本什么书，他的心一下子提起来。

"你怎么……还没睡？"他多少有些仓促地问。

小桥回头看他一眼，把书放回架子上，没有像过去那样朝他展颜微笑。

"我在等你。"

赵奕南的心跳得愈发不规则起来，幸好表情还能控制得住："有什么事吗？"说着，装作很随意地将公事包搁在桌上，又脱下风衣挂到衣架上。

小桥目不转瞬盯着他："赵哥，我想搬出去住。"

赵奕南挂衣服的手顿了顿，心不由自主往下一坠，但也因此有了底。

"这么突然？房子……找好了？"

他是不便问为什么的，也没法若无其事地挽留她。

"那倒是还没有，不过我觉得有必要先跟你说一声，我在这儿住了好几个月，承蒙赵哥费心照顾，本来没打算这么快搬，可这半个月来……我过得并不开心，你想必也一样。所以我想，或许我搬出去对大家都好。"

赵奕南感到一阵惭愧，不得不承认，小桥比自己勇敢，而且对那晚的事，她并非是忘了，她一直想要弥补，而自己连机会都吝惜给予。

"小桥，那天晚上的事，都是我的错。"这会儿，他的舌头终于不再打结了，"我不想为自己的行为做什么辩解，也没想过请你原谅，这些天我躲着你，是因为我，我很羞愧……"

小桥重重呼出一口气："你不用解释，我都明白，我也从来没怪过你。"

她表情真诚，如果说之前想到搬走还有赌气成分的话，现在见赵奕南被逼着说出了这样的话，小桥早就一丝怨气都没有了。

赵奕南心中涌起感动，忍不住又问："那么，你还愿意留下来吗？我……和丁丁都不希望你离开。"

小桥却摇了摇头："本来我离开家乡就是为了尝尝闯荡的滋味，结果在这里过得太舒服了，差点忘记初衷，现在这样也好，提醒我来三江是为了什么。赵哥，我搬出去并不是对你有什么不满，我想换一种生活方式。还有，谢谢你这段日子来对我的照顾。"

说着，她对赵奕南深深鞠了一躬。

赵奕南脸上的笑僵持着，第一次有不知所措的感觉。

小桥扬眉吐气地讲完自己想要说的话，终于又能自如地对赵奕南微笑了。

"不早了，你早点休息。以后也别这么老晚回来了。"

她转身欲走。

"小桥！"赵奕南冷不丁又叫住她，"我……能不能请求你一件事？"

"你尽管说。"

"如果你一定要搬，能不能搬得离我们近一些？"

"这个……"小桥一阵踌躇，这个地段的房子可都不便宜。

"你要是走了，丁丁会很失望的。"赵奕南看着她说，"如果因为房子为难，我可以帮忙打听。"

"不用，我……"

小桥刚想回绝，赵奕南已经抢在前面说："我只是帮你打听，房租由你自己付，你在这个地段住习惯了，换个环境重新适应也要一段时间，也不见得能称心如意，而且，你跟我们住得近一点，还能经常来看看丁丁，他不至于因为你的离开觉得难过……可以吗？"

他眼里那显而易见的央求让小桥心一软，她是见不得别人为自己烦恼的，尤其这人还是赵奕南。

"那……好吧。谢谢赵哥了。"

Chapter 7 若即若离

搬家的事在赵奕南的协助下很快搞定，新住地和赵家仅一巷之隔。老小区，旧房子，从外头看平淡无奇，灰秃秃的水泥墙像火柴盒子一样整齐地一摞摞码过去，跟赵家的小别墅自是有天壤之别。小桥头一回跟赵奕南去看房时，心里多少有点抵抗，她也分不清究竟是在抵抗这灰头土脸的房子，还是抵抗赵奕南的一手操办。

不过走进社区感觉又不一样了，老小区年头深远，有浓郁的生活气息，且绿化极好，路两旁的行道树葱郁成荫，小区里时常能见到牵着孙子孙女小手出来散步的老人，大多一脸慈祥，面带笑意，小桥立刻又觉得舒服多了。

待到开了房门进去，眼见是个干净敞亮的二居室，小桥心里什么疙瘩都没有了。

房子属于赵奕南的一个亲戚，亲戚一家最近升级搬进新居，旧房子空着也是空着，被赵奕南打听到后要了过来，房租很便宜，也就是个意思。

小桥看房后第二天就忙着打包搬家，丁丁过来给她帮忙，着实有点伤感："你为什么非搬不可啊？"

"因为我找到新住处了呀！"

"可你为什么要找新地方住呢？"

"因为，因为我想搬出去一个人住呗！"

"到底是为什么呢？总得有个原因吧？你以前还说要在我家长住呢！"

小桥见绕不过精明的丁丁，只得鼓了鼓腮帮子，打起了比方："那！你看动物世界里，所有小动物长大以后都是要离开父母的家庭出去独立生活的。如果总是贪图安逸，以后就不会有捕食的能力，然后只能等着饿死了。"

"你又不是小动物,就算你留在我们家100年,我爸肯定也不会让你饿死的。"

"100年!你饶了我吧!我可不想当一条百年老蛀虫。"

赵奕南走进来:"小桥,要不要帮忙,哦,都……收拾好了?"

小桥仰头笑:"你来晚了。"

丁丁想做最后的努力:"爸爸,你能不能让小桥别走啊?"

赵奕南看着儿子说:"小桥是独立的成年人,她有权利决定自己去哪儿。"

小桥听了,不知怎么,心里有些难过,但还是笑着对丁丁道:"我又不是不过来了,再说,咱们住得这样近,你想吃我做的饭,随时可以来找我。"

丁丁见没商量的余地了,只得妥协:"好吧,既然你这么说,我就不客气了,以后每个礼拜二和礼拜四我都去你那儿吃晚饭,好不好?"

"可以啊!"

"爸爸,你去不去?"

"我……看时间吧。"

他见小桥只打包了她初来时的物品,后来新添置的小方几和几件软装饰都留着没拿,便要帮小桥收拾了一并带过去。

小桥不肯,说:"我看那边东西挺齐全了,拿过去也没用,不如就留在这里,将来说不定你家来客人住还能用得上。"

丁丁连连点头:"小桥阿姨说得对!爸爸,说不定你还有别的什么朋友啦亲戚啦会突然之间塞个进城打工的闺女来咱家住呢!"

小桥和赵奕南对视一眼,又飞快转开眼眸。赵奕南暗想,真要再塞人过来,打死我也不会接收了。

一月底,小桥回家过春节,依旧是独来独往。

坐在火车上,看着窗外飞驰而过的风景,心情却不再像来时那样飞扬鼓舞,反而有点小惆怅。或许,如果没有平安夜那晚的事,而她现在还住在赵家,那么此刻的情形又大不相同了。虽然她已经努力安慰自己,那只是个意外,但仍免不了要去揣测赵奕南当时的状态:他知道他吻的是自己吗?如果是,他当时究竟是怎么想的啊?

越想心跳越快,她不得不把思绪拉回来,但不一会儿,思绪又恶作剧地荡了过去,宛如一只倔强的小狗,不肯好好走路,老喜欢僵在路边闻闻嗅嗅。

她决定,这件事无论如何不能告诉别人,尤其是妈妈。

到了家,妈妈和外婆拿她当贵客一样款待,虽然她离家不过四个月。

外婆烧了一桌她爱吃的菜，一边捶着肩膀嚷酸痛一边盯着她吃，结果小桥当晚就吃撑了。

妈妈问小桥近况，她当然只拣好的说，告诉妈妈自己正在进修英语和财会，将来打算换份含金量高一点的工作，妈妈听了颇为满意，紧接着又盘问她在赵家的情况，她自然依旧说好，连搬家的事都没提一个字，免得妈妈大惊小怪问长问短。

七天假期在吃喝、睡懒觉和偶尔必须的走亲戚过程中一晃而过，临到启程回城前一天，小桥为妈妈准备的一行李箱吃食犯愁，那里面至少有一半是江秋梓为赵家人准备的。

"妈妈，这一大包东西好重的，火车上挤来挤去可麻烦了，现在是春运啊！"

"你这孩子，就想着自己，你赵哥一家白让你住着分文不收，逢年过节带点年货去表表谢意还那么多话！火车上不用你背，来去还有出租车，哪里就累着你了！"

"好吧好吧！我背！"小桥无奈。

这厢刚搞定，外婆兴冲冲奔上楼来："小桥，看我给你准备的好东西，都是你爱吃的：鸭肫、牛肉干、茨菇片、麦芽糖，还有这些团子，什么馅儿的都有……"

小桥瞪着外婆手里那只体积不小的马桶包，欲哭无泪："外婆，我能不能不带去啊？"

"你妈妈的你都带不？"

"带。"

外婆斩钉截铁："那我的也必须带！我这些东西可都是给你一个人准备的！"

外婆比妈妈其实要好说话，小桥蹲下来跟她商量："我真的背不动，要不这样，零食我都带着，这些团子就留在家，你跟妈妈慢慢吃，然后你把做团子的方法教给我，我在城里如果嘴馋了，可以自己做来吃！"

吃过晚饭，小桥就留在厨房跟外婆学做团子，她最喜欢吃芝麻馅儿和萝卜馅儿的，外婆就着重教她这两种。

外婆说："做团子最关键是馅儿要拌得好，哪些配料要多放哪些只要一点就行了，这里头可都是有学问的。"

妈妈端着空碗走进来，外婆招呼她："你也来学着点儿，将来我不在，你也可以做给小桥吃。"

"您饶了我吧！"妈妈最烦家务事，撂下碗筷就跑出去，"您直接教会小桥就成了！"

外婆见妈妈溜了，居然狡黠地笑了笑，小桥感觉她的笑容里有文章。

果然，外婆瞥她一眼，眼里满满的意思要表达，不过她还是谨慎地先走到厨房门口往外瞧一眼，确定妈妈上楼了，才又走回来说："小桥，我偷偷告诉你，你可别跟你妈说去——前几天，你爸爸打电话来了。"

小桥吓一跳："他打电话来干吗？"

"没什么事，就是问问你在三江过得好不好。"

小桥满腹狐疑："他怎么知道我在三江？"她瞧着外婆笑呵呵的模样，恍然大悟，"外婆，是不是你告诉他的，你，你一直跟他有联系？"

外婆忙示意她轻点儿声。

小桥有点紧张："妈妈知道吗？"

外婆一撇嘴："我告诉她干吗！回头又跟乌眼鸡似的瞪我。"

小桥不觉乐了："难怪老话说丈母娘看女婿越看越欢喜呢！我爸那么个人，敢情您还是帮他不帮我妈的。"

外婆叹口气："我帮你爸到头来还不是为了你妈？早几年我还指望你妈能回心转意跟你爸爸复婚，谁知她脾气倔得跟你外公一模一样，死活不肯回头。现在也没啥好盼的了，你爸爸也早又结婚了。"

"所以说，妈妈的选择是对的，爸爸根本就不诚心呀，不然干吗不等我妈，跟别人结婚啊！这样一来，我妈心里肯定更气！"

"傻丫头，人哪有老单身不结婚的，况且你爸又是那样的条件，这事怎么说，也是你妈太不肯通融了。"

尽管在感情上小桥跟外婆更亲密，但父母离异这件事上她始终是向着母亲的。

"如果爸爸真那么爱妈妈，就该一辈子等下去，等到妈妈原谅他为止。"

"世界上哪来这样的人哦！"

"有是有的，只是你不认识而已。"小桥这样说的时候，脑子里闪过赵奕南的身影，不过随之而来的还有那个吻，于是声音也变得轻而烦乱起来。

外婆并不知晓她的心事，笑眯眯地问她："囡囡，你在三江有没有碰到合适的男孩子？"

真是哪壶不开提哪壶。

"没有啦！才去了半年都不到，怎么可能！"

"要是有也没什么。"外婆显得特别通情达理，"你现在也大了，说这个用不着害臊。你的性子比你妈温和，我反而要放心些。就是你吧，时常会心软，人家几句好话一说就抹不开面子。我告诉你，找男朋友这事可不能随便乱来，对方的条件啊，家庭情况都得搞搞清楚，最关键人品要好，别弄半天又找个你爸爸那样的人！"

小桥扑哧笑出来："你不是说爸爸挺好的吗？"

外婆白她一眼："怎么说他也是你爸爸，不看僧面看佛面。再说，你妈妈也太不近情理，这么多年，你爸想来看看你都不许，骨肉分离很痛苦的，如果你爸去法院告你妈，你妈也是没辙，可他从没这么干过！所以说，你爸心里还是向着你妈妈的。"

小桥把米粉搓成小团，摇摇脑袋瓜："哎哟，外婆！咱们还是做团子吧！他俩的事我从来就没弄明白过，也不想弄明白了！"

回到三江，小桥找了个傍晚去了赵家一趟，把妈妈委托转交的那些干货都送了过去。

丁丁无聊地在小院子里拍皮球，看见小桥，高兴得一蹦三尺高："小桥，你回来啦！"说着，忙忙地把她引进屋，还帮她提口袋。

小桥忍不住感慨，小孩子就是长得快，过一年懂事一年。

张奶奶正在厨房煮饭，小桥把土特产也分了她一些，张奶奶连连道谢。

小桥问丁丁："过年有没有出去玩？"

"有啊！爸爸带我去香港迪士尼了！可惜你不在，不然可以跟我们一起去。"

丁丁忽然想到什么，"对了，爸爸买了好多礼物，还给你也买了。你等着，我去拿给你。"

没等小桥说话，他已经噔噔噔跑书房去了，很快又回来，手里拿着个深棕色的小盒子。

"这是给你的！"

小桥接过来打开看，是条铂金项链，项坠子不知是什么材质做的，鲜亮的石榴红，反正很漂亮。她没敢收，退回给丁丁。

"这个……太贵重了，会不会是你搞错了？"

"怎么可能！"丁丁急起来，"我跟爸爸一块儿去周大福买的，他挑了好久，最后才选中这一条，说戴在你脖子里肯定很好看！"

小桥闻言脸立刻红了，闷了半天方讷讷道："那也得等你爸爸同意了我才能收啊！"

"我爸说了，哪天你来就让我交给你。不信你自己打电话问他。"

小桥听他这么说，感觉赵奕南似乎并不想见自己似的，心里倒又有些失落起来。

隔了两天，小桥正在楼上办公室帮经理统计数据，清洁工王阿姨跑上来叫她："小桥，有人找你！"

"谁啊？"

"一个男的，长得很好看呢！"王阿姨笑嘻嘻地说，"是你男朋友吧？"

小桥脸蓦地一红，心也立刻慌乱起来："阿姨，你别开我玩笑了，我哪来什么男朋友呀！"

话虽这么说，她还是抛下手里的活儿急急忙忙往楼下赶，心里充满了期待。

刚走到楼梯拐弯处，一眼就瞥见钟越长手长脚地坐在窗边的一把椅子里，顿时一愣，腿脚也没刚才那么利索了，王阿姨走下来，指着钟越向她示意："就是他找你！"

小桥失望极了，甚至还觉得很烦，真想抽身溜回楼上，但钟越听到说话声已经把脑袋转过来了，朝她笃定地一笑："新年好，江小桥！"

梅梅和林筠在柜台边张头张脑地看好戏，小桥只得走下来。

"你怎么又来了？"

钟越见她如此不待见自己，不觉撇了撇嘴："放心，我不是来追债的。"

他把脚边一个纸袋拎出来塞给小桥："过年时给你买的，算新年礼物。"

小桥看也没看就还回去："我不要。"

"嘿！那我要了也没用啊，都是化妆品！"

"你可以送给别人嘛！"

钟越眼珠子又要瞪出来："你！"

小桥怕他在店里闹事，赶紧说："有什么话咱们到外面去讲好不好？"

"那这东西你收不收？你收我就出去！"

小桥无奈："行，我收我收！"

出了店门，小桥一直把钟越领到小广场的背人处，才拉下脸来说："钟越，你到底想干什么呀？"

"我？我能干吗，当然是追你啊！"

"你别闹了，我不早告诉你这事不可能了吗！再说，我现在跟你姨妈都不在一个班了，你根本用不着再演戏了！"

年前冯念凝不知为何换了个班，与小桥不再是同学了，小桥如释重负，本以为她放弃了撮合自己跟钟越的事了，想不到一过完年，"瘟神"又杀回来了。

钟越两手一摊："我没演戏，我对你是认真的！"

小桥嗓门都锉尖了："可这是为什么呀？"

"因为我喜欢你啊！"

尽管小桥对他没动过心，可眼见他如此堂而皇之表达爱意，脸还是忍不住红了。

"你，你能不能别这么肉麻？"

"是你逼我说的。"钟越很无辜，"喂，小姐，我这可是第一次追女孩子，你给我点儿面子好不好？"

"谁信呢！"小桥用力抿嘴，"不管你怎么说，我也不会答应的，因为你不是我喜欢的那种人。"

听她这么一说，钟越倒来了兴趣，"那你喜欢什么样的？"

"反正不是你这样的。"小桥把脸绷得尽量严肃一些，"不跟你说了，我还得回去上班呢！你以后别再来找我了。还有，你给我的东西，找时间我让冯姨带给你。"

她转身欲走，钟越猛地拉住她胳膊。

"江小桥，如果你是因为我一开始对你态度不好才讨厌我，那么我现在正式向你道歉！还有一句你也听清楚：我追定你了！"

小桥震惊地转过身来，钟越已很快松开她，抢在她前面走了，修长的大腿在她眼前一甩一甩的，显得特别趾高气昂。

这人怎么就跟自己杠上了呢……有病吧这是？小桥欲哭无泪。

小桥垂头丧气回到店里，梅梅和林筠正在查看钟越送的化妆品，梅梅的眼睛都绿了："哇！全部都是名牌：兰蔻、SK-Ⅱ、雅诗兰黛……小桥，你这回真的撞大运了！可是——你到底有什么能耐啊，凭什么玛莎拉蒂就看上你了呢？"

林筠白了一眼满脸妒忌的梅梅："因为拿饮料泼他的人是小桥，不是你！"

星期四，小桥不用上夜课，丁丁如约来她这儿吃晚饭，小桥做了几个他爱吃的菜，两人在温暖的厨房里开饭，丁丁吃得特别香，一边吃还一边给小桥讲学校里的各种八卦。

"在我们班，我还不是最皮的，最皮的那个要数刘成益，他上课老脱线，还爱做鬼脸影响别的同学听课。我们班主任忍无可忍了，正上着课呢，忽然朝我们一声怒吼：'大家都看好刘成益！'我们都莫名其妙回过头去看，老师等我们都看着他了，又是一声吼：'每人给他两个白眼！'我们班主任有才吧，这种惩罚措施都想得出来！"

小桥笑死了："你有没有向你同学丢白眼？"

丁丁眼睛往天花板上看："我有那么容易被愚弄吗？反正给他吃白眼果的

人已经很多了——对了小桥,还有个绝密大八卦要告诉你!"

"什么?"

"徐阿姨谈恋爱了!"

小桥神经一下子绷紧:"和谁?"

"不知道!反正她有男朋友了,我听爸爸说的。"

"你不是说……她喜欢你爸爸吗?"

"对啊!可我爸爸不喜欢她呀。"

小桥抿嘴笑:"那你爸爸喜欢谁?"

"那还用问!"丁丁一脸骄傲,"当然是喜欢我妈妈啦!"

小桥又问:"Linda的男朋友是张奶奶介绍的吗?"

"肯定不是,不然张奶奶早就得意地嚷嚷开了。"

小桥忍不住又笑:"赵丁丁,你真的只有十岁吗?怎么懂那么多人情世故!"

丁丁挤了挤鼻子:"江小桥,不是我成熟,是你太单纯了!"

丁丁临走前,小桥特意从冰箱里取出一盒子速冻好的团子交给他:"这个带给你爸爸吃吧。我昨天刚做的。"

丁丁却不肯收:"你别给他弄这些东西了,我爸爸没时间吃的。你节后送过来那些年货都没怎么动呢,也就我跟张奶奶吃了一点,还剩了好多在家里。"

小桥低头望了望盒子里那一个个搓得滴溜滚圆的团子,心里忽然酸酸的。

丁丁见她很失望的样子,就安慰她:"你要怕浪费就还在冰箱里放着,我每次来帮你吃掉几个。"

小桥用力一吸鼻子,赌气地把盒子塞到丁丁手上。

"给你爸爸带回去!如果他不爱吃,你也别拿回来给我了,直接倒进垃圾桶!"

晚上,小桥正在灯下温习功课,钟越给她来了电话。

"江小桥,你还真当真啊!姨妈今天把化妆品都还给我了,你猜她对我说什么?她说我太没出息了,连个女孩子都搞不定!"钟越显得很受伤。

小桥怕他又跟自己胡搅蛮缠,忙抢着解释:"我不是记仇才退给你的,以前那件事都过去了,我没生你的气,也不是讨厌你。可做男女朋友是要有感情基础的,没法勉强。"

"可我对你挺有感情的啊!你为什么就不肯给我机会呢!"

小桥觉得他们要老这么扯下去就没完没了了,她想了想,问:"你是真的喜欢我?"

"当然！"钟越就差赌咒发誓了。

"那你给我五个理由。"

"什么？"钟越没明白。

"你喜欢一个人总是要有理由的吧，不可能无缘无故就喜欢别人啊！不然不就是神经病了吗？"

"嘿！你还挺狠的，我……"

"呐！你要是说不出五个理由来，就说明你是在耍我玩，我立马就挂电话啊！"

"等等！你总得给我两分钟，容我想想啊！"钟越皱眉思考起来，"第一个理由是，是……你很可爱！"

"你怎么看出来的？"

"你会跟小朋友玩游戏啊！看上去和他们没什么分别嘛！而且，你特别有耐心，小朋友闹的时候也不翻脸，换了是我，早就甩手走人了！对对，第二个理由就是你很有耐心！耐心是很重要的美德！"

"好吧，算两个，第三个呢？"

"第三个……第三个是你人老实，没什么歪脑筋，喜欢实话实说，所以跟你相处特别自在。第四个我也想到了，你心地好，肯为别人着想，要不然，平安夜那天中午就不会跟我出去吃饭了——哎哟，江小桥，我以前从没仔细想过你有什么优点，今天这么一总结，发现你优点真挺多的，嘿嘿！什么时候你也给我总结总结？"

小桥不为所动："还有第五条呢？"

"第五条？哦，还有第五条……"眼见就要大功告成了，钟越脑子里却无论如何想不出新词儿来，他有点着急，越着急还越想不出，有种便秘似的痛苦。

"第五条，你，你很善良……"

"这条你已经说过了。"

"说过了？那，那我再想想。"

小桥简直像掐着表，一听他沉默下来就说："我要挂电话了。"

"马上就有了！"钟越立刻大叫，"第五条，第五条就是你拿饮料泼过我！"

小桥哭笑不得："这算什么理由啊？"

"怎么不算！"钟越理直气壮，"你想想，如果那杯饮料没泼在我身上，我就不会生你的气，还朝你吼，后来也就不会请你出来吃饭跟你道歉！这一泼，很关键啊！"

"好吧，就算五条你都答出来了，可除了最后一条，具备前面四条的女孩子多的是，你干吗非要找我呢？"

钟越笑道："很多吗？可我怎么只碰到过你一个呢？"

"谁说的，我们店里就有两个，梅梅还有林筠，她们都……"

钟越气愤地打断她："江小桥，你以为我是在卖毛白菜啊！一块钱卖不掉就降价到八毛？"

小桥被噎得哑口无言。

钟越这回得意起来："怎么样？你自己也承认我过关了，这下你总该接受我了吧？"

"可我……我对你没感觉怎么办？"

"这有什么关系，感情都是培养出来的，日后咱们多在一起相处相处不就什么都有了？"

小桥一时反驳不过他，忍不住又捧着手机啃起手指甲来，她还从没遇到过像钟越这么难缠的主儿，软硬都不吃的。可她也不能昧着良心就范啊！

她飞快地动起了脑筋，很快就有了主意。

"要不这样好了，我们可以做朋友，但只能先做普通朋友。以后我看见你也不会烦你或者赶你走，但你也不能太过分，别有事没事就来扰乱我的生活。"

钟越仔细盘算了一会儿，暗忖这大概算小桥让步的底线了，便道："如果你所谓的普通朋友是可以常常见面，一起吃吃饭聊聊天的那种，我就接受。"

小桥表示同意，又强调说："如果我有事不能去，你也不能强人所难。否则，我是可以报警告你的，那样一来，咱俩可都不好看了。"

钟越一琢磨，这番讨价还价下来，自己怎么说也算小赢一把了，便朗声笑道："成交！"

小桥毕竟还是太嫩了，她没想过这个口子一开，自己甭管多小心谨慎，也难挡钟越隔三差五在她眼前晃荡。

他如今对小桥态度好得出奇，请她出去吃饭从不强求，光靠一个"磨"字，外婆从小教导小桥"不打笑面客"，她便也不好意思跟他翻脸，实在被缠不过了，就勉为其难跟他下一回馆子。

不过小桥也不是一点办法都没有，跟钟越聚会，她总不忘带上自己的课本作业，对他烦了就摊开本子闷头做作业，一点不耽误时间。

钟越大概瞧出她打的算盘，倒也不急不恼，小桥做作业，他就撑着脑袋在一旁打量她。

渐渐地，小桥不自在了，想想那场景，一个人正努力理解枯燥的题目意思，旁边有两只一百多瓦的大灯泡明晃晃地照着，搁谁都受不了。

可小桥只能忍着，她明白，钟越这么干，无非就是想逗自己跟他说话。

有一回，小桥好容易让自己沉浸到题意中，正理着解题思路，钟越冷不丁问："有人夸你好看吗？"

小桥被惊醒，白他一眼："当然有了！"

"都谁？"

"我妈妈，还有外婆。"

"她们那是敝帚自珍——还有别人夸你吗？"

小桥没好气："没了！别人都说我丑呢！"

钟越点头："你是不好看，可我怎么就这么看不够呢！"

小桥的脸刷的又红了："钟越，你能不能正经点儿？"

钟越一脸恍然大悟的表情："啊，我明白为什么了！用我们这儿的话说，你这叫丑可爱。"

"……"

不知不觉，小桥已有半个月没跟赵奕南见面了，心里其实挺想他的，可又抹不下面子特意去赵家等他。她有点懊恼春节回来时没主动跟赵奕南见上一面，现在时间拖这么久了，互相撞见尴尬的可能性就更高了。

同时又有点生气，为什么他不能来看看自己呢？干吗是自己在这儿绞尽脑汁地想怎么跟他见面这个问题呢？

脑子里打了半天架，最终还是归零，好像他俩谁都没错，都情有可原，那就……暂时先这样吧。

下一次丁丁来吃晚饭时，小桥问他："上次让你带回去的团子，你爸爸吃了没有？"

"吃了！我跟爸爸说，是小桥你亲手给他做的，他不吃的话后果会很严重。结果他一个不剩全吃了。"

小桥惊讶："一顿吃光的？一盒子有十个呢！"

"一顿全吃掉了呀！"丁丁乐道，"晚上我下楼还看见他在书房里不停地踱步，从东墙走到西墙，然后又从西墙走回东墙。"

丁丁学给她看："我估计他就那样踱了一夜！"

小桥扑哧大乐，心上的灰霾忽然烟消云散。

英语培训很快就迎来考试，小桥顺利过关，紧接着，财务课程也要统考，老师布置了很多作业，其中有部分属于高等代数的范畴，小桥数学基础不好，有例题的还能对付对付，其他题目就只能对着干瞪眼了。

那天钟越又拖她出去吃饭，小桥本欲以考试为借口推拒，突然多嘴问了一句："钟越，高等代数的题你会做吗？"

"高等代数？当然会啦！"

小桥大喜，立刻带上作业本屁颠屁颠赴约去了。

在餐厅金灿灿的灯光下，钟越把那两道数学题横看竖看，半天放不出个屁来。

小桥狐疑起来："你到底会不会呀？"

"早几年你问我，我三下五除二就给你做出来了。现在，现在……全忘了。"

"那你怎么在电话里一口咬死说你会？"

"我又不知道有这么难！你看看这题目，要用到好几个公式的，我都毕业多少年了，早还给老师啦！"

小桥气得要命，作业周末就要交，她前思后想，忽然就有了个主意——她可以去请教赵奕南嘛！本来她就想找个可以跟他见面的由头，这样一来岂不是顺理成章了？！

于是，翌日中午吃过饭，她故意找个借口落后于其他同事，等身边没熟人了，才从兜里掏出手机，拨通了赵奕南的号码，一颗心跳得活如狂奔中的兔子，她一边控制住紧张，一边将组织好的语句又飞速在脑海中过了一遍。

谁知都快走到小广场边沿了赵奕南也没接听。

小桥那个郁闷啊，免不了又是一番胡猜乱想。

心神不宁的状态一直延续到午后开工，她狠狠心，不再让自己的心思围着赵奕南转，再这样下去非得神经病不可。

下午，小桥领完礼物匆忙下楼，准备召集小朋友们做游戏，走在楼梯上时手机响起来，她已经成功地把找赵奕南的事给忘了，所以当听到他的声音在耳边响起时竟还愣了一愣。

"小桥，你找过我吗？一直在开会，刚刚才看到手机提醒。"

小桥回过神来，之前反复打过的腹稿此时也完全想不起来了，只能直扑主题："啊，对对！我，那个，是这样，我有几道代数题不会做，想麻烦赵哥帮我看一看。"

"哦。"赵奕南似乎松了口气，想了想方道，"那你把题目给丁丁吧，我晚上回去看。"

"你……几点下班？"

"难说，最近大老板过来了，得时刻陪着。还有别的事吗？我得回去开会了。"

"没了……那麻烦你了。"小桥快快地挂了电话，总觉得心里有个地方很别扭，早知道他又不打算见自己，这电话还不如不打呢。

想虽这么想，下了班，小桥还是按约把题目抄好了送去赵家交给丁丁。

丁丁像传达室专管收发信件的老大爷那样朝她挥一挥手："明天下午这个时候来拿吧！"

小桥试探地问："你爸爸，真会做吗？"

丁丁傲慢地仰起头来看她："他是他们那一届高考的全市理科状元，你说他会不会做？"

小桥被他的气势震住，吐吐舌头，放心地走了。

第二天晚上小桥有课，但她还是挤出时间跑了趟赵家，丁丁把两张A4纸塞给她。

小桥低头扫一眼，纸上密密麻麻的，一道题就写了差不多半张纸，赵奕南是用蓝色水笔写的，笔迹清秀端正。

外公在世的时候曾经告诉小桥，"字如其人，你看一个人写的字就能知道他这人品性怎么样了。"

丁丁探头问："你能看懂吗？"

小桥的心思完全放在字迹上了，飞快地眨了眨眼睛："一会儿我路上细看。"

"我爸怕你不明白，特意写得很详细，还要我告诉你，如果实在不懂，还可以给他打电话。"

"你爸爸最近是不是很忙？"

"他哪天不忙啊！"

"那他……每天都几点回家呀？"

"通常八九点，最晚十一二点。"说到这里，丁丁竟有些幽怨，"还不是因为你！你现在都不给我家做饭了，我爸当然懒得回来了。"

小桥还不算太笨，赵奕南解题思路又清楚，她看了两遍都弄明白了，工工整整誊写到作业本上。

那次的作业小桥得到了老师的表扬。考试接踵而至，她也顺利过关。

119

钟越像某种嗅觉特别灵敏的动物，小桥刚从培训中心回到家，他的电话就尾随而至，语气火急火燎的。

"小桥，赶紧出来见我！你上次那两道题我都做出来啦！"

小桥没好气："这都什么时候了，我考试都考完了！"

"啊？考完啦！那就出来一起吃个饭呗！"

小桥考完试后有点疲软，经不住钟越的软磨硬泡，再加上也确实想放松一下，便答应了。

钟越大喜："你在家是吧？哪儿都别去！我立刻去接你！"

等钟越的那段时间，小桥不知怎么就想起初次见他时的情形，他跟媛媛舅舅（这会儿连那个人的名字都想不起来了）在水池边说话，一副心高气傲的模样，怎么没几个月就完全蜕变成另外一个人了？

直到坐进钟越拉风的车内，看着他一脸春风得意的表情，小桥依然想不明白。

"钟越，你上班不忙的吗？怎么老有时间出来玩？"

"我是销售嘛，工作时间很自由的，跟我姨妈打声招呼就行了。"

"你姨妈对你真宽松。"

"那是！小时候我爸妈忙，没时间照顾我，就老把我送她那儿去，那时候她在机关单位，很清闲——江小桥，你去过陈园吗？"

"那是什么地方，公园？"

钟越得意地乜斜她："就猜到你没听说过！是个吃饭的地方，不过带个私家花园，很有情调的。不预约根本等不到位子。"

"哦。"

"你怎么木呆呆的，考试考傻啦？"

"那你要我说什么？"

"今天我带你去陈园见见世面，高兴点儿！"

小桥忽然想起来问："那两道数学题你后来真做出来了？"

钟越挺坦白："没有，我找以前同班的一个学霸做的。"

"我还以为你真做出来了呢！"小桥扁起嘴，"你不是说将来要做老板吗？怎么连数学题都不会做？"

"小姐！做老板能算账就行了，谁要求必须会做那些曲里拐弯的题目了！不信，你把题目拿去问问那些老板，或者工作好多年的人，看有几个人会？"

"赵哥就会！"

"赵哥？你是说你戴眼镜那表哥吧，一看就是个书呆子！"

"你别自己没文化就看聪明人都不顺眼了！"小桥怒道。

钟越回头瞥她一眼，发现她脸都气红了，顿时乐起来："江小桥，你整天表哥长表哥短的，不会是爱上你表哥了吧？喂，那叫乱伦，不合法的哟！"

"你……"

"开玩笑开玩笑，你别生气！"钟越笑过之后，又语重心长，"我跟你说，咱们在学校学的绝大多数东西将来工作了根本用不上，纯属浪费时间！"

小桥不吭声了，懒得跟他废话。

Chapter 8 花开的声音

等进了戒备森严的陈园，小桥一看那亭台楼阁的布置，立刻不以为然。

"我们镇上这样的小园子好几个呢！也没那么多保安守着不让进。"

"你懂什么，这叫档次！"

钟越正停车，小桥从反光镜里忽然看到一辆停在他们后面的黑色商务车中走下来几个西装笔挺的男子，其中两个是老外，另有三个中国人，走在最前面的那名中国男子面带微笑，一边打着手势一边在给身边的老外介绍着什么。

小桥定睛一看，这不是赵奕南吗！踏破铁鞋无觅处，想不到最后竟在这么个地方撞上了。

她心里一阵高兴，急忙推门下车，打算上前去打声招呼，钟越察觉了，立刻大喊："江小桥，你跑哪儿去？"

赵奕南闻听，诧异地往他们这边瞥了一眼，正看见小桥费劲地越过灌木丛要朝自己这边来，一身韩版装的钟越则像个猎人那样迅速蹿过去拉住她，像训孩子似的说："你搞什么名堂！餐厅在那边！"

"我跟赵哥打声招呼去！"

小桥用手一指赵奕南，后者却用一种令她陌生的眼神看着这边，目光冷淡，让小桥一时失去走上去的勇气，有点讷讷地停留在原地，她的胳膊还让钟越紧拽着，可她浑然不觉。

也就几秒钟的工夫，赵奕南和随行的人就已经走远了。

小桥说不出的失落，喃喃自语："他明明都看见我了，干吗不理我呀？"

钟越把她拽回柏油道上。

"干吗要理你？没看见他在谈生意吗！喂，江小桥，你也不是小孩子了，该断奶了哈！别看见个亲戚就想往人身上蹿！"

这顿饭小桥吃得食不知味，钟越本想逗她开心，见她总是郁郁寡欢的，顿时也没了兴致。两人草草吃完出来，天已擦黑。

上了车，小桥忍不住又朝身后望了一眼，赵奕南他们的车还停在那里。

钟越问："接下来你想去哪儿玩？"

"送我回家吧。"

"别这么没劲啦！好容易出来一次，怎么也得玩尽兴嘛！"不由分说，钟越就作好了选择，"看你也是个很少进城的小土包，今天我受点累，再带你去酒吧见识见识！"

"可我不想喝酒。"

"又不是非要喝酒才可以去酒吧，酒吧里能消遣的东西多着呢！"

车子疾驰在去酒吧街的路上，钟越心情重又好起来，忍不住又想开玩笑："对了江小桥，你可别把在陈园看见你表哥的事告诉你表嫂哦！"

"为什么？"

"听说那里面有很劲爆的节目，男人看了会流鼻血。"

小桥狐疑地望望他："你看过？"

"没有！"

"那你怎么会知道？"

"嘿！这又不是秘密，地球人都知道！"

"都是些什么节目啊？"

"比如脱衣舞啦，钢管舞之类的！"

这些东西小桥自然也从影视剧中见识过，想了想赵奕南坐在台下看艳舞的情形，她的心情顿时说不出的郁闷。

钟越是酒吧街的常客，他带着小桥从街口走进去，一路上好多人跟他打招呼，他则像个明星似的跟人家挥手致意，一点没有不好意思。倒是小桥，拘谨地跟在他身后，每次有人把目光投向她时，她就如芒刺在背，手脚都不知道怎么摆了。

钟越问她："你喜欢热闹一点的还是安静一点的？"

"咱们还是回去吧。"

"江小桥，你能不能别这么没出息啊？"

"可我一点都不喜欢这里。"

"来都来了，总要进门看一眼嘛！"

"那，那就找家安静点儿的吧。"

"行，跟我走吧！"

小桥懵懵懂懂跟着钟越走进一间酒吧，连酒吧名字都没看清楚，里面的装饰显然走返璞归真的狂野路线，冷不丁就有个狰狞的马头牛头在眼前冒出来，看得小桥直发怵。

这间酒吧其实一点都不安静，烟雾缭绕，话语声和笑声充斥着每个角落，如果这也叫安静，小桥不知道钟越对热闹的定义是什么样的。

钟越点了果汁和小零食，又给小桥介绍："歌舞表演马上就开始了！"

小桥莫名紧张："艳舞吗？"

钟越哈哈大笑："你想看艳舞的话，得等到午夜过后。"

小桥嘟哝："我才不要呢！"

"钟帅，又换妞啦？"一个仅穿件白衬衫的男子笑嘻嘻地转到他们这一桌。

"你说话注意点儿啊，这是我好朋友，不是女朋友！"钟越把脑袋转过来对着小桥，"我这么说没错吧？"

小桥忙点头。

男子笑得更厉害了："原来是个单纯的小妹妹！小心被钟帅骗哦！他不知道祸害过多少女孩子了！"

钟越忙抗议："姓朱的你别毁我名誉！是我被不知多少女孩祸害了才修炼到百毒不侵才对！"

小桥听他们的对话心里直犯别扭，总之这儿的氛围整个儿就不合她胃口。这时候台上突然开始唱歌，乐器喧闹响声震天，穿白衬衫的男子又转到别的地方去了。

小桥在家蛮喜欢听音乐的，形式也不拘流行歌曲，这时候听台上唱得有点耳熟，便凑在钟越耳边问："是零点乐队的歌吗？"

钟越朝她竖了竖拇指，大声回答："先来两首摇滚热热身！你想不想跳舞？"

"什么？"

钟越扭动身体向她示意，小桥笑着摇头，再看周围，好多人都从座位上起立，正起劲地摆动腰肢呢！

热身过后，耳边忽然响起缠绵凄婉的伴奏，一名浓妆艳抹，头顶红发的女子一边唱着《情人的眼泪》一边登上台，气氛再次被挑高，很多人都对着那女子撕心裂肺地高喊："Grace！Grace！"

小桥听她唱得如此动情，对周遭的喊叫完全无动于衷似的，仿佛整个人都融进歌里去了。

"这人是谁？"

"大名鼎鼎的Grace啊！酒吧街第一歌女。"

小桥不觉赞叹："唱得真好听！"

"那还用说，很多酒吧争着请她去表演呢！"

小桥把目光重又投向舞台，Grace的脸向一边歪着，被灯影遮住，看不清脸上眉目，唯一能够感知的是她的声音，像蛇又像雨丝，狠戾而执着地钻入人心底。

时间就在这种时而激越疯狂时而缠绵悱恻的乐曲声中悄然流动，小桥不惯长时间待在这种密闭且喧嚣的空间里，她几次提出想走，钟越却兴致高昂，让她再等等。

她的脸被浑浊的空气熏得又红又烫，脑子也晕乎乎的，果汁里居然喝出酒味来。

她跳下凳子，摸索着去洗手间。在通往洗手间的狭长走廊里，一些打扮怪异的男男女女靠在墙上吞云吐雾，看人的目光都是赤裸裸的，仿佛随时可以把谁吞进肚子。

小桥胆战心惊地走过去，没多久又回来，发现墙边靠着的人已经换了一拨，其中最显眼的是个戴红色假发穿黑色皮衣皮裤的女子，小桥凭她那头红发认出她就是唱歌的Grace，不免多瞧了她几眼。

Grace化着浓浓的烟熏妆，如此近距离看才发现她年纪也不轻了，脸上的肌肤似乎有些粗糙，脸的轮廓小桥却觉得有几分熟悉，仿佛在哪里见过。

察觉到小桥的目光，Grace也转过头来看她，一双眼睛含着对世间的讽刺似的，热辣辣地照在小桥脸上，小桥觉得脑袋更晕了，慌慌张张逃了出去。

好不容易找到钟越，这回小桥说什么也要回去了。钟越拗不过她，只好结账出来，一路上没少埋怨她。

"没听说谁泡个吧十点前就出来的！你这么着急回家干吗呢！在家也是无聊啊！"

"谁说的，我平时九点半就上床睡了。"

"江小桥，你的老年时代来得未免太早了！"

小桥爬进他的车，心里也没好气："我说不要来吧，你硬拉我来！我想早点儿回去你又是这副嘴脸！我早告诉你咱俩不合适，连做普通朋友都不合适，你还不信！成天这么跟人拧着来，你觉得有意思吗？"

"哎，知道我为什么喜欢你吗？"钟越乐不可支，"上次我给你那五个理由不算,今天额外赠送你第六个理由:跟你在一起的时候,我觉得整个世界都变简单了!"

小桥气得直哼哼:"你不就想在我身上找点儿优越感吗!可我告诉你钟越,等你哪天摔了个大跟头,你才会明白现在的自己有多幼稚!"

钟越根本无意领会她的金玉良言,一路开心地乐个没完。

回家的路上,车子里开着暖空调,熏得小桥昏昏欲睡,她完全把钟越的唠叨当成背景,在脑海中不断淡出、淡出,直至消失不见。

到了小桥租房的楼下,钟越见小桥还睡着,便没叫醒她,把车往路边上一靠,斜过身子,饶有兴致地打量小桥的睡相。

她蜷缩在座位上,像只怕冷的小田鼠,头发也被暖风吹得散开了不少。眼睛虽然紧闭,眉头却时刻微蹙,仿佛在梦里都要时刻抵御来自钟越的语言袭击。形象毫无可圈可点之处,甚至可以称得上狼狈。

钟越就这么坐着琢磨了她一会儿,实在不明白她有什么动人之处,摇摇头,叹口气,手却不听使唤地伸过去,帮她把几丝在脑门前晃来晃去的头发撩到耳朵后面。

指腹不经意地触到她面颊上的肌肤,只觉温软细腻,再细看她的脸,仿佛也不是完全没有亮点,长而密实的睫毛,光滑饱满的皮肤,没有一丝脂粉的痕迹,微翘的小鼻头以及小巧红润的唇,让人想起春天野地里盛开的小雏菊。

他忍不住凑近小桥,深深呼吸,似乎真能嗅到野菊花的芬芳。

喉咙口蓦地一紧,他差点就要吻上去,幸亏理智尚存,想到小桥若这时候醒来,发现自己被占便宜肯定恼羞成怒。

他遗憾地往后退,驰骋江湖十来年,他钟越可从没在女孩子的事情上昏过头,这一步要是走错,传出去得多大的笑话,他可丢不起这人。

虽然在理智面前刹了车,他心里终究是不甘心的,尤其此刻的小桥毫无防御能力,大好的机会,他如果不干点儿什么也太孬种了。

灵机一动,主意就到。

钟越蹑手蹑脚下了车,又跟做贼似的拉开小桥这边的车门,弯腰俯身,一手抄在她大腿下面,一面抄住她腋下,先试了试分量,这丫头没几两肉重,他忍住心里汩汩往外涌的兴奋,双手一使劲,走起——

小桥正睡得七荤八素,忽然梦见自己上了一条船,海面上起了大风,那船摇来晃去,随时有翻船的危险,她一紧张,就醒了过来。

醒来发现自己居然在什么人的怀里,惊悚地抬眸看,抱着她的那家伙乐得下巴都要掉下来似的（其实是因为用力而龇牙咧嘴，"几两肉"如果完全落在手心里也是很重的），她吓得魂飞魄散。

"放我下来！快放我下来！"一边喊一边拼命挣扎。

钟越被她突如其来的叫嚷吓了一跳，手一软，小桥就像个团子似的滚落在地，他慌忙蹲下去扶她起来。

"你没事吧？"

幸亏衣服穿得多，没跌疼哪里，不过这一跌倒把小桥给彻底跌清醒了。

"你，你抱着我干吗？"她羞恼交加。

钟越早有准备，理直气壮道："你睡着老不醒，我想把你抱上楼啊！"

"那你完全可以叫醒我啊！"

"哎哟，我不是好心想让你多睡会儿嘛！"

小桥拍掉身上的尘土，也不想跟他多啰唆："我到家了，你可以回去了。"

钟越望望楼上："不请我上去坐坐？"

"半夜三更的，不太方便。再说我上楼就要睡觉了。"

钟越拉长了脸："陪你吃饭、陪你泡吧，还大老远地送你回来，你就对我这态度！真是好心没好报！"

小桥暗想，我也没求着你。但她素来是说不出狠话来的，只得软声道："下回吧，今天真的太晚了。"

钟越见她态度坚决，也不好用强，抽抽鼻子，返身回了车上，长长的身影在路灯下看起来有几分可怜，小桥不落忍，眼见他发动车子即将走了，冲上去凑在窗前说："今天谢谢你。"

钟越还拿乔："谢我什么？"

"谢谢你陪我吃饭、陪我泡吧，还大老远地送我回来。"

钟越这才笑了："现在知道对我态度不好了？"

"总之谢谢你，下次我请你吃饭。"

"这还像话！不许耍赖啊！"

"不耍赖。"

"行，那我走啦！"

"拜拜！路上小心！"

钟越一踩油门，车子呼地滑了出去，嘴角的笑意半天都没有散去。

小桥过惯了九点半睡，五点半起的日子，忽然被钟越叫去酒吧这么一闹，生物钟有点小混乱，一觉醒来，才凌晨两点。

她在床上翻来覆去睡不着，一会儿想想酒吧里闹哄哄的场面，一会儿想想钟越的胡搅蛮缠，但想得更多的自然还是赵奕南。

在陈园时，他拿那种拒人于千里之外的眼神看着自己，如今想起来着实让人伤心。

关于赵奕南，她有太多搞不懂的地方，比如他为什么会在平安夜无端端地亲自己，又为什么总是避着自己？难道是因为烦她了？可看看他让丁丁转交给自己的答题纸，那么认真细心，实在不像是敷衍了事。

既然不是讨厌她，昨天又为什么要拿那种近乎嫌弃的目光看自己呢？她绕来绕去地想，没完没了的，真是心烦。

原本以为搬出赵家就可以把那些困惑都抛在身后不用理会了，现在才发现，自己根本做不到。

小桥虽然胆小，却不是喜欢暧昧不清的人，心里有了疑问，要么抛开不管，如果抛不开，她会想尽办法去弄明白，让自己的心湖重新恢复坦荡宁静。

于是，在凌晨的辗转反侧中，小桥又做了个决定——她要主动去找赵奕南好好谈一次，把很多问题搞清楚。

吃过晚饭后，丁丁正在楼上做作业，听见门铃响，诧异地跑下楼，看见小桥正在铁门外朝自己招手，丁丁忙赶过去给她开门。

"小桥，你怎么这个时候来了？"

"没事干，过来看看你。"小桥把一盒点心递给他，"我自己做的，你尝尝。"

"给我的还是给我爸爸的？"

小桥笑了："给你的，没做你爸爸那份，怕又把他撑着了！"

丁丁咂嘴接过来，摇着头说："我爸有时候是挺傻的。"

小桥目光贼贼地往里张望："你爸爸他，在吗？"

"还没回家呢！你找他有事？"丁丁望望小桥手里，"是不是又有题目不会做？"

"不是，我……找他问点儿别的事。"

丁丁特热心："那你等着，我给他打个电话问问，看他能不能早点儿回来。"

丁丁去书房给赵奕南打电话，小桥站在客厅里左看看右望望，她离开之后这里没什么变化，也许只是气氛稍微冷清了些。

丁丁很快从书房里跑出来，对小桥摊摊手："他说他很忙，最近都不可能早回来，你要有什么要紧事，可以给他打电话。"

小桥本来挺紧张的，听到这番托词后忽然有点恼怒，明显又是在搪塞自己嘛！

"他再晚也还是会回家来睡觉的对吧？今晚我不走了，就等他回来！"

丁丁不明白她为什么生气，但他总是帮着小桥的。

"那我再给他打个电话，告诉他你多晚都等他回来！"

"哎，不用了！"小桥一把拉住他，"说了也没用，反正我今晚就在这儿等他就是了。"

丁丁打量她表情："小桥，你是不是在外面被人欺负了？"

"没有啊！干吗这么说？"

"你眼泡有点肿呢！"

小桥不好意思地眨眨眼睛："昨晚没睡好。"

"是吗？干什么去了？"

小桥是不瞒着丁丁的，"跟朋友出去吃了晚饭，还去酒吧玩了。"

丁丁叫起来："小桥，你是不是谈恋爱了？"

"没有！没有！"小桥忙澄清，"就是一般的那种朋友，你不要乱说！"

两人又扯了一会儿，小桥催他去做功课，丁丁只得又上楼，走到楼梯口，又回过头来说："你可以去你原来的房间等。累了还能睡一觉，反正那里除了你拿走的东西什么都没动过。张奶奶上次来做了大扫除，想用遮尘布把家具罩起来，但爸爸不让。"

小桥有点茫然："……为什么呀？"

"我哪里知道！你一会儿可以自己问问他。"丁丁道，"对了，你要是在外面遇到烦心事也只管跟我爸说，别憋在心里，我爸肯定不会不管你的。"

小桥推门走进三楼那个原本属于自己的房间，里面的摆设果然还和从前一样，她新添置的几样东西原来在哪儿现在还在哪儿，床上铺着她洗了之后忘记收走的碎花床单，掖得一丝褶皱都没有，她忍不住用手轻轻摸了摸，本想躺上去重温下，又怕弄脏了不好收拾，只能作罢。小方几上摆着两本书，比尔·波特《禅的行囊》和劳伦斯·布洛克的《小城》，都是她从赵奕南的书房里搜罗来的，都读完了。她记得自己走前还给赵奕南了，不知为何又会出现在这里。

她拾起《禅的行囊》，打开夜灯重新读起来。

外国人写的中国游记，由北向南，沿着佛教在中国的发源扩展一路行去，小桥很喜欢作者乐观的叙述方式和客观中肯的视角，没有偏见，非博大胸怀之人写不出这样的文章来，尽管里面穿插的许多佛教知识她从来都记不住。

丁丁做完作业上楼来找她："小桥，你慢慢等吧，我要去睡觉了！"

小桥跟他道了晚安，继续看书。

也不知读了多久，书里忽然掉出一张小纸片，飘到方几下面。

小桥端开小方几去找，方几上扑的又掉下来一样东西，是个杯垫，奇怪小桥刚才居然没发现。她终于找着那张纸片，上面写着很多解题步骤，虽然字迹凌乱，她还是一眼就认出是赵奕南写的。

他为什么把纸片夹在这本书里？这本书又怎么会出现在这个房间里的呢？

小桥又拾起杯垫细看，端详了半天忽然想起来这是赵奕南在书房常用的那个，她以前去书房的时候经常看见，它一直是躺在赵奕南的电脑桌上的，怎么也跑到这儿来了。

她左手捏着纸片，右手握着杯垫，脑子里时而模糊时而清楚，但有些不太敢相信——难道赵奕南晚上经常待在这个房间里？如果是，又是为什么呀？

她想得心头突突直跳，忽然有点坐不住，猛地站起来，却不知道该上哪儿去。

正愣愣地出神，门吱呀一声被推开，赵奕南刚要走进来，看见小桥，顿时愣住，脚下及时止步。

"赵哥……"小桥喃喃地叫了一声。

"你……没回去？"赵奕南站在门口不进来，脸上的表情依旧很淡，"找我什么事？"

小桥说："昨天考试，我都过关了，后来钟越来找我，说要跟我一起吃顿饭，我就去了……我在陈园看见你了，可你……没有理我。"

她语调委屈，眼巴巴望着赵奕南，期待他给自己一句半句解释，但赵奕南却转头朝走廊看了看，似乎有点茫然。

他很快又把脸转回来，却始终不看小桥："你今天来，就为跟我说这个？"

"我跟钟越不是那么回事，他，他可能觉得我挺好玩的，就老来找我，"小桥也不知道自己为什么要跟赵奕南解释这些，只是本能地不想看见他此刻那副冷冰冰的表情，"我们只是很一般的朋友，我一早就跟他讲明了，他也同意的。"

"你没必要向我解释，我不是你的家长。"赵奕南低下头，脚尖在门槛处划拉了一下，仿佛在考虑进退问题，最终，他把脚一收，还是没进去，"不早了，没别的事，你早点回去吧。"他转过身，准备走了。

"赵哥！"

小桥的叫唤令他不得不止住脚步。

"我还有事想问你。"

赵奕南只得重新转回来，看见小桥正一步步朝门口走。

"我想知道，你昨天，为什么不理我？还有，这阵子你为什么老躲着我？"

"我没有……"

赵奕南艰难地想要为自己开脱,却见小桥的手慢慢举起来,当他看清她手上握着的东西时,脸色顿时变了。

"你晚上是不是经常来这个房间?"小桥抑制住嗓音里的震颤,把心中的猜测大胆讲了出来,"你来这儿干什么?"

赵奕南闭了闭眼睛,神情仿佛被赶进死角的蜘蛛,小桥从来没像今晚这么咄咄逼人过。

小桥眼睁睁地看着赵奕南的表情从诧异到难堪再到仿佛无地自容似的,令她觉得自己有点残忍,几乎想要放弃追问下去,可一想到这些天来自己的煎熬全因为他而起,她今晚决不能再次稀里糊涂地离开。

"还有,我一直想知道……平安夜,你为什么要……吻我?"

赵奕南插在裤兜里的双手渐渐捏握成拳,脸色也异样起来,而小桥还在喋喋不休。

"你是不是……是不是把我当成别人了?我今天来,就是想把很多事情都弄明白,不然我,我都没心思干别的了……"

他忽然下了决心,毅然跨步进去,并在身后果断关上房门,目光再也不东躲西藏,而是直勾勾盯住小桥,眼眸里的热度让她有些惊慌,她意识到自己在玩火,可这时候要想停手已经来不及了。

"你……"

赵奕南走到她跟前,小桥还未弄明白他的意图,下一秒,她的面颊就被赵奕南的双手用力捧住,他飞快俯首,用比上次更热烈的方式攫取了她的唇。

小桥瞬间就被滚烫和眩晕罩住,感觉身子轻得不再由自己控制,她想发出一点反抗的声音,却发现自己根本没有力气,耳朵里只能听到赵奕南粗重急促的喘息。

这一次,他吻得更加放肆,不再满足于吮吸小桥的唇,舌尖贪婪如蛇,用力撬开她齿间,长驱直入,要将她整个儿吞下。

当意识从遥远的地方重新回归躯壳时,小桥发现自己被压在墙上,赵奕南的身子紧紧挤着自己,他已从她唇边移开,热吻却未收势,一路蜿蜒至小桥耳边。

"你还要再问下去吗?"他的嗓音沙哑狂野,是小桥从未见过的另一面。

她不必再问,就已经全明白了。

"我……"

赵奕南却不许她说话,他的吻重回小桥唇上,用力辗转,还细细地啃咬,像要把压抑过久的情绪都发泄出来。

"我一定是疯了,"他重新凑在她耳边低诉,"才会每天都这么想你,才会妒忌那个跟你在一起的人,才会……爱上你。"

小桥的眼泪疯了似的淌下来,但她丝毫不觉得悲伤,反而充满了醒悟后的欢乐,她踮起脚,用双臂搂住赵奕南的脖子,哽咽着说:"赵哥,我也爱你,一直一直。"

两人在昏暗的灯光下紧紧相拥,恨不能把自己嵌入对方的身体,两颗不安分的心今晚终于可以踏实入眠了。

外婆说,花开的时候会发出声音,小桥从来都不信。

可是今晚,她分明听见了。

夜静得深沉,不知道几点了,两个人都懒得去查。

赵奕南半躺半靠在床头,小桥蜷缩在他胸前,因为冷,她被赵奕南用毯子裹得像个小包袱,却是个随时有可能散架的包袱——她一会儿坐起,一会儿又躺下,没片刻安宁。

赵奕南也不数落她,只是微笑着看她折腾,时不时伸手过去摸摸她的头发和脸,像是要确定这究竟是不是梦。

"赵哥……"小桥又扭股糖似的缠上来,把头靠在赵奕南的肩上,红着脸,嘴里嘟嘟哝哝,"真的没关系,我,我愿意的。"

"不行。"赵奕南依旧微笑着,语气却很坚决。

"为什么呀?"

他想了会儿,说:"你妈妈太厉害了,我可不想将来哪一天被她指着鼻子骂,很丢脸的!"

小桥扑哧乐了:"那我不告诉她不就好了?"

"那也不行。"赵奕南捏捏她软嘟嘟的脸颊,"古人教导我们要慎独,人前人后得一个样。"

"那……我能问你个问题吗?"

赵奕南无奈地闭闭眼睛:"你今晚的问题是不是太多了?"

小桥把下巴磕在他胸膛上,已经笑嘻嘻地问开了:"我就想知道,你这么多年是怎么过来的。"

赵奕南先是一愣,随即反应过来,一脸尴尬地捏捏她的小鼻尖:"小朋友,原来你的脑子里一点都不单纯。"

"哈!我又不是生活在真空里!"小桥虽然有点脸红,气场却一点不退缩,"上初中的时候,我们班就有好多女生读言情小说,是很露骨的那种哦!

男生就更不用说了——你上学的时候难道就没读过那种东西？"

赵奕南掩饰着说："我们主要以学习为重。"

小桥眼睛忽闪忽闪瞪着他："不会吧，你真没看过？"

"……没有。"尽管已经如此亲密，赵奕南还是不好意思坦白。

小桥没再盘问下去，耸耸肩："我小学五年级的时候看过一本杂志，上面介绍人是怎么来的。那天吃晚饭我问外婆，她说我是妈妈一个人生的，当时我就大声反驳她：'人是由一颗精子和一个卵子结合成为受精卵后发展出来的。精子来自爸爸，卵子来自妈妈，所以我不可能是我妈一个人生的！'我妈听得脸都白了，外婆夹的一筷子菜吧唧一声掉到碗里！"

赵奕南大笑。

"其实也没什么啦，既然家长都忌讳谈，我们就自己找资料学习喽！每个人都要长大的嘛！所以说，你跟我们比起来，实在落后太多啦！"

小桥蜷缩在赵奕南怀里，开始不安分起来，东撞西拱，赵奕南觉得难受，手臂加力，让小桥的脑袋只能老老实实靠在自己胸前。

"不要挑战我的底线。"他警告她，"你理论经验比我丰富，该知道老男人发威很可怕的，你别到时喊疼。"

小桥嬉皮笑脸地朝他做鬼脸，但见他不像开玩笑，只得吐吐舌头，又老实地缩回去了。她的一边耳朵紧贴在赵奕南的胸膛上，他的心跳声清晰有力，让她觉得安全可靠。

"赵哥，我们该怎么办？"

赵奕南没有立刻回答她，接下来的事，麻烦肯定会有，而且估计不少，但既然已经走出了这一步，就不可能再缩回去。

他抚抚小桥的头发："你别想太多，凡事有我在。不过最重要的，你得搬回来，我想每天都能看见你。"

小桥心里喜滋滋的，不过想想又觉得不好意思："可是丁丁肯定会觉得我一会儿搬出去一会儿又搬回来很奇怪耶！"

赵奕南笑："你本来就是个奇怪的姑娘，我们都习惯了。"

"那我们的事，要不要告诉丁丁？"

赵奕南仔细考虑了一下才道："等等再说吧，顺其自然。"

小桥松口气，她也还没想好要怎么跟丁丁说呢，想了想说："我还是晚点儿再搬过来吧，至少等丁丁能够接受以后再说。而且，现在的房子住着也挺舒服的，反正两边也不远。"

"那……随你吧。你高兴就好。"

小桥搂紧他。

"赵哥，我怎么这么喜欢你呢！"她甜甜地低语，"我们一辈子在一起好不好？"

如果赵奕南是个二十来岁的毛头小伙子，肯定会不假思索地答应，然而，人一过了三十，走过的路吃过的亏已足够多，对未来会不由自主持谨慎态度。一辈子那么长，谁也不能保证旅程中会发生些什么，尤其小桥还这样年轻。

他低首，看见小桥正拿清澈的充满信任的双眸注视自己，尽管刚才还被很多难言的感慨纠缠着，此刻，他依然被她的单纯感动，点了点头，说一声："好。"

小桥满足地笑了。

丁丁一放学，就诧异地看到小桥在厨房中忙碌的身影，他揉揉眼睛："小桥，是你吗？"

小桥笑起来："当然是我了！"

"张奶奶呢？"

"我跟她说今天我做饭，她就回去了。"

"你昨晚碰见我爸没有？"

"碰见了。"小桥被他盯着左右打量很不好意思，"丁丁，以后只要我有空，还过来给你做饭好不好？"

"好呀！"丁丁想了会儿，问："我爸昨晚跟你说什么了，瞧把你乐得！"

"没什么呀！"小桥脸蛋红扑扑的，"只是我终于搞明白了一些问题。"

"原来如此！"丁丁咧嘴笑，"那你干吗不直接搬回来呀！"

"因为我已经租了那边的房子了。"

"可那房子你要付房租的！"

"就是因为付了房租，才必须住下去嘛！"

两人以"鸡生蛋"还是"蛋生鸡"的模式绕了好一会儿，最后丁丁摇摇头，偃旗息鼓，"随便你吧。不过小桥，我觉得你不太对劲。"

小桥摸摸脸："我怎么不对劲了？"

"像打了鸡血。"

六点半，赵奕南如约回来，三个人终于在分开一个多月后又凑到一张桌子上吃起饭来。小桥心情最好，不断地给丁丁夹菜，丁丁满腹狐疑，总觉得这两人之间有什么事，可小桥死活不说，赵奕南又是一副波澜不惊的表情，他人虽小，内心却隐约不安起来。

晚饭后，赵奕南把丁丁赶去房间，自己帮小桥收拾碗筷去厨房洗。

小桥说："你忙你的去吧，我一个人洗就行了。"

赵奕南却不肯离开厨房，小桥便又道："那你泡壶茶给我喝吧！"

赵奕南烧上水，又开了橱柜问："你想喝什么？"

"平安夜你泡的是什么？清清淡淡的很好喝。"

赵奕南勾起嘴角："平安夜？我泡的那个……好像叫江小桥。"

小桥红着脸咯咯直笑："你越来越坏了！"

赵奕南也笑："那是铁观音。"

他取出茶罐，开了一包铁观音，一边摆弄一边闲闲地问："那个叫钟越的，还老来找你？"

"是啊！"小桥扁扁嘴，"我都说过好多次了，让他别来找我，可他就是不听，公子哥，游手好闲的，就喜欢拿老实人寻开心。"

赵奕南把空茶包使劲扔进垃圾箱，说："下次再来烦你，就跟他说……你有男朋友了。"

"知道啦！"小桥转眸，视线跟赵奕南的撞了个正着，两人相视一笑，小桥心里如蜜糖融化一般的甜蜜。

小桥在赵奕南书房喝了约半个小时的茶，丁丁至少来敲了六次门，一会儿问数学题，一会儿问英语，一进门，两只眼睛就滴溜溜在两人脸上转悠，小桥微窘，茶也喝得不自在起来，等丁丁第七次敲门进来，她起身向赵奕南告辞："赵哥，我回去了。"

赵奕南自然不舍："再坐一会儿。"

"真的不用了，你跟丁丁都忙，我在这儿反而耽误你们，不如回去看看书。"

"那……我送你。"赵奕南站起身，把丁丁的作业退还给他，"你再上楼好好想想，争取自己做出来，实在不行，等我回来再给你讲。"

"爸爸你早点回来啊！"

直到走出这边的巷子，进入林荫密布的小区，赵奕南才牵住了小桥的手。

小桥笑道："丁丁好像有点提防我了。"

赵奕南也无奈："这小子，以前跟你不是挺亲热的。"

"以前亲热是因为我对你们来说只是个外人，现在不一样了，他一定怕我抢走你对他的爱，或者……怕我挤掉他妈妈的位子。小孩子在这方面很敏感的，而且那种滋味不好受，我能理解。"

赵奕南无言地叹了口气。

到了租房楼下，小桥转身说："你回去吧。"

赵奕南抬头望望，"我……送你上了楼再走。"

两人爬到五楼，小桥取钥匙开门，回头问："你不进来坐坐？"

赵奕南脚下迟疑着："那，就进去待一会儿。"

小桥不觉抿唇笑。

关了门，小桥刚一回身，赵奕南已将她搂进怀里，小桥说："我去给你弄点儿茶喝。"

"不要，我很快就走了。"他搂着小桥不放。

两人静静地依偎在一起，听得见彼此的心跳，小桥想，幸福的滋味莫过于此了吧。

"赵哥，你开心吗？"

"嗯。"赵奕南喃喃地说，"真想把你变得小小的，可以放进口袋，不管走到哪里都能随时掏出来看看。"

小桥仰起头来笑："我才不要呢！那样一来，我得跑得老远才能看清你的脸……蚂蚁看大象得多费劲才能看清啊。"

赵奕南被她较真的劲儿逗乐了，望着她稚气残留却明媚如晨曦的脸，他忍不住勾下头，深情地吻住小桥，直到此刻依然想不明白，怎么会如此迷恋这样一个涉世不深的小姑娘呢。

可是，只要一想到她就在自己怀里，他又是如此快乐。

赵奕南有些惭愧："跟你在一起，总是会忘记自己的年龄，好像又回到很年轻的时候。"

小桥抚抚他额头："赵哥，你一点都不老。"

"小桥，你会后悔吗？"

"后悔什么？"

"跟我这样的人在一起。"

"你什么时候变得自卑起来了？"

赵奕南自嘲："不知道为什么，忽然就有点患得患失了。"

小桥用力搂住他："只要你喜欢我一天，我就一天不离开你。"

"不，应该反过来说。"赵奕南变得严肃了一些，"我这辈子大概不会再爱上别人了，但你不一样，如果有一天，你发现你对我的感情其实不是爱情，我……不希望你因为怜悯或者别的原因勉强留在我身边。"

小桥有些委屈："你不相信我？"

"你太年轻了，如果不是因为住在我家，你不可能会跟我在一起，毕竟，我比你大那么多……也许，我这么做有点……太自私了。"

"你的意思是，我应该先跟钟越试试，再来决定究竟和谁在一起更好？"

赵奕南一听，脸上的表情顿时丰富多彩起来，小声嘀咕："我可没这么说过。"

小桥忍不住笑，逗赵奕南其实挺有趣的。

"赵哥，你知道你的问题在哪儿吗？"

"嗯？"

"你老把我看成是和丁丁一样的小孩子。事实上，我已经长大了，虽然阅历方面不如你，但我知道自己要找什么样的人，很早以前就知道。"

小桥眼眸晶亮："我喜欢的人，不用他多有钱，但得真心爱我疼我，而且人品得正，讲道理、脾气好，能跟我聊得来，最好还能和我有几样相同的兴趣。即使有时候什么话都不说，只是静静相伴在一起，彼此也不会觉得无聊乏味。"

她水一样的目光温柔地注视着赵奕南："赵哥，你就是这样的人啊！你说，我为什么要后悔，又有什么可后悔的呢？"

赵奕南感动极了，以至于说不出话来。

"所以，以后不要再跟我说这种话了。你放心，我是不会离开你的，除非……"

"除非什么？"

小桥笑起来："没什么，没有除非——明天我不上课，还去你家吃晚饭，你能早点儿回来吗？"

"我尽量。"

小桥看看时间："哎呀！你该走了，丁丁这会儿大概像在热锅上爬的蚂蚁了。"

"是啊！得走了。"赵奕南不无遗憾地说。

"我送你吧。"

"不用了！"赵奕南拦住她，"你送我到家，一会儿我还得送你过来，照这样下去可就没完没了了。你休息吧，我走了。"

他用力捏捏小桥的手，然后松开。

走出去一段后，又忍不住回头，小桥还站在门边目送自己。

他微微笑了笑，这是他有生以来从未有过的体验——他走在他爱的那个女孩温柔的目光里，而那女孩也深深爱着自己。

他心底的某个空洞霎时被填满了。

Chapter 9 丁丁妈妈

"晚上我真的没空！已经有约了，我骗你干什么呢？"小桥在电话里跟钟越解释得口干舌燥，那家伙却依然不信。

"你说你有男朋友，那你把男朋友的名字说出来嘛！"

"我干吗要告诉你！你，你又不见得认识他！"

小桥之所以没说出赵奕南的名字，一则觉得跟钟越没必要解释，二来她不想给赵奕南惹麻烦，她知道赵奕南是要面子的人，和自己在一起，他的压力绝对比自己大。

"江小桥，你言而无信！"钟越开始给她扣起帽子来，"当初咱们可说好了的，做普通朋友，我可以经常来找你，你也……"

"哎呀！你怎么就不明白呢！"小桥都快急出一脑门汗来了，反反复复在老问题上纠缠让她很是心烦，"好吧，既然你这么说，以后咱们就不做朋友了！就当我们从没认识过！"

"江小桥！"钟越的嗓音都气得快成破锣了，"你……"

小桥在他大爆发之前慌忙摁断通话键，心有余悸地摇摇头，早知这样，她当初真不该心软答应钟越做什么普通朋友。

梅梅鬼头鬼脑凑过来："跟玛莎拉蒂吵架了？"

"不是。"小桥没心情开玩笑，把手机往兜里一塞就出了储物室，梅梅对着她的背影用力撇了撇嘴。

一个下午，钟越给小桥打了七八通电话，发了十来条短信，最后那条他用了很多惊叹号和问号："江小桥，从来没有女孩子像你这样对待过我！你真觉得自己很了不起吗？"

小桥看得心惊肉跳，想回条短信安慰下他看似破碎的玻璃心，可实在想不出该说什么，只能依旧保持缄默。

她非常担心钟越会像前几次那样跑来店里胡搅蛮缠，胆战心惊挨到下班，钟越和他的座驾并未在店外出现，她这才放心了。

下了班，她徒步去菜场，从店里到附近最大的菜场大概有两站路，可车站挤满了人，马路上红灯多，车也多，坐公交并不见得比步行快多少。

小桥最喜欢傍晚的时光，太阳将落未落，光线明亮柔和，身边来来往往的人，个个归心似箭，脚步匆匆，她融于其中，感觉到自己是某个整体的一分子，安心温暖。

即将走到菜场门口时，听到有人在身旁的路上短促地摁了摁喇叭，声音很熟悉，她回头，看见赵奕南的车正缓缓跟着自己，小桥立刻绽开笑容跑过去。

"赵哥，你今天好早！"

"出来办点事，办完就不想再回去了——你去买菜？"

"对呀！"

"在门口等我，我去停下车，等会儿跟你一起进去。"

"好的！"小桥欢喜极了。

菜场里熙熙攘攘，摩肩擦踵，地上时不时出现一摊积水，如果不是小桥提醒，赵奕南大概是不会在这种地方走得成路的，他这辈子就没进过几回菜场。

越过一个浅浅的水坑后，赵奕南到底忍不住了，蹙眉问："你怎么不去超市买？"

"超市买的不如菜场里的新鲜。"

赵奕南笑："你的口气和张阿姨真是一模一样。"

丁丁想吃酱鹌鹑蛋，可小桥跑了几个摊位都没买到鹌鹑蛋，忍不住郁闷："是不是来晚了？可早上哪有时间往这儿跑啊！"

赵奕南劝她放弃，"鹌鹑蛋而已，又不是非吃不可。"

"不行啊！我答应了丁丁的，咱们再到前面那家问问去！"

"你可真像兔子罗杰。"

"兔子罗杰？是人还是兔子？"

"动画片里的兔子，名叫罗杰。他总是跑到杂货铺去问：老板，请问有胡萝卜吗？老板说没有。过两天，他又去，老板，有胡萝卜吗？没有！四五次之后，老板火了，威胁他：你要再敢来，我拿剪刀剪掉你的耳朵！"

"这下罗杰不敢去了吧?"

"相反,他又去了。'老板,有剪刀吗?''没有!''那,有胡萝卜吗?'"

"哈哈哈哈!"

赵奕南学着小桥的口吻,天真地问:"老板,有鹌鹑蛋吗?"

小桥再次笑得前仰后合。

在最后那个被寄予希望的摊位上,小桥终于如愿买到了鹌鹑蛋。

丁丁看着小桥和赵奕南有说有笑地进门,忍不住嘀咕:"爸爸,你最近回来得真是越来越早了。"

"你不想我早回来?"

丁丁动了动嘴巴,想说什么,但到底没说出口。

小桥把鹌鹑蛋在他面前晃了晃:"好不容易才买到的。"

"哦。"丁丁并不显得高兴。

"丁丁,作业做完没?"

"没呢,我马上去做。"

丁丁慢吞吞走上楼去。

厨房里,小桥洗菜做饭,赵奕南给她打下手。

"赵哥,给我找找有没有花椒?"

赵奕南打开顶层橱柜的门,从里面掏出一个瓶子,"给。"

小桥拿在手里看了看,"这个不是花椒,是小茴香。"

赵奕南忙接过去仔细看,果真是自己拿错了,自嘲道:"年纪大了,视力不比海象更好。"

小桥说:"你不是年纪大的关系,是睡眠不怎么好吧?"

"嗯,最近是睡眠不足,时不时有点小失眠。"

小桥便笑:"睡不着,在想什么呢?"

"什么都想,公司里那么多麻烦事,白天处理不过来,晚上躺床上总得再好好琢磨琢磨。"

"哎,我有个快速入眠的好办法,要不要教给你?"

"是什么?"

小桥放下菜刀,指手画脚演示起来:"你躺在床上,把自己想象成一头猪,嘴巴像这样噘起来,再想象自己的两片耳朵越来越大越来越大……没几分钟就能像猪一样入睡了。"

赵奕南大笑。

"你别笑啊，很灵的！"小桥一本正经，"我经常这么干，屡试不爽！不信，你也试试！"

在小桥的强烈要求下，赵奕南不得不闭上眼睛。

"你能想象自己是只猪吗？"

"我能想象……唔，眼前出现了一只猪头……不对，它横过来了，是只烤熟的乳猪，金光灿灿，正往下滴油……一定很好吃。"赵奕南笑着睁开眼睛。

小桥无奈地做了个鬼脸："吃货真是没治了！"

赵奕南见她憨态可掬的样子实在有趣，忍不住凑过去，乘她不备，飞快地在小桥面颊上啄了一口。

小桥被吓了一跳，嘴巴噘得老高："你占我便宜！"

赵奕南立刻闭上眼睛，一副逆来顺受的表情，"好吧！我也让你占一次便宜。"

小桥捂着嘴笑："赵哥，你越来越像小孩子了！"

"也不看看我成天跟谁在一起。"

小桥往两边瞅瞅，确定安全，便轻轻走过去，踮起脚尖，在赵奕南唇上也飞快地亲了一下，正要逃开，身子被一把捉住。

赵奕南将小桥扳过来，对着她的嘴唇用力吻下去，好一阵缠绵，两人几乎忘记时间的存在。

"爸爸！"

丁丁的叫唤从厨房外传来，两人慌忙松开，小家伙转瞬就走了进来："我作业做完了！"

"这么快！"

丁丁点头，又仔细打量小桥那张红扑扑的脸："你们刚才在干什么？"

赵奕南蹙蹙眉："做饭呗！不然能干什么——你写完作业去院子里做做运动，别老坐着不动。"

"哦。"丁丁又看了他们一会儿，没发现异常，两人显得都挺忙碌的，他怏怏地走出去。

三个人吃着晚饭，丁丁说："爸爸，老师要我们写篇游记作文。"

"哦，你也去过不少地方了，随便挑一个景点写就是了。"

"老师说要写最近去过的一个地方，如果没有，就让爸爸妈妈星期六星期天带着出去玩一趟再写——爸爸,你很久没带我出去玩了。"丁丁很幽怨。

赵奕南有点为难:"这周末吗?我不一定有空。"

小桥见状,便说:"丁丁,星期六我有空,要不我带你去玩吧。"

丁丁瞥了她一眼,不太乐意,强调:"老师说,要和爸爸妈妈一起去的。"

这下,小桥的目光也只能转向赵奕南。

"那……就星期六吧,星期六爸爸带你出去。"

丁丁脸上的神色雀跃起来。

赵奕南又对小桥说:"你也一起去吧。"

小桥笑道:"好的,我来准备午餐!"

晚饭后,赵奕南和小桥在书房待了没多久,就被公司一个电话给叫了回去,他要送小桥回家,但小桥记挂着一晚上都闷闷不乐的丁丁,决定上楼找他聊聊。

她敲开丁丁的房门,丁丁见是她,小眉头一皱,什么也没说就退回床上,他正窝在床上打游戏。

小桥在书桌前坐下,翻了翻他还没收拾好的作业本:"丁丁,最近功课多不多?"

丁丁答非所问:"我爸呢?"

"公司出了点事,他赶过去了。"

书桌边上放着个很小的镜框,小桥拿起来看,居然是丁丁跟母亲的合照。

"这张照片以前没见过呢!"

丁丁大叫:"你别动它!"

他扔下iPad,跳着过来抢下镜框,重又蹿回床上。

小桥站起来,走到他床边坐下。丁丁低头打量着跟母亲的合照,一声不吭。

小桥摸摸他的小脑瓜:"你还在等你妈妈?"

丁丁重重地点头。

"如果她一直不回来呢?"

"她会回来的!"丁丁固执地说。

小桥慢慢道:"可万一她决定不回来了,你爸爸不是很可怜,一直得孤零零的一个人。"

丁丁反驳:"爸爸怎么会一个人?有我陪着他呢!"

"你又不可能陪他一辈子,将来长大了总会离开他的,就像我离开我妈妈一样。再说,你也不能给你爸爸所有他想要的。"

丁丁抬起头："他想要什么？"

小桥不知道他是真不懂还是装不懂："你爸爸，总要有个妻子吧。"

丁丁用手指抠着镜框缝里的什么东西，像在和自己较劲儿一样，小桥从他脸上的表情看出来，这孩子其实什么都懂。

终于，丁丁再次开口了，声音很低，有点沮丧："如果爸爸结了婚，妈妈就不能再回这个家了。"

小桥一时无言，心里也觉得酸酸的，她伸出手，轻轻抱住丁丁，他没有抗拒，小桥将他搂进怀里偎依着，没再说什么。

洗完澡，小桥靠在床头读一本小说，但目光始终停留在打开的那一页，久久看不进去。

手机响了，她丢下书爬过去接，一看是钟越，心蓦地一缩，实在不想听到他的声音，只是想想白天已经对他很冷漠了，这会儿再要拒听，这家伙可能会气得一晚上睡不好觉。

钟越的声音却出奇地平静："你就这么讨厌我？"

"我不是讨厌你，是讨厌你强人所难的行为。"

钟越落寞地哼一声："我听着都一样，不然，你也不会假装有约会来拒绝我了。"

"我没骗你……"

"下午我跟踪你了。"钟越直截了当，"你跟你表哥去了趟菜场，之后就在家待着，哪儿都没去——你这也算跟人约会？"

小桥有些愤怒："钟越，你无聊不无聊？"

"你用不着对我发火，我打这个电话来就是要告诉你，我放弃了，以后不会再缠着你。"

听他这么一说，小桥的怒气果然迅速平息下去，但又有些半信半疑，"你，说真的？"

钟越发出苦笑："上一次你说做普通朋友，我其实是不死心的，不过这一回千真万确。江小桥，你是有史以来第一个不把我放在眼里的人，果然开头不好结果也不会好啊！"

小桥的心一下子软了："我，我没看不起你，但你的做法真的让我很难接受。"

"不说这些了。江小桥，虽然你拒绝了我，我可一点没记恨你。这一次，我是真心想拿你当朋友看了。"

"啊？还，还做朋友？"

钟越哭笑不得："喂喂，我有那么可怕吗？算了，就这样吧，你是单细胞动物，说多了你也搞不明白。挂电话之前，我再啰唆一句，虽然以后我不会主动来烦你，但我还是挺欢迎你来烦我的——江小桥，以后要是碰上什么麻烦，如果我可以帮得上的话，尽管来找我！"

小桥这时候听得感动起来，刚想说几句表示谢意的话，那家伙已经挂线了。

星期六，赵奕南果然没有失信，一早就开车带丁丁和小桥去了植物园。

正是初春时节，天气还有些寒凉，很多植物都只是抽了芽，远远没到开花的时候，但放眼望去，一片鲜嫩的绿意也是极为赏心悦目的，加上天气好，带着孩子出来踏青的家庭比比皆是。中午，三个人在草坪搭起帐篷来吃饭，小桥为这次出游备足了各种零食和点心，主食是两大盒她亲手包的荠菜大馄饨，又给丁丁买了他最爱吃的豆沙馅包子；赵奕南喜欢喝茶，她就泡好一大壶铁观音，装在保温壶里带了来。

赵奕南看着小桥忙碌，感慨说："你是我见过的对吃最为讲究的人了。"

小桥笑道："外婆常说，人就得吃饱吃好，这样才能保持愉悦的心情，少生闲气。我以前上学时每逢春游秋游，外婆给我准备的吃食多得我背都背不动呢！"

"那你怎么会吃不胖呢？"

"很简单啊，不挑食也不暴饮暴食，营养均衡再加上适量的运动就可以了嘛！"小桥看看赵奕南，"赵哥，你也不胖啊！我们镇上那些中年男人到你这个年纪，小肚子一个比一个大。"

赵奕南道："那是因为我比他们操心。"

丁丁啃着豆沙包插嘴："爸爸，心脏是在上面的，不在肚子那里。"

小桥忍不住笑，沐浴在春光里的丁丁比总是闷在家里的丁丁要开朗活泼多了。

赵奕南刮了一下儿子的鼻梁："好好吃你的吧，看看你，吃一半漏一半的，一会儿蚂蚁全跑来围攻你。"

丁丁低下头去找蚂蚁，赵奕南站起来："那里有个小卖部，我给你们去买点儿热饮过来——丁丁，你想喝什么？"

"热巧克力！"

"小桥呢？"

"奶茶吧，红豆奶茶。"

小桥见丁丁还在低头找蚂蚁，就说："你爸爸吓唬你的，这个天，蚂蚁还缩在洞里不肯出来呢！"

"它们不饿吗？"

"有储备粮啊——丁丁,你喜欢植物吗?"

"喜欢。可我都不认识这些植物。"

小桥便——指给他看:"这是金钟花,那边那个叫金丝桃,都是灌木,春天开黄花,还有远处那个,看见没有,那是合欢树,夏天才开花,花朵是深粉红,形状像把伞……"

"你怎么懂这么多?"

"外婆教我的,我们镇上有好多这样的植物呢!"

"对了,你为什么叫小桥呀,也是你外婆给你取的吗?"

"不是,是外公取的名儿。因为我们镇上有很多桥,外公说,取个通俗点的名字容易养活。"小桥望着远处,想到那个与自己渐行渐远的家乡小镇,心里忽然起了思念,连眼神都变得朦胧起来。

丁丁看着她的表情,问:"既然你那个镇那么好,你为什么还要离开它跑到这儿来?"

"为了理想呀!每个人长大以后都会有理想,我的理想就是到外面的世界来看看走走。丁丁,你将来想干什么?"

"我……我想在墙上贴广告纸。"

小桥大跌眼镜:"啊?为什么呀?"

丁丁眉飞色舞起来:"我小时候见过那些贴广告的人,一手拎个桶,一手拿个刷子,蘸点糨糊,往墙上一划,啪一张纸贴上去,端端正正,可帅了!"

小桥抿嘴笑:"你可别告诉你爸爸,他会气坏的。"

小卖部门口挤了不少人,赵奕南排在最后面,好不容易才轮到他,结了账等拿饮料时,一个穿黑色毛衣的女子不小心撞到他身上,自己先惊叫了一声,赵奕南忙扶住她,很自然地说了声"抱歉"。

女子低头检视,赵奕南只能看到她的侧脸,脸上化着浓妆,没什么表情,他心头却莫名跳了一下,待要再瞧仔细些,女子已经转身匆匆走了,一句话也没说。

赵奕南望着她远去的背影怔怔地出神,直到听见老板在喊:"谁的热巧克力和红豆奶茶?"才回过神来。

他端着两杯饮料缓缓往回走,一边在心里安慰自己:一定是自己眼花看错了。

回程路上,丁丁横在后座上睡着了,小桥坐在副驾位跟赵奕南说话。

"你以后真该常带丁丁出来玩,瞧他今天多高兴!"

赵奕南有些无奈:"我也想啊!可有时候真是身不由己。"

小桥咬了会儿唇:"我想我还是搬回来吧。"

赵奕南有些意外,随即笑道:"好啊!不过,怎么忽然又改主意了?"

"我搬回来就可以经常带丁丁出来玩了。"小桥看看赵奕南,"赵哥,我想过了,我们要想过得美满,丁丁的态度很重要。我希望,希望他能重新接纳我——以你女朋友的身份,而不是过去那个寄宿在你家的江小桥。"

赵奕南想不到小桥这样细心周到,心里很感动,抓住小桥的手用力捏了捏:"小桥,谢谢你!"

小桥再次打点起行囊准备挪窝,正在房间里整理衣服,门铃响了,她忙跑出去开门。

门外站着个陌生女子,短发素颜,穿一件深褐色夹克衫和一条牛仔裤,年纪不轻了,怎么看都有三十好几的样子。

小桥以为她走错了门,礼貌地问:"你找谁?"

"就找你,江小桥。"

小桥诧异:"可我不认识你。"

"我们见过面,在桃乐丝酒吧。"

小桥想了片刻,恍然:"哦——你是Grace!"

她忽然捂住嘴,有种喘不过气来的感觉,因为Grace不仅仅是Grace,她还是另外一个人,这一次,小桥终于认出她来,也难怪上回在酒吧看见她就觉得有点眼熟。

许燕妮点点头:"我可以进去跟你谈吗?"

小桥请她进了门,又端上来茶水,许燕妮不急着说话,四处打量屋子里面,看到收拾好的几个皮箱,便问:"你又要搬家?"

小桥不敢如实说,轻轻点了点头,忐忑地坐在许燕妮对面。

"上次为什么从赵家搬出来?"

"你……怎么知道的?"

许燕妮笑笑,不回答。

小桥的手掌心在大腿上轻轻蹭着,想明白了不少事情。

"这么说,你一直待在三江?"

许燕妮点头。

"所以,赵家的事你都知道?"

"我儿子在那儿,我不想离他太远。"

"可你为什么不直接去找他爸爸呢，我是说，找赵奕南？"

许燕妮低头喝了口茶，"我没脸见他。七年前，我把生病的丁丁扔给他就一走了之，做了那样的事以后，他们家的人肯定更加看不起我了。"

"那这些年，你一直在酒吧上班？"

许燕妮并不准备瞒她，坦然说："头两年，我到过很多地方，后来实在想丁丁，就又跑回来，乱七八糟地打工养活自己，在酒吧稳定下来是最近几年的事。"

小桥觉得难以置信："你就一直这么远远地看着他们俩？"

许燕妮笑："不然能怎么样！"

"可赵哥这几年一直都没结婚，还有丁丁，他几次告诉我，他一直在等你。"

许燕妮的眼圈红了，她迅速低下头："这我都知道，可我没有勇气去找他，时间拖得越久就越不可能。"

"那现在呢？你为什么忽然又跑出来了？"

许燕妮直视着她："因为你。"

小桥心头一跳，但还是努力保持镇定："我不懂你的意思。"

许燕妮的目光从她脸上转开："你用不着瞒我，我知道你跟赵奕南好上了，你现在收拾东西，是要搬回赵家不是吗？"

小桥明白，她否认是没有用的，许燕妮肯定是什么都打听清楚了才来找自己的。但她不想就这么拱手缩回去。

"Grace，我可以这么叫你吗？"

"请叫我许女士。"许燕妮微抬下巴，给自己增添几分尊严。

"许女士，我承认，我爱赵哥，我想跟他在一起，给他幸福。我不觉得自己做错了什么，我听过你和他以前的故事，但那都是过去的事情了，你也从没打算回到他身边是不是？既然这样，赵哥应该有权追求自己的幸福吧？"小桥一口气说完，情绪有点激动。

"我没说他不可以跟别的女人结婚，但那个人不能是你。"

小桥完全怔住："这又是为什么？"

"因为他看着你时的眼神让我受不了，那本该是……"她略顿一顿，"你能忍受做别人的替代品吗？"

赵奕南在书房写邮件，小桥给他打来了电话。

他笑着问："小桥，你都准备好了？是不是可以去接你了？"

小桥的声音却有些低沉："赵哥，我有个问题想问你。"

赵奕南靠坐在软椅里，手持话机，嘴角还含着笑："你又有什么奇怪的想

148

法了？"

　　小桥咬着唇，艰难地问出来："你跟我在一起，是不是把我当成别人的替代品了？"

　　赵奕南一愣："你就是你，我为什么要把你当成别人——小桥，你怎么了？"

　　小桥用力吸了口气："丁丁的妈妈……今天来找过我了。"

　　赵奕南脸上的笑容渐渐凝固，最后完全冻住。

　　是夜，赵奕南来找小桥。

　　小桥读着他脸上的神色："你见过她了？"

　　赵奕南摇摇头："桃乐丝酒吧的老板给了我她的手机号码，我打过去没人接。老板说她晚上在酒吧有演出，我一会儿再过去碰碰运气。"

　　他狠狠撸了撸头发："她还是在躲着我，玩了这么多年捉迷藏的游戏，居然还没玩够。可我不明白她为什么要去找你。"

　　小桥坐在他身边，小心翼翼地道："如果你还爱她，就去把她找回来，别让她再跑了。"

　　赵奕南赫然抬起头，皱眉道："你胡说什么！小桥，我不是一件商品，可以推来转去，我不会因为她的出现就放弃你。"

　　小桥愧然，在他面前蹲下，把脸贴在他掌心里："对不起，我不该说这种话。"

　　赵奕南抚着她的脖颈，轻声说："我就是怕你起这种心思，才赶过来见你一面，免得你胡思乱想。小桥，跟你在一起后，我从来没这么快乐过……我爱你。"

　　小桥鼻子酸酸的，把脑袋偎进他怀里。

　　"我会找她好好谈，但这一次，我不会再被任何人牵着鼻子走了，你要相信我。"

　　小桥用力点头："我等你回来。"

　　小桥一夜未眠，天亮时分才模模糊糊睡过去，睡了不知多久，忽然被一阵急促的敲门声闹醒，她以为是赵奕南，胡乱披了件外套就跑出去。

　　打开门，却看见丁丁红头涨脸地站在门外。

　　"丁丁，你怎么来了？"

　　丁丁跑得气喘吁吁，话都说不连贯："我妈妈，妈妈回来了！"

　　小桥忙把他拉进门，给他轻揉着胸："别着急，你慢慢说啊！"

　　丁丁一脸焦急，哪里肯耽搁，"可是我爸不欢迎她！小桥，你，你赶紧跟我回去，劝劝我爸吧！"

他不由分说拉着小桥就要往门外走，小桥不肯："你爸爸妈妈之间的事，我去了也没用啊！"

"有用的！有用的！我爸什么都听你的！你说的话肯定有用！"丁丁急得快哭了，"小桥阿姨，我求你了！"

小桥心里又难过又矛盾："那，那你等我一会儿，我换身衣服再去。"

回赵家的路上，丁丁告诉小桥："爸爸昨天晚上去找过妈妈，今天一早妈妈就来看我了。"

小桥问："那他们怎么会吵起来的？"

"妈妈说想带我走，爸爸不肯。"

"丁丁，你自己怎么想呢？"

"我希望爸爸妈妈都能跟我在一起。"

小桥叹了口气，哪个小孩子不这么想呢！

一进赵家大门，就听见二楼餐厅里传来很响的说话声。

赵奕南说："昨天晚上不是都谈好了吗，怎么你睡一觉起来又变卦了？"

许燕妮说："孩子是我的，我有权要回来！"

"你别一会儿一个主意，一会儿又换一个主意，世界不是围着你一个人转的。"

小桥站在楼梯口，踌躇着该不该上楼，丁丁在后面使劲推她："小桥，你赶紧啊！"

"可，可见了他们我该说什么呢？"

丁丁也是一愣，这个问题他也没考虑好："你就说，就说让他们重新在一起行不行？"

"我……"

"你先上去嘛，上去再说！"

两人推推搡搡地上了楼。

赵奕南和许燕妮都站在餐厅的走廊里，剑拔弩张，看见小桥进来，赵奕南明显怔了一下。

许燕妮先冷笑起来："江小桥，你可真够积极的，这么着急就来旁听赵家的家务事了？"

小桥脸涨得通红，自知出现得唐突，一时竟说不出话来。

丁丁从小桥身后闪出来说："是我请小桥阿姨来的，爸爸，我和小桥阿姨都认为你该让妈妈回家，妈妈一个人在外面过日子很不容易。"

赵奕南的目光扫向小桥，小桥无言以对，只能低下头。

许燕妮脸上的讥讽一下子消失，动容地望着儿子，强忍愧疚说："丁丁……妈妈对不起你。"

丁丁走过去，搀住母亲的手，将她拉到赵奕南身旁："爸爸，你和妈妈拉拉手，你们和好吧。"

许燕妮神色柔和了些，也不再说难听的话，只是望着赵奕南不吭声。

小桥在一旁看着，心情复杂难辨，在她面前站着的是一家人，只要赵奕南伸出手去，他们就能重新团圆在一起，多美好的场面。她自己都分不清究竟希望赵奕南作怎样的选择，仿佛任何选择都会让她难过不已。

赵奕南没有伸出手去，而是转过身，走到小桥身边，与她并肩站着。

"燕妮，七年前我给过你承诺，但你不要，我请你看在丁丁的面上留下来，可你还是义无反顾地走了。七年后的今天，一切都变了。你不再是从前的你，我也不是从前的我。"

他伸出手，轻轻揽住小桥的肩。

"我答应了小桥，会照顾她一辈子，我希望这一次能兑现自己的承诺……对不起，燕妮。"

许燕妮的表情陡然冷下来，甚至有一丝绝望的味道。她凄惨地笑了笑："赵奕南，我们分开了七年，你果然有进步了。"

她的目光转向小桥，狠狠地盯住，"如果没有她，你会忍心对我说出这种话来吗？"

小桥被她瞧得心寒，同时也对自己此刻扮演的角色感到讨厌，她想说些什么来缓解下气氛，但燕妮已经拎上自己的包冲了出去，临走抛下一句："这件事没这么容易就算了的！"

丁丁错愕地看看赵奕南，又看看小桥，忽然朝母亲的方向追过去："妈妈！妈妈！"

小桥颓然坐在椅子里，一颗心沉重得像被压上了一块铅。

"对不起，小桥，把你拖到这潭浑水里来。"赵奕南也是既烦恼又疲倦，"昨晚我们谈得好好的，她不会打扰我们的生活，但可以光明正大地来看丁丁。谁知过了一晚上又反悔了。"

"她一定还爱着你。"小桥喃喃地道，"赵哥，就没有别的解决办法了吗？"

丁丁追到楼下，但许燕妮已经一阵风似的跑了。他一边哭一边重新爬上楼来。

小桥刚想安慰他几句，不料丁丁突然扑到她身上又踢又打："江小桥！你滚！都是因为你，妈妈才离开我！妈妈是被你逼走的！你快给我滚出去！"

小桥惊呆了，愣神之际，脸上就被丁丁抓出两道伤痕。

赵奕南本就一股郁气无处发作，见状怒不可遏冲上去，扇了儿子一个耳光，力道太大，丁丁被甩到餐桌脚下，他哭得更响了。

小桥流着泪过去搀他起来，用谴责的目光瞪着赵奕南："赵哥！你怎么能这样！"

赵奕南也自悔失手，却不肯过去向丁丁道歉，喟然道："你妈妈威胁我，你也来威胁我，果然有其母必有其子。"

他甩手下楼。

小桥给丁丁察看伤势，丁丁的半边脸都肿了，她急得哭起来，用手绢蘸了水帮他轻敷。

丁丁看她做这一切，又见小桥下颌处被自己挠出的两道印子有血渗出来，他用手摸了摸那里，抽泣着问："小桥，你疼不疼？"

小桥摇头。

"对不起，小桥。"丁丁哭着说，"我不是真的想打你，可我，我不能让妈妈就这么走了，我已经等了她很久很久了。"

说着，丁丁又哇地哭开了。

小桥搂紧他，用力拍他的背安慰他，可是自己却忍不住也哭了。

很晚了，丁丁折腾了一天，总算平静下来，早早地睡了。

小桥下楼去找赵奕南，推开书房的门，就闻到一股呛人的烟味，赵奕南正坐在椅子里抽闷烟。小桥一边咳嗽一边把窗户打开，赵奕南把烟蒂掐灭在烟缸里。

"赵哥哥，我们该怎么办呢？"小桥一筹莫展。

"小桥，我不是圣人。"赵奕南闭起眼睛，深深地吸气，"我做不了多伟大的牺牲，从前我对感情的事不太在意，碰上什么是什么。但遇见你以后就不一样了……小桥，我想跟你在一起。我知道这件事解决起来有点困难，但你忍一忍，给我点时间，世间那么多条路呢，总有一条能走得通的。"

小桥的心重又温暖起来，望着赵奕南坚定的神色，重重点了点头。

Chapter10 想说在一起不容易

赵奕南在破旧的弄堂口往里瞧了瞧，确定方向没错后才一步步走进去，走到门牌号为55的那间房门前，轻轻吸了口气，举手敲门。

许燕妮一脸倦容地把门打开，看见是他，脸上没什么惊讶的表情，返身就回了屋里，赵奕南略一踌躇，跨步进门。

房子很小，是间简单得不能再简单的单居室，靠墙摆着一张双人床，内衣内裤凌乱地撒在床尾，被子拱成一堆，几件表演的服装挂在床栏杆上，要掉不掉的，地上的鞋子也是东一只西一只。到处弥漫着一种破罐子破摔的气息。

许燕妮也不招呼他，自顾自坐在桌前对着镜子梳头，力道之大像跟自己的头发有仇。

赵奕南站在屋子中央，温和地问："这几年，你一直住在这种地方？"

许燕妮不吭声。

"你很缺钱？"

回答他的依然是沉默。

赵奕南想不出来还能跟她谈什么，便取出准备好的一张支票，放在许燕妮面前。

"燕妮，过去的事就让它过去，你别再钻牛角尖，我们都不小了，没多少时间可以浪费，好好过余下的日子比什么都重要。"

许燕妮低头瞥一眼上面的数字，冷笑："你什么意思，要我卖儿子？"

"你是丁丁的母亲，永远都是，只要你愿意，随时可以来看他。"

"我要他回来跟我过！"

赵奕南的目光淡漠地朝屋内一扫："你拿什么养他？让他跟你一起住在这里，看你隔三差五带男人回来？"

许燕妮砰的一声把梳子摔在地上。

"赵奕南，要我说多少遍你才明白！他是我儿子！不是你的！是我跟别的男人生的！如果你不信，可以带丁丁去做DNA检验！"

赵奕南平静地望着她："七年前你来找我时为什么不告诉我？那时候你不是一口咬死丁丁是我儿子？"

许燕妮爆发似的大叫："我讹你呀！那时候我想讹你！你这个大傻瓜！"

"你用不着说这些话来刺激我，我不会放弃丁丁，不管我们有没有血缘关系，在法律上他就是我儿子——你当年把他扔给我的时候就该清楚这一点。"

许燕妮软下来："奕南，你就一点往日的情分都不念？"

赵奕南不看她："如果不是看在过去的分上，我们今天就不是在这里见面了。"

他用手指在支票面上轻叩几下，"钱你收下，换份体面点的事做，别让丁丁长大以后恨你。"他转身准备走了，听到许燕妮在身后又说："我还有最后一个问题。"

她嗓音不稳定，带着一丝轻微的战栗："你一直不结婚，是不是……在等我？如果没有江小桥，你，你还是对我……有感情的，是不是？"

赵奕南思索了几秒才慢慢转身，展现在他面前的是一张布满紧张和期待的脸。

他说得缓慢，吐词却极为清晰："这些年我在别的方面或许没什么长进，但至少弄明白了一点：生活不是猜谜游戏，也不是可以拿来当赌注的东西，除了自己，没人会在乎你失去了什么……也许正是因为想通了这一点，上天才会把小桥带来给我。"

许燕妮听得嘴唇都哆嗦了，恨意和绝望在她眼中蔓延，长久以来支撑着她的最后一丝幻想也被赵奕南的话打破，她心中的某处立时坍塌崩溃，连她自己都未察觉泪水正扑簌簌往下滑。

而赵奕南只是远远地看着她流泪，他再也不会像过去那样在她的泪水面前心软了。

这一刻，她终于明白，岁月是把锋利的刀子，割断了他们之间残存的一丝联系，让他彻底松开了她的手。

赵奕南最后看了她一眼，像个旧时代的绅士那样，朝她歉然点一点头，没有任何留恋地走了出去。

许燕妮直愣愣注视着他消失在自己面前，然后一屁股坐在了地上。

小桥靠在床头看了会儿书，不知怎么的老有些心神不宁，左眼皮还老跳。

她记不得是"左眼跳灾右眼跳财"还是"左眼跳财右眼跳灾"了。可是，能有什么灾呢？昨天刚给家里打过电话，妈妈和外婆都好好的。

还是赵奕南那里出了什么状况？

不会不会。她慌忙否定自己，命令自己别再胡思乱想。

可眼皮依旧跳得厉害，她用力揿了两下眼皮，没用，便下床撕了片纸屑，在舌尖上蘸一点口水，黏在眼皮上，这是外婆教她的土法，不管有用没用，图个心理安慰再说。

正要爬回床上，听到有人敲门，笃笃，笃笃，不重但很有节奏，她感到一阵喜悦，知道是赵奕南来了，只有他会这样敲门。

开了门，果然是他。

"赵哥！"

赵奕南乍见到她，有些诧异，"你眼睛怎么了？"

小桥忙把纸屑抓下来扔掉，笑道："没什么，我闹着玩的！"

她请赵奕南坐，自己忙着去煮水泡茶："你这几天在忙什么呢，人也不见？"

自从在赵家见过许燕妮之后，小桥就自觉地不再主动上门了，头两天晚上赵奕南还来她这边看自己，但后来他忽然忙碌起来，每天只能用电话和小桥聊几句，这也是小桥最近心神不宁的原因。

赵奕南走进厨房，从身后轻轻拥住她："小桥。"

小桥转个身，与他相对，仔细打量他的脸，突然有些担心："你瘦了呢！是不是……发生什么事了？"

赵奕南不说话，重新搂住她，两人安静地拥抱了一会儿，他才说："最近，我有点麻烦的事要处理，也许不会经常来看你。"

小桥一惊："到底出了什么事，严重吗？"

赵奕南摇摇头："你别乱想，等我处理完……我会回来找你。"

小桥还想问下去，但看赵奕南的脸色，知道问了他也不会说，只得点点头："好吧，我等你。"

那天晚上，赵奕南勉强喝了两盏茶，又陪小桥说了会儿话才走，小桥觉得他始终心事重重的，像有什么事瞒着自己。

第二天一下班，她还是忍不住去了趟赵家。

赵家看起来一切如常，张奶奶在厨房煮饭，她告诉小桥，丁丁在楼上做功课。小桥犹豫了一下，决定还是上楼找丁丁问问。

她敲了门进去，丁丁正趴在书桌上写字，看见小桥也没从前那股子兴奋劲儿了，只是有点呆呆地望着她。

"丁丁。"小桥努力克服尴尬的情绪，绽开微笑走进去。

丁丁开门见山："我妈妈病了。"

"病了？"小桥吃一惊，"什么时候的事？"

"前几天。"丁丁低下头，"爸爸在医院陪妈妈。"

"是什么病呢？"

"不知道，他没说。"

"你去看过妈妈吗？"

"去过一次，她睡着没醒。爸爸说妈妈病得很重，要我乖一点。"

小桥觉得口干，忍不住咽了口唾沫："丁丁，你知道你妈妈住在哪家医院吗？"

丁丁警惕地看着她："你要干什么？"

"我想去看看你妈妈。"

丁丁神色犹豫，低声说："你还是别去了，我妈妈……不喜欢你。"

"我偷偷去看她，不让她知道。丁丁，她是你妈妈，我不想伤害她，我想知道她生了什么病。"

丁丁考虑了好一会儿，才拉过一张纸，在上面写下了母亲病房的地址交给小桥。

小桥正想走，丁丁突然又说："小桥，你能劝劝我爸爸，让妈妈回来吗？"

小桥低头看着那张纸，丁丁的字写得又大又憨，她心里难过极了，不知道要怎么回答他，努力笑了笑："丁丁，我走了。"

丁丁愁眉苦脸盯着她，仿佛随时会哭出来。

小桥赶去医院，在住院部二楼的服务台咨询燕妮的病情，小护士警惕地问："你是她什么人？"

"表妹。"

"那你怎么会不知道她什么病？"

"她不肯告诉我，我是听她同事说她住院了，不放心，所以来看看。"小桥头一回说谎没脸红。

小护士神色缓和下来，又见小桥情真意切，只得取出燕妮的资料翻了翻，简洁地告诉她："是自杀。"

小桥眼前猛地一黑："自杀？！"

"对啊！割脉自杀，伤口割得很深，如果不是送医院及时很可能就没命了。"小护士摇摇头，"有什么事想不开非要自杀呀？一会儿好好劝劝你表姐吧。"

小桥失魂落魄地朝许燕妮的病房走去，她总算明白赵奕南为何那样心事重重了。她忽然有种罪孽深重的感觉——如果没有自己，许燕妮大概也不会自杀了。

走着走着，感觉嘴里咸咸的，用手一摸，脸上全是泪。

病房门关着，小桥缺乏推门进去的勇气，透过玻璃窗往里看，许燕妮半靠在床上，赵奕南坐在床边，正用勺子喂白粥给她喝，许燕妮目不转睛望着他，很顺从地把粥一口一口吞下去。

小桥再也看不下去，倏地转身，逃也似的跑开了。

夜里，小桥做了个噩梦，梦见许燕妮又自杀了，浑身血淋淋的，她和一些什么人心急火燎把许燕妮送去医院，可刚到急诊室门口，出来两个穿白褂的大夫，眼睛朝许燕妮瞄了一眼就摇头："不用抢救了，人已经死了。"

小桥回头看，许燕妮果然双目紧闭，脸上一丝血色都没有。丁丁在一旁大哭，赵奕南坐在椅子里使劲扯自己的头发。小桥又害怕又后悔，大哭着喊："不！这不是真的！"

喊声冲破喉咙，她瞬间从梦中醒来，慌忙坐起，拥着被子大口喘着气。

她反复地问自己：你要等许燕妮真的没命了才死心吗？

小桥不得不作出一个让自己心痛的决定，她想了无数办法，企图来替换这个决定，但无论怎样都走不通，因为拦在她面前的是条人命。

这一天，她泼翻了饮料，又配错了餐，还把一张统计表的意思给弄反了，经理见她魂不守舍的样子，就放她半天假让她回家休息，她没拒绝。

回家的路走到一半，她脚下猛地一顿，最终拿定了主意。

她给钟越打电话，祈祷在这个节骨眼上他不会再给自己爆冷门，诸如翻脸不认她之类的。

"江小桥？！"钟越接到她的电话稀奇得不得了，"我以为你再过八辈子也不会主动打电话给我呢！"

小桥吞了口唾沫："我，我想请你帮个忙，不知道你愿不愿意？"

"那得看是什么忙了！"

"你现在方便吗？我们约个地方见面谈吧。"

半小时后，小桥在街边等到了钟越，他依旧开着那辆抢眼的玛莎拉蒂，没等小桥反应过来，车子就呼啦停在她面前，钟越趾高气昂地从车上下来，跟模特似的摇着走到她对面，墨镜往头顶一推，露出英俊傲气的脸庞，一旁走过的几个女生经不住发出低呼，频频回首。

钟越盯着小桥看了会儿，叹一口气："小姐，知道我等你这个电话等了多久吗？"

小桥心情沉重，低着头只顾瞅自己的脚尖。

钟越把目光转向远方，摇摇头："你怎么还是这副小媳妇德行啊！说吧，要我帮什么忙？"

"我，我想让你陪我去一趟医院。"

钟越闻言，猛然低下头，死死盯住小桥那张没多少血色的脸，越看越来气："哪个浑蛋干的？！"

"啊？"小桥懵懂地抬起头，发现钟越脸都扭曲了，"什么……浑蛋？"

钟越咬牙切齿，用手隐晦地指了指她的腹部，压低声音怒道："不是那儿出事了吗！是哪个浑蛋干的？"

小桥这才明白他误会了，拼命摇头："不是！不是那么回事！我是想让你陪我去医院看一个病人！"

钟越这才放下心来，长舒了口气，很快又恼起来："你就不能说说清楚吗？一副天要塌下来的样子——那人是谁，得绝症了么？"

"……差一点。"

钟越跟着小桥走在住院大楼的走廊上，还在不满地嘀咕："到底去看谁，有必要搞得这么神秘吗？"

"说了你也不认识。"小桥再次强调，"一会儿你不用多说话，听我讲就可以了。还有，不管我讲的是什么，你都别大惊小怪，反正，待会儿出了病房你就可以全部忘掉。"

"那你总可以告诉我那人是男是女吧？"

"女的。"

"漂亮不？"

"……嗯。"

经过电梯门，钟越忽然转个方向，凑到电梯旁那一长条的不锈钢门框前，对着"镜面"仔细理了理自己的头发。

小桥呆呆地看着他。

钟越很快回过身来，朝她挤眉弄眼："我帅不帅？"

小桥纵使心情忧郁也被他逗笑了："没见过你这么爱臭美的。"

钟越乜斜她一眼："看你笑一笑可真不容易。"

许燕妮独自躺在病床上,小桥庆幸赵奕南不在,当着他的面,她恐怕很难把戏演下去。她象征性地叩了几下门,然后推门进去,钟越紧随其后。

小桥走到许燕妮床前,发现她睁着眼睛,看到自己,眼里仿佛冻起一层霜。

小桥吞一口唾沫,开口说:"我来看看你,你……还好吧?"

许燕妮不说话,只是冷冷望着她。

小桥把带来的水果篮放在柜子上,回头看一眼钟越,他正四顾张望,而许燕妮的目光此刻也已经从她身上转到了钟越脸上。

"他叫钟越,"小桥努力让自己的舌头不打结,"是我男朋友。"

她说得太用力也太清晰了,病房里蓦地安静下来,东张西望的钟越也猛然把目光投向小桥。

小桥却只顾着绞尽脑汁向许燕妮解释,"我们是最近才定、定下来的。他对我挺好的……你可以放心,我以后不会再……"

她倏地垂下眼帘,因为眼圈在骤然间红了起来,燕妮只是怔怔地望着她,依旧一句话也不说。小桥再度抬起头来时,黯然的表情已经消失了,她很突兀地向燕妮笑了笑,竭力想把气氛搞得轻松一点:"我男朋友,是不是很帅?"

她转身向钟越招手,他忙走过来,小桥拉住他的手,却很快被他甩脱,小桥正心慌,钟越却伸出胳膊亲热地揽住了她的肩膀,用热忱的目光注视躺在床上的燕妮。

"你好,"他低头在小桥耳边低语:"我该称呼她什么?"

小桥一时也回答不上来。

钟越也不等她,朗声向许燕妮宣布:"没错!我是江小桥的男朋友,我叫钟越。"

许燕妮还是不吭声,但眼神里的冷漠淡化了不少,她把头转向另一边,不再看他们。

小桥见状,只得说:"那你……好好休息吧,我们走了。"

几分钟后,两人又走在同一条走廊上,钟越依然纳闷。

"她到底是你什么人呀,你亲妈?可没谁的亲妈拿那种眼神看自己女儿啊!再说年纪也不太对嘛!"

不管他说什么,小桥只是不响,他扭头,看见小桥红着眼圈,眼泪吧嗒吧嗒往下掉,这才慌神了,忙掏出一包纸巾来,抽了两张递给小桥:"你,你别哭啊!我不问了行不行!"

他果真什么都不问了。

小桥好容易才止住眼泪,用纸巾擦干净面庞,感觉心里松快了一些,忽然想起来问:"你的纸巾哪来的?"

"我自己带的啊!"

小桥抬起泪眼看看他,钟越浑身不自在起来,嘟哝:"怎么啦,男人就不可以随身带纸巾吗?"

"我不带纸巾你拿什么擦啊?"

"我的衣服都好贵的!已经被你泼过一次了,你不会还想拿它来擦鼻涕吧?"

小桥本来心里悲伤,可是被他闹得忍都忍不住,又笑了起来。

钟越见状,无比得意地吹了声口哨。

上了车,钟越问她去哪儿,小桥答:"随便。"

"那就去吃饭吧!我请你!"

"不,我请你。"小桥低声说,"今天的事,我得谢谢你。"

钟越小心翼翼地瞥她一眼,一字一顿地问:"你刚才,在病房里,说的那些,是不是,真的?"

小桥面朝右侧,沉默着不转过来,钟越也看不清她脸上的神色,风吹起她的发丝,轻舞飞扬,瞧得钟越心里痒痒的。

过了很久,小桥终于问:"如果是真的……你愿意吗?"

钟越咧嘴笑:"当然愿意了!你不知道我一直在等这一天吗?不过——你不是在开玩笑吧?"

小桥转过脸来:"不是,我认真的。"

话一出口,连她自己都惊诧,却并未觉得懊悔,或许本能告诉她,这是目前最简单有效的解决方法,唯有这样,她跟赵奕南之间才能完全了断——她实在不想看到许燕妮再死一次了。至于钟越,今天的事让她对他心存感激,也打定主意以后要好好对他。

钟越哪会料到她此刻心头浮起的各种思虑,心情很好地瞟了她一眼,嬉皮笑脸道:"可你的表情为什么像是即将上刑场啊?让我冷不丁就想起了花木兰、秋瑾、刘胡兰……"

"钟越,你能不能正经点儿?"

钟越猛地把车停在道旁。

小桥错愕:"你又想干什么?"

没等她反应过来,身体已经被钟越紧紧搂在怀里,小桥欲挣扎,一想到两人目前的关系,只得忍住,僵硬地由他抱着。

好一会儿以后,钟越才满足地放开她,笑嘻嘻地解释:"这叫一抱定情!"

晚上九点，小桥家的门铃响了，她走过去开了门，不出所料，赵奕南正低头站在门前。

"赵哥。"小桥艰难地唤他一声，身子往边上退了退，让他进来。

客厅的茶几上摆着沏好的热茶，赵奕南见了，无声地笑笑："早知道我会来？"

小桥点头，给他倒了一杯茶："我今天，去了趟医院。"

"我听燕妮说了。"赵奕南看看她，"她的事你知道了？"

"你不该瞒着我。"

"我本以为……"赵奕南叹了口气，没再说下去，"她还说，你带了个男孩一起去的医院……是钟越吧？"

小桥默认了。

赵奕南一口一口地喝茶，直到把整杯茶水都喝干净了，才轻轻放下茶杯。

"我明白你的用意，但燕妮不会那么容易相信的。"

小桥低着头："我跟钟越的事……是真的。"

赵奕南顿时陷入沉默，小桥心里难过，不敢抬头去看他，见他杯子里没水了，便又给他添了一杯。

她把杯子递给赵奕南，但这回他没接。

"小桥，你这么快就不要我了？"

他说话时，语气里含着淡淡的笑意，仿佛在调侃，小桥却难受得要命，泪水怎么忍都忍不住，她跪在赵奕南跟前，像过去那样把脸靠在他膝盖上，哭着说："赵哥，我舍不得你，可是如果丁丁妈妈死了，我们在一起也不会幸福的。我，我想不出别的办法来。"

她的哭声让赵奕南异常难受，他忽然意识到，小桥还是个没经过什么事儿的小姑娘，她一定是被燕妮激烈的举动吓坏了，她本可以不用经历这些的，是自己把她拖了进来，他再次察觉自己的自私。

而且，他本以为等燕妮平静下来这事总有商量的余地，但现在他却不确定起来，他真能说服得了性子刚烈倔强的燕妮吗？如果不能，他又凭什么把小桥留在自己身边？

赵奕南默然良久，终于艰难地开口："我不会勉强你，如果你觉得现在这样很痛苦，我们就……分开吧。"

小桥一听，哭得更厉害了。

赵奕南又说："但是，你也不能拿自己的幸福开玩笑，就算要找男朋友，也得找个疼你爱你的男人，至少，至少要比我强才行。"

小桥抱着他的腿哭个不停:"不会有这样的人了!你是唯一的。"

赵奕南感到眼眶中陡然涌起的热意,他不想在小桥面前失态,便拉她起来:"我该回去了。"小桥哭得上气不接下气。赵奕南用手指帮她抹去泪痕,但新的泪水很快又浸润她的面庞,让他有种无力感。

他用力抱住小桥,在她额头上狠狠亲了一下,"小桥,你就像我做过的……一个梦。"

他很快松开她,转身朝门口跨步而去,就这么黯然离开了。

病房里,赵奕南把最后一口粥喂到许燕妮嘴边,她摇摇头避开:"我吃不下了。"

赵奕南没勉强,抽了张纸巾给她擦擦嘴,又拾起碗具准备去洗,许燕妮轻轻拉住他:"奕南,我以前太任性了,以后我听你的,好好过日子好不好?"

赵奕南没吭声。

许燕妮又说:"丁丁是你的儿子,我那天说的混账话都是为了气你……"

赵奕南打断她:"你别说太多话,好好养身体,等身体养好了我们再谈。"

"不,你听我说完。"燕妮神色略微激动,有点气喘,但仍坚持说下去,"我以前虽然在那种地方混,可我觉得自己和其他人是不一样的,因为我有丁丁,还有你……我不能失去你和丁丁,否则,我在这个世界上就什么都没有了。"

赵奕南低着头,沉默地听。

"奕南,你给我一个答复,好不好?"

良久,赵奕南终于抬起头来:"……等你好了,我跟丁丁一起……接你回家。"

Chapter 11
各自生活

和小桥的忧伤不同，钟越最近真是开心极了，平均每天至少要打两通电话给小桥，那个嘘寒问暖的劲儿，让小桥着实怀疑电话那头的人到底是不是自己在店里曾经得罪过的那位客人，怎么能如此判若两人呢。

小桥跟他讲好，自己平时要学习，没空约会，见面只能等周末，钟越很听话，果然熬到周六才来找她，一见面就问："咱们去哪儿玩？"

小桥觉得他像个从没长大过的孩子。

不过也幸亏有钟越，她才不至于整天沉浸在自己的伤心事里，她感激钟越，心里也想着要对他好一点，因此，他说带小桥出去玩，她总是答应的。

但钟越喜欢去的地方都很闹，不是去唱歌就是去泡吧，有时也去健身房，无论到哪儿都有很多熟人过来跟他聊天开玩笑，小桥是怕吵的人，在那种环境里待不了多久就想出来。

钟越问她："那你喜欢上哪儿玩啊？总不能老是闷在家里看书吧？真的会变成呆子的。"

小桥想了想说："现在是春天了，花儿都开了吧，要不我们去公园看花怎么样？"

钟越乐道："原来你是个花痴。"

乘着风和日丽的好天气，他们挑了个湿地公园去逛逛。

免费的公园，难得的是人也不多，走进去才明白，公园实在太大了，想全部走一圈得花一整天。

钟越拉着小桥的手走在长湖边，湖水慢慢升上来，时不时扑打着湖边的芦苇。阳光虽好，湖边的风却也不小。

"你说咱俩傻不傻？跑这么个荒郊野外来吹风。"

小桥眯眼眺望远方："我觉得很好啊！可以晒晒太阳，呼吸呼吸新鲜空气……你看那儿！"她指着湖面："有几只鸭子在游泳。"

钟越也眯起眼睛来看："哪儿呢？"

"看上去好像是赤麻鸭，我刚看到湖边有介绍水禽品种的牌子。"

"赤麻鸭啊！"钟越咽了口唾沫，"听上去就很好吃的样子。"

小桥笑着白了他一眼，忽然用手背在他下巴处作势抹了一下，钟越愕然："你作甚？"

"帮你擦擦口水啊！"

"喊！"

钟越也白了她一眼，忽然注意到她脸上艳若桃李的笑容，心中不觉一动，出其不意抓起小桥的手，用力将她拉进怀里。

小桥一脸紧张："你想干什么？"

钟越愣愣地盯住她："想亲你。"

小桥涨红了脸挣扎："不行。"

"为什么？"钟越不放开她，"我们现在可是男女朋友了，亲个嘴也不犯法！"

"说了不行就是不行！"小桥又羞又恼，使劲推他。

钟越见她真生气了，只得悻悻地松开手，又盯着她看了一会儿，默不作声走到前面，找块大石头坐下。

小桥理了理头发，犹豫一下，跟过去，在钟越身旁坐下。

她忐忑地观察钟越："你生气了？"

钟越没好气："你说呢！"

"我不喜欢别人勉强我，那样一点都不享受，感觉好像，好像在打架一样。"

钟越依旧偏着头，不吭声，倔强的表情看上去有几分可怜，小桥求他："你别生气了，好不好？"

钟越还是忿忿地不理她。

小桥心一软，凑上去，飞快地在他脸上啄了一口，又红着脸退回来，心里却没有羞涩，只有一种完成某种仪式的麻木感，这让她觉得自己陡然之间像老了好几岁。

她怔怔地坐着，体会那慢慢升上心头的悲伤的潮水。

钟越其实早就气消了，本来只是想逗逗小桥，没想到被她"偷袭"了一把，再也忍不住地笑出声来，转过头来时，看见小桥一副恍惚的模样，神思好像飞去了九霄云外。

他的心忽然怦怦地跳起来，搞不清为什么会突然如此激动。他一点点凑近小桥，而她却浑然不觉似的，他又往前一些，只一低头，就触到了小桥的嘴唇。

　　这一次，小桥没再抗拒，她闭起眼睛，顺从地由着他吻，钟越心里却渐渐不安起来。

　　松开小桥时，钟越发现了她眼眶里晶莹的泪光。

　　"你……"

　　小桥不想被他看见自己流泪，迅速转过身去用手背抹去泪水。

　　钟越心中的疑团却在增大，他扯住小桥的胳膊，把她拉回来："以前，是不是有人亲过你？"小桥不说话，算默认了，钟越忽然感到一阵妒忌："那人是谁？"

　　"……你不认识的。"

　　"你说了我不就认识了！"他变得蛮横起来。

　　小桥反问："你知道了想干什么呢？你以前难道就从没吻过别的女孩？"

　　钟越哑然，放弃了盘问，闷闷不乐地转过脸去。

　　小桥递给他一瓶水："我们不要吵，坐着好好说话不行吗？"

　　"我没跟你吵。"

　　"如果你心里不痛快，还不如干脆分了算了。"

　　钟越呼地转过来："喂，江小桥！你当我什么！皮球还是毛白菜啊？"

　　"是你给我脸色看嘛！"

　　钟越瞪着她，一时又想不出反驳的话来，光在那里喘粗气。

　　小桥主动说："那我们谁也别怪谁了，和解好不好？"

　　她掰开钟越的拳头，把自己的手放入他的掌心，"既然要在一起，就得和和气气的，如果三天两头就吵架，不光是我，你自己也会觉得没意思吧？"

　　钟越的手摊开来大大的，小桥的手比他小了好几圈，他看着自己手掌里那只白白净净的小手，忽然什么气都消了，手一握，就把小桥的手给牢牢包住了。

　　小桥抬头看了他一眼，微笑。

　　钟越终究心有不甘，又问："那人到底是谁啊，你透露一点总可以吧，你以前的同学？"

　　"不算吧。"小桥含糊地答，反将他一军，"你呢，你在认识我之前谈过几次恋爱？"

　　"没几次——你跟那个不算谁的谁，是不是很久以前的事了？"

　　"嗯，反正都过去了——没几次是几次？"

　　"嗨！我在问你呢！你怎么反而问起我来了！"

"你能问我，凭什么我就不能问你呀！"

钟越哑口无言，挥挥手："算了算了，我们谁也别问了。"

"我同意。"

钟越憋了一会儿，才道："其实我没你想的那么小气。"

小桥笑："恰好我也不是。"

中午，他们就在公园的亭子里吃小桥带的干粮，虽然口感一般，不过钟越难得享受这样安静的环境，慢慢也乐在其中，他指着湖心的一座小岛说："将来我们把它买下来怎么样，没事就划船去岛上走走，除了鸟，什么人都没有，多安静。"

"你不是喜欢热闹吗？"

"跟你在一起就觉得，还是安静一点比较舒服。"

"钟越，你到底为什么会喜欢我呀？"

钟越斜睨她："又想让我给你五个理由？"

"不是，这次只要一个就够了。"

钟越想了想，也反问："你有什么不好？"

"我觉得我傻傻的。"

钟越笑起来，"你还挺有自知之明。"他望着远处，眼神略显迷蒙，"也许因为我也傻傻的，所以想找个更傻的人相处，比较不那么累吧。"

"听你这么一说，我真的有点喜欢上你了，两个笨孩子。"

"我以前也不笨的，小学里参加数学竞赛还得过名次呢！后来我爸妈忙着做生意不怎么管我，我跟一帮野孩子老逃课出去玩，渐渐地才跟不上了。我妈为此着急，不过姨妈说没关系，将来我的工作她会帮我安排得妥妥的。这么一来，我就更没心思好好念书了。"

"你姨妈真宠你啊！"

"那是！她就我妈一个姐妹，我妈又只有我这一个娃，小时候，我常常跟人说，我有两个妈妈！"他瞥了小桥一眼，"上次我跟你说我前姨父不会生育，我那是骗你的，其实，不会生养的……是我姨妈，不过，你见了她可千万不能提啊！"

小桥点点头："你姨妈就是因为这个才离婚的？"

"也不全是，姨妈虽然不会生小孩，但她很能干的，如果没有她，姨父哪里可能爬得那样高！只不过后来姨父翅膀硬了，不忌惮我姨妈了，在外面包养女人，很伤我姨妈的心，再加上……"

他犹豫着要不要说下去，见小桥神情专注地听着，只得含糊地道："加上她自己在生活作风方面也出了点问题，姨父就趁机跟她离婚了。"

他不想再谈下去，转而问小桥："你呢，笨小孩，为什么以前不好好学习，现在成天抱着书本念来念去的？"

"我吗？跟你也差不多，主要还是我妈没给我压力，我觉得念好念坏都一个样，就不想努力了。真是少壮不努力，老大徒伤悲。"

"你才多大，就这么感伤起来了！"

"反正我是决定从今往后要好好学习了。你呢，钟越，你有什么打算没有？"

"当然有啦！先趁年轻好好玩两年，等将来接手了姨妈的公司，再受苦受累地干呗！哎哟，不能想啊！一想顿时就觉得腰酸背痛的！"

"钟越，你多大了？"

"二十五岁，怎么了？"

"那也不小啦！该好好努力了，如果现在光想着玩，将来哪有可能说做好就做好呢！"

"嗨嗨！能不能别聊这个话题了！"钟越头疼似的皱起眉头，"刚才还是俩笨孩子呢，怎么说着说着就成失足青年的忏悔了！"

他看看小桥，忽然乐道："其实，你好好努力不就行了，将来我当董事长，你当总经理，我天天喝红酒打高尔夫，你呢，就帮我算账看报表，哈哈！"

小桥气得狠狠给了他一个白眼。

他们在公园玩到太阳西斜才回家，小桥不愿意在外面吃饭，就答应钟越去自己的租房给他做饭吃。

不过一进门钟越就嚷饿，小桥只得问："你喜欢吃水铺蛋吗？我给你下水铺蛋吧！"

"什么蛋都行！只要能填饱肚子。"

小桥在厨房里忙活，钟越没事干，就进去观摩，看小桥把蛋先磕碎在碗里，然后把正在烧的水不断地搅成旋涡，等水开了，她将蛋小心地倒进去，生鸡蛋一面跟着水旋转，一面飞快地凝固起来，没过多久，小桥又把炉火关了，把鸡蛋捞进冷水里搁着，再反过身来如法炮制第二个。

钟越瞧得稀奇："你这是什么煮蛋法？水铺蛋我妈也做过的，哪有你这么麻烦。"

小桥解释："这样做起来的水铺蛋才圆整，而且是溏黄的，吃起来口感很肥，不信你试试！"钟越当真尝了一个，大赞好吃："回头让我妈也这么做！小桥，原来你一点不笨嘛！"

167

小桥笑："这不是我独创的,是外婆教我的。"

两人正聊得高兴,门铃响了,小桥心里疑惑,急忙出去开门,想想不可能会是赵奕南。

开了门,看见梅梅大包小包行李的站在门外,涎着脸问:"小桥,我能在你这儿跟你凑合一段日子吗?"

小桥意外:"你怎么了?"

梅梅忿忿:"让房东那死婆娘给赶出来了呗!涨完一次价又要涨,说除非我一次性付清一年的房租,我才不干呢!谁知道将来我在哪儿啊!"

"进来再说吧。"

小桥帮她把行李拿进来,钟越恰好走出厨房看热闹,梅梅抬头一见,蓦地愣住,随即尖声叫:"小桥,他是谁?"

"钟越啊!你不是早就认识了吗!"

"可他,他怎么会在你这儿?"梅梅的声音像见了鬼。

钟越笑着作自我介绍:"我是江小桥的男朋友钟越,官方唯一认证版,假一罚十。"

梅梅的嗓子又一次扭曲了:"小桥,是不是?是不是?"

"是——"小桥拉长了声调,同时无奈地白了钟越一眼。

梅梅咬牙切齿:"你这丫头!谈恋爱了居然不告诉我们!"

"我们也开始了没几天。"钟越笑嘻嘻道,"你现在知道还不算晚。"

两个人的晚餐就这样变成三个人的聚餐。钟越和梅梅都是第一次吃小桥做的饭,均是赞叹不已。

钟越说:"我以后经常来吃你做的饭好不好?"

梅梅说:"小桥,你厨艺这样好,我会舍不得走的。"

钟越立刻把手伸到梅梅鼻子底下:"给钱!房租、饭费一起交!"

"那你也得交。"

"哎哎!我可是她男朋友!"

梅梅不示弱:"男朋友又不是老公!法律上不承认的,你是她男朋友,我是她好朋友!大家地位平等!"

钟越本是开玩笑,一听不乐意了,非要梅梅交钱,小桥咂嘴劝他们:"你们别闹了!我谁的钱都不收!"

梅梅得意地朝钟越一扬下巴。

"不过我平时也没时间做饭,大家还是各过各的,等周末有空的时候你们过来,我煮给你们吃,这样行吗?"

"我都听你的！"钟越讨好地说。

梅梅也道："这房子是你的，你怎么说，我就怎么做。"

小桥把空着的另一个房间给梅梅住，里面本来就很干净，用不着收拾，梅梅进去看了两眼，表示满意。

她和钟越一样话多，饭没吃完，两人就在打游戏这件事上找到了共同的兴趣点，于是，一撂下碗筷，钟越就跟着梅梅进了她的新房间，切磋水平去了。

小桥独自收拾碗筷去厨房洗，心里想着，梅梅来住的事是否应该跟赵奕南知会一声。

说是肯定要说的，但也不见得非得这两天去骚扰他，还是等有机会的时候告诉他吧。

盆里接了半盆水，小桥关上水龙头，残余的水滴从龙头底端慢慢滴落进盆里，在水面上惹起阵阵涟漪，就像小桥此刻的心情一样。

门一打开，丁丁就蹦蹦跳跳地在前面领路，嘴里不停地说话："妈妈，你进门小心点儿，我的篮球经常从楼梯间里滚出来，你别给绊倒啊！"

许燕妮踏进门的刹那，心中百感交集，想起自己第一次来赵家还是十来岁的小女孩，当时就被这栋漂亮的房子给震住了，这里和她自己那个一巷之隔的家有着天壤之别，到处充满阳光、温暖和某种神圣的味道。那时她就在心里想，如果我有朝一日也能住进这里该多好。

而几经波折后的今天，她终于如愿以偿，即将成为这栋房子的主人之一。

丁丁还在给她介绍："妈妈，门口这里原来养着两只鹦鹉，是小爷爷养的，会说好几句话，后来小爷爷他们一走，鹦鹉就死了。"丁丁神色认真，"可见鹦鹉也是认主人的。"

赵奕南拍拍他的后脑勺："别站门口说话了，我们先吃晚饭吧。"

晚饭很清淡，煲鸡汤，几样时鲜素菜，还有红枣粥。

赵奕南说："医生交代的，你还不能吃太油腻的东西，怕不消化，我就只让阿姨做了这几样。"

燕妮笑道："我足够吃了，你和丁丁会不会饿？"

"我们有米饭。"

赵奕南让他们母子坐着，自己去厨房张罗，只一会儿就把饭菜都上齐了。丁丁紧挨着母亲坐，把每样菜都夹了些放进母亲碗里："妈妈，你要多吃点，好好养身体。"

燕妮感动："谢谢丁丁，你也要多吃——丁丁，妈妈经常去学校偷偷看你，你知道吗？"

"知道，我看见你了。"

燕妮有些惊讶："那你为什么从来不叫我？"

"我以为是我眼花了。"丁丁慢吞吞地说，"书上讲，日有所思夜有所梦，一定是我太想妈妈了，所以会产生幻觉。"

燕妮的眼圈顿时红了。

赵奕南看看她，又看看丁丁，话是对丁丁说的，并不严厉："好好吃饭吧。"

三个人默默地吃饭，也没什么话好讲，一会儿就吃完了。燕妮要洗碗，被赵奕南拦住。

"还是我来吧。"他转头吩咐丁丁，"带你妈妈去看看她的房间。"

丁丁欣然领命，带着母亲上了二楼。

燕妮的房间在丁丁隔壁，她推开房门，房间宽敞明亮，装饰也无可挑剔——虽然颜色略偏男性化了一点，还带一个独立卫生间。她注意到双人床上的枕头被子等都只有一套，怔了片刻问丁丁："你爸爸住哪儿？"

丁丁很殷勤地解释："这里原来就是爸爸的房间，他说这个房间是最好的，所以腾出来给你住了，他自己搬到三楼去了。"

燕妮脸色黯淡了一下，但仍是点点头："好。"很快又问："我能去看看你爸爸的房间吗？"

"有什么不可以的，你跟我来！"

赵奕南的新房间跟楼下那个比确实要差不少，装饰摆设都旧了，显得粗糙且漫不经心，但他把自己所有的贴身用品都搬了过来，对燕妮而言，这里其实才是最好的。

退出来时，燕妮往走廊那一端望了望，有点迟疑："丁丁，小桥在的时候，住哪间房？"

"就是隔壁这间！"

燕妮走过去，用力转动门把手，门没锁，她站在门口朝里面观望，房间布置得就像有人随时会回来住一样，窗边的小方几上甚至还扣着一本看了一半的书。单人床上铺着小碎花床单，一只同花色的枕头立在床头。她朝床单看了又看，觉得那颜色实在很扎眼。

丁丁说："这里没来得及收拾呢，好多东西都是小桥的，她不要了就留在这里，不过她应该不会再来住了。"

燕妮没说什么，把门重新关上，和丁丁一起走下楼梯。

到了二楼，丁丁说："妈妈，我还要写作业呢，写不完爸爸会骂的。"

燕妮点头："那你去写吧。"

她独自下到底楼，赵奕南正在厨房洗碗，第一遍已经洗好了，他正把碗具一只只放在水龙头下冲洗。

燕妮走过去帮他。

赵奕南问："房间怎么样？"

"很好。"

之后两人好像就无话可说了。

在医院的时候就是这样，赵奕南看似尽心尽力地服侍自己，但燕妮知道他心里是不太愿意的。如果早几年，她要明白他存的是这样的心思早就拂袖而去了，可现在她已经不年轻了，得为自己的将来考虑，当然，还有丁丁。

赵奕南沉默的背影让燕妮心里没底，她甩掉手上的水，走到他身后，轻轻将脑袋贴在他后背上："奕南，你放心，我以后一定好好的。"

赵奕南的身体有点僵硬，他屏住不动，既没有应承也没有反对，过了良久，才低声说："我还有事要做，你先上楼休息吧。"

燕妮乖顺地点点头，离开了厨房，这才是她新生活的第一步，她得控制自己的脾气，多点儿耐心才行。

小桥听完一盘周杰伦的《十一月的肖邦》，隔壁那两人还在为游戏里的地盘问题大呼小叫，她有些忍无可忍地摘下耳机，走到梅梅的房间门口，用力敲敲门。

"已经八点半了，钟越，你是不是该回去了？"

钟越带笑的脸转过来，语气却茫然："八点半了？"

梅梅则不以为然："八点半而已，夜生活才开始呢！"

小桥坚持："钟越，你该回家了。"

钟越瞅瞅她脸色，有些不对，立刻见风使舵、弃暗投明，站起身，乖乖点头："哦。"

梅梅做好一只鬼脸看着他们，但钟越走出去时顺手把房门给关上了。

小桥一言不发走去开门，钟越先一步抵达门口，用身子挡住门，笑嘻嘻地盯着她："亲一个再走。"

"你烦不烦！"

钟越把脸凑过来："亲一个。"

小桥用力推开他："没心情！"

"你吃醋了？"

"吃什么醋？"

"我一晚上都在跟梅梅打游戏啊！"

小桥睁大了眼睛："原来你故意的？"

钟越依旧笑眯眯的："我就是想看看你的反应，呐！你还是很在乎我的嘛！"

"你无聊不无聊！"小桥对他简直没辙，"赶紧回家吧，我累了，想睡觉了。"

"亲一个，亲一个我立马走。"

钟越像牛皮糖一样缠上来，小桥正无计可施，梅梅拉开房门走出来，看见他们这样，愣了一愣，手往边上一指："我，那个，上厕所。"

小桥趁机挣脱出来，钟越也不好意思再来强的，悻悻地努了努嘴："那我走啦！"

"不送！"梅梅在厕所门口扬声喊，还对小桥挤眉弄眼。

钟越走得有点灰头土脸，但小桥决定以后不再同情他。

小桥正看书，梅梅推门进来。

"小桥，刚才没打扰你们的好事吧？"

"说什么呢！"小桥转一个身，继续看。

其实有梅梅在挺好的，至少钟越就不会老缠着她，一会儿向她索取这个一会儿向她索取那个了。只是那两个人凑在一块儿实在太闹了，小桥怕楼上楼下早晚有人来砸她的门，逼得她不得不拆散了这两人。

"小桥，我真羡慕你，找了这么出色的一个男朋友。"

"钟越吗？"小桥叹了口气，"他哪里出色了？"

梅梅白了她一眼，"你别不知足了，他长得这么帅，家里又有钱，而且打游戏都打得很棒呢！"

"那些钱都是他家里的，又不是他自己挣来的。"

"你管他从哪儿来的呢！有钱花不就好了！有钱多好啊，打游戏时想买什么装备就买什么装备，哪像我们这种穷瘪三，只能靠一步步升级挣积分去换。"

梅梅见小桥聊天不起劲，两只眼睛就没怎么离开过手里那本书，忍不住趴在桌上细看书的封面："枪炮、病菌与钢铁……你怎么读这种书啊？"

"好看。"

"好看？"

小桥放下书，"你知道野生杏仁都是有毒的，不能吃吗？"

"啊？是吗？不知道哎！"

"本来杏仁都是有毒的，其中有几十种都含置人死地的氰化物——所以推理小说里提到氰化物时都会说伴有一股杏仁的味道——后来，偶然的基因突变使得无毒杏仁出现并被人发现后留种栽培，所以我们现在才有杏仁可以吃。"

梅梅眨眨眼睛："人类的嘴可真够馋的。"

"我们的祖先就是通过这种筛选方法获得了供我们生存下去的各类农作物。"小桥说着，继续拾起书来读。

梅梅转到她这边与她一起看，但很快就失去兴趣，回到对面去了。

梅梅吧嗒吧嗒眨着眼睛与她探讨："小桥，是不是因为你喜欢读这种书，钟越他才会看上你？"

"怎么会！"小桥忍不住笑，"他又不看这种书。我都怀疑他根本没心思读书。"

梅梅叹道："如果老天爷肯赏我这样一个男朋友，我肯定天天烧高香。"她站起身，"好吧，我不打扰你看书了，继续打我的游戏去！"

房门关上，小桥总算重获安宁，她把心思重又放回到书里。

这本书还是小桥从赵奕南那里借来的，因为没读完，就一直没还他，以后大概也不会有机会还了，就当留个纪念好了。

想到赵奕南，她读起书来也就不那么专心了。

他们分开都快两周了，也不知道他现在过得怎么样。

赵奕南出了厨房就直接走进书房，随即又把书房门紧紧关上，他在软椅里呆坐了会儿，具体也没在想什么，想了也是白想。

奶奶在世时常说他："你和你二叔虽然年纪差不太多，但性子完全不一样，他是最会为自己打算的，不管到什么时候都不会让自己吃亏。你就不一样了，面慈心善耳根子软，东西进出也从来不计较，做人做事难保不吃亏。你心宽，吃了亏也不会往心里去。怕就怕一样，在女人身上吃亏，那你可就苦了，得苦一辈子呢。"

那时候他听了不过一笑了之，老年人的话很多时候只能当笑话来听。

当然，他现在笑不出来了，奶奶真是把他看得准准的。

他拉开抽屉想找烟，第一个看见的却是Beyond的纪念专辑，还是平安夜那晚小桥当圣诞礼物送给自己的。他当时觉得很美好，想到那句"心有灵犀一点通"的诗，只是没好意思说出口。他拾起专辑，手指在金属面上摩挲，沁凉的感觉沿着指尖渗入心底，他重重地叹了口气，把专辑放回抽屉，这还不够，又用手指将它不断往抽屉里面推，直到自己一丝一毫都看不见了才收手。

然后，他掏出烟盒，捻了一根在手里，又把烟盒丢回抽屉，手一推，把抽屁关上。

打火机啪的一声，火光在眼前舞动，他叼着烟凑上去接火，随即用力吸了一口。

他一点都不喜欢烟味，只有在他更不喜欢自己的时候，才会把自己淹没在那股蓝灰色的烟雾里，好让他与这个太过清晰的世界隔开一定距离。

他打开电脑，具体纷繁的事务立刻一桩桩一件件跳出来，他很快将现实甩开，彻底沉入另一个他能够起到一定主宰作用的世界中去。

钟越给小桥打来电话："我姨妈想请你吃饭，就今天晚上。"

小桥有点头疼，翻翻日历说："可今天不是周末啊！"

"我知道今天不是周末，但我也知道今天你没课！"钟越很得意。

"我要复习，还要做功课……。"

"小桥，你别那么认真了，现在学得有板有眼，谁知道将来能不能派上用场呢！我姨妈这人你是知道的，你不去她肯定不高兴，而且还会怪我没能力，男人最怕别人批评自己没能力了！"

小桥可以不理会钟越的没正经，可不得不掂量掂量冯念凝的心情，将来见面的机会很多，她并不想得罪这位在钟越生命中举足轻重的人物。

"好吧，我去。"

钟越高兴起来："那等你下班，我去肯德基接你！"

请客地点又是市内的某个高档饭店，装潢华丽奢靡，食客络绎不绝。小桥有时也纳闷，城里人怎么那么喜欢下馆子吃饭，难道家里都没人做饭的吗？

往包厢走的路上，经过一排落地窗前，有两个男子正站在窗边说话，其中一个吸着烟指手画脚讲得很投入，另一个嘴角含一点点笑，耐心地聆听，他转过脸来看见小桥，两人均是一怔。钟越也认出赵奕南了，推推小桥："嘿！又碰见你表哥了。"

小桥隔着三四米远的距离，要笑不笑地喊了声："赵哥……真巧。"

赵奕南同样没迎上来，站在原地，略朝他们点一点头就算好了。

小桥的目光从赵奕南脸上转到他撑住窗格子的手上，他修长的指间同样夹了一根烟，正袅袅散发出烟雾，小桥记得自己住在赵家时，从没见过他抽烟，只除了知道燕妮出现的那一次。

赵奕南察觉到她的眼神，看似很随意地把那只手放下来，小桥再也看不到他手上的烟，只能看到烟雾从他背后的某个地方缓缓飘出来。

她跟着钟越慢慢往前走，赵奕南的目光也逐渐从她身上收回。她听到他用平和低缓的口气劝对面的男子说："David给的指标是有点高，但明年中国区的压力很大，我们如果不帮着扛掉一点，以后想找他要资源会很困难……"

从他平稳的说话声中，小桥感到一丝欣慰，他应该过得还不错，至少生活没有乱套，唯一的变化，或许只是彼此之间的距离越来越远了。

等双方离得足够远了，钟越才开始调侃小桥："你是不是得罪你表哥了才搬出来的？他刚才看你那眼神，直勾勾的，就好像你欠他钱一样。"

小桥没理他，低声嘟哝："这地方谁挑的？"

"我姨妈呀！三江最有特色的三个饭店：陈园、蝶轩，还有就是这家鲍翅馆了。对了，你表哥是哪个单位的？"

"外企的。"

"难怪这么大方，反正挥霍的是老外的钱！听说老外都爱面子，如果是国内的企业，除非有单子签，自家员工才不会拉到这儿来聚餐呢！"

说着说着，包厢就到了，钟越门也不敲就进去："姨妈！我把人给你带来了！"

包厢里却并非只有冯念凝一个人，她身旁还坐着一个五十多岁的中年男子，虽然年纪不轻，五官却很清晰俊朗，穿一件深褐色夹克，风度翩翩的模样，眉目间不难看出年轻时候的风采。小桥只朝那人扫了一眼就慌忙把目光别开了，一来她觉得老盯着别人看不礼貌，二来那人也在打量自己，两人的目光相遇时，她吃不准该说话或是微笑什么的。

钟越看看那人，问冯念凝："姨妈，原来你还有客人在啊？"

"不是，张伯伯马上要走了。"

姓张的男子闻言，果真站起来，"是该走了。"

冯念凝紧跟着起身："我送送你。"

但张姓男子坚拒了，冯念凝便只走到包厢门口即止步，回过身来时，顺手把门关上，笑着给他们解释："生意上的一个关系户，刚好也在这儿吃饭，就顺便聊几句。三江就这么大，到哪儿吃饭都能碰上熟人。"

小桥想起赵奕南，不知道他现在还在不在走廊上。心思稍一转，冯念凝已经走到她跟前，傍着她坐下了，还亲热地挽住她的肩，显得格外高兴。

"小桥！我早先说什么来着，你跟钟越早晚会成为一对！等你们将来结婚，可别忘了敬敬我这个媒人哦！"

小桥窘得脸通红："冯姨，您扯远了！"

"远什么远！钟越他爸妈早就在为他的婚姻大事操心了！我告诉他们，包在我身上，一年之内让他们喝上媳妇敬的茶，两年之内就能抱上孙子啦！"

这回不仅小桥，连钟越都尴尬起来，忙忙地给冯念凝倒了茶，想堵她的嘴：

"姨妈,我跟小桥这才刚开始,你要这么大嘴巴,小心把小桥给吓跑了。"

冯念凝大笑着喝茶,好歹放过了他们俩。

饭吃得不可谓不热闹,但因为有冯念凝在,小桥总觉得有股子挥之不去的局促感,冯念凝那犀利复杂的目光,多变的态度和时不时就会爆发的大笑都让她无所适从,只有在冯念凝讲电话时她才能稍稍缓口气。

好容易吃到水果,小桥已经归心似箭了,钟越看出她的心不在焉,便主动提出要走,冯念凝也不留他们。

"那你们先走吧。正好我还有两个朋友要见见。"

小桥特别积极地跟着钟越走出包厢,在钟越面前毫不掩饰地长舒了口气,钟越又好气又好笑:"我姨妈有那么可怕吗?"

"不是可怕,你不觉得她有时候说话像在审犯人?她真应该去当警察,坏蛋坐在她面前肯定六神无主——我这么说你不会生气吧?"

钟越笑道:"不会,其实我有时候也会有这种感觉。可能姨妈老在圈子里混,她又是女人,很多人都看不起女人做生意,日子久了性格难免就变了。她年轻的时候还是很温柔很漂亮的。"

"那个,我能不能提个要求?"

"你说,用不着吞吞吐吐的。"

"以后,如果可能,你还是别再让我跟你姨妈一起吃饭了。"

钟越面露危难之色:"都是一家人……"

小桥可怜巴巴盯着他,他只得耸耸肩:"好吧,我尽量。"

他们走出饭店大厅时,浑然未觉刚才那位张姓男子并未走远,此刻正坐在大堂一角的咖啡厅里注视着他们,他的目光追随着小桥,渐渐陷入某种朦胧的温柔中。

等那两人彻底离开了饭店,冯念凝才缓缓走过来,在男子对面坐下:"怎么样,现在你总该相信我了吧?"

男子端起杯子啜一口咖啡,又放下。

"我什么时候能跟她正式见面?"

"那你得听我的话才行。"冯念凝一挑眉,身子惬意地向后一靠,"还有,我只能负责给你们安排见面机会,至于她对你会有什么样的态度,这可就由不得我了。"

Chapter12 暗流涌动

闹钟响到第三遍赵奕南才听见，一看时间不对，慌忙爬起来整装洗漱，急急忙忙下楼，经过二楼时，不忘对着过道里喊一声："丁丁，丁丁，你起来没有？"

丁丁的声音从底楼客厅传来："老爸，我都快吃好早点啦！"

燕妮把为赵奕南准备的早点端出厨房，丁丁对母亲做鬼脸："爸爸跟我住了这么多年，差不多每天我都起得比他早，可他还是每天理直气壮地催我，都搞不懂他脑子是怎么回事！"

燕妮笑嗔："别没大没小的。"

赵奕南走下楼梯，看到围着围裙、神采奕奕的燕妮，着实意外，还有那么一丝不习惯。

"我这样，是不是不好看？"燕妮低头检查自己。

"不是。"赵奕南只是不习惯她忽然改头换面成了一副贤妻良母的打扮。

"那就好。"燕妮嫣然一笑，见他欲往外走，忙叫住，"先吃早饭呀！"

"来不及了，我去车库，丁丁，你吃完赶紧过来。"

燕妮一把拉住他："就算来不及也得吃了早饭再走，早上不吃东西容易伤胃。"

赵奕南无奈，只得折返回来，坐在椅子里吃燕麦粥，丁丁两只眼睛从碗沿口偷偷看过来，脸上荡漾着笑意。

燕妮满意地看着爷俩吃她煮的早点，对赵奕南说："我想把几个房间重新装修一下，你觉得怎么样？"

赵奕南一呆："为什么？"

"我暂时没有工作，以前那些朋友也都断掉了，成天在家无所事事的，很难受。"

见赵奕南不吭声，她又补充："不是大修，就是添换一些软装饰，让家里有耳目一新的感觉,就当是给自己找点事儿忙忙。"

赵奕南想想她说得有道理,只得同意:"那你干吧,慢慢做,别累着了。"

他随即掏出一张卡给燕妮:"这个你先用着,上面有七八万的样子,大概也够你买东西的了,不够的话告诉我,我再给你转。"

燕妮没拒绝,接过来看了看,是张借记卡,她很小心地收好,感觉像某种仪式,她心情好,笑得格外妩媚:"你放心,我有数,不会乱花的——对了,你今晚能早点儿回来吗?我让张阿姨休息一天,今天我做晚饭。"

丁丁一脸喜悦:"妈妈做饭耶!爸爸,你一定要早点回来啊!"

赵奕南不忍扫他们的兴:"我尽量。"

这天公司也的确没什么要紧的事,虽然有几个重要会议,但可以今天开,也可以缓一缓再说,他权衡了一下,决定还是守诺,早点回家。

出了公司门,一路往家开,路况也是出奇地好。

赵奕南忍不住想,或许这是个好兆头,他要做的只是调整自己的心情,重新去接受燕妮。

车子开到离家不远的超市前,到底还是遭遇了红灯,车开始如蜗牛般爬行,他开了音响听CD,目光转向窗外,偏偏又看见了这时候他最不愿意看见,而心底深处却又是如此渴望看见的那个人——小桥。

下班前,梅梅约小桥去超市大采购,据说是五周年店庆,很多商品打五折,两人扑过去一看果然不是虚言,当时就昏了头,管它有用没用,一下子买了好多。谁知出了门就傻眼了,下班高峰,根本打不到车。

小桥说:"要不,我们走回去?"

梅梅瞪她:"这么多东西呢,我们又不是大力士,哪里提得动啊!"

小桥低头一看也是,平均每只手上三个大号袋子,使了吃奶的劲儿提起来,也只能坚持两三分钟而已。

"不如你给钟越打个电话,让他送我们一趟吧。"梅梅提议。

"不知道他现在有没有空。"

"他肯定有空的,再说,只要是你叫他做事,他肯定乐意的!"

小桥被说得动心,当下掏出手机来拨钟越的号码,通倒是很快就通了,但手机里传来的语音提示让她气得七窍生烟。

"您拨的号码已关机或不在服务区,请稍后再拨……"

平时不想见他吧,老在眼门前晃来晃去,这会儿要用他,居然还找不着人。

梅梅愁眉苦脸："这可怎么办呀！"

小桥说："只能靠自己了，我们拎着慢慢走吧，走不动的时候就歇口气，总能到家的。"

"唉，你可真乐观。"

"梅梅，以后咱都长个教训，别看见便宜货就失去理智，搞得现在寸步难行了都！"

梅梅却不苟同："那是因为我们选择的时间不对，如果早点来，三点钟前结束采购出来，肯定能打到车！"

两人正嘟嘟哝哝地慢行，赵奕南的车正好挪到她们跟前，他落下车窗，喊一声："小桥！"

小桥转头看见是他，神情呆了一呆："……赵哥。"

"上车吧。"

梅梅喜不自禁："小桥，看来我们有贵人相助啊！"

小桥好久没坐赵奕南的车了，乍一坐进来，感觉竟有些生疏，还有那么一丝沧桑的味道。梅梅哪里体会得到她复杂的心情，叽叽喳喳像只小麻雀那么热闹。

"原来你就是小桥的表哥呀！以前老听小桥提到你，说你怎么怎么好呢！"

赵奕南从后视镜里朝梅梅应酬般地笑笑，目光掠过小桥的脸，只见她望着窗外，神情淡淡的，好像有点忧郁，他心里的某处隐隐觉得疼。

梅梅继续叽里呱啦地说："如果我是小桥，才不会搬出来呢，厚着脸皮也要在你家住下去，多好啊！又有人照顾，又不用交房租，反正都是亲戚嘛！"

小桥被她一提醒，倒是想起来了，便说："赵哥，梅梅现在和我一起住在那边的房子里，应该没问题吧？"

赵奕南道："没问题。"顿一下，又说："能有个人陪陪你，也挺好。"

小桥望向镜子，目光与赵奕南的相遇，她猝然低下头，心里涌起一阵难过。

原来要忘记过去是很难的一件事。

梅梅恍然大悟："啊？原来现在的房子也是你表哥的呀！那我也该谢谢赵哥啦！"

"是一个亲戚的。"

"哦，难怪呢！那小桥的房租是不是也免了？"

赵奕南对这位心直口快的姑娘简直有点无奈，笑笑说："不是，小桥交房租的，对这一点，她很坚持。"

"小桥是这样的。"梅梅表示赞同，"老喜欢跟人分得很清，其实朋友啦亲戚啦才不在乎这些呢，赵哥你说是不是？"

"没错。"赵奕南再次笑。

小桥喃喃地坚持:"人总是要长大的,不能老靠亲戚朋友过日子。"

路终于畅通,车速也快了起来。

到了租房楼下,小桥和梅梅七手八脚取下袋子,又向赵奕南道了谢,两人打算分批把东西运到楼上去,小桥走第一趟,梅梅在下面看好别的袋子。

赵奕南并未马上走,见小桥拎着袋子很吃力的样子,忍不住下车去帮她。

小桥不愿意:"赵哥,你还是回去吧。"

"我帮你拿上楼了就走。"

梅梅在一旁看得羡慕死了:"小桥你也太幸福了,不仅男朋友对你好,连亲戚也对你这么好!"

小桥嗫嚅:"我……"

赵奕南已经从她手上接过所有袋子上楼了,小桥只得又去梅梅那里再提两包,梅梅却只给了她一包,挤眉弄眼道:"你还是少拎点儿吧,免得你赵哥心疼。"

赵奕南走得很慢,仿佛在等她,小桥望着他熟悉的背影,咬唇跟上。

平时她也经常想到赵奕南,也不是不想看见他,可真的见到了,又觉得没什么话好讲,反而心里还堵得慌。

进了门,小桥说:"东西放门口就好了。"

赵奕南依言放下袋子,回过身来,现在他跟她终于又单独面对面了。

"小桥,你瘦了。"

小桥低着头,感觉眼眶正在热起来,可她怎么能再在他面前哭呢,那样两人只会更难受,她努力地笑一笑:"我没瘦,前两天才称的体重,反而还胖了呢!"

"还是要多吃一点。"

"我吃得可好了。"

从前两个人聊天多开心啊,什么都不必顾忌,想到什么就说什么,现在却不能了。

赵奕南说:"那,我走了。"

"哎。"

两人一前一后地下楼,小桥的目光始终盯着他后脑勺的地方,到底没忍住:"赵哥,你少抽点烟吧。"

赵奕南没回头,笑着说:"没抽多少,偶尔一两根,应酬一下。"

"也别老是熬夜。"

"知道。"

小桥还想说点什么,钟越的电话打过来了。

"小桥,你刚才找我?"

"嗯。"

"我手机没电了，刚充上，找我干吗？"

"本来想让你帮忙的，现在没必要了。"

钟越龇牙咧嘴："瞧这事儿！我天天指望你能给我打电话，偏偏你打来时手机没电！"

"不跟你说了，我忙着呢！"

小桥挂了电话，发现赵奕南已经走出楼洞了，梅梅守在余下的两只袋子跟前朝这边张头张脑的。

赵奕南回头说："你们上楼吧，我回去了。"

小桥点点头。

梅梅反客为主，热情地喊："谢谢赵哥啦！以后常来玩哦！"

赵奕南停好车进家门。

家里很热闹，燕妮做了很多菜，丁丁正趴在桌上逐个品尝。

"这个鸡蛋炒黄瓜也咸了点儿，妈妈你以后做菜要少放盐，老师说盐吃多了容易得高血压。"

燕妮虚心接受："哦，以后有数了。"

"三杯鸡倒是做得很香哦，不过如果能多放点儿酱油就更好吃了，现在感觉味道有点淡。"

"是吗？我明明照着菜谱上做的呀！"燕妮忐忑地夹了一块自己试试。

丁丁笑嘻嘻地说："其实已经很不错啦！妈妈你多煮几次饭，进步肯定会更快！"

燕妮笑着摸摸他的脑瓜："到底是我儿子，贴心！"

一转头，看见赵奕南走进来，赶忙笑着迎上去："奕南，你回来啦！"

丁丁也大叫："爸爸，妈妈做的菜可好吃啦！"

燕妮不好意思："味道一点都不好，我还是第一次这么隆重地煮饭，没经验。"

赵奕南扫了眼摆满菜的桌子，非但一点胃口都没有，甚至有种走上去把桌子掀翻，然后一走了之的冲动，可他知道自己这辈子恐怕是做不出此类举动来了。而且，他也看得出来，燕妮已经很努力了。

她在医院苏醒过来时曾哭着哀求自己："奕南，再给我一次机会吧，就一次，好不好？"

此时，她的笑脸和那张绝望的脸重叠在一起，在赵奕南眼前不断摇晃。

他咽下所有冲动，生硬地点点头，扬了扬手上的包："我去一下书房，你们先吃吧。"

燕妮却主动接过他的包："你坐着吃，我帮你去放包。"

丁丁早已跑进厨房给他盛了一大碗米饭来。

这天晚上，赵奕南没说几句话，却吃了很多饭菜，有点自虐似的，最后当然吃撑了。

这让他想起上一回吃撑还是因为小桥做的团子。他不能确切地回想起当时自己是怀着怎样的心情把那些团子吃下去的，但可以肯定绝没有今晚这样痛苦。

饭后，燕妮理所当然收了碗筷去洗刷，赵奕南没再逞能要求自己来，她要当主角就让她当吧，无所谓了。他自暴自弃地想着，一头扎进了书房。

没多久，燕妮来敲门："我们一起去散散步吧。"

"我不去了，事情太多。"

"丁丁说你以前在家的时候经常带他去散步，而且，你刚才吃了那么多东西！"

"真不去了，走不开，你们两个去吧。"

燕妮看看他脸色，没再勉强，带着丁丁走了。

赵奕南独自待在书房，却看不进任何东西，后来索性闭目养神地坐着，感觉自己像被世界遗弃了一样，而且胃里也撑得难受，他必须找个舒服的地方躺一会儿。

他走上三楼，在小桥昔日的房间门口踯躅，自从燕妮住进来以后他就没再进过这个房间，他必须学会克制，但这会儿，他什么都顾不上了，一咬牙，拧开门把手。

房间里却是空的，所有小桥的东西都被清除掉了，只剩下一张干干净净的床架子以及光秃秃的地板。

赵奕南有点不敢相信自己的眼睛，走进去左看右看，确实是个空房间，真的空了，什么都没有了。

他呆呆地在房间中央站了会儿，心里忽然充满愤怒，猛然走出去，大步下楼梯，他要找燕妮好好问问，她都在家干了些什么！

燕妮和丁丁恰好有说有笑地散步归来，一进门就看见站在楼梯台阶上的赵奕南，脸色难看得吓死人，两人都怔住。

"你把三楼房间里的东西都弄哪儿去了？！"赵奕南死死盯住燕妮质问。

燕妮一脸懵懂："哪个房间？"

"最顶头那个小房间！"

燕妮推了推丁丁："你上楼写作业去吧。"

"哦。"丁丁小心地走上楼，又不安地回头瞅一眼父亲愤怒的背影。

等丁丁进了房间，燕妮才心平气和地解释："我想把那个房间改成健身房，以后给你和丁丁做做运动保健……"

赵奕南打断她:"我问你那里面的东西呢?"

"我都扔了。"

赵奕南的脸都快扭曲了。

"我看那些东西都很旧了,留着也没用就处理了,哦,还有一张小方桌,我踩上去想关窗的,谁知一点都不牢,呼啦就散架了,我还摔了个跟头呢!"

燕妮把腿上的青肿块展示给他看。

她虽然一脸无辜,可赵奕南知道她是故意那么干的,现在,他总算明白她的计谋了,她要把所有属于他的地盘都蚕食侵吞,让他无处藏身——她知道他不会反抗的。

小时候,她抢了他的作业本抄他的作业;考试坐在他后面时,拿脚一个劲儿踢他,问他要答案,那时候她就吃定了他,吃定他不会拒绝。

是的,在这个世界上,除了他的家人,最了解他的人恐怕就是眼前这个女人了。

愤怒在他眼眸中渐渐冷却下来,凝固成冰。他把冷笑深深地藏在肚子里。也就是在这一刻,他决定不再妥协,当然,他不会赶她走——那样的事他依然做不出来,更不会为了气她而拖心爱的女孩搅入这摊浑水,但总有一些东西是他可以坚持的,她慢慢就会明白。

"对不起,我不知道你不想换那个房间,你要是不喜欢把那里做成健身房,那我明天去买了新的给你重新布置回去好不好?"

"不必了。"他重新平静下来,慢吞吞地走下楼梯,"就按你想的去做吧。"

然后,他越过她,又进了书房。

燕妮盯着他不露声色的背影,神经总算松弛下来,她其实也很紧张,她曾见过赵奕南发怒,仅有的一次,却让记忆深刻。

那时候他们还处在热恋期,赵奕南随口一句玩笑不知怎么就触怒了她,燕妮跟他闹了好几天别扭,没完没了不肯罢休,赵奕南终于受不了,抛下一句"别以为就你一个人有脾气"就愤怒地摔门走了。

那一幕她即使现在想起来还有一丝心悸。

刚才他显然已经接近发作的边缘了,没想到忽然就这么算了,也许是原因难以启齿而觉得理亏,或者想通了,就算闹一场也没什么意思。

燕妮并未觉得自己做错了什么,卧榻之侧岂容他人酣睡。她要把小桥曾经留在这个家里的所有痕迹都清除干净,这一点显然是必须的。

钟越在电话里吞吞吐吐地说:"小桥,明天……明天晚上,出来一起吃个饭吧。"

小桥奇怪:"不是说好你来我这边,我做饭嘛!梅梅跟咱们一块儿吃。"

"不是,我临时有点事儿,过不去,所以……"

"你不来没关系,我跟梅梅一起吃就好了。"

"不!不!小桥,你必须跟我一起去,是,是我姨妈请我们。"钟越声音低下来。

"啊?"小桥生气起来,"不是早跟你说了以后不跟你姨妈一起吃饭了嘛!"

"她这次有事才请的我们,说要带我们见一个人。"

"管她要见谁呢!跟我有什么关系,我不去!"

"小桥你别这样了,就当帮帮我好不好?"钟越哀求起来,"姨妈说,这次见面对她的生意很重要,而且,而且还关系到我的将来……"

小桥困惑:"她要你见什么人呀?"

"我也不是很清楚,总之是个重量级人物。姨妈非要我们一起去,你知道她脾气的,我不想让她对我失望。"

小桥犹豫,但经不住钟越软磨硬泡,只得答应了,又问:"能带梅梅一起去吗?"

钟越叫起来:"当然不能啦!她又不是我女朋友!"

梅梅一直在旁听,钟越的叫唤太大声,不用小桥转达她就听见了,气呼呼地站起来,甩手回房了。

小桥便对钟越说:"你把梅梅给得罪了,你说的话她全听见了!"

钟越心情好,笑嘻嘻道:"没事!梅梅好糊弄,等我下次过去哄哄她就开心了。"

小桥随钟越一起去赴宴,没想到冯念凝嘴里的贵客就是上次打过照面的张先生。

冯念凝没再绕弯子,开门见山给他们介绍:"小桥,这位张先生是我生意上的一位朋友,他的全名叫……"

小桥正奇怪,冯念凝干吗要如此煞有介事给自己介绍陌生人的全名——就听到一个名字从她嘴里蹦出来:"张其正。"

小桥手里的茶杯抖了一下,晃出的茶水洒在洁白的骨碟上,像浊泪一样笨拙地扩散。

张其正笑望着小桥,那一脸殷切的笑容甚至算得上谄媚。小桥猝然低眸,心中充满厌恶。

这次的饭局设在海鲜酒楼,菜肴要去看着水族箱里的活鱼现点,冯念凝拉了钟越去点菜,就留小桥和张其正面对面坐着。

小桥不吭声,只管喝茶。

张其正干咳两声,开口了:"小桥,你……还好吗?"

"……"

"你妈妈也……还好吧？"

小桥瞪他一眼："别提我妈妈！"

张其正有点尴尬："对不起，我没别的意思，只是想知道，你们是不是过得很好。"

"我们好不好跟你没关系！"

"小桥……"张其正乱了方寸，完全没有初见面时的潇洒风度了，"爸爸就你这一个女儿，这些年，爸爸一直挂念你，当年的事也许你不了解……"

小桥说话依旧呛人："当年的事我不要听，你还是跟我妈去讲吧！"

"她根本不听我解释啊！"张其正无奈而忧伤，"她甚至都不许我去看你，我想你的时候只能看看你的照片……"

小桥明明不同情他，可听他这样说的时候，心里还是酸酸的，她厌恶这种情绪，她宁愿自己像妈妈那样纯粹地痛恨他。

"好不容易等你长大了，离开了你妈妈，我才能，才能想法子来见见你。"

小桥的目光在室内转来转去，又转到敞开的包房门外，始终不看对面的人。张其正也把目光投向门外。

门外人影晃动，语笑声不断。

"小桥，我知道我说的话你不想听，可有一件事我不得不说，如果可以，你最好不要跟钟越在一起，他不适合你的。"

小桥忍不住冷笑："我的事现在连我妈都不管了，你倒管起我来了。"

"我是为你好……"

"为我好当初你就不该干出那样的事情！"小桥冲他嚷了一声。

张其正好半天没说得出话来。

钟越和冯念凝点完菜，说说笑笑地从对面走来。

张其正飞快地说："改天你有时间，我给你讲讲当年发生的事，你就全明白了。"

小桥怒道："不是说了吗，我没兴趣听！"

冯念凝进门看见小桥一脸怒容，诧异起来："你们在聊什么，讲话这么激动？"

小桥站起身："冯姨对不起，我要走了，今天这顿饭我吃不下！"

冯念凝要笑不笑，温言问："这是为什么？"

小桥没说话，低头找自己的包。

冯念凝又看向张其正，后者一脸苦笑，分秒间，小桥已经取了包走到门口了。

冯念凝难得没强人所难，对钟越挥挥手："你愣着干什么，送小桥回家啊！"

钟越如梦初醒似的点头："哦，好！"

这一次，钟越一反常态，车开得很慢，还时不时回头偷偷打量小桥，自从上了车，她就一句话都没说。

"哎，你饿不饿？"

"不饿。"

"可是我饿了呢，咱们找个别的地方吃饭怎么样？"

小桥突然扭头，愤懑地盯着他："你为什么要和你姨妈串通起来骗我？"

钟越心虚："骗你什么？"

"你还跟我装！难道你不知道张其正是谁？！"

钟越哑巴了。

"你们做生意的没一个好人！为了自己的利益什么事都干得出来！"

"嗨嗨！"钟越不乐意了，"姨妈也是好意，想着你们父女这么多年没见面了，就给你们安排一次惊喜，你可别狗咬吕洞宾不识好人心啊！"

小桥这时候转过弯来："你姨妈，她怎么会知道我是……"

一边问脑子一边飞速旋转，初次认识时，冯念凝曾提到她也在S市生活过，还向小桥问及妈妈的姓名，之后她很长一段时间没理睬自己。

小桥恍然，原来冯念凝不仅认识妈妈，还跟爸爸也那么熟，可她居然能瞒着自己那么长时间不说，装得好像什么事都没有，今天又完全不顾小桥的心情，为了她的生意，一厢情愿让小桥和张其正见面，小桥觉得更愤怒了。

"停车！"

"你想干吗？"钟越慌忙减速。

"我要下去！"

"可你晚饭还没吃呢！"

小桥没等车子停稳就推门下去，气咻咻地冲他道："你一个人去吃吧！我没胃口！"

"那你干吗去啊？"

"回家！"

钟越想拉她回来，但看她愤怒得像个燃烧起来的小火球，又有点不敢上去硬碰。

小桥很快拦了辆出租，钻进去，一溜烟走了，钟越无奈地叹口气，重新启动车子，各走各路。

梅梅不在家，小桥想起来她跟朋友约好去看电影解闷了，正好，小桥这会儿就想一个人安静地待着。

父亲的突然出现带给她的震撼还远远没有消散，小桥心里堵得慌，想找个人好好说说话，她掏出手机，本能地想拨家里的电话，才按下两个数字就犹豫了。

妈妈恨死爸爸了，这些年，她从来不肯在自己面前提起他，就是外婆偶尔说到她也会当场翻脸拂袖而去。妈妈的脾气多年不变，她这会儿打回去能跟妈妈说些什么呀？

跟外婆说？外婆只会替爸爸说好话，可小桥现在根本不想听。

那么，还有谁是她可以随心所欲地说说话的呢？

手机拿起又放下，放下又拿起，反复多次，小桥快疯掉了，再次拿起手机时，她再也不去思考种种顾虑，飞快地给赵奕南发过去一条短信："赵哥，现在你方便吗？"

发完了，她把手机放在柜子上，自己则趴在床边，像老猫守在耗子洞口那样牢牢盯住手机的动静。

一分钟不到，赵奕南的短信就来了："方便。"

小桥本以为他会打给自己，转念一想，短信聊也不错，至少可以搞明白自己想说什么，不必废话连篇的。

她又发过去："今天，我看见爸爸了。"

没等赵奕南发回来，她又写："本来我对他的态度一直是无所谓的，可见过之后才发现，原来我这样恨他。"

好一会儿，赵奕南的短信才进来："你的心情，我能理解。"

小桥眼圈有点红，仿佛赵奕南就在面前，缓慢温和地安慰着自己。

小桥："我有十多年没见过他了，完全不记得他长什么样，所以今天突然看见他，知道他的身份，我当时真是狼狈极了。"

赵奕南："这十多年，你想过他吗？"

小桥："很少，所以他还不如永远都别出现呢！"

赵奕南："你们有没有聊点儿什么？"

小桥："他对我说抱歉，还说想找时间单独和我聊聊，好像他和妈妈分开有什么隐情似的，我当时很生气，拒绝了他。"

赵奕南："也许，你该听听他怎么说。"

小桥："我恨死他了，根本没法相信他。再说，妈妈如果知道我跟他见面会非常生气的。"

赵奕南："你对他的恨，更多的是因为怨吧，他让你这么多年没有父亲。"

小桥："又怨又恨，他怎么能过了这么多年以后若无其事地出现在我面前。"

一段间隙后，赵奕南才又发回过来："如果这件事发生在别人身上，比如，你的某个朋友，你会给她什么样的建议？"

这问题着实让小桥思考了一番。

赵奕南："是建议她死也别理会父亲，还是，尝试让双方都听听彼此心里的想法。"

小桥："我……我不知道。"

赵奕南："以我对你的了解，你不会采取前一种意见的，对不对？"

小桥："可我，今天也说了许多狠话。"

赵奕南："那是你正常的情绪发泄，没有关系。现在，你客观地去想这件事，还是假设是你朋友遇到了这个麻烦，你的朋友一直跟妈妈生活在一起，听到的也一直是妈妈的解释，你认为她妈妈的结论和事实真相完全符合，没有一点偏斜吗？"

小桥："这……不一定。"

小桥觉得自己的头脑逐渐冷静下来，对父亲似乎也没刚才那么痛恨了，想起他在席间那副尴尬的表情，心里还有一丝难受。

赵奕南："已经发生的事，无论怎样都没法改变。你可以发泄不满，但不要把这股情绪深埋在心里，让它成为你的负担。恨比原谅容易，但对身心健康没有任何好处。"

小桥："嗯。"

赵奕南："不论从前发生过什么，他总是你的父亲，如果不是因为爱你，他也犯不着来找你。"

赵奕南："小桥，你一直很善良，而且也已经长大了，你有能力处理好这件事。"

小桥握着手机，陷入长久的思索。

最后，小桥又回了一条："谢谢你，我现在心里舒服多了。"

赵奕南："不客气。"

小桥："你最近过得好吗？"

又是一段间隙。

赵奕南："我很好。"

小桥盯着那三个字看了许久，然后把手机关掉，看看时间，都快九点了，她依然不觉得饿，但至少心情平静了许多，不再像刚回来时那样义愤填膺了。

她感觉到疲倦，决定好好睡一觉。

188

赵奕南坐在办公室，也正瞧着手机发呆。

"你最近过得好吗？"小桥的关切从字里行间呼之欲出。

可他能说什么呢——除了"我很好"这样虚伪乏味的回答。

早上出门时，保姆张阿姨一见他就笑眯眯地向他讨喜糖吃，他明白一定是燕妮说了什么。

她就像一张网，很久以前就罩住了自己，而他浑然未觉。她步步为营，早晚有一天，会把自己逼进她的网中央，完美收官。

徐琛敲敲门进来，看见他，表情讶然："赵总，你还没走？我以为Lisa忘记关灯了呢！"

她做赵奕南秘书的时候就有这习惯，临走检查下老板的办公室是否关灯锁门了，这么久了，习惯还没变。

赵奕南起身收拾桌子："马上走了。要一起走吗？"

徐琛笑得有点尴尬："我男朋友在楼下。"

"哦，"赵奕南笑笑，"那你先走吧。"

"拜拜，赵总。"

"拜拜。"

赵奕南扫了眼徐琛的背影，低头继续整理文件，心里却想，如果早几年他果断一点，就娶了徐琛，结果会不会跟现在不一样？

有燕妮在，大概自己无论跟哪个女人都成不了吧。

而且，那样他或许就不会爱上小桥了。

想到小桥，他心上又泛起一阵涟漪。

纵使他拥有完整的婚姻却从未与小桥相遇过，他的感情大概只会像沙漠一样干涸，永远沉浸在睡梦中。

不，还是像现在这样吧，让他可以坦然把小桥装在心里，即使难受、煎熬，至少他是清醒的。

到家将近十点半，赵奕南决定放自己一天假，把公务统统推到一边，痛快洗了个澡后，径直走进房间，四仰八叉躺在床上。

电视里不知道在放什么综艺节目，一群明星笑得前仰后合，他心不在焉地看着，等待睡意找上门来。

门似乎被轻敲了两下，他把电视的声音调低一点，侧耳倾听，果然又是同样的两声。

"谁？"他翻身坐起。

穿着睡裙的燕妮推门进来，灯光下，她完美得好像内衣店橱窗里的模特，曲线毕露，脸上还化着淡妆。

赵奕南警惕地下了床，燕妮已经像鱼儿似的游到他身旁。

"我听到楼下有动静，就知道你回来了。"她软声细语地说着，靠近他。

"今天很累，所以早点回来休息。"

赵奕南不动声色地坐到房间唯一的沙发里，与她拉开一定距离。燕妮不死心，走到他身边，蹲下，从下往上仰望他，眼神妖娆："奕南，我们很久没在一起了。"

赵奕南把目光从她脸上转开，答非所问："你也去睡吧，明天还要早起照顾丁丁。"

脸色却随即一变——燕妮的手如蛇一般滑入他的睡衣，在他腿上游弋，很快就朝大腿根逶迤而去。

赵奕南及时抓住她的手，盯着她的眼睛，慢慢地说："燕妮，我们不能这样。"

"为什么？"她直勾勾地回盯住他。

赵奕南却不再说话，站起来，走到门边，把门打开。

燕妮的心倏然冷到极点："你为什么不回答？"

"没什么可说的。"

"没什么可说的？"燕妮冷笑，"那我来替你说，好不好？你从来就没想过要和我结婚对不对？你觉得我不配做你的妻子对不对？"

她深吸一口气："既然你并不打算接受我，为什么还要让我搬进来？"

哪怕她如此明知故问，赵奕南也仍然说不出狠话，淡淡道："因为你是丁丁的母亲。"

燕妮的脸红一阵白一阵，这对她来说是莫大的耻辱，早几年他这样对自己说话，她早就拂袖而去了。

但今时不同往日。

她调整呼吸，眯起眼睛来望着赵奕南："你拒绝我，是不是因为我老了……你早就跟小桥上过床了吧？"

赵奕南脸色大变，看过来的眼神顿时冷利如刀锋："我没你想的那么龌龊。"

"这谁知道。"燕妮冷哼。

赵奕南不打算跟她多费唇舌："燕妮，你可以住在这里，因为丁丁需要你，但除此之外，我给不了你别的。"

燕妮火大："那我们现在这样算什么？你把我当什么？"

赵奕南不说话。

燕妮咬牙，嗓门尖厉起来："你是不是，想再逼死我一次？"

"别再拿死来威胁我！"赵奕南倏地把目光转向她，"你不就希望这样么——我的身边不会有其他女人，即使你不回来，这个位子也会为你永远空着。"

他一步步走近她："并不是只有你一个人觉得这种日子难熬。我已经这样过了七年了，如果你想继续，那么我也无所谓，再过几个这样的七年又能怎么样，死不了人的，是不是？"

他语气轻松调侃，可眼眸里却有愤怒的火光在跃动，燕妮受不了，在眼泪滑下来之前，扑向门边，摔门离去。

赵奕南没有追出去，而是锁好门，走回床边，木然躺下。

燕妮会怎么样，收拾东西负气离去，还是再杀自己一次？

上一次接到她自杀的消息时，他惊慌得打翻了一杯茶，但这时候想起来，却什么感觉都没有了。也许他就等着她那样做，而他不会再去管她。

他瞬间心里凉凉的，自己什么时候这样卑鄙狠毒起来了。但至少他此刻明白了，人或许不是生来就恶毒的，人可以被环境逼得连自己都认不出来。

经过昨晚的尴尬，赵奕南以为燕妮会跟自己闹上一阵，孰料第二天一早她勤劳的身影又出现在厨房，和丁丁开心地聊着什么，见了自己也像没事人似的，笑容饱满，说话温柔。

原来经过七年时间的历练，每个人都有进步了。

上午，赵奕南正开会，二叔的长途从加州打来，很兴奋的口吻："小南，许燕妮真的回来找你了？"

"谁告诉你的？"赵奕南有点头疼，其实不用问也猜得出来。

"你妈打电话回去，丁丁接的，说妈妈回家了，把大嫂激动死了，她正吵吵着要回去给你操办婚礼呢！"

赵奕南沉吟着，还没措好辞，他母亲已经抢过电话直接跟他说话了："小南，燕妮回来是真的吧？"

"嗯，妈。"

得到确定后，老太太激动了："那你怎么不早告诉我们？"

"没想好要怎么说。"

"有什么好想的！当初你跟尹莉分手不就是为了燕妮吗？这一分开就是好几年，让丁丁连个妈都没有，多可怜！好容易他妈妈回来，你还等什么呢！赶紧结婚吧！"

"我……"

"我什么我呀！我呀正打包行李呢，这两天就回去，你从小性格就散漫，干什么都不积极，别拖着拖着把媳妇又给弄丢了！"

"我不准备结婚。"

"什么？"母亲愣了一愣，随即生气，"小南，你到底想干什么？"

"我想明白了，我跟燕妮不合适。"

"那她现在住哪儿？在我们家吗？"

"是。"

"你打算怎么样呢，就这样让她不明不白住着？"

"她是丁丁的妈妈。"

"你既然不打算跟她结婚，又让她在家住，那你将来还怎么娶老婆？"

"我没打算结婚。"

母亲气极了："你说的什么胡话！"

"妈，您别回来了，我们的事我自己会处理。"

"你怎么处理，等燕妮明白过来主动搬走？！我说你这孩子怎么打小就这样呢？碰上别的事都有条有理的，一黏上感情立刻糊里糊涂起来。当初为了她，你都耗掉七年好时光，你还有几个七年可以耗呀——不行，看来我非回来不可了！"

不等赵奕南说话，母亲就挂了电话。

赵奕南叹一口气，没有再打回去，母亲决心显然已定，在做决策这件事上，女人其实比男人果断多了，至少比读过书的男人果断。

书读多了，难免会沾染一些消极的思想，做起决定来也束手束脚的，因为一眼就能望到结局，没了悬念，也就提不起行动的精神，凡事都留三分余力在手里，久而久之成了习惯，干什么都成不了气候。

Chapter 13 愤怒的醒悟

　　花店正中央的架子上全是各色鲜花，用水桶装着，由低到高整整齐齐排了三排。

　　"先生，想要点儿什么？"老板娘说话温柔可人。

　　钟越一手捏着下巴，一手夹在胳肢窝下面，朝那些花看了好一会儿，才开口问："哪种最贵？"

　　门一打开，一大捧鹤望兰与香水百合组合而成的花束像个大脑袋一样先探进门内。

　　"哇！"门内响起惊喜的低呼。

　　钟越的声音在花束后响起："喜不喜欢？"

　　"是，是……送给我的？！"

　　声音不对，钟越移开花束细瞧，原来是梅梅，穿着小桥的一件旧外套，正伸出手来想接花。

　　"别动！"钟越蹙眉把花举起，"这是给小桥的！"他察看了一下花束的形状，花苞饱满，亭亭玉立。

　　梅梅眼眸中的期待黯淡下去，背转身，拖着步子往里走："我说呢，我什么时候也撞上狗屎运了！"

　　钟越进门："小桥呢？"

　　"没回来呢。"

　　"去哪儿了？"

　　"谁知道，她又没告诉我。"

钟越有点不高兴，本来想给小桥一个惊喜的，谁知还扑了个空。

"哎，梅梅，你别走啊！我这花，得找个花瓶插起来，不然会变形的。"

梅梅的声音从房间传出来："这里没花瓶，你去卫生间看看有没有多余的漱口杯吧。"

钟越好不容易找着个杯子不像杯子，碗不像碗的器皿把花束处理好，拍着手走出来，摇头嘟哝："你们也太不讲究了。"

梅梅在房间里打游戏，钟越走进去旁观了会儿，来了兴致："你速度太慢，还没等你建好房子呢，地盘就全给怪物吞了，我来！"

梅梅只得让给他，自己在旁边看，钟越的操作速度比她娴熟多了。

"你怎么会今天来找小桥？"

"这不上周末请她吃饭闹了点儿小误会么，来找她赔礼道歉。"

"是你的问题还是她的问题呀？"

"甭管谁的问题，反正最终肯定都是男人不对。"

梅梅眼里立刻充满崇拜："没想到你这么有担当。"

钟越得意地笑。

梅梅道："你不知道她只有周末才肯跟你见面，平时不接待你的？"

"哎呀，道歉当然得趁早啦！"钟越坏坏地一笑，"而且还能借这机会乘机过来玩一趟，何乐不为。"

"你就那么喜欢小桥？"

"废话！不喜欢我追她干吗！"

玩了会儿，肚子开始叫起来，钟越问："有没有吃的？"

"饼干要不要？"

"不要！"钟越甩下平板电脑，"你会不会做饭？"

梅梅摇头。

"那你平时吃什么啊？"

"在外面吃呗，如果小桥做饭，就跟小桥一块儿吃。"

钟越扭曲着脸："你这德行，将来怎么嫁人？"

"将来的事将来再操心！"梅梅一点都不担心，"要不，咱们出去吃吧，我也饿了。"

"不行，万一小桥回来怎么办？"钟越看看表，"你们下班快一个半小时了吧，她怎么还不回来。"

他掏出手机给小桥打电话，没想到手机关机，他连声抱怨，心里有点郁闷。

梅梅说："你别急，可能正在回来的路上——泡面你吃不吃？这个我会。"

"泡面？！"钟越纠结了几秒，妥协，"行，来点儿吧。"

厨房没热水了，梅梅干脆在炉子上煮面，煤气炉的开关不知出了什么问题，反复打也点不着火。

"钟越！你能来看看吗？炉子好像出问题了。"

结果钟越也点不着，梅梅只得用电水壶烧水。

"你真笨！煮饭不会也就算了，居然煮面都煮不像！"

梅梅有点受伤，叫起来："你不也没把火点着嘛！干吗老说我呀！"

"我是男人，厨房里的事不会理所当然，你就不一样了，将来要结婚伺候老公的，基础这么差谁要你啊！"

梅梅气道："用不着你替我操心，反正我也不是要嫁你！"

钟越拽拽她身上的外套："还有啊，自己的衣服不穿，老穿小桥的，你真是！"

梅梅不理他，自顾自把几包方便面都拆出来，倒进大碗里。

等两人终于吃上面，已经饿得快背过气去了。

"你别说，味道还不错。"钟越举着只像小脸盆那么大的碗喝汤，心情好了一些。

"饿的时候吃什么都是香的。"梅梅盯着他看，忽然笑起来。

"有什么好笑的？"

"你吃个煮面都这么享受，好像在吃大餐一样。还有，你端着这么大一个碗，好像举着个小阳台似的。"

钟越看看碗："是啊！你们怎么会弄这么大一个碗的？"

梅梅忽然顿住。

"怎么了？"

"我想起来了，"梅梅声音怯怯的，"这盆子……好像是小桥专门用来洗抹布用的。"

"……"

小桥和张其正对坐在茶餐厅的一角。

张其正说："小桥，谢谢你今天能来，我原本以为你不会肯出来的。"

小桥此刻心情平静多了："你上次说要跟我讲讲你们从前的事，那会儿我没心情听，不过今天如果你还愿意的话，可以说一说。"

"对，我会说的，我早就想告诉你了。"他叹一口气，"不知道你妈妈有没有跟你提起过，我跟她是在学校认识的，我是他们学院的老师。"

"妈妈没说，但外婆跟我提过。"

"你外婆……"张其正面露愧色，但没说下去，继续正题，"我不会为自己粉饰的，在遇见你妈妈之前，我在感情生活方面的确不够严谨，有许多，许多不检点的行为，但在认识你妈妈以后，我都改了。"

他看了眼小桥，小桥没什么表情地听着。

"我是真心爱你妈妈的，也想跟她好好过日子。但是，有个从前得罪过的女人不愿意看我过得比她幸福，她就……设计陷害了我……导致你妈妈跟我离婚，我也因此离开了学校。"

"那人是谁？"

张其正目光闪烁："这都是从前的事了，具体是谁我就不说了。"

"那么，她是怎么陷害你的？"

张其正脸上现出一丝难堪，但还是如实说了："她约我去一家酒店，说有重要的事要跟我谈，我如果不去，她就把以前的事都捅出来。我只能答应，我没想到她又偷偷告诉了你妈妈，你妈妈后来也、也去了。那女人使劲抱着我不肯放，然后门就开了，你妈妈走进来……"

越是俗套的戏码，应用就越广泛。小桥转头，不去看父亲脸上那令她厌恶的神色。

两人都沉默下来。

良久后，小桥才又问："这么说，妈妈……都看见了？"

"……嗯。"

"难怪她这么恨你了。"

张其正忍不住要为自己辩解："可我跟那个女人什么都没做，都是她事先设计好，搞得像真的一样，我真是跳进黄河都洗不清了……"

小桥摇了摇头："你现在说这些有什么用？就算我相信你又有什么用？妈妈痛苦了十七年，你也早就又找别人结婚去了。"

张其正无言以对，一丝愧悔在眸中晃过："你妈妈她，她总不肯原谅我……"

"不管怎么说，总是你有错在先，才会被别人报复。"

"你说得没错。"张其正叹息，"不提这些了，说了也没用，其实，我跟你讲这些往事不过是借口，我无非是想找机会看看你，小桥，这些年，爸爸很想你。"

小桥不去看他深情的目光，淡淡地道："你是我父亲，这是谁也不能改变的事实，我不会否认。但你也别指望我因此就会敬重你。"

"我明白，我也不敢奢望，我想见你，只是想告诉你，我……对不起你，这些年没能尽到做父亲的责任，希望你能原谅我。"

"你没对不起我，你对不起的是妈妈，你也没欠我什么，你没给我的，妈妈都替你给了。"

张其正无地自容，只有点头的份儿："你说得都没错。你妈妈把你教育得很好，这么的……明事理。"

他从包里掏出一个信封推给小桥："这里面有张卡，上面是一笔钱，都是这些年我给你留着的，你现在一个人生活，或许能用得上……"

小桥没有丝毫犹豫地把信封又推回去："就算我收下你的钱，你也弥补不了什么。况且，我自己挣的钱已经够我用的了。"她扫了父亲一眼，"如果我真的缺钱花，也会问我妈妈要。"张其正僵坐着，一声都吭不了。

"还有，你上次警告我最好不要跟钟越来往，能告诉我原因吗？"

张其正好容易把情绪调整过来，又是重重地一声叹息："他本人没什么问题，但他姨母很厉害，在商业界里出了名的心狠手辣，钟越是她既定的接班人，你跟这两个人在一起，我担心你将来吃亏。"

"就因为这个？"小桥不相信。

张其正点点头。

小桥端详父亲的脸："你……是不是跟他们谈条件了？"

"没有。"张其正避开她的目光。

小桥觉得事情没这么简单，但她也懒得再问。

张其正又问："你喜欢钟越吗？"

小桥迟疑了一下，点点头。

"既然这样，我也没什么好说的，你留着点儿神就行。"

他掏出自己的名片给小桥："万一，我是说万一他们家有为难你的地方，你只管来找我，我不会放过她的。"

小桥扫了一眼那张素净的名片，多少还是有些意外的，某市主管基建的高官，原来她父亲现在当的官这样大。

她忍不住又仔细瞧了眼张其正，用客观的眼光来评判，他确实很迷人，也很有魅力，五十三岁也不是很老，正是事业走上巅峰的时刻。

她同样没收那张名片。

"我不是你们任何一方的棋子。万一，我也是说万一我走着走着碰到麻烦，我想我知道自己该怎么做。"

小桥离开没多久，冯念凝便如鬼魅般出现在张其正面前，后者还没有从失落的情绪中完全摆脱出来。

"她终于肯出来见你了，怎么说也算件好事。"

冯念凝看似宽慰他，嘴角却挂着鄙夷的笑容，张其正瞧在眼里，心中顿时生恨，然而，他是不屑将精力浪费在无谓的嘴仗讨伐上的。

他转开眼眸，低声警告："你别伤害她，否则我不饶你。"

"怎么会！她是我未来的外甥媳妇，我疼她还来不及呢！"她身子前倾，"那个工程，应该是我的了吧？"

张其正无意与她多聊，抛下一句"等我消息"就走了开去，冯念凝望着他远去的背影，笑容久久不退。

小桥到家已经九点，今晚的学习计划又泡汤了，不过反正她也没心情。

开了门，家里一团糟，地上撒着各种零食包装袋、纸团什么的。梅梅的房间里传出闹腾的流行歌和熟悉的大呼小叫，她皱眉走过去，果然钟越也在。

两人不知道在玩什么，每个人脸上都贴着长纸条，像唱戏一样，梅梅的两边脸都快被贴满了。"你们在干什么？"

钟越转头看见她，立刻爬起来，像与她失散多年似的惨叫："小桥，你终于回来啦！"

梅梅抓掉脸上的纸条，也乐不可支地起身："我们在赌输赢，我输得可惨了！"

钟越赶紧把花束抱过来献给小桥，又把模拟了好多遍的道歉词说了一遍，但因为太假了，说的时候不断发出笑声，小桥听得莫名其妙，等弄明白怎么回事后，挥挥手，轻描淡写："我早忘了。"

钟越大喜，搂着她就要亲一个，被小桥推开："你别疯疯癫癫的，梅梅在呢！"

梅梅闭上眼睛叫："就当我不在，你们继续！"

钟越说："我等你一晚上了都，你去哪儿了？"

"见个人。"

"什么人？"

小桥正心烦意乱："你别像审犯人一样问我，反正不是见不得人的事。"

钟越被她冷淡的态度搞得不悦："我问问都不行，你还是不是我女朋友了？"

小桥不理他，径直走进房间，钟越越发窝火起来。

"你是不是还在为上次的事生气？"

"不是说了，已经忘了吗！"

"那你现在这态度是什么意思？"

梅梅见情形不妙，忙过来打圆场："要不我们出去吃夜宵吧！我又饿了呢！小桥，你晚饭吃了什么？"

小桥道："我累了，哪儿都不想去，你们俩去吧。"

"啊？"梅梅看看钟越，"就我们俩，不合适吧？"

钟越赌气说："没什么不合适的！梅梅，咱们走！"

他就这么拉着梅梅出门了。

小桥也知道自己对钟越态度过于生硬，但父亲的话像毒蛇一样钻入她心里，她嘴上说不在乎，其实怎么可能呢。

那两个人一走，小桥紧绷绷的神经才算松懈下来，居然也觉得肚子饿了，跟张其正谈话时，她只喝了点茶，坚持没要正餐。她还做不到在父亲面前自如进食。

时间太晚，她没心思做饭，去厨房找泡面，可是泡面全被梅梅和钟越吃了，他俩连饼干和冰箱里的半袋面包都没给她剩下。

小桥心情差极了，走出厨房，用力踢了踢地板上的垃圾，取了钱包出门去觅食。

同一时间，赵家。

赵奕南在书房听着beyond的专辑改一份PPT，燕妮端着一杯新煮的咖啡进来，一脸喜悦的笑容。

"咖啡是你妈妈从美国带回来的，她刚教了我怎么煮，以后我可以天天煮给你喝了。"

赵母是前天回来的，燕妮亲自去机场接了老太太，回来后又使出十八般武艺将她伺候得无微不至，赵母因此对燕妮赞不绝口，她本来就倾向于让儿子跟燕妮早日结婚的，这下子天平倾斜得更厉害了。

当着母亲的面，赵奕南不便说什么，冷眼看她投入地扮演贤妻良母的角色，而她似乎也乐此不疲。

此刻，母亲不在跟前，他也就懒得与燕妮周旋了："我晚上不喝咖啡。"

"你每天都要到十一二点才上床，不喝杯咖啡提提神怎么能行呢！"

"我妈呢？"

"哦，在丁丁房里说话呢！祖孙俩好久不见，话可多着呢！"燕妮笑着转身，"不打扰你了，接着忙吧。"

"燕妮。"

"嗯？"

赵奕南瞥了一眼桌上的咖啡："以后别再给我煮了，我要喝，会自己做。"

燕妮脸上的笑容稍稍凝固，但没有消失，配上陡然冷下来的声音，有种机械扭曲的怪异感："赵奕南，你还真会自虐，听着那小贱人送你的CD，是不是感觉就像把她抱在怀里一样？难怪嫌我煮的咖啡刺鼻了！"

赵奕南乍然变色："你嘴巴放干净点。"

燕妮本就想激怒他，冷笑一声："哟，嫌我不干净？那就不该让我进这个门！现在后悔了？该走的人没走，反倒把想留的人给赶跑了！"

赵奕南忍无可忍，猛然站起身朝她吼："没错！我爱小桥，如果不是你，她不会离开我！你不要利用了她的善良还作践她！"

尽管有心理准备，听他如此直白地说出来，燕妮心里还是如针扎一样难受，咬牙切齿地把咖啡挥落在地："赵奕南你这个混蛋！"

楼梯上传来慌慌张张的脚步声，丁丁和赵母很快闯下来，愕然望着他们。

赵母问儿子："你们这是怎么了，在闹什么呀？"

赵奕南哑然无语。

丁丁拽着燕妮的手使劲摇晃："妈妈，你别和爸爸吵好不好？"

燕妮狠狠甩开儿子，"是我要跟他吵吗？连你也帮着他！别忘了，你是我身上掉下来的肉！"她转身噔噔噔跑上楼去了。

丁丁委屈地咬住嘴唇，赵母忙搂他入怀里："好孩子，别难过，你先回房，奶奶一会儿过去找你。"

丁丁乖乖点点头，走了。

赵母关上门，用谴责的眼神望着儿子："小南，这就是你不对了，我回来这两天，燕妮表现不错呢，你要珍惜，别放着好日子不过。"

赵奕南不想让母亲掺和进来把事情搞得更复杂，可有些痛苦闷在心里又实在无法发泄，这会儿他更没心思听母亲的金玉良言，抓了外套就出去。

"妈，我出去走走。"

赵母无奈地看着他，只觉得这个一向开明通达的儿子心里仿佛藏了很多事似的。

小桥在街口的小吃店要了一碗米粉胡乱充饥，汤里味精放多了，吃得舌头有点麻木，她又草草扒拉了几口，放下筷子，抽张纸巾擦擦嘴走人。

回到住房楼下，夜色里，墙根有个人在抽烟，背靠着墙，一条腿向后勾起踏在墙面上，脑袋望向夜空，像在考虑什么大事。

小桥借助街灯扫了一眼，居然是赵奕南，不觉吃了一惊。

"赵哥，你怎么在这儿？"

赵奕南正闭着眼睛想心事，没料到心里那个人的声音会突然出现在耳边，手一抖，还剩的半截烟被他迅速抛到身后。他绽开笑颜，看着小桥朝自己走近。

"我以为你在楼上。"

"我去外面吃晚饭了。"小桥重复了一遍刚才的问题，"你……是来找我吗？"

"……不是，出来散步，胡乱一走就走到你这儿来了。"

小桥见他虽然面带微笑，脸色却很难看，知道他是为了什么事不痛快，就说："既然来了，就上楼坐坐吧。"

"我该回去了。"说是这样说，脚下却没动。

小桥道："就一会儿，我正想找个人说说话——今天，我去见我爸爸了。"

开了门，一地狼藉，小桥歉然："回来得晚，都没来得及收拾，你随便坐吧，我去给你泡茶。"

赵奕南想让她别忙了，但小桥早已进厨房忙活去了，他也确实想念她泡的茶水，便在沙发里坐着等她。

屋子里乱归乱，到底很有生活气息，让人有种赖在这里不想走的欲望。

小桥很快从厨房出来，脸上的歉意比刚才更甚："茶没了……大概被梅梅喝光了，我明天去买。要不，我给你倒杯白开水，可以吗？"

赵奕南笑道："喝什么都行。"

喝着白开水，小桥再看赵奕南的脸色，不觉笑起来："现在好多了，刚刚在楼下看见你，我真的吓一跳。"

"怎么？"赵奕南下意识地摸了摸自己的脸。

"你的脸色青得可怕，像刚跟谁吵过架一样！"

赵奕南自嘲："我能跟谁吵架呢！"

"可不是！你脾气这样好。"小桥也笑。

赵奕南低头喝了口水："今天去见你爸爸了？"

"嗯。"小桥点头，"其实也没聊什么有意义的东西，他要给我钱，我没要。我觉得，他好像瞒着我什么。"

她凝眉思索。

"不管是什么，反正他不会害你。"

"那倒是。我该谢谢你，今天看见他，我没上次那么别扭了。"

"不用谢我，是你自己成熟了。"

小桥想到什么，站起身："你等我一下，我们有个同事回了趟老家，送我一包小核桃，你带给丁丁吃吧，他喜欢的。"

"不用，你留着自己吃。"

"你别说是我给的，这种小核桃只有小镇上买才正宗，超市里好多都是山核桃冒充的，没这个香。"

小桥说着已走进房间，赵奕南望着她窈窕的背影，情不自禁跟了过去。

她的房间很简单，极为朴素的几样摆设，可在赵奕南眼里却有说不出的温馨。

小桥蹲在床头柜跟前取东西，笑着解释："我特意藏在自己房间，不然早就给梅梅消灭掉了，她是只小老鼠，看见零食就两眼放光。"

床头柜上摆着一摞CD和他送小桥的那只CD机。

赵奕南问："你还用这个听？"

小桥取了核桃站起来，见他盯着床柜上的CD机，便笑道："是啊！每天晚上听一会儿，音响效果很好呢！"

赵奕南此时却再难控制住心中不断涌起的情绪，走过去，轻轻抱住了小桥。

小桥一呆，身子有些僵僵的，隔了一会儿，才回抱住他，嘴里喃喃地唤了一声："赵哥。"

赵奕南却什么话也不说，把脸埋在她散发出馨香的脖颈里，就这样安静地拥着她。

他想起平安夜那个在自己耳边响起的声音："你不可能拥有她的，不可能。"那时候他恼怒，不相信，可到头来，一切都成了真。

那个声音其实就是他自己，他早就知道这结果了，却舍不得不尝试一下。

小桥觉察到他沉默中的悲伤。

原来他非但没把以前的事淡忘，还都牢牢记在心里。

小桥想明白了，心里也哗啦啦落起雨来。可她不能哭，生怕两个人都失控，她像哄孩子一样拍了拍赵奕南的肩膀，声音低柔地安慰他："都会好起来的。"

赵奕南终于松开她，用微笑掩饰着悲伤："我该走了。"

小桥点点头。

赵奕南垂眸，低声说："也许，我……不该上楼来。"

小桥笑得有些恍惚："没关系的，就算我们没有……你还是我哥哥。"

他的心事她大概不会懂，这样也好，至少她过得还不错。

赵奕南走出房间，没有立刻朝大门口而去，视线像被什么绊住，小桥疑惑地跟出去，看见梅梅张大了嘴巴，一脸惊惧地盯着他们："你们……"

小桥的房门没关，他们抱在一起的情景梅梅全看见了。

"这么说，你们不是什么有血缘关系的亲戚了？"梅梅躺在小桥床上，跷起脚分析着，刚开始的震惊也在听完小桥的叙述后平息下来。

"嗯，只是朋友关系。"小桥趴在枕头上，心情依然因为赵奕南刚才的神情而低落。

"这还说得过去。你不知道我刚看见你们那样时，差点没吓死，乱伦哎！好恶心的——哎，你还喜欢他吗？"

小桥怅然："喜欢又有什么用，我总不能去拆散别人的家庭吧。"

"也是啊！而且那个女人真厉害，连命都可以不要。真是光脚的不怕穿鞋的。"梅梅想了想，新的问题又上来了，"那你跟钟越是怎么回事啊？你并不是真的喜欢他吧？"

"我在努力接受他。"

"但并没有爱上他，对不对？"梅梅努了努嘴，"我觉得这对他很不公平哎，钟越他可是很喜欢你的。刚才我们出去吃东西，你没来，他一直没精打采的，吃完连送都不送我，让我自己坐车回来的。"

梅梅突然爬起来，虎视眈眈盯着小桥："你和赵哥的事，钟越知道吗？"

"不知道。"小桥瞥她一眼，"你别告诉他，他会闹事的。"

梅梅把自己的身体重重地往床上一摔，哀号："天哪！江小桥，你简直就是偶像剧里的女主角！跟你比，我连绿叶都算不上，老天爷为什么这么不公平啊！江小桥我恨死你啦！"

小桥扑到她身上："那我跟你换，好不好？"

两个女孩打来闹去，笑成一团。

赵奕南心事重重地走回家，过道里亮着灯，周遭很安静，大概都睡了。

他仍旧回书房，推开门，却看见燕妮穿着睡衣坐在他的软椅里。

"你去见她了？"她昂着下巴，脸上是冷冷的笑容。

赵奕南不理她，转身欲走。

燕妮说："我不会放弃的，现在这样也不错，看咱们谁能耗得过谁。"

赵奕南一言不发走出去，重重地把门关上。

现在早上都是燕妮送丁丁去车站，这样赵奕南可以多睡一会儿。

等他从容地收拾好东西下楼,看见母亲呆呆地坐在沙发里。

"妈,我去上班了。"

赵母忙站起来,"吃了东西再走吧!我给你去拿!"

赵奕南估摸时间还来得及,便在小桌前坐下,赵母旋即端了粥和点心出来,絮絮叨叨埋怨他:"你老大不小了,过日子怎么还没个定数,都跟你说过多少回了,早点一定要吃,不然胃要出毛病的。"

母亲一唠叨,赵奕南就感觉好像又回到了从前,他笑了笑,没反驳,乖乖地吃早点,一抬头,发现母亲正直愣愣盯着自己。

"怎么了,妈?"

"小南,你究竟是怎么打算的?"

"什么打算?"

"别跟我装傻——你和燕妮的事啊!"

赵奕南不答,默默喝粥。

"你看我回来也好几天了,你俩是个什么情形我都看在眼里呢!以前的事咱不去说它,你如今年纪也不轻了,还拖着个孩子,再不成家像个什么样子?燕妮是丁丁的亲妈,她肯回来跟你重新过日子,这是好事。你还别扭什么呢?咱们家这日子能不能过得舒心,可都在你手里了。"

赵母等了会儿,见儿子依旧不说话,只得叹了口气:"丁丁都跟我说了,你心里是放不下那个叫小桥的女孩子吧?"

赵奕南脸上的表情让赵母明白她猜对了。

"听丁丁说,那女孩才二十岁,跟你差着十来岁呢!你跟她能聊什么呀!再说,年轻女孩子心思活泛,谁知道跟不跟得住你……"

赵奕南听不下去,打断母亲:"妈,别说这些了,我跟她什么事都没有。"

他看看表,"我得走了。"

赵母一把拽住他:"你别又想溜!告诉你,我这次回来就是为了给你解决问题的,我不能看着你这样一天天往下拖!"

赵奕南见母亲动怒,只得重又坐下。

赵母继续数落他:"你从前黏黏糊糊没个决断,现在还是一点长进没有!"

燕妮送完丁丁回来,走到客厅门外,听见里面有说话声,忍不住驻足偷听。

赵奕南心里委屈,他也想果断一把呀,可难道眼睁睁看着燕妮去死?想了想说:"妈,不是我存心跟您找别扭,可我跟燕妮分开这么多年了,我们俩都变了,实在没法再凑在一起过日子。"

"既然如此，你干吗要把燕妮招进家门呢？"

"……我不能看着她死。"

"那如果没有那个女孩子出现呢？"

"结果都一样。"

赵母看看儿子的表情，知道他不是敷衍自己，心里一时也没了准主意："那，那你总不能就这么耗着吧？"

"我想过了，等燕妮冷静一些，我会跟她商量在外面给她找个地方住，买房的钱我出。"

"那丁丁呢？"

赵奕南低下头："丁丁也可以过去，如果他愿意跟他妈在一起的话。"

"这……"

"妈，我坚持了七年，觉得很累，不想再撑下去了。"

赵母再也说不出话来。

赵奕南拎了包出来。

听到脚步声，燕妮慌忙闪身躲到墙后，看着赵奕南大踏步往车库走，心里又怨又恨。

上着班，梅梅犹犹豫豫蹭到正在抹桌子的小桥跟前，扯了扯她的衣摆："小桥你过来一下，我，我跟你说句话。"

小桥跟她走进衣帽间，见梅梅一副犯人自首的表情，纳闷道："你怎么了？"

"我说了，你可别……生气啊！"

"到底怎么了？"

梅梅吞吞吐吐："是这样，钟越给我发短信，问我你最近的情况，我一不小心，把，把你……跟赵哥的事说了出来。"

小桥大吃一惊："你怎么回事啊？"

"我不小心的嘛！"梅梅可怜巴巴的。

"那钟越有什么反应？"小桥紧张。

"他，他这会儿，可能……已经去找赵哥了。"梅梅声音越来越低。

小桥脑子里像引爆了一颗雷，轰的一声炸响，思绪都被炸得四分五裂。

她摔下抹布就冲了出去。

钟越对前台视若无睹，怒气冲冲地朝通往大厅的楼梯方向闯。

前台女孩惊诧地站起来："先生，您找谁？"

钟越头也不回地吼："找赵奕南那个人渣！"

"没有预约您不能进去！"

但钟越早就跨上了楼梯。

保安匆忙跑来，和前台女孩一起追赶钟越，女孩埋怨保安："你们怎么放他进来了？"

保安叫屈："他下了车就往里闯啊！我们根本没来得及拦住！"

两人追上钟越，女孩再次强调："先生，您不能进来！有什么事，我们在楼下谈可以吗？"

钟越哪里理她，几步就上到二楼，不过通入大厅的门需要员工证件才能解锁打开，他走上二楼平台时，正好有个员工解锁进去，他一个箭步追上去，拉住了门。

保安想上来拽他，钟越回头怒目瞪他："你敢碰我一个指头试试？"

他闪身就进了门，保安憋屈地跟在后面劝他，前台女孩早已跑去搬救兵了。

大厅四周全是办公室，钟越一路搜寻过去，很快就找到总经理办公室，二话不说，抬脚踹门进去。

赵奕南正坐在椅子里讲电话，听到动静很诧异地抬头，没等他反应过来，钟越已像一阵风似的朝他猛冲过来，他只觉得眼前有什么东西一晃，下巴随即吃痛，钟越重重一拳砸了过来。赵奕南从小就没跟人打过架，而钟越可是练过几年柔道的，力量悬殊可想而知，跟钟越比，他唯一的优势是头脑还算冷静，借着这一点微弱的优势，几次避过了钟越愤怒的拳头，但还是被结结实实揍到好几拳。

好在狼狈的情形没持续多久，保安就冲进来解围了，几个人一起努力才把钟越拉开并死死架住，门口一下子涌来好些围观的职员。

钟越身子虽动弹不了，嘴巴可没人管得住，他冲着赵奕南破口大骂："赵奕南你个衣冠禽兽！你要再敢碰小桥试试！信不信我拿刀剁了你！"

赵奕南的秘书Lisa挤在人群里尖声问："赵总要不要报警？"

赵奕南抽纸巾擦了擦嘴角的血，摇摇头，"把他赶出去。"

徐琛恰巧抱着文件从赵奕南的办公室门前经过，发现那里围满了人，一些职员还在窃窃私语。

"想不到赵总是这样的人！"

"是啊！是啊！居然跟自己的表妹……"

"那女孩你们见过没有，家庭日来过的，看上去还很小呢！"

她正意外，几个保安押着个很帅气的年轻男子从里面出来，他一脸怒容，正朝保安呵斥:"都他妈给我松开手!我自己会走!"

Lisa满面通红地走了出来,眼里闪烁着某种受伤的情绪,推赶还围在办公室周围看热闹的同事:"都回去做事!别在这儿看啦!没什么好看的!"

徐琛与她对视一眼,Lisa什么也没说,就往走廊另一头跑了。徐琛略一犹豫,敲了敲赵奕南的房门,走进去。

房间里一片狼藉,赵奕南正蹲在地上整理被掀翻在地的各种文件资料。

"赵总,你没事吧?"徐琛有些担忧地问。

赵奕南起身,笑了笑:"没事。"

"你这里……"徐琛指了指他的眼角,那里乌青,好像还有点破了。

赵奕南用手指碰了碰伤口,很疼,他轻轻嘶了口气。

徐琛放下手上的东西,用纸巾蘸了点儿杯子里的茶水,一指椅子:"坐下吧。"

赵奕南依言坐了,徐琛便拿湿纸巾给他敷眼部,听到他突然轻笑:"你还记不记得,你来公司第一年,有个员工闹事也曾给我来过这么一下?"

"记得,不过那次没今天这么狠。"

赵奕南自嘲:"也许我该去学学防身术。"

徐琛换了张纸,继续给他擦拭:"刚才那个人,是小桥的男朋友吧?"

赵奕南不响,顿一下,反问:"他们说的话你都听见了?"

"嗯。"徐琛面色不改,"你管他们怎么说呢,我知道你不是那种人。"

"……如果我是呢?"

徐琛住了手,用平静的目光凝视他,赵奕南有点承受不住,闭上了眼睛,很快,湿湿凉凉的感觉又在眼角重现。

徐琛继续轻描淡写地与他说话:"小桥不真是你表妹吧?"

"嗯,"赵奕南这回不瞒住了,"是一个……朋友的女儿。"

徐琛浅笑:"我早就猜到了。这女孩人不错,如果你真的喜欢她也没什么丢人的。"

赵奕南心中涌起一股温暖,他忽然对徐琛充满愧疚,一直以来,她都默默守候在自己身边,支持自己,而他现在唯一能做的,仅仅是祝福她。

爱情大概是这个世界上最蛮不讲理的东西了。

徐琛从赵奕南办公室出来时,靠近办公室的格子间里,Lisa的分机电话不断在响,她的人却不知跑去哪里了,这么长时间也不回来。

徐琛扫了眼来显,是大门口保安打来的,她预料到了什么,便接起电话。

"Lisa,有个姓江的小姐要见赵总!"保安的声音如临大敌,也难怪,他们刚刚好不容易把一位不速之客送走,现在又来了一位。

徐琛心里有数，说："你让她听下电话。"

小桥的声音果然很快在耳边响起："你好，Lisa，我是江小桥，我有事要找赵总！"

"我不是Lisa，我是Linda。"徐琛道，"小桥，你现在上来见他不合适。"

小桥情急："Linda，赵哥他怎么样？"

"还好。"

"我想看看他，就一眼，只要能确定他没事我就放心了。"

徐琛想了想，道："你如果非见他不可，就去公司附近的那家星巴克里等他，我会替你转告。"

小桥感激涕零："太谢谢你了，Linda！"

"不客气。"徐琛挂上电话时，在心里无端叹了口气。

二十分钟后，赵奕南的身影出现在星巴克门口，小桥在角落里朝他猛挥手，他看见了，踱步过去。

一看见赵奕南脸上的伤，小桥的眼泪当场就冒了出来："对不起，赵哥！都是我不好！"

赵奕南取了纸巾递给她，居然还笑得出来："跟你有什么关系，又不是你打的。"

小桥此刻又痛又悔："是我不好！我不该利用钟越！我以为不会有事的，可……"

"我真的没事，你看我现在不是好好的，你别哭了。"

赵奕南安慰着她，只觉得她的眼泪像雨一样都落进了自己心里，他的心情也变得湿漉漉的。

"你不觉得这是好事么？"他与她调侃，"至少证明，钟越对你是很认真的。"

可他并没有把小桥逗笑，她反而哭得更厉害了。

小桥一哭起来就没个完，赵奕南见劝不住，也只能由着她哭，他的视线从她脸上转向窗外，正是艳阳高照的上午，街上没什么人，偶尔有路人经过，脸上无一不是木然或迷惘的表情，大概和他此刻的一样。

有些事情，总是很艰难，开始艰难，抽身也艰难，人陷于其中，犹如身处泥潭，无论怎样努力都无法解脱，真是个缓慢而滞重的过程。

有电话进来，是秘书提醒他，跟老板的一个电话会议还有十分钟就要开始。

"我得回去了。"他低声说。

小桥哭得鼻尖都红彤彤的，不过总算哭痛快了，只是还有点抽抽搭搭的，"公司里没乱套吧？"

赵奕南耸耸肩，笑得有点无所谓："能怎么样，每天都有很多烦心的事发生，这件事也会很快过去，反正我已经是死猪不怕开水烫了。"

小桥想笑，眼泪却瞬间又涌出来。

"对不起，这次拖累了你，不过你放心，我会给你个交代的。"

赵奕南警觉地问："你要做什么？"

小桥兀自擦着涕泪，没回答。

赵奕南倾身向前，目光牢牢盯住她，神情认真："答应我，不要立刻去找他。"

小桥看着他不说话。

"他正在气头上，你去找他谈不出什么结果，只会让他更加失去理智。"赵奕南深吸了口气，"这件事，错不在他，换了我也会很生气。"

小桥垂眸。

"我不希望你受到任何伤害，你给他点时间冷静一下再说，好吗？"

他始终盯着小桥，直到她微微点了点头，才放下心来。

赵奕南这天早早就下班了，母亲一见他这副狼狈的模样就被唬了一跳："哎呀，你这脸是怎么搞的，花成这样？"

"没什么，看人打球给砸到了，我买了药膏回来抹。"他扬扬刚买的药。

"你也真是，这么不小心！"赵母哪里想得到儿子是被人揍的，数落了他几句，就张罗开晚饭了。

晚饭就他和母亲还有丁丁三个人吃，他有点纳闷："燕妮呢？"

赵母不高兴地说："一早就出去了，还交代我不会回来吃晚饭，问她上哪儿，理都不理你。"丁丁听了奶奶的抱怨，愁容满面地闷头扒饭。

"奕南，你找时间跟她好好谈谈吧，这样下去，总不是个事儿！"

"知道了，妈。"这次赵奕南没再含糊，有些事的确不宜拖着任其自由发展，到头来总是惊吓多于惊喜，不如尽早掌握主动。

燕妮一走进酒吧就惹来轰动，老朋友们蜂拥过来与她说话。

"Grace！我们还以为你再也不会来这种地方了呢！"

"什么时候请我们吃喜糖啊？"

"家庭主妇的日子不好过吧？特没劲是不是？"

燕妮找了张台子坐下，台面上搁着包烟，她也不管是谁的，抽了一根就叼在嘴里，立刻有打火机凑上来为她点火，她用力吸了一口，惬意地吐气。

"还是我们这儿好吧！哈哈！"

燕妮没否认，重回这个昔日她一刻都离不开的环境，就好像鱼又回到了水里，可以自由自在地呼吸。

看来环境于人确实如水之于鱼，不同的养分滋养不同的类别，可笑她之前不懂，这些天一直让自己辛苦扮演一个她很早以前就讨厌的角色，只是为了给老来找个好归宿。

想明白了，她觉得现在这样也不错。不必委屈自己，还是可以爱怎么过就怎么过，腻烦了，还能回去找赵奕南吵架发泄，多滋润的日子。

她想着想着就笑起来，结果被烟呛到一口，咳得眼泪都流了出来。

有人问她："今晚有没有兴趣唱？"

她摇头："以前要谋生没办法，现在老娘不缺钱，还唱个屁！你们谁爱唱谁唱，我在下面给你们捧场！"

"Grace真硬气！有了靠山果然不一样了——不过，今晚你能到几点呀？不会我们还没开唱你就被某人叫回去了吧？哈哈！"

"没事！我想待到几点就几点，没人管得了我！"燕妮跟着笑，烟在嘴里化开，有种清苦的涩味。

一个染着红发的年轻男子凑到她耳边低语："晚上十二点，老林那儿开局，你来不来？"

燕妮用无名指娴熟地弹了弹烟灰，不动声色："我考虑考虑。"

Chapter14 寻求出路

人的视觉存在盲区，这种盲区现象也同样存在于人的意识，譬如，赵奕南就是钟越的盲点。此时，他和小桥坐在湿地公园亭子的木凳上，他的两条长腿高高跷起搭在亭子栏杆上，一脸吊儿郎当的表情，显示出对正在进行的这场谈判完全持不屑的态度。

小桥已经给他讲清楚了自己和赵奕南之间发生的事情，钟越沉默地听，他不可能对小桥的感情挫折产生同情，小桥当然也不敢指望这个。

"钟越，我承认，这件事从头到尾都是我不对，"小桥态度诚恳，"我不该把你扯进来，不该利用你去安慰丁丁的妈妈。我……对不起。"

钟越沉着脸一声不吭，他心里的怨怼可不是小桥一句"对不起"就可以化解的。

小桥打量他的脸色，深吸了口气，把酝酿许久的那句话推送出口："事到如今，我知道我说什么都没用了，我们还是……分手吧。"

钟越噌地坐直身子，愤怒地斜睨着她："你说什么？你再说一遍！"

"既然事情都这样了，我们不如好聚好散。"

"你这算什么意思？"钟越一张英俊的脸开始扭曲，"觉得我没利用价值了，还是因为我揍了赵奕南你要报复我？你是不是觉得我揍错他了？"

小桥感觉他犹如暴风雨来临前飘过眼前的一片乌云，暴戾狰狞，但她还是勇敢地迎视他，"你是不该对他动手。对不起你的人是我，不是他。"

"你闭嘴！"钟越怒道，"我告诉你，我不但揍了他，我还觉得我揍他揍轻了呢！他还是人吗？那么大年纪了有老婆又有儿子，居然恬不知耻哄骗你这种无知少女！我想想都替他恶心！"

"不是你说的这样！"小桥也变得大声起来，"赵哥他从没骗过我……"

钟越已经收回长腿站起身，不耐烦地朝她吼道："你别替他洗白了！我没兴趣听！还有，江小桥我告诉你，不是你说分手我们就分手！这事我说了算！要不要分得由我来决定！"

他愤懑地往亭子外走，一只脚已经踏在台阶上了，身子忽地又转回来，阴阴地说："我钟越还从来没被人这么耍弄过，这事没完！跟他，跟你都没完！"

小桥怔了一会儿，追上去想拉他，"钟越！你别这样，你想干什么都冲我来，你别再去找赵哥的麻烦了！"

见她如此情急，钟越心里顿时涌起厌恶，还混合着耻辱和一种钝钝的痛感，他想也没想，回身用力一搡，就把小桥推倒在亭子下的干土上，自己头也不回地走了。

小桥想哭，可是心里凉凉的，欲哭无泪。

一进家门，梅梅就从自己房间里蹿出来，惴惴不安地跟在小桥屁股后面问长问短。

"小桥，没出什么大事吧？你还好吧？赵哥也还好吧？我给钟越发过好几次短信，他都没回我，我好担心你们……"

"梅梅，你以后别在这儿住了。"

梅梅语结："我，小桥……对不起，很，很严重吗？钟越他是不是对你……"

小桥摇头："他没对我怎么样，可是他伤害了赵哥。这件事本来可以不必发生，因为我跟他的事已经过去了。都是因为你，你认识钟越不是一天两天了，该知道他什么脾气，可你还是告诉了他，还把赵哥单位的地址也给了他，害他被钟越打，因为这个，我不能原谅你。"她直视梅梅的目光如此锐利寒冷，让梅梅觉得那俨然是另外一个人，而不是平时那个笑呵呵的对什么都无所谓的小桥。

梅梅提着和来时一模一样的那只大包裹走出租房，小桥心里到底还是存有一丝不忍，主动问她："你有地方住吗？如果暂时没有，可以等找到再走。"

梅梅没精打采："我可以去住旅馆，只要肯出钱，总有地方可以住。小桥，这次的事，虽然我这么做有点对不起你，但我不觉得我全错了。"

小桥不语。

"你的心还在赵哥那里，这对钟越是不公平的，我不希望钟越像个傻瓜一样被蒙在鼓里,所以才告诉了他。"

"你不用为钟越担心,我已经决定跟他分手了。"

已经过了十二点,燕妮还没回来,赵奕南心里气闷,上床估计也睡不着,索性往身上裹了条毛毯,往书房角落的小沙发里一横,他倒要看看燕妮会疯到几点。

正睡得蒙蒙眬眬,听到钥匙掉在地上的声音,赵奕南忙爬起来,甩下毛毯走出去,顺便扫了眼挂钟,快凌晨四点了。

燕妮捡起掉在地上的钥匙,站起时赵奕南已走到她跟前。

"你去哪儿了,怎么这么晚才回来?"

燕妮冷冷地白了他一眼,笑道:"怎么今天才想起来兴师问罪,我不是天天都这么晚回来么?"

"你到底干什么去了?"

"我还能干什么呀?泡泡吧,唱唱歌,找老朋友聊聊天,不然天天窝在家里不是要闷死!"燕妮故作妖媚地凑近赵奕南,身上的烟气和酒气让他眉头攒得更紧,"我倒是要问问你,这么晚了不睡觉是想干什么?"

"我本来想找你好好谈谈。"

"谈谈?"燕妮警觉起来,一双凤目上下端详赵奕南,"哦,这么快就想赶我走了?赵奕南,你的耐心也不过如此嘛!"

赵奕南匀了口气:"你先去睡吧,等你清醒一点我们再谈。"

他转身欲走,被燕妮一把拉住:"等等!有什么话你现在就说!你不知道,我只有喝了酒脑子才能清醒,哈哈!"

赵奕南甩开她的手,有点恼怒:"你是不是忘了,你还有个儿子?你真觉得,你现在这副样子让他看见无所谓?"

"你少拿儿子来唬我!"燕妮笑得厚颜无耻,"我儿子跟我一样皮实,我不在他身边七年,他不是照样过得好好的?"

赵奕南被她气到,简直不知道说什么好。

楼梯间的灯忽然亮了,两人同时扭转头,看见穿着睡衣的丁丁站在楼梯半截的平台上俯视他们,他脸上的表情显示,刚才他们的对话他全听见了。

丁丁的目光直直地盯着母亲,眼神难描难画,燕妮暮地清醒,又羞愧又恼怒,她转眸瞪着赵奕南:"你故意的是不是?你就想让我在孩子面前出丑是不是?"

赵奕南想解释两句,燕妮已经埋头冲上楼梯,跟丁丁连声招呼都没打就奔进了自己的房间。

父子俩一个在楼梯上一个在楼梯下，默默对视了片刻，丁丁有点可怜兮兮地唤一声："爸爸。"

赵奕南走上楼梯，想不出该跟孩子说些什么，只得摸摸他的脑瓜："乖，去睡吧。"

丁丁"嗯"了一声，垂着头闷闷地走回去。

小桥从考场出来，自我感觉不错，口语考试本是她最担心的部分，不过经过三个晚上的突击，舌头明显觉得松软灵巧了，刚才跟考官对话时，她看到考官眼里流露出来的一丝赞许，令她欢欣鼓舞，至少过关是没问题的。

下周财务科目也要考试，如果两门功课都能过，她或许就可以去试试找新的工作了，想到这一点，小桥的精神重又抖擞起来。

正要走出培训中心门口，听到有人在后面叫自己的名字，小桥好奇地转身，看见冯念凝不知从哪里冒出来的，正疾步朝自己这边走，她不太想见这个人，但彼此都打过照面了，想躲都来不及。

"小桥，是不是刚考完？"冯念凝笑容可掬地问候她，目光在她脸上逡巡，也不知怎么搞的，每次这样被冯念凝打量，小桥都觉得浑身不自在，好像在被对方算计似的。

"嗯。"她点头，"冯姨今天是不是也参加考试呀？"

"我不考试，我是专门来找你的。"

"……有什么事吗？"小桥忐忑起来。

冯念凝亲热地挽起她的胳膊："走，上了我的车再说。"

她热情得不容小桥拒绝，小桥只好半推半就钻进她车内，两人并肩坐在后排座上，冯念凝吩咐司机："回家。"

一路上，冯念凝话题不断，但都是不着边际的，小桥其实也猜到她的用意，禁不住打断她问："冯姨，你是不是为了钟越的事找我？"

冯念凝笑道："我就喜欢你这个脾气，直接爽快——可不就是为了他嘛！"

"我已经跟他分手了。"

冯念凝笑容不改："小孩子说气话是常有的事，但当真就没意思了！我们家钟越脾气是不好，这个我也承认，都是给家里人惯出来的，可他对你是真心的，不然也不会为点小事气成那样了！"

"冯姨，我跟钟越，我们真的不适合。"

"哎，你也太武断了，那结了婚二三十年的还天天砸家什的夫妻也多了去了，甭管是男女朋友还是老婆丈夫，不都得磨合嘛！小桥，实话告诉你，钟越

214

这会儿就在我家等你呢！既然是家务事，我们就在家里解决——你别急着跟我争，等听听钟越的想法再作决定好不好？"

小桥为难极了，冯念凝紧盯着她，由不得她推拒："就当给我个面子，如果今天你跟钟越谈不拢，我保证不再为难你。"

既然听她这样承诺了，而且小桥心里也总觉得对钟越存有愧疚，只得勉为其难点了点头。

虽然冯念凝说是在家里吃便餐，饭菜却比酒店里的还精致，三个人围着一张不大的方桌，一道菜即将吃完时，下一道菜才从厨房里端出来。

冯念凝解释："我挺讨厌吃饭时面前堆一桌子的菜，再好的胃口也给败坏了。所以在家里就学学法国人上菜，吃得享受还不浪费。"

钟越的态度跟那天小桥找他谈分手时判若两人，一晚上都安安静静的，不吵不闹，冯念凝说什么话题，他能插得上嘴的就说几句，否则就专心吃饭，或者给小桥分菜，加饮料。这么一来，小桥反而抹不下脸来不理他，冯念凝见两人都客客气气的，止不住要笑。

冯念凝也是爱喝茶的，她喜欢普洱，一吃过饭就让人泡了一壶热茶上来。

"我只吃生普洱，就是俗称的青茶，再好的熟普洱吃在嘴里也有股泥土味儿，实在喜欢不起来。"

钟越道："原来姨妈爱喝生普洱，你早告诉我呀，上个礼拜有个哥们儿去云南洱海带回来两块好茶饼，我也没注意是生的熟的，等我回去查一下，如果是生的，我给你带过来。"

小桥端起茶杯轻啜一口，淡淡的清香，却余韵深长，饮下后，回味能从鼻孔中钻出来。

冯念凝看看时间，起身说："钟越，你陪小桥坐一会儿，我得上楼去打个电话。"

钟越笑道："你去吧，这儿有我呢！"

小桥顿时局促起来。

钟越看着她："要不要去小房间坐会儿？"

"就坐这儿吧，挺好的。"小桥扫了他一眼，"你是不是有话要说，就在这儿说吧。"

钟越扫一眼她不自在的表情，笑一笑，开门见山道："你跟他的事，梅梅后来也找我说清楚了，小桥，对不起，我不该口不择言说那些混账话，请你原谅我。"

215

他头一回在小桥面前表现如此成熟，反倒让小桥有些无所适从。

"你没对不起我，本来就是我不对，不该拉你下水，说对不起的人也应该是我。"

钟越笑道："既然这样，以前的事我们都忘了吧，从今天起，咱俩重新开始。"

小桥慌忙摇头："钟越，不是我矫情，或是要跟你玩什么欲擒故纵的手段，我们真的不合适——"

钟越张嘴想要辩解，被小桥拦住。

"你先听我说完好吗——来三江前，我都生活在小镇上，每天就是上学、放学、看书，顶多跟同学聊聊天，过着很简单的日子。虽然不是完全与世隔绝的环境，但对城市里流行的时髦东西我都不懂。"

她看着钟越："可你就不一样了，你喜欢玩，而且什么玩的东西都精通——你看，我们之间的差别太大了，就算勉强在一起也没办法长久。再有，我一直没弄懂，你到底看上我什么了。"

钟越耐心地听她讲完才开口，语气异常郑重："我今年二十六岁，我承认，过去的二十几年我不学好，活得稀里糊涂的，上学逃课，通宵打游戏，哪里有热闹就往哪里钻，也从没把感情当回事，看到有女孩子为我哭也从没觉得自己做错了什么，反而认为是她们头脑简单。也许就是因为这样，连老天爷都看不过去了，把你送到我跟前。"

他眼里有自嘲，但眼神是极其真诚的，小桥只望了一眼就低下头去喝茶。

"我知道，你从一开始就没在乎过我，因为我的态度确实不好。如果时光可以倒回去，如果一早知道我会喜欢上你，我想我一定会表现得很好，或许你不会立刻爱上我，但最起码不至于对我有那么恶劣的印象——我是不是在说胡话？"

小桥笑笑，很想告诉他，无论那时候他的态度怎样，自己都不会变的，因为她早就喜欢上赵奕南了，只是那时她还完全不知道而已。

钟越继续道："说这些也无非是想告诉你，我有多喜欢你。我追你不是为了面子问题，我还没无聊到那个地步，就是因为喜欢，我喜欢你，小桥。"

他漂亮的双眸牢牢盯在小桥脸上，那里面除了小桥的倒影看不到别的任何东西。尽管明知自己的心意，但被这样一双眼睛长久凝视着，小桥还是觉得心跳有点不规则。

"喜欢是要双向的。"话虽这样说，小桥的口气却再也硬不起来。

"我知道，"钟越难得始终保持平和的态度，"两个人同时爱上对方这种事虽然有，毕竟不多吧，大多数情况都是一个先爱上另一个，慢慢对她好，感化她，那么另一个自然也会爱上这一个了。小桥，我不贪心，我不会强求你立刻爱上我，我向你索取的是一个机会，让你能慢慢看到我对你的好。"

小桥的眼眶忽然湿润起来，她觉得自己不能再待下去了，否则，钟越早晚会撬开她不那么坚硬的外壳，彻底走进她正虚空的内心。

"我该走了。"她起身，目光仓促地搜寻自己的包。

钟越轻轻握住她的手，她震了一下，想甩开，可他固执地不肯松开。

"小桥，我的话还没说完。"

"别说了，我，我不想听。"

钟越站起来，瞧着她纤细的背影和白皙的脖颈，他忍住了拥抱她的冲动。

"我知道你心里放不下赵奕南，但你喜欢他又能怎么样？他会丢下老婆孩子跟你在一起吗？你有勇气放下顾虑接受他吗？还是，你想看着他老婆再去寻死？"

小桥脸色煞白，燕妮死去的噩梦突然在脑海里冒出来，她看到一张白森森的死人脸，让她难以忍受。

"你别说了！"

小桥用手去堵耳朵，但钟越把她的手又拉下来，顺势把她搂进怀里，而小桥失魂落魄，浑然未觉。

"小桥，你那么善良，你不可能做那种事的，对不对？"他凑在她耳边低语，"那你还惦记赵奕南干什么呢？难道要为了他一辈子放弃自己的幸福？"

小桥心里难受极了，这也正是她最最痛苦的地方，忘不了又放不下。

"让我来帮你，好不好？"钟越紧紧拥着她，"我们一起，把他从你心里赶出去。"

小桥再也撑不住，哇的一声哭了出来，心里某个越缠越紧的地方也倏然之间松开了。

中午吃饭，小桥照例还是跟林筠和梅梅搭伙。

林筠皱眉问："你们两个最近怎么回事，见了面都不说话了！以前想让你们停下来听我说两句都难——是不是闹什么别扭啦？"

"没有！"小桥和梅梅同声否认，彼此都抬头看了对方一眼。

小桥问："梅梅，你现在住哪儿了，还住宾馆吗？"

"哪有！宾馆一晚上好几十呢，我哪里住得起。"梅梅挑着面条，毫无食欲的样子，"我找到住的地方了。"

林筠完全不知道她们之间发生的事，有点诧异地转向梅梅："怎么，你从小桥那儿搬出来了？"

梅梅不响，小桥便说："你要想搬回来就搬回来吧，我一个人住着也冷清。"

"不用了，我现在的地方也还可以，而且房租挺便宜的，虽然离这儿有点远，不过反正我也打算重新找个事情做做了。"

林筠皱眉道："你这是闹的哪门子脾气？咱们三个天天在一起多好啊！换个地方干，谁知道会遇上什么样的人。"

小桥不便劝，只是默默吃东西，梅梅也不吭声，光听林筠一个人在那里数落。

吃完饭回店里的路上，林筠去便利超市买卫生巾，小桥和梅梅就站在外面等她。

小桥主动说："梅梅，钟越找我谈过了。"

梅梅顿时显得有点紧张："你们分手了？"

"他不愿意分手，所以……我们又和好了。"

梅梅半张着嘴，久久没说话，眼眸中充满难以言说的失落。

下班时分，钟越来接小桥，按照小桥的要求，他没把车子开到店门口，而是远远地停在对面商场的临时泊车位里，步行过来等小桥。

刚走到门口，梅梅忽然推门从里面走出来，她也是这个点儿下班。

"梅梅！"钟越照例笑嘻嘻地跟她打招呼。

梅梅只淡淡地点了点头，对他的态度不再像从前那样起劲了。

钟越有点没心没肺："哎，你别走啊！晚上跟我们一起吃饭！"

但梅梅没理他，头也不回地朝车站方向走了。

钟越张口结舌了会儿，朝着她的背影耸了耸肩。

须臾，小桥出来，钟越顺口问她："你是不是说梅梅什么了？我看她闷闷不乐的，那件事跟她没关系啦，是我逼她说的。你可别怪在她头上。"

"你这么紧张她，就去找她吧，我自己回家就可以了。"

"你看你！怎么越来越小气了呢！"钟越笑起来，"我怎么可能抛下你去追别的女孩子呀！真是！"

小桥不说话，脸色有点郁郁的。

在超市，钟越推着车走过一排排货架，看什么顺眼就拾起来往车子里扔，小桥不得不一个个拿起来重新辨识后，再把大部分放回架子上。

钟越不满："那些都是给你买的，你放回去干什么？"

"这些东西我完全用不着，买回去了也是浪费。"

"那吃的呢？"

"我不爱吃这些东西。"

"那就没什么可买的了！"

"本来说好只是来买点菜的嘛！"小桥推着他往蔬果专区走，"你跟我妈可真像，买东西总喜欢一下子买很多，然后等过期了再扔掉。"

钟越嘟哝："又不要你花钱。"

"这不是钱的问题，你花钱买一堆没用的东西回来显得特别没脑子。"

"你……"

"苹果不错，你帮我挑几个苹果吧，要选淡红色有长条斑纹的那种。"

"那你呢？"

"我去买蔬菜，一会儿咱们在冷冻食品柜对面会合。"

小桥在蔬菜架子前逡巡了七八分钟，挑了一捆芹菜，一些茭白和一棵大白菜，哼哧哼哧抱着来到冷冻食品柜对面，钟越早在那里等她了。

"刚才谁说我没脑子的？"他接过小桥手里的菜，神色得意，"怎么自己这么狼狈地就滚过来了，跟棵白菜似的。"

小桥气乐："你才像白菜呢！"

"小桥阿姨！"

小桥回头，看见丁丁和赵奕南推着购物车出现在冷冻专柜的拐弯处，不觉愣了一愣："丁丁……赵哥。"

赵奕南看了看她，又看了看正把白菜往推车里放的钟越，笑得颇为沉稳："来买菜？"

"嗯，你们呢？"小桥略显仓促。

"天有点热了，丁丁想吃冰激凌，带他来买。"

小桥点头："你最近下班很早？"

丁丁这时候插进来说："爸爸生病了呢。"

小桥担忧地看向赵奕南，他忙道："没什么，只是感冒而已。"

钟越赶紧挤过来，与小桥一并排，笑容满面地跟赵奕南打招呼："赵哥！"

他"赵哥"二字叫得特别响亮，赵奕南和小桥却都有些尴尬。

钟越没事人似的，诚恳地向赵奕南道歉："上回我没搞明白事情的前因后果就跟你胡闹，你大人不计小人过，还请看在小桥的面子上别跟我一般见识。"

赵奕南也只得笑笑："都过去了，不必再提。"

钟越立刻对小桥笑道："你说得没错，赵哥果然好脾气！"

小桥更加尴尬，不知道说什么好。

钟越低头看到丁丁，又主动搭讪起来："小弟弟，你喜欢吃什么口味的冰激凌？"

丁丁瞥一眼父亲，慢吞吞地回答："香草的，还有巧克力的。"

钟越眉飞色舞："哈！咱俩趣味相投，我给你推荐一个牌子，保管你吃了不后悔！"他打开冰柜门，取了两个包装的某品牌冰激凌递给丁丁。

丁丁好奇的目光里隐含了一丝警惕，目不转睛打量着他："你是不是小桥的男朋友？"

"这你都看出来啦！"钟越笑得更开心了，"眼力不错！"

丁丁却并未因为他的夸奖而高兴，嘴角反而有点耷拉，不自觉地又偷偷扫了父亲一眼，后者保持着恰到好处的笑意，看不出情绪有什么波澜。

小桥有点受不了这难堪的气氛，刚想托词道别，钟越冷不丁抓起她的手，十指相扣，眼睛亮亮地望着赵奕南："赵哥，什么时候你跟弟弟有空，我请你们吃饭赔罪。虽然小桥原谅我了，我自己心里还是过意不去。"

他的手刚抓过冰激凌，沁凉透心，小桥想挣脱又挣脱不开，有点无奈地看了看赵奕南。

幸亏赵奕南脸色始终很平静："过一阵再看吧，在家歇了两天，回去事情又是一堆。"

他的目光掠过小桥时，只觉得她正忧心忡忡盯着自己，可两人也不便说什么，很多可以说的话都说得差不多了，那些闷在肚子里不能说出来的，也只是徒增烦恼而已。

"我们还要往乳品专柜去看看，就不打扰你们了。"说着，赵奕南不再停留，推了车继续往前走，丁丁赶紧跟上。

小桥目送他们经过自己，越走越远，她禁不住对着赵奕南的背影喊："赵哥，你要注意身体。"

赵奕南没转身，略略点了点头，脚下也不停，很快拐个弯儿就不见了。

小桥怅怅的，听见钟越在耳边说："你表哥的儿子很机灵啊！"

"……是挺聪明的，就是不太爱学习。"

"哈！跟我一样嘛！我喜欢！"

小桥瞥了他一眼，只觉得他这次见过赵奕南之后，很是神清气爽。

吃晚饭时，燕妮突然回来了，赵母忙起身给她去盛晚饭，燕妮阻止："我不吃了，回来拿点东西就走。"

等她从二楼的房间里下来，赵奕南叫住她："明天丁丁学校要开家长会，你去一趟吧。"

燕妮问："以前都是谁去的？"

"我妈在家的时候我妈去，我妈不在，只能我请假去了。"

燕妮扫了赵母一眼，笑道："那还是阿姨去吧，反正也没别的事。"

赵奕南忍不住气道："你是丁丁的妈妈，你为什么不去？"

燕妮眉毛一挑："对，是我生了丁丁，可连你都说了，在法律上，你才是丁丁的家长，我可什么都不是。"

这回不光赵奕南，连他母亲都生气了。

"燕妮，你说这话是什么意思？孩子难道是奕南一个人的？你刚来家里时怎么跟我说的，会好好给丁丁当妈妈，怎么没几天就变成这样了？"

赵奕南把母亲按回座位，转身对燕妮说："我不跟你吵，你不想去就算了。但如果丁丁对你来说什么都不是，我不明白你还住在这里干什么。"

这番话显然刺激到了燕妮，她冷笑着走回来，"你们别一个个给我摆圣人的脸了！不错，我刚来时的确承诺过要好好过日子，可阿姨你问问他，他给我机会了吗？！他给了吗？！在他眼里，我连个保姆都不如！"

她怨怼的目光转向赵奕南："赵奕南，你终于把面子撕了露出真正的嘴脸来了？你就这么急着要把我清理出门，好去把那小婊子重新叫回来？"

赵母忍无可忍："燕妮，孩子在这儿呢！你别太放肆了！"

燕妮发出神经质的笑："对不起，阿姨！我就是这么个人，天生不会讲你们爱听的话！赵奕南，我也告诉你，我不会这么容易搬的，老娘还没住够呢！"

她摔门出去，自始至终没有看儿子一眼，丁丁不知所措地站在饭桌前，那样子，仿佛是他犯了错误似的。

赵奕南心有不忍，示意他："丁丁，坐下吃吧。"

赵母气得又是摇头又是叹气："我们赵家是招谁惹谁了？怎么会摊上这么个事儿啊！"

"妈，你也吃饭吧。"

赵母喝了口汤，再次叹气："汤凉了，我去热热。"她端着汤盆心事重重地进了厨房。

赵奕南见丁丁一言不发，有点担心他："丁丁，你妈最近心情不好，说话不过脑子，你别想太多。"

丁丁很伤心："妈妈怎么会变成这个样子了？"

赵奕南也不知要怎么回答他，七年了，七年时间足够让一个人变成另外一副面目。

　　厨房里忽然传来"哐啷"一声响，像是盘子碎裂的声音，赵奕南抛下碗筷奔进去，发现母亲已晕倒在地上。

　　赵母是突发中风，幸亏送医院及时，经过抢救没留下太大后患，但行动明显没有从前那么灵便了，说话时，如果仔细听，会发现有点大舌头的迹象。
　　赵奕南灰头土脸地坐在母亲病床前，心中充满愧悔。
　　赵母叹气道："你爸临走前跟我说：小南什么都好，就是脾气太软怕将来要吃亏，让我好好看着你点儿。结果，你遇上了燕妮……当初你和燕妮在一起我是竭力反对的，就因为她脾气太硬，我担心你吃不住她。哪知你们这事儿一拖就是七年，这些年我一直为这个事后悔，没想到当时为了你好反而还耽误了你，所以这次我回来，原本是指望你和燕妮能复合的，如今看起来是不能了。有些事啊，真是命中注定的。"
　　赵奕南不忍看到母亲苍老的脸上显而易见的失落："对不起，妈，你让我好好想想。我……"
　　赵母却摇了摇头："小南，妈不是要逼你接受燕妮，我看她这个样子，就算好也是长不了的，你还是想个法子跟她分开吧，就是苦了丁丁，摊上这么个没心没肝的妈，唉！"
　　赵奕南紧握母亲的手，原来不管到什么时候，能够站在自己身边，安慰自己的，永远是母亲。

　　林筠偷偷告诉小桥："梅梅在很起劲地找工作呢，还跟我抱怨好工作太难找了，小桥，我听她的意思，好像不是嫌这里的工作不好，是想避开你呢！你们俩到底发生什么事了？"
　　那样的缘由，小桥哪里说得出口，只能故作轻松道："我们能有什么事呀！"
　　"呵呵！你俩真是一个德行，都瞒着我是吧？从前你跟她只要一碰到一起就说个没完，现在见了面谁也不开口，死闷着，没事？骗鬼去吧！不说算了！"
　　小桥见她也生起气来，忙拉住她："就为她，她住我那儿的时候，混用我的东西，我说了她几句，她就生气了。"
　　"真是这样？"林筠不信，"梅梅是马大哈这我知道，可你没那么小气吧？"
　　小桥嘟哝："我那时候心情不太好。"
　　"要真为这点小破事闹别扭，小桥你就低个头，主动跟梅梅和解算了，不值得嘛！"

小桥说："我看机会吧。"

她心里岂能不清楚，梅梅的心结既不是因为"出卖"了小桥，也不是因为被小桥赶出家门，她的心结纯粹是因为钟越。

星期天，钟越又上小桥家找她，她刚考完财务科目，英语的成绩也出来了，考得很不错，小桥多日郁郁寡欢的心情总算多云转晴了。

钟越也夸她："你真是越来越出息了，这样下去，我赤着脚都追不上你了。"

小桥便趁机劝他："那你也好好学点东西吧。将来如果真的要做公司，得懂好多方面的知识呢！"

"有你在，我怕什么！"钟越涎着脸凑过去。

小桥推开他："你就不能正经点儿。"

"我还真有个正经事儿要告诉你。"钟越坐直了身子，"我姨妈最近刚拿下W市的一个开发项目，她想派我过去做项目经理，我没答应。"

小桥诧异："为什么不去，这不是好事吗？做项目很锻炼人的。"

"可我舍不得你。"

小桥顿感一阵腻歪："你又来了。你都二十六岁了，什么时候才能长大呀？"

钟越紧盯着她："除非你跟我一块儿去。"

小桥想都没想过："我去能干什么？"

"瞧你这话问得，可以干的事多着呢！就看你愿意做什么了！后勤也好，财务也好，你尽管挑，姨妈既然把工程交给我，我说什么自然就是什么了，再不济，你还能做我的助理呀！"

如果搁从前，小桥肯定想都不想就回绝他了，但这会儿她却有点动心，自己也不是非留在三江不可，虽说心里挂念赵奕南，但见了面也只能徒增感伤，倒不如远远地走开，彼此都落个清净。

她还想到了梅梅，自己既然打算跟钟越发展，就只能让梅梅失落了，与其让她挖空心思想着跳槽，不如自己走了，梅梅也不必再为难。

小桥口气软下来："那，你让我考虑考虑吧。"

钟越没想到她这么爽快，喜不自胜："没问题，尽管好好想，但也别考虑太久了，姨妈还等我回复呢！"

小桥没怎么犹豫就拿定了主意，主要是这个办法能够解决很多麻烦，而她又找不到非留在三江不可的理由。

这事就这么快刀斩乱麻地定了下来，一周后，她给经理递了辞职信。

跟经理谈完话下楼，刚好碰见梅梅躲在楼梯间里接电话，一看她的表情就知道是被什么公司拒绝了。

小桥主动走上去搭讪："梅梅，你现在方便吗？我想跟你说几句话。"

梅梅不太愿意跟她聊，但那会儿店里没什么客人，她找不到借口拒绝："你想说什么？"

"我们去衣帽间谈吧。"

关了门，小桥直截了当地问："你还在找工作？"

梅梅立刻转开脸。

"你要跳槽，是不是因为我？"

"你想多了。"梅梅嗓音粗粗的，带着怨气似的。

"如果是因为我，你还是别找了，继续留在这儿吧。我刚交了辞职信，做到下周二就走了。"梅梅吃了一惊，倏地把目光转回来："你要走？"

"我会离开三江，短期内不会回来。"

梅梅何其聪明："是……跟钟越一块儿走？"

小桥不想瞒她，点点头。

梅梅仰头望了望天花板，眼里忽然蓄满泪水。

"江小桥，为什么你运气这么好？为什么你总是比我快一步？就连辞职这种事都要跟我争！"

她狠狠抹一把泪，戴好帽子，用力推门出去。

小桥呆呆地靠在衣柜上，心里也不是滋味，每个人总是觉得别人比自己幸运，可到底有多少人是真正心满意足的呢？

没有人知道别人心里的痛苦，因为每个人都只关注自己的感受。

下了车，小桥慢慢往家的方向走，她在考虑，离开三江的事是不是有必要告诉赵奕南一声，还有租房的手续，都是赵奕南跟她办的，自己总也得和他交接一下，没理由一走了之。

可是赵家她是不会去的，只能给赵奕南打电话了，什么时候打比较合适呢？

一辆校车从她眼前呼啸而过，又停在对街的巷口，小桥驻足等候，没多久，果然看见丁丁背着个大书包从车上下来，她忙追过去。

丁丁见了小桥倒也不吃惊，他们有一段路可以同走。

小桥告诉丁丁自己要走了，丁丁到底是孩子，眼里还是流露出不舍："你要去哪儿？"

"别的城市。"

"为什么要走啊？"

"因为有事要做。"小桥叮嘱他，"你记得跟你爸爸也说一声，让他找个时间和我办一下房子的交接，如果他实在没空，我就留个物品清单给他，将来他发现有什么地方不对，给我打电话好了。"

丁丁说："我爸爸最近的确没空，他在医院呢！"

小桥的心一下子被揪起来："他又病了？"

"不是，是我奶奶病了，爸爸白天要上班，晚上又要陪房，忙得不得了。"

"那……你妈妈呢？"

丁丁眼神黯淡下来："她在忙别的事情，好几天没回家了。"

小桥待要说点什么，想想今时不同往日，自己不该再插手他们家的事了，正好两人也走到了交叉路口。她对丁丁说："你回家吧。交接的事不急，等你爸爸忙完再说好了。"

小桥正煮面，赵奕南的电话就打了过来。

尽管心里早有准备，冷不丁听到他的声音，还是难免心潮澎湃，她越发觉得自己离开的决定是对的。

"赵哥，丁丁这么快就告诉你了？"她尽量让声音欢快一点。

"我刚到家，给我妈煲点儿汤喝——你要离开三江，是真的？"

小桥便把准备和钟越去W市做工程的打算告诉了他。

赵奕南沉吟半晌，才又开口："你想清楚了？"

"嗯。我总不能老在肯德基里待着，正好考到了会计证，想在财务方面尝试一下，之前也答应过妈妈会努力学习，以后找个技术含量高一点的工作。"

"我记得你曾经提到过，你爸爸是在W市负责基建的吧？你当时还担心，他跟冯念凝可能谈过一些条件……"

小桥怔了一下，她这阵子有点焦头烂额，居然没想到这一层上，被赵奕南一提醒，还真有些不是滋味。

赵奕南见小桥不吭声，又道："我没别的意思，也许是我多虑了，到了那边，你爸爸应该会照顾你，但你自己，凡事也要多留个心眼。"

"我不需要他照顾，我自己会做好自己的事。"提到爸爸，小桥总是没法做到随和，"不过还是谢谢你提醒我。"

挂了电话，小桥心里难免惴惴的，很多原本没在意的细节此刻都翻涌上心头，她一条条地思索，又一条条否定。

能有什么危险呢？只不过是跟钟越去做个项目而已，凡事有他在呢。

她迫使自己安静下来，不再去胡思乱想。

赵奕南打完电话，汤也刚巧煲好，他盛在保温壶里，又给丁丁盛了一碗，看着他吃。

丁丁问："爸爸，奶奶什么时候回来？"

"得看医生怎么说。"

"我能去看看她吗？"

"等周末吧，周末我带你去，现在你还是把功课做好最重要。"

丁丁迟疑了一会儿，有点艰难地启齿："爸爸，你是不是……不喜欢妈妈了？"

赵奕南大感意外，他们父子极少聊到这个话题，他总觉得和孩子谈大人之间的感情不合时宜。"你别乱想了，吃吧，等你吃好了我还得去医院。"

丁丁却犯起执拗来，继续追问："爸爸，你喜欢小桥对吧？"

赵奕南又是一愣，笑了笑："你今天是怎么了？"

"妈妈现在这个样子，不仅奶奶不喜欢，我看见了也……她变得我都快不认识了。"

见儿子愁成那样，赵奕南的心软了一下，"你还记得她以前什么样呢？"

"怎么不记得！"丁丁吸了吸鼻子，"她对我可好了，有好吃的总是留给我，我生病她二话不说，背着我就往医院跑。"

赵奕南无法确定他说的是自己的记忆还是想象，毕竟，一个三岁的孩子能记住些什么呢。

"如果……"丁丁忽然话锋一转，"如果你觉得跟小桥在一起比较好，我，我现在也不反对了。"

丁丁说着，低头去喝汤，整张脸都埋进了碗里。

赵奕南很感动，知道这件事把孩子纠结坏了。

他轻轻揉了揉丁丁的头顶："你别瞎想了，我的事我自己会操心。再说，小桥她也有自己的生活，我们不可能……再回到从前。"

他眼前倏然晃过小桥与钟越十指相扣的情景，即使再怎么有抵触情绪，他也不得不承认，那两个年轻人看起来般配极了。

这么想着，他的心上仿佛被人用刀划拉出一道长长的口子，无法自控地感觉到一阵尖锐的疼痛。

Chapter 15
柳暗花明

临行前的各种准备都做好了，小桥本想跟赵奕南当面把房子交接一下，自己可以去旅馆住两天，反正两天后就要离开了，但赵奕南实在忙，抽不出时间与她见面。

他在电话里听完小桥的打算便劝她："你还是别折腾了，在那儿住到离开吧。"

"那我总得把钥匙交给你吧？"

"你走之前把钥匙放在门檐上，我有空会去取。"

小桥惊诧："这样也行？"

"以前就这么干过，反正里面也没有贵重东西。"

小桥想想觉得不妥："那还是我找时间快递给你好了。"

"随便你。"赵奕南顿了一顿，"小桥，你去W市，你妈妈知道吗？"

"我还没告诉她，等在那边稳定了会跟她讲。"

赵奕南笑了笑："有进步，学会先斩后奏了。"

小桥赧然："我妈比我还胆小呢，如果提前跟她讲，肯定会胡思乱想，不如索性告诉她结果。"

赵奕南又禁不住多叮嘱了她几句："到了那边，凡事小心，好好照顾自己，如果遇到麻烦，不方便跟人说的，你还是可以……打给我。"

小桥心里暖暖的，酸酸的，她使劲点头，尽管赵奕南也看不见。

"我会的，赵哥。"

临别前只通过电话道别而没能面对面说一声再见，对小桥来说终究是有一丝遗憾的，但或许这样对两个人来说是最轻松的方式。如果真的面对面，看着赵奕南的眼睛说话，小桥不确定自己的决心会否动摇。

由不得她胡思乱想，钟越的车就已经到了楼下，今天他们要去冯念凝那儿听一听新工作的安排。

坐在钟越的车里，小桥尽力把那些感伤的情绪都抛得远远的，过去再好，也只是一段封存为记忆的时光。无论如何，人总得往前看，向前走。

可是天上飘起了雨丝，淅淅沥沥，落进小桥心里，惆怅如此浓烈地包裹着她，她的心情因而无法飞扬起来。

冯念凝早已备下一壶好茶等着他们。

"哎呀！看见你们两个在一起，我的心情真是没法不好起来！"

冯念凝的表情简直可以用喜气洋洋来形容，不知为何，小桥却有些忐忑起来。

"来来！都坐！我给你们看看我花了几晚上做好的项目分配图。"

钟越半开玩笑道："姨妈，你搞得太神秘了，事先也不跟我们商量一下，尤其是我这个未来的项目负责人！你怎么也得提前知会我一声吧！对了，你这个分配方案，我要是看着不满意，还能改吗？"

冯念凝笑道："你不满意？你才上了几天班，倒质疑起我来了！再说，谁告诉你项目负责人就一定是你了？我这次还偏就不这么安排，这个工程我是打算让小桥来负责的。"

小桥和钟越同时大惊。

钟越嚷："姨妈，你开什么玩笑！小桥她懂什么？"

"小桥不懂，你就懂了？实话告诉你，比起你来，我更信任小桥，你看小桥多用功，多努力，这一年来学了不少东西，交给她，她肯定比你认真负责。"

小桥却有些慌张："冯姨，我给工程打打杂还行，你让我负责整个项目，我，我哪里操作得过来。"

冯念凝搂住她，给她喂定心丸："你别怕，凡事有我呢！其实这个项目很多方面我都落实了，你们过去只是按部就班给我监督着做就行。我告诉你，当总司令比当小喽啰容易！"

钟越的脸色显得异常难看，可有些话他又不方便当着小桥的面说，一咬牙，上前拉住冯念凝的胳膊就朝楼上走："姨妈你来，我有话跟你说！"

"你这孩子，心眼怎么这么小呢！项目只是挂在小桥名下，该你做的事得的好处一样都少不了你的，你俩现在又是这样的关系，还分那么清干什么？"

"我不是为这个！"钟越有点恼怒地嚷，"总之你上来再说！"

冯念凝人已经走到楼梯上了，转脸无奈地对小桥道："小桥你先坐一坐，我们一会儿就下来！"

"哎！"

小桥嘴上答应着，心里像有好几面锣鼓在敲，直觉告诉她有什么地方不对，这种来自心底的警告如此强烈，让她坐立难安。

赵奕南的提醒赫然又涌入脑海："你爸爸是在W市负责基建的吧？你当时还担心，他跟冯念凝可能谈过一些条件……"

小桥蹑手蹑脚步上楼梯，手心里捏着一把汗，她可从没干过这种偷鸡摸狗的事，可这会儿她实在没办法踏踏实实在楼下待着。

楼上的某个房间里传来钟越时高时低的说话声，依旧是愠怒的口吻，小桥朝着声音传来的方向走过去，植绒地毯有很好的消音作用。

门是关着的，但两人好像在吵架，说话声音都不低。

钟越的声音在说："总之你不能把这么大的责任压在小桥一个人身上，而且你之前为什么不跟我通个气？"

冯念凝也恼起来："我怎么没跟你通气了，我早就告诉过你了！"

"我以为你是开玩笑！"

"我什么时候拿这种事情开过玩笑！小越，你到底是怎么回事？我们不是一早就说得好好的，你是为了帮我才追的江小桥，等工程顺利完工后你再甩了她！你现在这个态度真让我怀疑你是不是真的喜欢上她了！"

"我……"

"小越，如果不是为了摆平张其正那只老狐狸，我是不会来求你的！你以为让你干这种事，姨妈心里就好受？可姓张的心思细密，如果没张牌搁手里压着他，谁知道他到时候会不会翻脸不认账？我是吃够他的亏了！"

"可小桥是无辜的！"

"我又没让她去干违法乱纪的事儿！有她扛着这个项目，她那老子再狠心狗肺也不能不忌惮着我们一点，小越，我知道你为这个事不舒服，你放心，只要项目一完工，你想怎么对江小桥都行……"

"姨妈，我……"

小桥只觉得浑身的血正在飞速往脑子里涌，她再也听不下去，转身就往楼下跑。

突然之间，她发现自己又成了个任人摆布的大傻瓜！

到了楼下，小桥神志还算清醒，不忘取了自己的包再冲出冯家的门。

来时的小雨此刻已变为中雨，雨点密集地砸在她脸上，冰凉的感觉直抵心脏。

小桥一路跑得心惊肉跳，唯恐被钟越他们发现了追上来，此刻对她而言，那两个在门的另一边对话的人就是瘟神，她必须躲得远远的才好。

　　还没走到小区门外，包里的手机就响了起来，小桥连看一眼的勇气都没有，她加快奔跑速度，箭一般冲出小区大门，一辆出租车正停在门口。

　　客人结完账刚推门下来，小桥一秒都没耽误就从后门上了车。

　　"去哪儿，小姐？"

　　小桥往前指了指："一直开！"

　　车子开动起来，小桥紧绷的神经才稍稍松懈了一些，这才取出手机来查看。她浑身上下都被雨淋湿了，手指在包内翻找手机时还不停地打着哆嗦。

　　果然是钟越打来的，就在她拿起手机的工夫，第二个电话就又响起来了，她吓了一跳，手机从指缝间重新滑入包内，幸好这次响了两声就没音了，她果断地关机。

　　脸上湿漉漉的，有液体渗入嘴唇，也不知道是雨水还是眼泪，她用舌头舔一下，又咸又涩。

　　她望着窗外，眼见车子汇入潮水般的车流，心才算基本安定下来，她不想再回租房，免得钟越在那里守株待兔，便随便想了个旅馆名称报给司机。

　　雨点落在车窗玻璃上，外面的世界看上去不再清晰可辨，小桥的脑子里忽然昏昏沉沉的，也不知是被雨淋的，还是纯粹给吓出来的。

　　到了旅馆，她独自去前台开房，先订了一周，后面要怎么办，还是等头脑冷静下来再想好了，现在她头疼得厉害。唯一能庆幸的是这件事始终没有告诉过妈妈，这样她至少可以不必再为如何解释费神。

　　她又累又饿，只想睡觉，但身上湿漉漉的很不舒服，只能强撑着去洗了个澡，出来时才发现自己连换洗衣服都没带，只好穿了饭店提供的浴袍，倒头睡在床上。

　　醒来时已是傍晚六点，雨似乎停了，天依旧阴沉沉的。

　　小桥脸颊滚烫，浑身更是酸痛乏力，爬起来都困难。

　　一定是发烧了。

　　她试着起床，勉强走了两步，脑子里一阵阵的眩晕感，可她得先去买点药。

　　移到门口，才想起来自己还穿着睡衣，只好回来把原来的衣服换上。一边换，一边不知怎么就哭了起来。

　　她重新打开手机，钟越给她发了好多条短信，她一条都没看，统统删光。想找个人帮帮自己，可手机里除了钟越和赵奕南，其他都是肯德基的前同事了。

　　她犹豫了再犹豫，终究还是觉得打给赵奕南才最安心。

讲电话时，她尽量控制自己别哭出声来，赵奕南也没多加追问，记下她要的东西后叮嘱她等着自己就挂了电话。

小桥把手机抛在床上，仰躺下来，不去想自己这么做到底对不对，至少，在听到赵奕南的声音后她觉得心里踏实多了，仿佛找到了主心骨。

一天前她还在心里努力建设新世界的城堡，现在则像一个失败的游戏玩家那样，眼睁睁看着屏幕上跳出"Game over！"的字样，却无能为力。

她盯着天花板，单纯感受着发烧带来的时冷时热的感觉，不再去思考任何难题。

半小时后，赵奕南赶来。

开了门，小桥想对他抱歉地笑笑，可嘴巴一咧还是哭了出来。

赵奕南先用手摸了摸她的脑门，滚烫，忙扶她上床躺着。他带来不少东西，从体温计到退烧药样样俱全。

他先给小桥量了体温，39.5℃，不觉紧张起来："还是上医院吧。"

小桥却觉得很累，无论如何不愿动弹："不用，吃两片退烧药就好了。我以前发烧也是这样的。"

吃了药，小桥重新躺回床上，赵奕南绞了块湿毛巾搭在她额头上，小桥睡不着，絮絮叨叨地把在冯家听到的话都告诉了他。

赵奕南没有太惊讶："这样的结果总比你去到那边再发现问题好。"

小桥很是沮丧："你是不是觉得我笨笨的？"

"你别多想了。"

"我大概天生就干不来大事。"小桥有点唏嘘，"心理承受力又差，这么点小事就把我打垮了。"

赵奕南不知道该怎么安慰她才好，隔一会儿才问："钟越怎么跟你说的？"

"我没见他，也没接他电话。"一提起这个人来，小桥心中立刻又充满怨愤，"你觉得经过这件事之后，我还会跟他在一起吗？"

赵奕南看着她，不说话，眼神复杂难辨。

小桥愧疚道："对不起赵哥，又麻烦你了。本来不想给你打电话的，可事到临头又……"

赵奕南打断她："我说过，你有任何事都可以打给我。"

"可你自己也很忙的。"小桥犹豫了一下，吞吞吐吐地开口，"我上次在车站碰到丁丁，他说奶奶生病住院了，他妈妈又……老不回家，所以你才这么忙。"

赵奕南沉默了几秒，道："我妈已经出院了，情况还不错，自理没问题。至于燕妮，"他轻轻吁了口气，"没错，她现在不大回来住，天知道去了哪里。"

小桥有点不安："是不是因为之前我……"

"和你没关系，就算没有你，我跟她也过不到一块儿去，要不然，她不会玩消失一玩就是七年。"

尽管心头郁闷，但赵奕南觉得在小桥面前说燕妮不好终归不妥，他帮小桥把被子掖紧："你睡一会儿吧，醒过来说不定烧就退了。"

他刚直起腰来，小桥就一把拽住他："赵哥，你……我，我饿了。"她其实想说"你别走"，可有什么东西阻止了她，令她无法说出口。

赵奕南听闻，点了点头："我带了点泡面，你想吃吗？"

"好。"她现在吃什么都无所谓。

"那你好好躺着，我去给你弄。"

再次醒来时，天已墨黑。

小桥出了身汗，后背汗津津的，但身上松爽多了。

屋子里很安静，似乎没人，赵奕南大概已经走了。

她有点失落，拧亮台灯，却赫然发现窗边的圈手椅里坐着个人，默不作声望着外面的夜色，不知在想什么，灯光亮起时，他也回过头来。

小桥惊喜："原来你没走啊！"

赵奕南走过来，又用手试了试她的额头，暗松了口气："总算退了，现在还饿不饿？"

小桥不好意思地点点头："我现在能吃吗？"

刚才睡觉前，她把吃下去的一碗方便面吐了个精光。

"能。我给你买了粥，还温着呢，你喝了这个再睡。"

小桥听话地把粥喝光，赵奕南又烧开水，泡了片VC泡腾片给她喝。

"你装衣服的箱子我也给你拿来了，一会儿换身干净衣服再睡。"

小桥顿时紧张："你去拿衣服的时候，没被钟越撞上吧？"

"没有。"赵奕南见她怕成那样，不觉有些心疼，拍拍她的肩安慰，"没人知道你住这儿，放心睡吧。"

小桥轻轻点头："那，你能不能多陪我一会儿？"

见赵奕南眼里仿佛流露出无奈，小桥心里难过，知道他也身不由己，勉强笑了笑："我说着玩的，你还是早点回去吧。我现在好多了。"

赵奕南却没动："我回过家了，拿了明天要用的东西过来，今晚我不走了，在这儿陪你。"

小桥鼻子一酸，眼泪忍不住又淌下来，她忙低头，偷偷擦掉。

退了烧，小桥精神也好了很多，一时睡不着，就歪在床上和赵奕南说话。

赵奕南坐在椅子里，电脑放在膝上，他挑了几首缓和悠扬的乐曲来放，小桥眯起眼睛来细听，如果不是还有点头重脚轻的症状，她会以为自己是在某个美妙的旅途中呢。

"赵哥，你刚才为什么不开灯？"

"我也想休息一下。"

小桥笑道："你真厉害，坐着也能睡觉。"

"没睡，闭目养养神。"

"有没有在想什么？"

"唔……想到一个寓言故事。"

"什么故事？"

"农夫和蛇。"

"啊！这个故事我听过，是不是讲农夫救了一条冻僵的蛇，可是蛇醒过来以后就把农夫给咬了？"

"嗯。"赵奕南低下头，心头的阴影始终难以消散。

小桥笑起来："这个农夫一定是个可怜的外国人，如果这条蛇遇到的是个中国人，你猜会怎么样？"

赵奕南抬头望着她。

"肯定是被宰了泡酒啊！"

赵奕南忍不住笑，见小桥双眸又亮起来，不似刚见面时那么昏沉迷离了，心里到底是觉得欣慰的。

"小桥，你还是躺下比较好，暂时别说话，我得回掉几封邮件。"

"哦。"小桥乖乖地躺下来，不多会儿就听到赵奕南啪啦啪啦的打字声，像雨点落在屋檐上，静谧动人。

小桥安详地听了会儿，不知不觉闭上眼睛。

赵奕南处理完公务，阖上电脑，见小桥闭着眼睛，早已酣然入梦。

他胡乱冲了个澡出来，小桥翻了个身，仰面朝天躺着，不过还没醒。房间里有两张床，他走到离窗子比较近的那张空床前，就着床沿坐下，怔怔地望着小桥。

小桥睡得很沉，睡梦中，似乎被什么不高兴的事情干扰，眉头时不时会皱起来，她的面孔依旧那样稚嫩，双眉紧蹙时，像受了委屈的表情，又好像被痛苦在折磨，让赵奕南怎么看都不舒服。

他走上前，轻轻在小桥身边斜靠下去。他们上一次这样亲密地紧挨着是什么时候？他有点想不起来，或者根本就是拒绝去想，过于甜蜜的滋味有时会带来比毒药更加难以忍受的痛楚。

他慢慢伸出手，手指轻触小桥的眉间，想帮她抚平那微微隆起的愁眉，指腹刚一碰到她的肌肤，小桥的双眉果然就被展平，恢复了安静的表情。

赵奕南久久注视着那张单纯的脸，心中涌起越来越浓厚的眷恋。也许他今晚就不该留下来陪她，无论是对他们中的哪一个而言，这都是件冒险的事情。

可他又怎么忍心把生病的小桥抛在这里不管。

他只是想照顾她，让她健健康康的。他在心里给自己找着冠冕堂皇的理由，却不知何时已低了头，嘴唇在小桥唇边浅轻地擦过，心头掠过一阵荡漾。

小桥睁开眼睛，看见赵奕南尚未撤退的脸以及脸上那被识破后难以消散的窘迫，她低低唤了一声："赵哥。"

"你醒了？"他离她远一些，嗓音沙沙的，喉咙口像有火焰在灼烧。

小桥的眼眸水汪汪的，脸颊也是红扑扑的，赵奕南掩饰着摸了摸她的脑门，并不烫手。

"怎么办呢？"小桥直呆呆地盯着他。

"什么？"赵奕南不解。

"我还是想和你在一起。"

赵奕南心中热浪翻涌，再也没法伪装，低头用力吻住小桥。他发现，原来自己是如此渴望拥她入怀，只有小桥才能填补他心里那个巨大的空洞，除她之外，没有别的人可以做到。

小桥也热烈地环绕住他，在这一刻，她不再去思考关于对错的问题，她只想好好地与他缠绵，如饥似渴。

良久，他们终于分开，小桥却不肯放他走，赵奕南只得靠在她的床头，单手搂着她，小桥依偎在他怀里，像重新找到了家一样温暖。

"不如我们逃吧！"

赵奕南苦笑："逃？能逃到哪儿去。"

小桥拨弄着他衬衫的扣子，低声诉说："有时候，我会起一些很自私的念头，比如你忽然不管丁丁妈妈了，我知道那是不可能的，但还是会忍不住去想……我是不是很坏？"

赵奕南抚抚她的脸："对不起，小桥。"

小桥摇了摇头："如果你真是那样冷酷的人，我大概就不会喜欢上你了。"

唉，想想人真是矛盾。"

赵奕南默然无语。

"我本来想，离开三江，跟你不再见面或许对彼此都比较好，没想到最终会是这个结果。"

"你恨钟越吗？"

小桥想了想，"当然会有一点，但时间久了应该就没事了。我跟他的事，我自己也有责任，我的心其实很小，只装得下一个人，如果一开始我就明白这个道理，也就不会上他们的当了。"

"现在，你还想离开三江吗？"

"不了。"小桥仰头望着他，"赵哥，我不是给你压力，我知道有些事不能强求，不过能再次听到你的声音，看到你的人，我真的很高兴。"

赵奕南不再说话，伸开双臂，默默将她搂进怀里，紧紧抱着。

和钟越通上电话已是三天以后的事情。

在赵奕南的照顾下，小桥烧退了，行动也自如了。赵奕南这才告诉她，那天去取她的衣物时其实还是碰上钟越了。

"他就守在你家楼下，看见我，好像确定我知道似的，逼着我问你到底在什么地方。"

小桥担忧地问："他没又对你动手吧？"

"那样的话他就太没头脑了。"赵奕南笑笑，"我告诉他是替亲戚来清点室内物品的，他没法不相信。而且，我等他走了才上楼去拿你的东西。"

小桥说："这两天我都不敢开机，免得他又打电话过来。"

"你总这么躲着也不是办法。那天在楼下看见钟越，他的精神状态也很差，或许，他不是诚心要骗你。小桥，你还是找时间跟他谈一次吧，即使要分手，也得给彼此机会把话讲清楚。"小桥皱眉思索，赵奕南又道："如果怕他胡来，就约个热闹一点的地方。你要还不放心，我可以和你一起去，当然了，我可以找一个你们看不见的地方……"

小桥笑起来："好吧，我可不想被你看扁了。他毕竟不是吃人的老虎。还是我单独跟他谈吧。"

也许是等得太久，听到小桥的声音钟越却激动不起来了。

"你终于愿意跟我说话了。小桥，你在哪儿呢？"

"钟越，我们见个面吧。"

"求之不得。"

小桥约了个离自己家比较近的咖啡馆，又估算了一下时间，道："那么，两小时后见。"

小桥退掉了房间，赵奕南送她到租房楼下，那时已是上午十点。

"我不能送你上楼了，十一点有个会，我必须参加。"

小桥点头表示没问题，又说："谢谢你照顾我，这两天真是麻烦你了。"

赵奕南有点无奈："你什么时候才能不跟我这么客气？"

小桥笑道："嗯，说声谢谢的确太轻了，不如周末我请你吃饭吧。"

赵奕南踌躇着，正不知如何回答，小桥的手轻轻搭在他手背上。

"你别为难了，我没有别的意思。这几天你无微不至地照顾我，我很感激，我也知道你并没有因此对我有意见，我也一样——不论你能不能出来和我一起吃饭。"

赵奕南转过脸来，与小桥对视。

"不管以后能不能经常和你见面，我都不会埋怨你，在我心里，你就像……我的亲人一样。"

小桥下车，取了行李后又在窗口跟赵奕南道别。赵奕南有很多话想跟她讲，可他已经失信过一次了。

有些承诺，如果没有把握兑现，最好还是不要说出口。

小桥拖着行李箱上到五楼，看见钟越就坐在她家门口，头发没梳，脸上隐约看得出青色的胡楂，且一脸憔悴，衣服还是三天前跟她一起去冯家时穿的那一身，对有洁癖的钟越来讲实在不可思议。

"你怎么坐这儿了，不是讲好在咖啡馆见面吗？"

"我一直在你家门口等你，这是第三天。"

小桥心下愧然，气也消得差不多了，开了门让他进去。

家里没有茶，小桥给钟越拿了瓶矿泉水。

"你这儿，有吃的吗？"他显得很饿的样子。

小桥翻了翻在旅馆时赵奕南买给她的零食，还有两块小蛋糕，她拿出来给钟越，看他狼吞虎咽地吃了。

如果搁从前，小桥肯定会对他嘘寒问暖，但她吃过苦头后，心也淡下来不少。

"钟越，那天你跟你姨妈说的话我都听见了，我不会跟你去W市，我们分手吧。"

"小桥，那主意是我姨妈出的，可我对你是真心的。我敢对天发誓……"

"你敢对天发誓你一开始就是因为喜欢我才跟我来往的吗？"小桥也变得咄咄逼人起来，"如果不是你姨妈逼着你，你会一次次来找我？"

"我……"

钟越的嘴上还粘着零星的蛋糕屑，嘴巴一动，蛋糕屑纷纷掉落，像个傻傻的孩子，他浑然不觉，表情痛苦。

"我承认，我从一开始就知道姨妈的主意，可如果不是因为喜欢你，我不会答应她主动去找你。要我怎么说你才肯相信？姨妈有她的考虑是没错，可我也不是她的傀儡，她说什么我就去做什么……"

小桥却不为所动，摇头道："算了吧，钟越，事情都这样了，你觉得我们再在一起还有意思吗？"

"你就……这么讨厌我？"

"不，你不招人讨厌，但对我来说，还是做朋友更合适些。前提也是没你姨妈那档子事，现在我们，当然做朋友也没可能了。"

钟越喝光了水，又呆呆地坐了片刻，小桥那一脸坚决的表情已经明确告诉他，事情已无可挽回。

他只觉得既沮丧又无趣，把空瓶搁在桌上，站起来，点了点头："我明白了。"

他走出去时，一贯挺拔的身躯竟微微有些驼，小桥的心瞬间软了一下，几乎要相信他说的都是真的，她慌忙转开目光。

即使他是真诚的又能怎么样，她不可能也不愿意再踏进和冯念凝有关的任何区域了。

等身体恢复得差不多了，小桥不能忍受无所事事，又张罗起重新找工作的事来。

这天上午，她正在家上网看招聘信息，门铃响了。

小桥忙跑去开门，纳闷这会儿会有谁来。

门外站着的是小桥最不愿意见的人——冯念凝。

她把着门，迟迟没有反应。

冯念凝笑道："你是不是连门都不愿意让我进了？"

小桥十分不情愿地往后退了退，给她让出一条道来。

进了门，冯念凝也不客气，自顾自往沙发里一坐："小桥，我知道你不欢迎我，可有些事我觉得有必要让你知道一下。"

小桥泡了茶出来，给她倒上一杯，默默地坐在她对面。

冯念凝看着她:"你心里就一点疑问也没有?比如,我怎么会认识你父亲?"

小桥转开脸:"他的事我不想知道。"

"你这脾气,倒是和你妈妈一模一样。"

她这么一提,小桥忽然想起来,和冯念凝初相识时,她问的是自己妈妈的名字而不是爸爸的。"你怎么会认识我妈妈的?"

冯念凝哼笑一声,仿佛自嘲:"你这问题问得真是好。老实告诉你,我一点都不想认识你妈妈,甚至希望你妈妈从没在我的生活中出现过。"

小桥听得眉头直皱,用警觉而提防的眼神盯着冯念凝。

"你知道我跟你爸爸是什么关系吗?"

小桥有点猜到了,便没吭声。

冯念凝自顾自说:"在你妈妈没出现之前,你爸爸和我是情人关系,他也是唯一一个我真正爱上的男人。"

小桥感到羞耻:"可你早就结婚了。"

冯念凝耸肩:"没错。我前夫有很好的政治仕途,所以我嫁了他,可他实际上……不是个真正意义上的男人。"她略略偏一下脸望着小桥,"你年纪不小了,该明白我说的是什么意思。"

小桥低下头不理她。

很久以前,钟越曾经告诉过自己,冯念凝不会生育,所以对她此刻这番剖白她都不知道该不该信,反正跟自己也没什么关系。

"我是经人介绍和你爸爸认识的,那会儿他是学校的讲师,才三十几岁,年轻英俊,风度翩翩,我一下子就被他吸引了。然后我们偷偷地来往,又有了那种关系,我虽然比他还大了两岁,却是第一次遭遇爱情,我疯狂地陷在里面,怎么也走不出来。没多久,我前夫知道了我们的关系,事情变得有点不可收拾。但那时候他正在争取一个更高的位子,后院起火对他来说将是毁灭性的打击,他只能忍气吞声,我借着这个机会跟他谈好离婚条件,只等风声过后就和你爸爸一起远走高飞。可就在这时候,你妈妈出现了。"

小桥无端觉得有点口干,端起杯子来喝一口水,一向甘醇的茶水此刻只品得出涩味。

"你妈妈算是你爸爸的学生吧,她选修了你爸爸讲的那门课程,两个人据说是一见钟情。之后你爸爸来找我谈分手,我当然不愿意,用了各种办法想留住他,可他还是冷酷无情地抛下我走了。他说他很爱你妈妈,爱到可以为她去死。你知道我心里有多恨吗?"

提起那段难堪的往事,冯念凝的脸再度扭曲起来,"那我对他来说算什么，我本来可以有很好的前途，继续稳稳当当做我的官太太，结果为了他，我把这些都丢了。你叫我怎么甘心？"其实她不必往下讲，小桥也猜出来了。

"这么说，约爸爸去旅馆的女人就是你了？"

冯念凝笑："哦，看来他都告诉你了。"

小桥说："他没说是你。但他说了自己是被人陷害的。"

冯念凝坦然承认："没错，是我设计拆散了你的父母，你爸爸把我害得一无所有，我怎么能就那样饶了他！他也太小瞧我了。"

小桥本以为自己会愤怒，其实并没有，她只是稍有些不适感，仍然能够保持平静地听她讲，也许因为这一切都过去了。

"你妈妈倒是有骨气，当时就跟你爸爸离了婚，这么多年就跟你两个人一起生活。至于你爸爸，哼，男人就是男人，永远只会想着自己，没几年又攀上高枝结了婚，现在照样过得红红火火。有时候想想，真替你妈妈不值。"

"你不也一样。"小桥冷冷地回敬她一句。

冯念凝愣了一下，忍不住大笑："说的是！小桥，如果不是因为你爸爸，我想我会很喜欢你的。你还记不记得，咱们在英语班上刚认识的时候，我还主动找你聊天来着，也许你不知道，我这人平时是不太容易看得上别人的。可我怎么也没想到，你会是张其正和江秋梓的女儿，这正是应了那句老话：一滴水掉进油瓶里，不偏不倚。"

小桥道："可是你找我挟制我爸爸却是打错算盘了。我和他十多年都没见过面，哪里谈得上什么父女之情。"

"我虽然没跟你爸爸白头到老，但对他的了解，或者说对男人的了解，比起你妈妈来要多得多。"冯念凝面露得意之色，"你爸爸再婚后没有生孩子，现在身边虽然有个儿子，却是别人家的，你以为他心里会跟那孩子有多亲？你是他唯一的骨肉，他又一直号称最爱你妈妈，所以对他来说，你在他心里还是占了很重要的地位的。要不然，怎么我跟他一提起你来，他就紧张得不得了，立刻找时间过来和你见面了呢。"

冯念凝讲得亢奋，喝了口茶又道："你爸爸对我的态度很矛盾，一方面，是我给你们建立起了联系，他不敢得罪我，而且，如果把从前的事挑开，对他现在的家庭岂不是大麻烦？他年纪大了，又犯过错误，难免想多，做起事来畏首畏尾的。另一方面，他又怕我对你不好，总想提防我，我做他的工程，还得靠他协调才能做完，所以我不得不把你抓在身边，我们这也算是互利互惠。"

小桥说："你讲的这些，我不知道该不该信，反正信不信都无所谓，我是不会让你们这样摆布的。"

冯念凝叹了口气:"本来我谋划得好好的,都让钟越这小子给搞砸了。"

小桥听得来气:"你是他姨妈,还口口声声说将来要他继承你的事业,可你就知道教他歪门邪道的东西。"

冯念凝笑道:"小丫头,说你年轻真是一点不假。做大事的人得不拘小节,还要有特别硬的心肠,哄哄你这种小姑娘根本不算什么歪门邪道。可惜,就是这样一点小事他都做不来,这才是我最担心的地方。"

"就是因为他没做好,我才觉得他比你有救。你活了这么大年纪,就算靠这种方法挣到很多钱又有什么意思。"

冯念凝又笑:"以前怎么没看出来你这么伶牙俐齿的,我经过的事多了,不会被你这些话刺激到的。再说,我今天来找你也不是来听你不知天高地厚的教训。我找你还是为了钟越。"

小桥警觉:"钟越怎么了?"

"这小子因为你的事跟我闹别扭,玩什么离家出走,快有一星期了吧。我虽然没指望他将来有多出息,毕竟算我半个儿子,也没法看着他乱来不管,再说他老子老娘都急得不得了,非要我想想办法劝他回去。我能有什么办法,他因为你正恨我恨得要命呢!"

冯念凝从包内掏出一张纸,放在桌上:"这是他现在住的地方,你如果觉得他还有救,就去看看他吧。这会儿,大概只有你的话他才听得进去了。"

如果不是亲自来到这里,小桥真难想象三江还有这么破旧的地方,低矮的平房,狭窄的街道,每家门口前都堆放着很多杂物,走几步就看到一堆垃圾倒在墙边,被成群的苍蝇围住。煤球炉子里冒着烟,把半条巷子都搞得雾蒙蒙的。

钟越租到这样的环境里来,很有点自虐的味道。

小桥在一扇紧闭的门前站住,又核对了一遍地址,确认没错才举手敲门。对于钟越会不会在家她没抱什么希望,但不来走一趟心里好像有点过意不去。

门却很快就开了,钟越蓬头垢面地出现在小桥眼前,两人一打照面均是一愣。

"我以为是送快餐的。"钟越讷讷地说着,有点迟疑地向后退一步,"你,要进来吗?"

小桥点点头,往里走,一股陈年霉味立刻扑入鼻息。

即使开着灯,房子里的光线依旧不足够,小桥没走几步,脚下就踢到一个啤酒罐,被稀里哗啦的声音吓得止步不前。

钟越走过去,长脚来回扫了扫,将地上的各种垃圾都踢开,"过来坐吧,天井里挺亮堂的。"

他们很快就在露天院子里落座，却是相对无语。

小桥在亮光下仔细打量他，哪里还有昔日挥洒自如的影子，她心里有点不好受。

钟越问："是姨妈让你来的？"

"她找过我，还给了我你的地址。"

"她没跟你说别的什么？"

对那件事，小桥已不愿多谈，转而道："钟越，你怎么变成这个样子了？"

钟越垂头："我觉得自己很脏……我是说，跟姨妈合伙骗你的事。"

"不是都过去了吗？"

钟越摇摇头："其实那天你没说错，一开始，我的确就是为了姨妈才接近你的。一直以来，我都认为自己是姨妈的直接继承人。所以她让我干什么我都会去干。我很信任她，以至于……最后连是非黑白都分不清了。"

小桥不知道该说什么好。

钟越又说："小桥，我很羡慕你，这话是真的，虽然以前我老笑话你，你的生活很简单，理想也很简单，但你一直在努力，学各种东西，一步步去实现你的目标。我呢，我看不起自食其力的人，全部的心思就是等着将来继承姨妈的财产。我是不是很可悲？"

"所以你搬来这种地方惩罚自己？"

钟越不吭声。

小桥早就不怨他了，所谓知错能改，善莫大焉。尤其看到他现在这副颓废的模样，她很希望自己能帮到他。

"钟越，你没必要羡慕我，如果你觉得像我这样生活很好，你也可以试试啊！至少，先学会自己养活自己，而不是总要向你父母和姨妈伸手。"

钟越抬起头，眼眸里多了几分光亮："小桥，如果我说我现在对你是真心的，你信不信？"

小桥迟疑片刻，微微点了点头。

钟越有点激动："那么，你愿意跟我重新开始吗？我发誓，以后再也不骗你，一定脚踏实地做人！"

小桥为难："我相信你说的都是真心话，可在认识你之前，我就已经喜欢上别人了。经过这些事后，我发现自己也有错，感情是不可以像儿戏那样换来换去的，否则会伤到别人……对不起钟越，我没法答应你，因为我明白了一个道理，如果不是真爱，就不要随便开始。"

钟越眼里的光芒迅速黯淡下去，又恢复了郁郁寡欢的神色。

小桥心有不忍："但是，如果你愿意的话，我们还是可以做朋友，就像，很久以前那样。"

钟越依旧愣愣的，无精打采的样子。

小桥不想看到他这样窝囊，忍不住提高嗓门道："喂！钟越，你才多大，为这点小事就垂头丧气也太没出息了吧！如果是为骗了我觉得惭愧，我不是说过原谅你了吗？你还想怎么样？不要因为今天我来看你就摆出这样一副死气沉沉的脸色好不好？我是为了让你振作才来这里的，如果我说的话一点用都没有，那我还是走了。你爱怎么样就怎么样吧！"

她果真起身要走，钟越慌忙拽住她："你别走哇！"

"你还有什么话要说？"

"那什么，我好几天没出门了，你陪我出去吃个饭怎么样？"

小桥回头瞪他，钟越一脸讨好的笑容，表情又跟从前一样生动起来，让她忍俊不禁。

"那还愣着干什么，走啊！"

钟越见她答应，喜不自胜，蹦跳着往屋里跑："你等我几分钟，我换身衣服，再刮个胡子啊！"

Chapter 16 卑微而惨烈的爱

盛夏正在不知不觉间过去，虽余暑犹在，但随着蝉鸣的急促，秋意已在一步步向世间走来。

燕妮已经连着一星期没着家了，这次失踪得也蹊跷，随身物品和换洗衣服都没带走，以往她也经常夜不归宿，但还知道时不时在赵家露露脸。

赵奕南嘴上不说，心里还是有点担心，打她手机照例是关机。

时间一长，赵母也禁不住嘀咕起来："把这儿当什么了，想来就来想走就走。"

见儿子沉默不语，她又说："前两天我遇见隔壁邻居，就是那个很喜欢议论是非的女人，她告诉我，她儿子看见一个跟燕妮长得很像的女人和别的男人搂搂抱抱，我听了真是响都响不了。奕南啊，咱们赵家一向清清白白，从没出过丢人现眼的事，你不能再跟她不明不白拖着了，就算是打官司，也得把这桩事情给我搞搞清楚！"

母亲的愠怒对赵奕南而言是又一重压力，但除了好言安慰，他也没别的办法，难道真要他把燕妮扫地出门？那丁丁看见了会怎么想。这孩子最近倒是挺懂事，可燕妮毕竟是他母亲，自己如果做得太绝，丁丁难免会心寒。

况且，燕妮显然已经到了破罐子破摔的地步，就等着赵奕南主动跟她闹呢，想到这里，他不免又是一阵头疼。

上午，他正全神贯注地开会，新来的小秘书忽然跑来敲会议室的门，诚惶诚恐地把他手机奉上："赵总，你的手机落在办公室了，你母亲找了你好多次，好像有急事。"

赵奕南开会向来是不带手机的，免得受干扰，这秘书初来乍到不清楚，他刚想重申一下自己的意思，手机又响起来，还是母亲打来的，他只得对秘书挥挥手，自己走出会议室接了。

母亲的声音有点惊慌："小南啊，家里来了好多人，说燕妮欠他们钱，逼着咱们还呢！这可怎么办？"

赵奕南心中咯噔了一下，该来的终于还是来了，只是没想到会是这样。

"他们还在吗？"

"在，说是不给钱就不走，你能不能赶紧回来一趟？"

赵奕南火速驱车到家，院子的铁栅栏外围了好多邻居看热闹，赵母坐在院子门口，一脸无奈和紧张，几个看上去很不正经的男子围着她在说什么。

赵奕南把车随便往巷子旁一停，赶紧下车奔回家里。

赵母见他回来，立刻有了主心骨："奕南！"

为首一个穿花衬衫皮肤黝黑的男子站起来打量他。

"你是赵奕南？"

"我是，你们哪儿的？"

"我们？许燕妮没告诉你？哈，也是，她输了钱就跑路了，可跑得了和尚跑不了庙！她是你老婆对吧，她输的钱就由你来还喽！"

赵奕南耳朵里听到街坊们窃窃私语的声音，顿如芒刺在背，一边扶了母亲往家里走，一边道："有什么事进去说吧。"

进了客厅，赵奕南才问："她输了多少？"

黑皮把几张欠条展示给他看："一共有五笔欠款，加起来一百三十二万。"

赵母一听就跳起来："是许燕妮输的，跟我们赵家没关系！要还债你们找姓许的本人去！"

赵奕南忙劝母亲："妈，您别急，要不，您回房歇着，我跟他们谈就是了。"

赵母抹泪恨道："我哪里放心得下！奕南，你怎么招了这么个女人啊！"

黑皮开口了："老阿姨，你别朝我们吼啊！我们开赌场就为求个财，没打算跟谁过不去，你媳妇来我们场子里玩的时候就拍了胸脯的，她虽然没钱，可她老公有钱，她输得起！"

赵母气道："她不是我媳妇！我没这种丢人现眼的媳妇！"

"那就是你们的家务事了，我们管不着！不过这钱可一分不能少了我们的。"

赵奕南问："她人现在在哪儿？"

黑皮说："我哪儿知道！我还想问你呢！"

赵奕南镇定地坚持："我必须见到她人，她人没出现之前，我没法相信你们手里的东西是真是假。"

黑皮抖抖欠条："她在这上头按了手印的，假不了！"

赵母突然道："按手印也没用！你们赌博是非法的，我可以报警抓你们。"

黑皮刀子一样的目光朝赵母看过来，不怒反笑："报警？你有证据证明我们犯罪了么，当我们傻的？老阿姨，到我们那儿闹事的人多了去了，可你去打听打听，有哪个落到好下场的？"

赵母气势萎顿下去，愤愤而不安地朝儿子瞥了一眼。

赵奕南蹙眉道："给我几天时间，我得先找到许燕妮再说。"

黑皮见好就收："我看你也是斯斯文文的读书人，这种账是不好赖的，否则你们以后的日子就难过了。那，我也不能没日子地等你，这笔账，如果一个礼拜后不来清掉可是要翻倍的啊！你们好好掂量掂量。"

言毕，几个人扬长而去。

赵母急得落泪："燕妮越来越不像话了，都三十多岁的人了，怎么就没个分寸呢！"

赵奕南不觉苦笑："她要有分寸，还能过成现在这个样子？"

"小南啊！他们是狮子大开口地乱喊，这钱我们不好随便给的。"

赵奕南闭了闭眼睛："妈，你别管了，我有办法的。"

"你，你能有什么办法啊？"赵母依旧慌得团团转，"要不，要不叫你二叔回来一趟？"

"别惊动他了。这次惹的是黑道上的人，就算他回来也没用。"赵奕南一咬牙，"当务之急要先找到燕妮，看她怎么说。"

夏末的夜，酒吧街依旧霓虹闪烁，热闹繁华比白昼更甚。

赵奕南独自坐在桃乐丝酒吧最不起眼的一个角落，默默啜着一杯不含酒精的饮料，在台上台下互动的尖叫声中，似乎只有他还能保持冷静的头脑，也因而显得与面前的世界格格不入。

烟雾在空气中弥散、变浓，勾起他那一点稀薄的烟瘾。

他对烟的态度一向是可有可无的，只不过进酒吧前怕自己无聊，还是在附近的小卖店里买了一包。

他掏出烟，拆开包装，随便抽出一支，正要塞进嘴里，想起了什么，终是没抽，仍旧放回烟盒。

后背被人轻轻撞了一下，一个柔软的躯体几乎是贴着他的身子转到他跟前来的。

赵奕南略略抬眸，看见一张妆化得恰到好处的脸蛋，长发盖住了两边面颊，即便如此，她的笑容依然夺人眼球。

她单手搭在赵奕南肩上，两张脸的距离相距不过五六公分，简直是在跟他耳语。

"帅哥，第一次来？有约了吗？"用意再明显不过。

赵奕南没有推开她："我来找个人。"

"来这里的人都是为了找乐，像你这样来找人的可不多。"

赵奕南笑了笑："Grace，你认识吗？"

女人的眼神闪烁了一下，答得极为干脆："不认识。"

赵奕南捏着烟盒在桌上轻轻击打："我上次来，看见你在台上唱过歌，Grace是这里的特邀歌手，你们不可能不认识吧？"

女人抬了抬眉毛，笑道："就是知道了也不能告诉你呀！既然你知道Grace的身份，为什么不找这里的老板问问？"

"问过了，他不告诉我。"

女人一摊手："那我也没办法了。"却并不就走，眼睛审视着赵奕南，有点好奇又有点欣赏似的。

赵奕南问："得出多少钱你才肯说？"

女人笑得妩媚，"跟钱没什么关系。我倒是有心帮你，不过干我们这一行，有些规矩不能不遵守，否则没饭吃事小，搞不好就死无葬身之地了。"

赵奕南端起饮料来喝了一口，笑笑道："真遗憾。"

女人贴紧他："不过，我可以在别的地方帮你，你要找的人给不了你的，或许我可以满足你。"

赵奕南依旧只是笑，并不回应她，目光盯着斜对面的大门。

门口突然传来骚乱和喧哗，几个穿制服的警察走进来，梳马尾辫留大胡子的老板紧跟在后面，脸上带一点不知所措的笑。

音乐很快停了，不满和交涉的声音从远近不一的地方传来，许多客人骂骂咧咧地走出去，正玩得高兴，突然搞什么治安检查，太破坏气氛了。

女人早已松开赵奕南，有点迷茫地瞧着热闹。没几分钟，酒吧里就冷清下来，很多人账都没付就乘乱溜了。

"老谢今晚要赔死了。"女人低声嘟哝。

赵奕南不紧不慢地喝完饮料，招呼服务生来埋单，女人目不转睛注视他，半开玩笑地问："那些警察，是不是你叫来的？"

赵奕南笑："我哪有这么本事。"

"如果是你就太坏了，老板最怕来治安检查这一手，多来几次，生意就别做了。"

赵奕南再次对她笑笑，"人都散了，我也该走了——对了，万一你有机会碰见Grace，麻烦转告她一声，就说……她儿子想她了。"

他在女人狐疑的目光中步出酒吧。

赵奕南一推开书房的门就看见燕妮铁青着脸坐在他那张软椅里。他微微沉吟片刻，走进去，关上门，把公事包搁在小沙发上。

燕妮冷冷地注视着他："赵奕南，你真有本事！连谢老板的酒吧都敢动。"

"我不懂你什么意思，"赵奕南找了把椅子坐下来，与燕妮面对面，"我找了你一星期，你真沉得住气，知不知道今天是还钱的最后一天？"

燕妮冷哼："关我屁事！我反正没钱，实在要还，只好拿命去抵了。"

赵奕南半眯起眼睛，目光微寒："你是不是吃定了我会给你收拾烂摊子？你干这些混账事的时候究竟有没有想过丁丁，还有我母亲？"

燕妮转过头去，脸上依然布满倔强的神色："你不是上天入地找我吗？有话直说！说这些没用的干什么？"

赵奕南久久盯着她："事情弄成这样，你难道一点都不觉得内疚？"

"哈！我早就是一摊烂泥了，你什么时候听说过烂泥能被扶上墙？"

赵奕南见她已是无可救药，便打消了规劝的想法，直截了当道："我没有那么多钱来给你还债。"

"不会吧？"燕妮不相信地看着他，"你们家别的不算，光这栋房子就值好几百万！"

赵奕南深吸了口气："燕妮，你什么时候变得这么厚颜无耻了？"

燕妮将双臂抱在胸前，冷笑："你终于后悔认识我了？"

赵奕南闭了闭眼睛："别逼我说出自己会后悔的话——你说说看，如果还不了钱，赌场会怎么处理？"

"挨顿揍喽！"燕妮轻佻地扬起眉毛，"不过那是对穷光蛋的做法！搁在你我身上就不一样了，他们知道你有钱，你不是还不起！跟打人泄愤来比，他们更愿意逼你把钱交出来，在这方面他们有的是耐心。"

赵奕南陷入沉默。

燕妮则没事人似的将软椅转来转去，四处张望书房里的摆设，这间书房她很久以前就来过，那时候这里的主人还是赵奕南的父亲，她记得自己当时只敢怯怯地站在房门外往里偷偷溜一眼再迅速走开。时过境迁，她和赵奕南都已步入中年。

她的目光缓缓移向沉思中的赵奕南，这个她曾经爱过而如今只剩下不堪回首的男人。看到他为自己的麻烦冥思苦想，燕妮有种作践的快感，仿佛给赵奕南制造难题是人生最大乐事之一。良久，赵奕南低缓地开口："我可以帮你解决。"

燕妮有点不敢相信自己的耳朵："你……打算怎么办？"

赵奕南不理会，盯着她说："但我也有个条件。"

燕妮心中略略明白，笑了笑道："你说。"

"事情解决以后，你离开赵家，跟我还有丁丁不再有任何关系。"

"你觉得值吗？"燕妮撇嘴，"为了甩掉我，不惜倾家荡产。你妈和你二叔能同意？"

"这是我的事——我说的这个条件，你能接受吗？"

燕妮耸肩："为什么不呢？我也过够东躲西藏的日子了。"

"那么，你同意了？"

"同意。"

赵奕南走过去，拉开抽屉，从里面取出两份协议："刚才跟你说的意思都明确写在这份协议里了，你可以再看一下，没问题的话，在最后一栏签个字。"

燕妮笑起来："原来你什么都准备好了！那刚才干吗还装模作样的不吭声？"

赵奕南懒得理她，把一支水笔放在她面前，重又回到沙发里坐下，双手交叉相握等着她。

燕妮很快看完，还有心情开玩笑："你真该去当律师，比起那些什么乱七八糟莫名其妙的保险合同，你这意思表达得清楚多了！"

赵奕南淡淡地提醒她："如果没问题，就签个字。"

燕妮爽快地提笔签字，随即把协议递给他："这么郑重是不是怕我将来反悔？也是，一百多万呢，可不是小数目！说真的，赵奕南，你真舍得出这笔钱？"

赵奕南检查了下她的签名，将她的那份递回给她，又将属于自己的一份锁进文件柜抽屉。

燕妮始终注视着他："你这么大方，应该不是为了我，而是为了有朝一日能把江小桥接回来吧？"

赵奕南无动于衷地听着，既不承认也不反驳。

燕妮自嘲地一笑："事到如今跟你说这些还有什么意思，我真是吃饱了撑的！"

"你给赌场老板打个电话吧。"

248

"现在？"

"对，今晚我们就把这件事情解决了。"

赌场设在菜场后面一个毫不起眼的门面内。

赵奕南提着皮箱随燕妮走过一条窄而长的走廊，各种呛人的味道迎面袭来，令人恶心欲呕。

赌场门口有几个人守着，燕妮扬了扬下巴："我找林老板！"

黑皮闻言从里间转出来，看见燕妮就笑："燕姐，终于不躲啦？前几天我们找得你好苦！"

燕妮没好气："老林，你个狼心狗肺，设了局让我往里钻，一点往日情分都不讲！"

"哎哟！进了这个场子谁还认什么情分呀？亲生爹娘都不认识了，只知道钱长什么样儿！"黑皮往她身后扫了一眼，赵奕南平静的面庞在灯光下时明时暗，"今晚是来还钱？"

"少啰唆，赶紧带我们进去！"

一行人穿过乌烟瘴气的赌场，来到后门，黑皮用力敲了两下，门从里面开了，燕妮回身看了看赵奕南："进去吧，老板就在里面！"

里间出人意料地宽敞，灯火通明，几排沙发上横七竖八躺着些身材壮硕的男人，其中一个光头，脖子里挂的一条黄金项链足有拇指那么粗，见了燕妮还挺客气。

"燕妮来啦！坐坐！"

燕妮也不客套，自顾自往沙发里一靠："老林，人我给你带来了，债务的事，你直接跟他聊吧。"

老林瞥了赵奕南一眼，笑嘻嘻地问燕妮："他说了算吗？"

燕妮早已点了根烟在嘴里抽着，脚跷得老高，拿烟的手抵在太阳穴上，似笑非笑盯着赵奕南："当然算了，这可是我的金主！"

老林大笑，挥挥手让闲杂人员散开，又清出一块场地来给赵奕南坐。

赵奕南把皮箱放在茶几上，"钱我带来了。"

老林更是笑得合不拢嘴："燕妮，你男人果然爽快！还这么守约，过了今晚你不来，欠款可就要往上涨啦！"

他接过皮箱，打开一看，脸色立刻变了："怎么就这么点？不是一百三十二万吗？"

老林看看赵奕南，又看看黑皮，黑皮忙把燕妮的欠条拿过来核对，是一百三十二万没错。

"这怎么回事？"老林瞪着燕妮。

燕妮头疼似的揉揉太阳穴："你别冲我来！不是说了吗，这事儿归他管！你问他！"

赵奕南道："我只拿得出这么多现金。你们本来就是无本生意，三十万也不是小数目，你不算吃亏。"

老林拍着欠条振振有词："可一百三十二万跟三十万差得也太离谱了！就算抹零也不是这么个抹法啊！你不能这么糊弄我吧！"

赵奕南面不改色："抱歉林老板，我只能给你这个数，如果你不满意，余下的部分就按江湖规矩来办吧。如果你还是不肯接受，我只能豁出去报警了，我不是爱惹麻烦的人，但如果被逼急了，鱼死网破的事也是干得出来的。到时候别说这三十万，你的生意还做不做得下去都难讲。我想你开门做生意是为了求财，也不会愿意闹到那步田地吧？"

老林坐下来，愣了片刻后笑起来："你姓赵是吧，赵先生挺有胆量，这几句话说得我还真得好好掂量掂量——三十万，呵呵！"

燕妮躺在沙发里吐着烟圈，仿佛一个局外人。

老林手按在皮箱上，神色复杂："我这么多兄弟呢，一百三十二万缩水成三十万，真是，我怎么跟我那些兄弟交代——你刚才说按江湖规矩来办是什么意思？"

赵奕南笑了笑："这个就得看你的意思了。"

老林也呵呵笑了笑，"那可就得见血了。"

燕妮捏着烟的手在空中顿了顿。

老林回头喝一声："二胖你过来！"

黑皮忙走到跟前。

"以往还不起钱，咱们都怎么处置的？"

"呃，打一顿，然后放了。"

老林一副为难的神色："这可是一百万的数目！能那么便宜就算了？"

"那……还有个老办法，不过很久没用过了：一根手指换五十万。"二胖看看赵奕南，"一百万就是……两根手指。"

老林满意地笑了笑，重新看向赵奕南："你看这个办法怎么样？五十万一根手指，那可是比金手指都值钱啦！"

赵奕南神色不改，想了想，点头："可以。"

燕妮呼地一下从沙发里坐起，厉声喝道："老林，你开什么玩笑！"

老林笑容不减，但添了些阴森："我林放可从来不在钱的事情上开玩笑。"

燕妮已经拖着皮鞋啪嗒啪嗒走过来，杏眉倒竖："我不同意！"

"嘿！你刚才不还说全都由你男人说了算嘛！赌场无戏言，你又不是不知道！"

"可我们一开始不是这么……"燕妮开了口才发现自己失言，想往回收已是来不及。

赵奕南却只当没听见，望着老林道："有句话我得事先说清楚，这笔债了结之后，我跟许燕妮就再无任何瓜葛了，今后她就算输了金山银山给你，也不要再来找我或者我家人的麻烦。这个要求不过分吧？"

"那是当然！赵先生，我佩服你是条汉子！要依我的意思，那一百万就免了，你的手指也可以留着。可我手下那么多兄弟看着呢！如果在你身上开了先例，往下的事就不好办了。不过，我不要你两根手指，就剁一根意思一下，大家对你服气了，以后也不会再来找你麻烦。"

赵奕南点头，伸出左手来看了看，目光忽然投向已是心魂不定的燕妮。

"燕妮，"他一直望进她的眼睛里，一字一顿地说，"以后你要再胡来，就想想今天晚上，想想我被剁掉的这根手指。"

燕妮心惊肉跳地听着，不敢与他对视，她转过去想再求求老林，但二胖已经把刀子取过来了，几个小子点了烟，都亢奋地抽着。

燕妮忽然扑过去跪在老林跟前："要剁就剁我的吧，是我输的钱，跟他没关系啊！"

老林蹙眉推开她："现在说这些都晚了！况且我们场子里可从没拿女人开过刀！你要真心疼你男人，就听他一句，以后别出来玩了！"

两个男人过来架住燕妮往后退，赵奕南把左手叉开了撑在桌面上，脸转向一边，闭上眼睛，镇定地吩咐老林："来吧。"

燕妮腿脚乱蹬，把鞋甩得老远，嘴里大哭着喊："不要啊！奕南！赵奕南你这个大傻瓜！大笨蛋！"

二胖用指腹刮了刮锋利的刀刃，对老林点点头，走到桌子跟前，扬起刀，瞅准赵奕南的小手指就要往下剁。

燕妮看得眼睛发直，忽然疯了似的挣开掌控自己的两人，以一股前所未有的蛮力猛然扑向二胖，在二胖的刀抵达桌面前，燕妮已将他掀翻在地，喊叫声和喝止声顿时响成一片。

须臾，二胖惊慌失措地爬起来，燕妮却躺在地上一动不动，老林连忙跑过去细瞧，原来她的后脑勺磕到了方形的墙柱子，一时血流不止，昏迷过去了。

二胖结结巴巴地道："老板，不是我推她的，你也看见了，是她自己撞倒的。"

老林不分青红皂白先甩了他一个嘴巴，呵斥道："还解释个屁！赶紧送医院啊！"

燕妮这一摔很不巧，不仅后脑勺破裂，还造成颅内出血，需要马上动手术。
赵奕南问医生："严重吗？"
医生神色严肃："不好说，我们只能先抢救了再看，情况不太乐观。"
"……最坏的可能性是什么？"
医生沉吟："变成植物人或者救不过来都有可能。"

办完手续，燕妮被推进手术室抢救，赵奕南和老林等人坐在门口的椅子里。
老林这会儿才逮着机会跟赵奕南说几句话，他见赵奕南始终垂着头，心事重重的样子，先叹了口气。
"你大概也猜到了吧，这事儿是燕妮的主意，前阵子她来找我，说男人对她不好，她想要报复，让我帮忙讹你一笔。我跟她五六年的朋友了，她既然开了这口，我没道理不答应，况且最后还有钱拿。谁想到结果会是这样！"
赵奕南无动于衷地听着。
"我也没真打算切你手指，吓唬吓唬你的，呵呵，你没被吓着，反倒把燕妮给绕进去了！女人哪，个个都是口是心非的主儿！"
赵奕南依旧闷声不语。
"你一定很爱燕妮吧？我跟她认识五六年了，能像你这样肯为她出头的男人我还是头回遇着。"
老林瞥一眼赵奕南，"燕妮人其实不错，坏就坏在脾气上。"
老林的一个手下提着赵奕南的皮箱匆匆赶来，老林接过皮箱转交给赵奕南，"你的三十万，我一分没动，你拿回去，好好给燕妮治病吧。"
没什么可做的了，老林准备离开医院。临走前，他看看死气沉沉呆坐着的赵奕南，忍不住又说："别怪我多嘴，燕妮这些年过得糊里糊涂的，并不是她存心要这样。有回喝多了她提到过你一次，说她怕你。一个女人为什么会怕你这样一个文质彬彬的男人，我是老粗，弄不明白，你自己可以琢磨琢磨。"
说完，老林带着人走了。
赵奕南独自守在手术室门外，他的脑子里钝钝地转不开来，可能前几天用脑过度的缘故。
计谋、勇气、胆识、魄力，这些曾经能够用来修饰自己的褒义词，现在正放肆地嘲笑着他。他处心积虑，破釜沉舟甚至不惜把自己置于冒险的风口浪尖上，最终换来的不过是抢救室里一具随时有可能消逝的躯体。

难道这就是所谓的宿命？他与燕妮这辈子注定要捆绑在一起，直到生命尽头？

他闭上眼睛，让自己陷入广袤无垠的黑暗之中，而窗外，天正一点一点亮起来。

清晨，赵母带着丁丁匆忙赶到医院。

燕妮的事瞒不住，但赵奕南耻于把交易说出口，借口意外来搪塞母亲和孩子，赵母是聪明人，看儿子的脸色就明白这事十有八九跟他有关，她心急如焚，当即在医院的走廊里求神拜佛起来。

"菩萨保佑，一定要让燕妮好好的！我们赵家从没干过缺德事，可不能摊上什么人命！只要那孩子能救过来，拿我的命去换她的命也成啊！菩萨保佑，南无阿弥陀佛……"

赵奕南心烦意乱："妈，你胡说什么呢。"

赵母抹泪："我还不了解你么，燕妮要是出了什么事，你，你这辈子就完了！"

丁丁懂事地偎依在父亲怀里，小脸却白白的，听了奶奶的唠叨，他仰起脸来，不无担忧地问："爸爸，妈妈会死吗？"

赵母惊恐地一把捂住丁丁的嘴："不好说那个字的，傻孩子！"

赵奕南心中泛出苦涩，却还是努力朝丁丁笑了笑："你妈会好起来的。"

担惊受怕地等到医生出来，赵奕南急忙迎上去，发现自己的身子竟然控制不住地战栗起来。

"她人怎么样？"

医生摘下口罩，挂满疲倦的脸上有一丝浅轻的笑意："救过来了！"

"阿弥陀佛！"赵母喜得双掌合十。

"不过病人体质还很虚弱，要住院观察一段时间，过几天还得做个全身检查，看看有没有后遗症——你们谁跟我来一趟，给她把住院手续给办了。"

赵奕南正要跟他走，一名护士匆忙跑出来："谁是赵奕南？"

他急忙向前："我是。"

"病人急着要见你。"

丁丁追问："是妈妈吗？爸爸，你是不是要去看妈妈？"

"对。"

丁丁立刻嚷："我也要去！"

赵母也道："奕南，你就带他去吧，住院手续我给办去！"

赵奕南便把丁丁一起带了进去。

护士边走边告诫他们："病人很虚弱，需要好好休息，你们不要跟她说话，看一眼就走——如果不是她坚持，我也不会来找你。"

燕妮躺在病床上，面庞上还罩着呼吸器，头部插着各种管子，眼睛却睁得大大的。

赵奕南屏息走过去，轻轻唤她一声："燕妮？"

燕妮缓慢地转动眼珠，看见了他，双眸中漾满歉意。须臾，泪水从眼眶里流淌出来，赵奕南心里也不好受，推推丁丁："去看看妈妈。"

丁丁走到燕妮面前，刚喊了一声"妈妈"就哭出声来，护士急忙过来连哄带骗地把他带走了，又回身嘱咐赵奕南："你也尽快出来。"

赵奕南说："燕妮，你没事了，好好休息，我每天都会来看你。"

燕妮却死盯着他迟迟不转开视线，吃力地问："你……的……手指……"

赵奕南终于明白她在担心什么，有股热浪蓦地冲进胸腔，一时百感交集，忙把自己的双手都伸出来给她看，努力展颜："手好好的。林老板把钱也还给我了，他还说，那件事一笔勾销。"

燕妮这才放心地闭上了眼睛。

赵奕南步出病房时，忽然有种想哭的冲动。

燕妮住院期间，赵奕南不再把下班后的时间都耗在公司里，每天早早地把事务都处理完了按时回家，取了赵母为燕妮炖好的营养晚餐赶去医院和燕妮一起吃。

有时丁丁作业完成得早就和赵奕南一起去，三个人在病房里说说笑笑，这回是真的像一家人了。

经历了这场生死变故后，燕妮身上那层坚硬的外壳似乎也在慢慢脱落，取而代之的是女性特有的柔软温和，她变得体贴且为别人着想起来，这种变化就连赵母都感觉得到。

债务的事已经了结，如今燕妮又像换了个人似的，和赵奕南还有丁丁相处得一团和气，做母亲的看在眼里，心思难免又活络起来，她几次对儿子旁敲侧击，但赵奕南充耳不闻，只是装傻。

赵母见状，这心里又不安生起来，怎么要过个太平日子就那么难呢！

逮个空子，她还是忍不住追问儿子："小南，你跟我说实话，你不会还在想着那个小姑娘吧？"

赵奕南脸色顿时不太自然："妈——"

赵母皱眉规劝："妈是担心你！好容易这些麻烦都给圆过来了，燕妮现在也脱胎换骨了，对你又这么死心塌地，你可别再出什么幺蛾子啊！"

赵奕南自顾自忙活，嘴上敷衍着："您就别替我操心了。"

"这人啊，最怕朝三暮四，那再好的日子都能给过得鸡飞狗跳的，你都三十好几的人了，千万可得……"

赵母啰唆着走出厨房，发现赵奕南已经溜了。

晚上，赵奕南正在书房做事，丁丁敲门进来。

"怎么还没睡？"

"我刚跟妈妈通完电话。"丁丁解释着，脸上流露出小心翼翼的神色，"爸爸，我有个问题想问你。"

赵奕南转过身来面向他，"怎么了？"

"妈妈身体恢复以后，还会不会回家来住？"

赵奕南不知该怎么回答，反问："你希望她回来吗？"

丁丁僵持了片刻，还是点了点头，又低声说："今天去看妈妈的时候，我也问她这个问题了。"

赵奕南心头顿时紧了一紧，"她怎么说？"

"妈妈说，这得看你的意思。"

赵奕南一时无言。

"妈妈今天还向我道歉了，说以前太对不起我，以后不会再那样了。"丁丁可怜巴巴望着父亲，"爸爸，妈妈她这次是真的都改了。"

看到儿子那渴求的眼神，赵奕南心里一阵难受，勉强向儿子笑笑："乖，不早了，先去睡吧。"

丁丁懂事地点头，走了出去，又轻轻替他将门掩上。

赵奕南再也无心公事，点了根烟闷闷地抽着，将自己重新陷入那个纠缠他多日的选择难题之中。

燕妮的身体恢复良好，渐渐也能下地走动了，但院方担心有并发症的可能性，还是要求她在医院多住一阵。

只有赵奕南和燕妮单独相对时，燕妮会回忆一些从前在学校的趣闻讲给赵奕南听，有些他还记得，有些却是真的忘了。

"刘冬晨你还记不记得，长得特胖那家伙！有次上体育课给你使坏，你跳高的时候故意突然之间把杆子往上抬，害你摔了个狗吃屎！"

赵奕南笑："我怎么没印象了？"

燕妮白了他一眼："你光记着自己那些风光的事了吧——体育老师批评他，他还狡辩呢，我在旁边可全都看见了，后来你猜怎么着？"

赵奕南笑吟吟地："肯定没好事。"

燕妮得意道："过了两天，我骑车上学的时候在路上碰见他了，他也是欠揍，骑个车还不老实，一路上尽摆造型了，一会儿S一会儿B的，半条道都给他占掉了，我看看后面没人，就猛踩着车子冲上去，直接把他撞进路旁的水沟里了，哈哈！"

赵奕南哭笑不得，突然又恍然大悟："我想起来了，他妈好像领着他来找过我，说什么被我打击报复推进水里了，我当时觉得莫名其妙，幸亏有同学证明那会儿我早就到学校了，不然这事还真说不清楚。"

他欷歔着摇头："原来是你闯的祸！"

"嗨！你那是什么表情，我是为你报仇雪恨呀！"

赵奕南笑："谢谢！不过麻烦你行侠仗义后通知我一声。"

"我怎么通知你啊？你那时候都不拿正眼瞧我的。"

赵奕南削了个苹果递给她："谁说的，我还记得你经常帮我出头的事呢，其实那会儿我挺感激你的。我人天生不主动，很多事过去也就过去了。"

"那你……你那时喜欢过我吗？"燕妮咬着唇，低声问。

"呃……"

"我要听你说实话。"

赵奕南想了想，如实道："喜欢你是成年后的事了，读书的时候没那心思。"

"我……我是一直都很喜欢你的。"虽然历经沧桑，提到这种话题，燕妮依然有些难为情，"可我没什么出息，在你面前总觉得自卑，就是后来我们在一起了，我也常常担心醒来后会是一场梦。"

赵奕南默然低下头。

"我一次次远离你，又忍不住想靠近你，这些年，我最害怕也最痛恨听到的话就是说我高攀了你，我怕你心里也是这么想的，与其让你赶我走，不如我主动离开你。"

"别说了，吃苹果吧，苹果要黄了。"

"不，你让我说完，我怕这次不说，以后就没机会说了。"

燕妮深情地望着赵奕南："奕南，你是个好男人，我没看错你。可因为我的任性耽误了你这么多年，我……"

她深深地吸气，像要把所有伤感和痛楚都咽回肚子里："等我好了，我会离开你的，无论你喜欢谁我都会祝福你，不再跟你闹别扭，我……"

眼泪还没流出来，她发现自己的手已经被赵奕南握住。

"过去的事不必再提，只要你有这个心就行了，以后的日子会好起来的。"他酝酿了一下情绪，终于还是把那句沉甸甸的承诺给推了出去，仿佛在完成一个必然的使命。

"你放心，我会给你，还有丁丁，一个完整的家。"他望着燕妮，"我是认真的。"

燕妮愣了一愣，泪水旋即疯涌而出，她忽然倾身向前，扑进赵奕南怀里，搂着他的脖子肆意痛哭，仿佛要把心头积压的所有情绪都释放出来。

赵奕南于百感交集间意识到，这还是燕妮第一次在他面前表现出软弱的一面。

小桥离开肯德基都快一个月了，工作还没落实，倒不是因为难找，主要是这回她学乖了，自己在英语和财务学习上可是花了大钱的，要再去找份服务生的工作就亏大了，不如耐心等等再说，反正她账上的钱都够她过到明年开春了。

她每天都要去三江几个大型人才招聘市场溜达溜达，看看有没有新的机会出现，余下的时间，或者逛逛商场、公园，或者在家看看书，她生性喜静，这样的日子最是惬意。

对于未来，虽然目前尚无定论，她始终持乐观态度，不仅对工作，还有一丝不能言说的期待。这天下午，她闲来无事去看了场电影。走出影院时忽然想起冰箱里没存粮了，就又跑了趟超市，这么兜兜转转的，到家已近七点。

正步履轻盈地上楼，楼梯上走下来一个人，小桥抬头看，身形熟悉，居然是赵奕南。

"赵哥！"她喜不自禁，赶紧迎上去，"你来找我？"

"嗯。"赵奕南淡淡地笑着，"你出门了？"

"是呀！一个人看电影去了——你吃晚饭没有？"

"还没。"

小桥更高兴了，"那正好，跟我一块儿吃吧！我买了好多东西回来！"

进了门，小桥把购物袋往地上随便一搁，赶紧转身打量赵奕南，这些天她虽然没跟他联系，心里却是很想的，隐隐还揣着一丝期待，此时感觉好运似乎就要降临了，不免笑嘻嘻地问："你今天来找我，是不是有什么好消息要跟我分享？"

不等他说话，小桥已经调皮地蹦上去搂住了他的脖颈，动情地表白，"你不知道，我这些天一直在等你！刚才上楼还在想你会不会来找我呢！你看，咱俩又心有灵犀了吧！"

以往她这样主动跟他亲热时，赵奕南都会热情地回应她，可今天他却垂着手不动，也没推开小桥，只是由着她抱住自己。

小桥很快就察觉了，心里忐忑起来，"你是不是有什么烦心事啊？"但还是嬉皮笑脸地开解他，"其实也没什么大不了的，我心里觉得烦的时候就会想想你，然后就开心了，你也一样，不开心的时候多想想我就好了！"

"小桥……我要结婚了。"赵奕南的口吻如此艰涩。

小桥一呆，脸上的笑容顷刻间冻住，她放开赵奕南，仔细端详他的表情。

赵奕南垂眸不看她，嘴角的笑意早已消失不见。

小桥的心忽然乱了："和……和谁？"其实答案不言自明。

"燕妮。"

"这次是……真的？"她再三跟他确认，仿佛下一秒他就会展开笑颜抱住自己，告诉她这只是个玩笑。

但怎么可能呢！他郑重的表情已经说明了一切，况且，他也从不会拿感情的事来开玩笑。

寒意蓦地袭来，将小桥的心一寸寸冻住，泪水完全不受控地从眼眶里大颗大颗滑落，但妈妈的训斥突然从脑海里冒出。

"哭有什么用？你哭了麻烦就能解决了？要真能那样，谁遇到不顺心的事只要哭哭就可以了！"

小桥跟妈妈斗嘴从来都是输的，道理永远站在妈妈那边，而她总是在妈妈的数落声中哑口无言。

可是现在，她忽然很想告诉妈妈，哭不是为了要解决麻烦，只是因为悲伤，漫无边际的悲伤，就像一个人被遗弃在海上，四顾无人，孤独绝望。

看到小桥这样的反应，赵奕南顿时心碎，除了痛苦和疼惜，还有难以说出口的深切的愧疚，即使他反复向自己强调：他并非小桥的良偶，离开他，小桥才能找到真正的幸福，毕竟她这样年轻，这样美好。

可无论他怎样找借口，对小桥而言，他终归还是自私的，他放弃爱情，选择向亲情和伦理妥协，因为这对他来说是最稳妥也最安全的选择。

或许他不该来见她。

但那天在旅馆房间里，小桥说的那些话以及她没说出口的期待他都是知道的，只在电话里告诉她而不能当面看着她，会让他更担心。

小桥此时的痛苦远甚于上一次的分离，那一次是她主动提出离开赵奕南的，尽管难过，却事先已有心理准备，而这一次她却是在满怀期待的心情下遭受到如此打击，果然是期望越大，失望越深。

哭到最伤心的一刻时，小桥忽然明白，一切都已成定局，无论她怎样追问、怎样伤心都于事无补，只会让赵奕南更无所适从。

妈妈决绝的个性到底还是遗传了一些给她，与其做无谓的纠缠，不如自己挥刀斩断。

小桥擦掉泪水，竭力展颜，想向赵奕南露出微笑，却在眼泪的不断洗刷下失败，赵奕南无法忍受她痛楚的努力，上前紧紧抱住她，想给她安慰，即使明知徒劳。

小桥大口喘息，使劲把伤心吞咽下去，"我没事。"

她挣扎着，还是推开了他。

泪水还湿漉漉地挂在脸颊上，但她终于成功地露出了笑脸："这是好事，你们一家团圆，以后丁丁也不用再替妈妈担心了。"

赵奕南的眼圈霎时红了，"小桥，我……"那句"以后你会找到比我更好的"哽在嗓子眼里怎么也出不来。

小桥伸出双臂，重新拥抱他，但这一次很轻，因为她已经没什么力气了，也因为她明白，赵奕南再也不会属于自己。

她在他耳边温柔地低语："恭喜你，赵哥。"

赵奕南身子微微抖了一下，痛苦像打翻的墨水在心头泛滥开来——这是他听过的最悲伤的祝福。

Chapter 17 每个人都孤单

秋天来临时，小桥在一家德资企业里谋到一份行政职员的工作，公司规模很小，办公室里的职员加起来也不过十来个，但待遇优厚，而且人事关系简单，同事间都和和气气的，正合小桥的心意。

一找到工作，小桥立刻就把家搬到公司附近的住宅区，一来方便上下班，二来也是为了彻底和赵奕南断开联系——即便她和赵奕南觉得没什么了，难保燕妮不胡思乱想，不如干脆走得远远的。

她现在的主要活动范围都在三江的新商圈内，这里楼盘林立，配套设施已趋成熟，餐饮、医院、学校、卖场、娱乐场所等，无一不比老城区好，人气也逐年兴旺起来。

下了班如果不愿意自己做饭，就去兴业广场的美食城里转转，中餐日餐西餐韩餐随便挑，而且价廉物美。

小桥比较常去的是一家叫桂三的日式餐饮店，叫上一碗拉面或者一客定食，既吃得饱，滋味也足。

有一天，她忽然在这里看见了钟越。

他围着印有日文的黑色围裙，脑袋上还扎着一块头巾，端着拉面满脸含笑朝小桥走来，如果不是跟他太熟悉了，小桥大概根本不会认出他来。

"你，你怎么会在这儿的？"她瞠目结舌。

"打工啊！"钟越放下面碗，左右看看，低声说，"我上班呢，这会儿不方便说话，你就住这附近吧，把地址告诉我，下了班我找你去。"

即便惊讶到极点，小桥依然没有放松警惕，自己的住址最好不要随便告诉他人，尤其是眼前这位，她清清嗓门问："你什么时候下班？"

"还有两个小时。"

"那九点钟,我在隔壁的甜品店等你。"

钟越眨眨眼睛："也行。"

小桥慢条斯理吃着面,看钟越欢喜地在店堂里跑来跑去,脸上不再挂着过去那种孤傲的表情,止不住感慨,什么人都是会变的。

两小时后,她跟钟越就坐在甜品店里,一边吃芒果捞一边聊上了。

小桥问："你还住在老房子里啊？"

"没,早回家了！我妈来找过我,死活要我回去,她跟我爸知道了姨妈让我干的事,都很生气,他们两个平时习惯了看姨妈的脸色,难得这次明事理,都站在我这边。"

小桥望着他笑："难怪你气色好多了——你出来打工,你爸妈都知道？"

"知道啊！他们挺支持我的。"

"那你姨妈呢,她不是一直要培养你当接班人吗？"

"她倒是来找过我,不过我不想回去混日子了。我妈当着我的面对她说,'以后钟越的事得由他自己做主,他有多大能耐就吃多大碗的饭,至于你的钱,你还是留着自己花吧,我们消受不起。'没几天,姨妈就亲自去W市监督项目去了。"

小桥忍不住赞道："你越来越有骨气了。"

钟越谦逊地一笑："我妈说以前把我的前途都指望在姨妈身上,结果差点误了我,所以说凡事还是靠自己最踏实。"

"但你干吗跑饭馆去打工呀？你爸妈不是也有自己的公司？"

钟越得意道："你不知道了吧,我最大的理想是开饭店,不从饭馆基层做起,怎么能了解整个饭店的经营情况,以前老想当喝着红酒的傀儡董事,现在才发现那种想法真幼稚——对了,等将来我的饭店开张,你来当配菜师怎么样,我觉得你在这方面挺有天赋的。"

小桥笑着直摇头："对不起,我的理想跟你完全不一样,你还是另请高明吧。"她瞥了钟越一眼,"不过我有点奇怪,怎么这么巧在这儿碰上你,还有,你怎么知道我就住这附近？"

钟越眼神立刻发虚,看左看右起来,"那个嘛,也是偶然发现的,再说,这里是三江经济新的增长区,好多人才都往这儿涌呢,你在这里碰上我也没什么好奇怪的吧。"

小桥笑笑,没戳穿他。

钟越问她:"你现在怎么样?工作顺利吗?"

"挺好的。我又报了个财务班,等将来有机会转去做会计。我觉得自己的性格做财务比较合适。"

钟越点头:"小桥,我真该谢谢你,如果没有你,我不知道还要瞎混到什么时候呢!"

小桥叹了口气:"你别这么说,如果没有我,说不定你就顺顺利利在你姨妈的公司干下去了,反正有些事吧,发生了就是发生了,不见得是好事或者坏事,但要想避免,好像又是不可能的。"

钟越歪着脑袋打量她:"你以前没这么消极的啊!你跟赵奕南……"

小桥最受不了说这个,心上顿时卷过一阵悸动,忙打断他道:"别提他了好吗?"

"行!行!"钟越巴不得,一看小桥的脸色就明白他俩肯定又黄了。

他掏出一张名片递给小桥,"这上面有我新的手机号码,以后你想吃什么,可以提前打给我,等你到店里的时候,我就可以直接给你端上来,不必傻傻地等了。"

小桥笑着接过来,"有熟人就是好啊!"

以后两个人见面的机会自然就多了起来,有时小桥要加班,又不想跑来跑去,只要打个电话给钟越,半小时后,她点的饭菜就会送到办公室,还冒着热气。

同事们知道了也纷纷让小桥代订,有人还跟她开玩笑:"小桥,你这么喜欢吃桂三的饭菜是不是就为了多看一眼送外卖的那个小哥儿呀!长得那么帅,都可以去当模特了,埋没在小饭店里真可惜呢!"

小桥听了,也只是笑笑,并不解释。

重逢钟越,小桥感觉他的变化真是大极了,不再目中无人,倨傲无礼,相反变得亲切和蔼,还时常能为别人着想,像个体贴的大哥哥。有时小桥坐在店堂里看他耐心地给客人取东西,逗小孩,在觉得陌生之余,心里居然还会浮起一丝感动来。

两人来往时间长了,小桥的警惕难免松懈,没多久,钟越就成了她住处的常客,给她带去各种好吃的,还主动请缨在她家里做饭。

在饭店打工也是有讲究的,没有厨师证,连厨房的门都进不了,只能在店堂里当当传菜工,作为有远大志向的钟越,自然是不甘心的,为了能考上厨师证,他不仅去报了学习班,还经常在小桥这里练刀功。

"师傅说了,这是基本功,一定要过关,否则永远摸不着炉子的边!"

一边说这话时，钟越正一边切黄瓜片，切出来的瓜片大大小小、粗粗细细，小桥简直看不下去。

她夺过刀子示范给钟越看："要这么切的嘛，刀背稍微往外一点，不然小心削了手指头，一开始不能求快，得先把片片切均匀了。"

说着说着，后面忽然没了音，小桥回头，发现钟越正傻傻地盯着她。

她皱眉："你看着我干吗？看刀啊！"

钟越笑嘻嘻地道："要不这样，厨师证你去考，等将来我开了饭店，你来当主厨怎么样？"

小桥狠狠白他一眼，撂下菜刀就走，钟越急道："哎！你别走啊！我开个玩笑调剂下气氛还不行！"

等黄瓜切得有点模样了，钟越又开始拿胡萝卜练手。

成堆的黄瓜或者胡萝卜堆在砧板上，小桥不忍浪费，于是那段时间的晚餐席上，不是黄瓜宴就是胡萝卜宴，直吃得两人一见那些东西就想吐。

小桥受不了就抗议："钟越，以后你别在我这儿练手了，你练一样就毁我一样的胃口。你还是回家练吧。"

钟越哪里肯："可是在家练没你这儿带劲啊！"

"怎么会呢！你家有你爸你妈两个人帮你品鉴呢，肯定比在我这儿热闹呀！"

"可我，"钟越忽然支支吾吾起来，"我……都老长时间没回家了。"

小桥惊诧："啊？你不是说你一直在家住吗？"

钟越瞥她一眼，"实话跟你说吧，我就住你隔壁那栋楼，66号1503，有空你可以来串个门儿！"

小桥气坏了："你至于吗！又跟我撒谎！"

钟越嘀咕："我要一开始告诉你，你不定得紧张成什么样呢——唉，难道你就一点都不觉得感动？"

"你……"

他瞅瞅小桥的脸色颇不好看，忙又解释："你别想歪了，我真不是为了你才搬这儿来的，纯粹是因为住这儿上班方便，当时我想了，既然要搬，干吗不搬到离老朋友近一点的地方呢，以后也好有个照应，换了你也会这么考虑的吧——我对你真没坏心眼！"

小桥叹了口气："你别解释了，越描越黑！搬都搬来了，况且也不是住我家，我没权利管你。"

钟越小心翼翼地试探："那我以后还能来你这儿的吧？我们还是朋友吧，

就是最普通最普通的那种朋友，是吧？"

小桥被他贱兮兮的口吻逗乐，肃了肃脸道："你可以来，但如果再让我发现你骗我，咱们连普通朋友都没得做！"

钟越大喜，身子一挺，两脚一并行了个礼："Yes, Madam！"

有天小桥下班回家，发现门把手上插着张广告纸，原来是社区新开了家图书馆，可以向居民提供图书借阅服务。

周六休息在家，小桥干完家务活后打算去图书馆逛逛，正巧钟越来了，她便拉他一起去。

钟越借口道："平时那么忙，哪有时间看书啊！"

小桥数落他："你就是因为不爱读书，才会狂妄自大，自认为老子天下第一。阅读可以使人谦逊，思想深邃，还能为你节约很多时间，少走很多弯路呢！"

"呵呵！你怎么说话一套一套的，都是看了书才明白这些道理的？"

小桥朝他扬了扬广告纸："这上面不都写着吗！"

两人在图书馆办了两张借阅证，借了两大摞书出来，到了社区服务站门口，钟越尿急，把书往小桥怀里一塞。

"我去方便一下，马上回来！"

小桥都来不及说什么，那家伙一溜烟就不见了。

怀里的书沉甸甸的，刚走到门外就滑脱了几本掉在地上，小桥"哎呀"一声低头看，其余的书也像泄洪一样哗啦啦掉下去，她无奈，只好蹲下身子去一本本再拾起来。

视野里忽然出现了一双穿着黑色高跟鞋的脚，小桥觉得似曾相识，抬头看，没想到是久未谋面的梅梅。

她站起来，讶然叫："梅梅！"

梅梅本来没注意到她，目光正往服务站里面犹犹豫豫地搜寻什么，听到小桥的声音，转过来与她对眸，脸上的表情顿时千变万化。

"你……小桥……你也住这儿？"不知为何，小桥觉得梅梅似乎有点慌张。

"是啊！"小桥好奇地看着她，"你怎么跑这儿来了，也住这附近吗？"

"没，没有……"

钟越方便完了从走廊尽头往这儿快步走，小桥和梅梅同时看见了，小桥正不知怎么跟梅梅解释时，梅梅已经慌慌张张下台阶了。

小桥忙朝她喊："哎，你别走啊！钟越马上就过来了！"

"我还有事！你，你别告诉他我来过！我走了！"梅梅脚步匆匆，一刻不停，转瞬就消失在了建筑背后。

小桥心里纳闷，分秒间，钟越就来到跟前，一边帮她捡书，一边端详她脸色："你怎么不高兴，是不是被谁撞倒了？"

"没有。"小桥琢磨着刚才那奇怪的一幕，本想告诉钟越的，又想起梅梅的叮嘱，只得忍了忍，把疑问都咽回去。

但小桥心里终究放不下，隔了几天，她从老同事林筠那里打听到梅梅的住处，挑了个不忙的傍晚，亲自去登门拜访。

梅梅果然在家，穿着极为宽松的大毛衣，长发很随意地束在脑后，有点乱蓬蓬的，开了门看见小桥，她不过怔了一下就让小桥进屋了。

单居室的住房内，装饰简陋陈旧，梅梅也没给小桥张罗茶水，指了指唯一像样的一把椅子示意她坐。

小桥觉得她面色不太好看，还很疲倦的样子，关切地问："你是不是哪里不舒服？"

梅梅抿了抿唇，仿佛在思量该怎么开口，过了会儿，低声说："小桥，我怀孕了。"

小桥一愣，刚想张嘴道喜，感觉梅梅的表情不像那么回事，只得小心翼翼地问："孩子的爸爸是……"

梅梅眼神复杂地看着她，一咬牙，决定实话实说："是钟越的。"

小桥吃了一惊，"你确定？"

梅梅转开眼眸，缓缓点了点头。

小桥忽然不知所措起来，钟越笑嘻嘻的脸在眼前不断晃荡，她心里又隐约觉得愤怒，其实这些天相处下来，她对钟越已经大大改观了，哪里想到他背后居然偷偷摸摸干这种事。

小桥平静了一下，才问："这是什么时候的事？"

梅梅道："他离家出走那段日子。我经常打电话安慰他，那时候你刚把他甩了，他很痛苦。"

这个秘密一直藏在梅梅心里，她早就憋坏了，这会儿一股脑儿都说了出来。

小桥想起在老房子里看见钟越时的情景，一时滋味难辨。

梅梅继续说："有一天我去看他，在他那儿一直待到天黑，晚上我们喝了很多啤酒，都醉了，然后就……"她低下头，"虽然我不愿意承认，但我知道，那时候他把我当成了你才……"

小桥深吸了口气，"你怀孕的事，钟越知道吗？"

梅梅摇头："我没跟他提过，那天早上我醒过来时他还睡着，我没敢惊动他就悄悄走了。我本想忘了这事，可这个月例假没来，我去一查才发现……怀孕了。"

小桥有点明白过来，"这么说，你那天去社区服务站是想找钟越的？"

"嗯。"梅梅吸了吸鼻子，"我好容易才打听到他的行踪，但不知道他具体住在哪儿，就想去服务站碰碰运气，看能不能查到。可是当我看见他的时候，忽然就失去了面对他的勇气……我不知道该怎么跟他解释……也许，也许他会觉得我是在讹他，我不想让他……瞧不起……"

小桥突然上前拉起她的胳膊："走！我们现在就去找他，事情是他做出来的，当然得让他想办法解决！"

梅梅惊恐地连连往后退："不行，我不要见他，他一定会恼火的！"

"那你打算怎么办？难道要自己解决吗？"

"我，我还没想好。"

小桥无语地长吁了口气。

良久，她才道："梅梅，有件事我必须跟你讲清楚，我和钟越虽然有来往，但不再是男女朋友，你用不着对我抱什么顾虑。至于你怀孕的事，我们好歹朋友一场，既然你不愿意出头，我又做不到抛下你不管，那就……我去跟钟越说吧。"

梅梅的眼泪呼地喷了出来，她慌忙垂眸，默默地拿手指抹去泪水，虽然小桥为自己出头让她多少有点不舒服的感觉，但不可否认，她长久悬在半空的一颗心总算放下来大半。

小桥临走又叮嘱她："暂时什么决定也别做，等我消息。"

小桥一走进桂三的店堂，钟越立刻笑容满面地迎上来："欢迎光临！"

小桥直接问："你今晚有空吗，我有话要跟你说。"

钟越挑眉："你找我？就是有天大的事我也得推了啊！"又往她面前靠近一步，贼兮兮地问："咱们在哪儿碰头？"

小桥不理会他的轻佻，淡淡道："还是在隔壁的甜品店吧。"

钟越打个响指，"OK！不见不散！"

小桥望着他没心没肺的笑容，暗自摇了摇头。

一小时后，甜品店。

"你说什么？"钟越捧着茶杯，眼睛眨动得比蜜蜂扇翅膀还快，"我没听明白，麻烦你再说一遍。"

小桥放缓语速，口齿无比清晰："梅梅怀孕了，孩子是你的。够清楚了吧？"

钟越目瞪口呆，旋即倒抽一口冷气，"可这，这不可能啊！"

看来他把醉酒那晚发生的事完全清除出记忆了。

小桥便把梅梅的叙述原原本本转给他听，时间地点人物事件，清楚明了，钟越再也逃避不了，彻底沉默下来。

他面孔煞白，手久久地捂在茶杯上，一动不动。小桥看在眼里又觉得他很可怜，可事情是他做下的，就算现在可怜他也无济于事。

"钟越，你还好吧？"

小桥连唤了几声，钟越才回魂似的把目光又转过来，却不敢直视小桥的眼睛，嘴角勾起一丝苦笑："以前老笑话别人喜当爹，想不到自己也有这么一天。"

"你打算怎么办？梅梅还等你拿主意呢！"

钟越眼神闪闪烁烁，半响方道："你说，我该怎么办？"

"我怎么知道！"小桥审度他表情，似有退缩之意，不觉恼怒，"钟越，你是不是不想管啊？"

"我没说不管，可我现在脑子里乱得很，根本想不出什么办法来。"钟越皱起眉头，看来是真的头疼。

"梅梅肯定比你还慌乱，不管怎么说，你是男人，应该承担起男人的责任来。"小桥给他出主意，"要不你去找梅梅，问问她的意思？"

钟越的脸微微扭曲起来，"小桥，你会不会因此……看不起我？"

小桥叹气，转开脸静默了片刻，道："如果你像个窝囊废那样躲避责任我才会看不起你。"

钟越垂下头，想了很久，终于说："好吧，我……去找梅梅谈谈。"

一连几天，钟越都没在小桥眼前出现，也没打电话骚扰过她，小桥去桂三吃饭，钟越的影子都看不见。

她心里着实担心，想给他打个电话问问情况，转念一想，还是别干扰他作决定了，毕竟这是人家的事，如果不是看梅梅可怜，她也不想插手这么尴尬的事情。

大约一星期后，小桥忽然接到梅梅的电话。

"小桥，谢谢你，钟越他……向我求婚了，我们打算把孩子生下来。"

小桥先是一怔，随即松了口气："太好了，恭喜你们！"

梅梅忐忑地问："小桥，你会不会恨我？"

小桥微笑："我为什么要恨你？"

"我知道钟越喜欢的人是你，他向我求婚是……迫不得已。"梅梅的声音听上去不太开心，"我不知道该不该接受他，可想到孩子又……"

小桥打断她说："梅梅，你想多了。我跟钟越早就分手了，现在我跟他和跟你的关系是一样的，其实钟越能这样有担当，我很替他高兴，这才像个男人的样子。"

"钟越他，找过你吗？"

"没有啊！"

梅梅似乎松了口气，"不管怎么说，这件事我都得谢谢你，如果没有你，我恐怕……"

"你就别老谢我了！梅梅，你们打算什么时候结婚？"

"会在国庆假期里选一天，昨天刚见过他爸爸妈妈，听说有孩子了，他们很高兴，希望尽快举行婚礼。"

"国庆节啊，只有半个月了，时间是蛮紧张的，梅梅，你要多注意身体。"

梅梅"嗯"了一声，又嘱咐她："小桥，婚礼那天你一定要来！"

小桥爽快地答应了。

跟梅梅通完电话，小桥感觉自己的心情有点怪怪的，如果说一点都不失落也太虚伪了。

想当初钟越纠缠自己的时候，梅梅就向她表示过羡慕，没想到时移势易，如今成为孤家寡人的反而是自己。

隔了两天，小桥又去桂三吃面，迎面就撞上钟越，他没再像过去那样偷偷对自己嬉皮笑脸，显得沉稳多了。

小桥坐在窗户边的老位子等上菜，没多会儿，钟越过来，把面碗放在她桌上，却没立刻走。

"关于那件事，梅梅都告诉你了吧？"

"嗯。"小桥笑着点头，"恭喜你啊！"

钟越没什么反应："一会儿去隔壁聊聊？"

"好啊！"

小桥还是点了芒果捞，钟越则要了一杯清茶，依旧像上回那样捧在手里，好像很冷似的，脸上郁郁寡欢。

小桥问他："不是马上要结婚了吗，怎么还在上班啊？"

"婚礼家里在操办，用不着我帮忙，我跟梅梅说好了，一切从简。"钟越显得有些灰心，"本来以为离开姨妈的公司出来锻炼自己，可以重头再来，想

268

不到这么快就……"

小桥安慰他："梅梅很早以前就喜欢上你了，她对你可是一心一意的，不像我……以后你们结了婚，你还是可以接着开你的饭店，梅梅肯定会帮你。"

钟越摇头："我是为了不让你看扁才决定跟她结婚的，况且，带她去堕胎这种事也实在干不出来，可我对她……"

小桥也不知道该怎么安慰他，只好问："婚礼的日子定下来了吗？"

"十月二号。"

"在哪家饭店？我一定备份厚礼送过去。"

孰料钟越扫了她一眼道："不，你还是别来了。"

"嗯？为什么？"小桥眨了眨眼睛。

"我……不想在那种场合看见你。"钟越说着，低下了头。

小桥原本就打算国庆节回趟家的，既然钟越不欢迎她参加婚礼，她决定仍按原计划回家，不过结婚礼物还是要送一份的。

星期天，小桥独自去市里最大的百货公司挑选礼物。

她先到服装专柜给妈妈和外婆挑几件衣服，没花多少时间就搞定了。而送给钟越和梅梅的结婚礼物，她却迟疑了很久，从化妆品到床上用品再到首饰，感觉无论送哪种都不太妥当。

只能一层层往上逛，到了六楼，抬头就看见花花绿绿的陶瓷和玻璃器皿，尤其是珐琅瓷的摆设，精致细腻，漂亮大方，还有专门作为婚庆礼品的类型出售，小桥一下子就有了主意。

正挑着喜欢的颜色和造型，耳边传来熟悉的声音。

"妈妈，我想在房间里放一个手捧桃子的胖娃娃！"

"傻孩子，那是童子献桃祝寿的意思，你才多大，摆那个不合适。喏，放朵这样的花不是蛮好？"

"女孩子才摆花呢，我不要！"

小桥转身，看见燕妮和丁丁笑吟吟地走进卖瓷器的区域，赵奕南则跟在他们身后。

她无暇躲藏，只能脸上堆笑，主动与这家人打招呼："丁丁……赵哥，你们好！"

那三个人见到她，也无一不是一怔，丁丁也不挪步，回身看看母亲，神色仿佛还有些紧张。

燕妮最先反应过来，露出完美的笑容，走上去跟小桥搭讪："是小桥啊，这么巧！"

做手术时燕妮剃光了头发，现在才长出来寸许长，桀骜地根根竖起，像个俏皮的男孩。

赵奕南始终站在母子俩身后，除了一开始向小桥点了点头外并不怎么看她，脸上也带笑，却很淡。

小桥说："朋友国庆节结婚，来给他们挑礼物，觉得这个珐琅瓷很漂亮。"

燕妮笑道："我们也是来挑点瓷器在家里摆摆的，打算婚礼前把家里好好布置一下，免得客人笑话。"

"你们……还没办婚礼啊？"

"是啊！准备元旦才办，你看我的头发，"燕妮指了指自己的脑袋，"得等头发长长一点，而且奕南他二叔一家也要到圣诞节后才能回家。"

小桥笑得仓促："那我，我提前恭喜你们！"

赵奕南光听她们聊，始终不插嘴。

燕妮说："不着急，到时候还要请你喝喜酒的。对了小桥，你现在住哪儿？给我个地址，下个月我给你发喜帖。"

小桥强忍着难受，把地址报给燕妮，又强颜欢笑地恭喜了他们一遍。

她必须得走了，否则连表情怎么摆都不会了。

她胡乱拣了个盘子一样的摆设说："就它了。"

结了账，小桥刚想溜，燕妮却一把将她拽住："小桥，我一直想跟你说，以前的事，你别放心上。"

小桥干笑："怎么会！"

燕妮似乎还有话要讲，但小桥已经挣脱了她的手，急急忙忙走出去，又奔向电梯口，由始至终都不敢回头望一眼，仿佛避瘟疫一般。

燕妮和丁丁为挑哪几个珐琅瓷争得不可开交，赵奕南想到接下去还要挑餐碗和茶具，不知要等到什么时候，便对燕妮说："你们慢慢挑，我去楼下男装柜逛逛。"

燕妮提醒他："你的书房也要添几件瓷器的，你不自己看看？"

"你拿主意吧。"

"那一会儿我们去哪里找你？"

"侧门，那里靠近车库，找不到我就打电话。"

赵奕南根本没去男装柜，他乘电梯一直下到底楼，目光在熙攘的客人中间搜索，并不抱什么希望。

沿着一条走廊漫步下去，很快就来到侧门，不过不是靠近车库的那个，而是与之相反的另一个门。

离门口不远处就是个公交车站，小桥左右开弓拎了好多袋子，正挤在等车的人群里，引颈眺望车子的踪迹。

赵奕南站在商场的台阶上默默望着她。

小桥穿一件很薄的开司米套头衫，米灰色，松松垮垮挂在身上，底下是一条紧身牛仔裤，一双深蓝色运动布鞋，混在人群里显得格外瘦小。头发似乎长了一大截，用一个浅粉色的发圈一箍，很随意地甩在脑后。

秋天了。

去年好像就是这个时候吧，她出现在自己的生活里。

赵奕南的手在口袋里摸索了一会儿，掏出一包烟，里面还剩了三四根的样子，他抽一根出来，望一眼还在等车的小桥，手僵持了片刻，仍是将烟塞到嘴里，低头点了火，慢条斯理抽着，目光重新回到小桥身上。

车终于来了，小桥被一群勇猛的老头老太给挤到后面，但她没有灰心，等人上得差不多了，还是很耐心地填上去，车门在她身后吃力地关上，车子咆哮着开远了。

赵奕南缓缓吐出烟圈，目光追随那部车远去，直到它在路口转了个弯再也看不见，他仍然保持着凝望的姿势，指间的烟袅袅地燃烧，烟灰悄无声息跌落。

晚饭后，燕妮和赵母忙着把新采购的物品装点出来，丁丁做作业也没心思了，一会儿跑出来看一眼，一会儿又跑出来看一眼。

赵奕南借口工作，独自待在书房躲清静。

自从决定结婚，他便刻意把工作的时间给压缩了，想多留一些时间给家人，他是决心要好好对待燕妮的，然而，相处的时间多了，彼此却并不享受，反倒都有点无所适从的尴尬，毕竟他们分开了那么多年，很多生活习惯还得从头适应起来。

所以他即使在家，也是在书房的时间居多，燕妮对此并无怨言，经历过那场生死意外之后，她对很多事的确看开了，再也不似往日那样敏感。

读了会儿邮件，赵奕南的手机响了两声，有短信进来，一查，又是一条垃圾短信，最近这类东西越来越频繁，删都来不及。

他蹙眉删掉那条短信，却并未立刻放下手机，指尖慢慢上滑翻屏，找到了与小桥曾经的来往信息。

"我做了酒酿圆子，放在冰箱里了，一定要记得吃哦！"

271

"赵哥，又有一道题不会做，我拍了照片给你，看得清吗？"

"你现在身边有人吗？有句话我藏在心里很久了，现在告诉你好不好……我爱你（我脸红了，你呢？）"

……

"对不起，害你受伤，都是我不好，对不起……"

"今天，我看见爸爸了。"

赵奕南逐条翻看，时不时无声地笑笑，翻到最后一条，是小桥搬离租房时给他留的。

"钥匙我照你说的放在门框上沿了，一定要尽早去取哦。我会好好的，你也要过得好好的，再见。"

下面是一片空白，仿佛茫茫无边的海，时间永久地停留在那一刻。

赵奕南又翻回最初的信息，这一回，不再容许自己回味，而是看一条，删一条。他进行得很慢，但只要这样删下去，早晚会把他和小桥之间的一切清零。

他并非今天才明白：沉溺是痛苦的，该忘掉的事不如尽早忘掉。

一半还没删完，燕妮敲门进来，赵奕南赶忙把手机倒着合在桌上。

"奕南，二叔打电话来了，喊你去接。"

"哦，好！"

刚走到门口，就听见母亲在二楼叫他："小南，到楼上来，你二叔的时间又要变了，咱们一起跟他讲，婚礼可不是儿戏，可以随便改来改去的！"

燕妮看着赵奕南上了楼梯，她转身推开书房的门，赵奕南的手机就搁在电脑桌上，她拾起来，手机屏锁着，不过这难不倒她，她试了几个号码，最后用丁丁的生日成功解密。

满屏都是他和小桥的短信来往，燕妮一条条往下读，各种滋味在心头翻涌，移动的手指渐渐发抖，最后，她终于读不下去，猛然将手机锁了，重新放回桌上。

她仰起脸，久久盯着天花板，脑子里一团乱麻，感觉自己像个入侵者。

为什么这么多年过去了，这么多事都经历了，她依然还是这样难堪的心情？

Chapter18 唯有失去才懂得珍惜

小桥赶在国庆节前一天到家，妈妈和外婆自然又是以上宾之礼待她，桌子上摆满了菜盘子，花色繁多。

"外婆，你肯定又忙了好几天吧？"小桥过意不去。

"不忙！我平时在家都闲得发慌呢！"外婆抱着她左看右看，"你这丫头，瘦了喂！"

"我没瘦！是您心理作用！"

"瞎说！瘦不瘦一看眼睛就知道了，你看你眼窝子都凹下去了！"

妈妈笑道："一个人在外面生活当然会辛苦了，瘦了也是正常——小桥，新工作累不累？"

"不累，挺有意思的。"小桥给妈妈讲了公司的趣闻，妈妈难得笑得如此开怀，这回她算是真对女儿放心了。

"对了，你还住在赵叔叔家吗？"

"不了，我搬到离公司很近的一个小区，妈，你有空可以和外婆一起来玩。"

妈妈点头赞许："是该这样。小赵留你住是客气，但我们自己不能不识趣。"

小桥想告诉她赵奕南要结婚的事，嘴巴张了张，还是缩回去，平心而论，她不喜欢这个话题，能不提就不提吧。

席间，妈妈和外婆不断给她夹菜，可她的胃口却远不如从前了，吃了一点就觉得很饱，早早上楼休息了。

躺在床上无所事事地翻着一本书，妈妈端了碗汤走进来。

"小桥，你胃口不好喝点红糖枣子汤，外婆特意给你炖的，容易消化。"

在外婆心目中，红糖枣子汤就是万金油，可以治感冒、胃寒、咳嗽等各种毛病。

小桥喜欢喝甜汤，乖乖地一饮而尽。妈妈看着她喝，脸上始终保持笑意，小桥觉得这次回来妈妈好像跟以前很不一样了。

"小桥，你终于长大了。"妈妈摸摸她的头发，"我也可以放心了。"

"妈妈，我走了，你觉得孤单吗？"小桥有点心疼起妈妈来。

妈妈笑得格外温柔："我正要跟你说个事儿，过两天，给你介绍个叔叔认识好不好？"妈妈神色忽然腼腆起来，"也是最近才认识的，他脾气好，人老实，对我也不错……"

小桥这才明白过来，高兴道："这是好事啊！妈妈，你早该找个人重新成家了。"

"以前你还小，我也没特别中意的人，怕随便结了婚，对方对你不好。现在反正你都这么大了，就算跟别人合不来，我也不至于太为难。"

小桥没想到妈妈为自己考虑得这样仔细，心里没来由地一酸，扑进妈妈怀里："妈……"

居然抽抽搭搭哭起来了。

"你这是怎么了？刚才还好好的呢！"

其实小桥心里早就觉得堵得慌了，这一年来发生的不愉快的事，尽管此前都被她用理智压下去了，但此刻埋在妈妈怀里，她觉得自己一下子变得很小，再也承受不住那些压力，索性痛痛快快哭了一场。

妈妈不明所以，犹豫着道："你要不想跟他见面就不见，也用不着哭啊！"

小桥赶忙抹抹眼泪，使劲对母亲微笑："谁说我不愿见了！你说吧，什么时候？"

妈妈迟疑的神色却始终不散："还有件事，我还是现在就告诉你好了，那位叔叔，他……比我小五岁呢，你……能接受吧？"

五天假期一晃就过去了，小桥重又踏上返回三江的旅途。她靠在车窗前，想起两天前跟林叔叔见面的情景。

林叔叔跟赵奕南应该差不多大吧，除了长得不像外，脾气、学识无一不是赵奕南的翻版，他还有个9岁的女儿，叫喜悦，很有趣的小姑娘，和小桥也谈得来。幸亏是女儿，如果是儿子的话，和赵奕南的情况就更像了。

小桥由林叔叔联想到赵奕南，难免又有些伤感，不过看到妈妈甜蜜的微笑，小桥又由衷替妈妈高兴，妈妈为了自己单身多年，也该得到她应有的幸福了。

274

回到住处，门上贴了张黄色字条，小桥摘下来细看，是钟越给她留的，要她回来后给他打个电话。

"这家伙又怎么了？"

小桥纳闷着进门，草草料理好行李，敌不过心头的好奇就给钟越拨了过去。

"你总算回来了！"钟越听上去比节前要振作一些，毕竟结了婚不一样了，小桥暗想。

"你找我干什么，婚礼怎么样，还顺利吧？"

钟越却吞吞吐吐起来："小桥，你，你现在有空的吧……我这就去你那边，电话里说不清楚，你等我哈！"

没等小桥回应，钟越已经急急地挂了电话。

"搞什么？"小桥蹙眉将手机抛进沙发。

十分钟不到，门铃就被按响，钟越愁眉不展似的出现在她面前。

"你踩风火轮来的，这么快？！"

钟越挠挠头："我这两天都住你隔壁那栋楼。"

小桥瞠目："啊？！那梅梅呢？"

"能不能让我先进门啊？"

坐在沙发里，钟越才实言相告："我跟梅梅的事……黄了。"

小桥又是一呆："你反悔了？"

钟越急忙辩解："不是我！是她。"

"梅梅不肯？"小桥不信，"为什么呀？"

钟越瞥了她一眼，"梅梅说，不想用孩子逼我结婚，所以她，瞒着我把孩子做掉。"

小桥都不知道该说什么好了："那，那她人呢？"

"走了。"

"她怎么能这样？"小桥喃喃地，"这是什么时候的事？"

"就在节前，她给我留了封信，等我赶去她住的地方，发现她已经退房离开了。"

"她去哪儿了？"

"不知道，信上没提，不过她说不会继续留在三江了。"

"你们真是……"除了叹气，小桥无话可说，"那你怎么跟你爸妈交代啊？"

钟越叹气："我妈快气死了，但有什么办法呢，人都跑没影了！"

小桥看着他："你呢，是不是松了口气？"

钟越低下头："刚开始觉得挺轻松的，可这两天，越想越不是滋味……我好像太不是东西了。"

那天晚上,钟越留在小桥家吃晚饭,他还特意去买了几罐啤酒,小桥见了很不高兴:"梅梅人都不见了,你还喝得下酒?你也太没心没肺了!"

"我这叫借酒浇愁!"

小桥无动于衷:"饭你可以在这儿吃,但酒还是带回你家里喝吧。"

钟越委屈:"你不知道我心里有多难受,我现在就剩你这一个朋友可以好好说说话,你还要赶我走?"

末了,钟越还是死皮赖脸地连人带啤酒一起留下了,吃饭时他滴酒未沾。

吃完了,小桥也懒得动,把碗筷一股脑儿扔在水池里,和钟越一起坐在阳台里聊天。

钟越这才开了啤酒,也递给她一罐,小桥没接,他再三劝:"你放心啦,两三罐啤酒喝不醉的,再说,同样的错误我绝不会犯第二次了!"

小桥白他一眼,接过啤酒,龇牙咧嘴喝了一口:"真难喝!"

钟越啜一口酒,依旧心事重重:"小桥,还是你好啊,没有那么多乱七八糟的事。"

小桥忽然想起和赵奕南心心相印的那个晚上,如果他没把持住,她今天又将如何自处?会不会也像梅梅那样凄凉地远走他乡?

小桥又有些伤感起来:"梅梅真可怜。"

钟越把啤酒罐捏得噼啪作响。

"不瞒你说,一开始我没想过要跟她结婚,我给了她一笔钱,希望她自己想办法善后,她没要。后来这事让我妈知道了才……我是不是挺浑蛋的?"

小桥哼了一声:"你现在,有没有一点后悔?"

钟越把长腿伸直,望着黑色的夜空,沉默了许久,才说:"也不知道她现在怎么样了。"

小桥的目光落在他惆怅的脸上,而他浑然未觉,思绪像飘去了很遥远的地方。

人总是这样,只有在失去时,珍惜的念头才会油然而生。

厨师考试前夕,钟越再次跑小桥家去练刀功。

小桥心里不乐意,又没法轰他走,唉声叹气:"又是黄瓜,又是胡萝卜!你不知道我现在连看它们一眼都觉得恶心吗?"

"最后一次啦!等明天考完我就可以升级切咸肉啦,咸肉你爱吃不?"

小桥冷哼:"你以为你一次就能过?"

"那当然了！要不然怎么对得起那么多牺牲掉的黄瓜和胡萝卜呀！"

厨房里，钟越一手按黄瓜一手握刀准备就绪，小桥用手机当秒表，喊一声："预备——开始！"

但听"咚咚咚"的响声，钟越已经麻利地切了起来。

一分钟后小桥喊停，钟越手上还剩一小截，他麻利地往嘴里一塞："过关！"

小桥气乐："明天你跟师傅也来这一手，看他让不让你过——重来！"

于是这一顿又是黄瓜宴，两人就着炒黄瓜和醋熘黄瓜吃面条，钟越是无肉不欢的，在超市买了一袋真空包装的即食牛肉，让小桥切了一盘打牙祭。

小桥从面碗底部又扒拉出来小半根黄瓜，像看见毛毛虫似的大叫："怎么碗里还有？"

钟越笑嘻嘻道："我放的，别浪费嘛！我这儿也有，你看！"

小桥觉得难以忍受："天哪！今年我干的最愚蠢的一件事就是让你来我家练刀功！"

"你就知道嫌弃我，换了梅梅才不会……"钟越说了一半，识趣地闭嘴了。

近来他新添了个毛病，老爱拿小桥跟梅梅比，越比还越觉得梅梅比小桥好。

小桥说："那是因为梅梅比我喜欢你。"

"那你到底喜不喜欢我呢？"

"还行，但远没到要交男女朋友的程度。"

钟越咬咬牙："还是梅梅好。"

"那你去把她追回来嘛！"

钟越怅然："我都不知道她上哪儿去了，还怎么追呀！"

两人唉声叹气了一阵，小桥又问："你真打算过了年就开饭店？"

钟越说："还没定，先把资格证书考下来再说，也许不会那么快，我妈说她认识一个上海的烧菜师傅，烧得一手绝密私房菜，她想介绍我去上海拜码头，看看大师肯不肯收我为徒。"

"听意思，你是要真的大干一场了？"

"那当然了，要么不做，要做就做到最好。"钟越迟疑了一下，忽然话锋一转，"听我妈说，姨妈在W市的工程好像不太顺利，你爸爸可能出了点什么问题，我也是道听途说的啊！"

小桥无动于衷，"关我什么事！"

她夹了一块牛肉在嘴里嚼了会儿，皱眉道："好像不太新鲜。"

钟越都吃掉小半碗了，茫茫然地低头嗅了嗅牛肉："没味道啊！是你太敏感了吧？"

结果，小桥半夜里腹痛醒来，上吐下泻，幸好家里备有诺氟沙星，忙掰了两粒服下，胆战心惊地熬到天亮，病情仍不见好转，只得请假上医院。

坐在出租车里，她给钟越打了电话问情况，"你晚上闹肚子了吗？"声音有气无力。

钟越正睡得懵懂，"我挺好啊！"

小桥不免郁闷："你吃得比我还多呢！人跟人真是不一样的。"

得知小桥正赶去医院，钟越过意不去，坚持马上去医院跟她会合。

小桥比他先一步到，自行挂了号去就诊，此时肚子痛的频率已不高了，但浑身还是没力气，且心跳得厉害。

内科门诊室外人山人海，气味浑浊，小桥待了会儿受不了，就到围廊栏杆边站着，俯首便是一楼大厅，人员进进出出一览无余，钟越只要一进来她就能瞧见，到时可以给他打电话，免得他乱跑。

正望着来往的陌生人发呆，一个身影忽然跃入视野，小桥起先没注意，但那人走路的姿势她太熟悉了，神志顿时一凛，立刻认出那人竟是梅梅。

梅梅正缓步走向医院门口，右手不时在肚子上揉两下，偶尔还东张西望，好像在寻找什么。小桥的心几乎要跃出嗓子眼了，身上不知哪来的力气，见右首刚好是一部电梯，她噔噔噔跑过去，乘着电梯就下了楼，目光始终盯着对自己毫无察觉的梅梅。

梅梅终于找到洗手间的方向，刚要走过去，小桥像个火车头一样朝她冲了过来。

"梅梅！"她激动地一把抓住梅梅的胳膊。

梅梅吃了一惊，等到看清是小桥，脸上立刻交织着惶恐和尴尬。

"梅梅，原来你没走啊！我跟钟越一直在打听你的下落呀！"小桥高兴得不得了。

梅梅的一张脸却憋得通红，什么话都说不出来，被小桥揪住的胳膊突然奋力一甩，小桥既没提防又因为身子骨正弱，一个趔趄差点没栽倒在地上，等她回过神来，梅梅已经逃一般跑出医院大门了。

小桥急忙追出去，嘴里大喊梅梅的名字，梅梅明明听见了，却总是不回头，反而越跑越快，急得小桥不知如何是好，她跑得气喘吁吁，头晕眼花，一个没留神就撞进了不知谁的怀里，她看也不看对方，喘着气道了声歉，就要越过那人继续往前追。

"嗨！你跑什么！"钟越忍不住用力拽住她，"是我呀！"

小桥立刻像遇见救星，指着梅梅远去的方向喊："钟越，你赶紧去追，快把她追回来！"

"追谁啊？"

"梅梅呀！"

钟越一个激灵，扭头张望，那匆忙的身影果然是梅梅，正要追上去，想到什么，又折回来："那你怎么办？"

小桥跺脚："我没事！你赶紧去！别再让她溜掉了。"

"哦，明白！"钟越撒腿就跑开。

小桥这才稍稍定心，钟越去追，至少比自己给力，至于能不能追到，只能看天意了。

钟越眼看就要追上梅梅了，孰料一辆出租突然停在她身旁，她一秒都没多停留就钻了进去，车子加速驶远，钟越腿再长也没法跟汽车较劲，他往后看，指望能拦到辆出租，但"等什么什么不来"这条倒霉定律再次发挥作用，在长龙一般的车流中，居然没有一辆亮着"空车"字样的出租。

难道就这样再次错过梅梅？

他在街边大口喘息，双手叉腰，这时却发现车流忽然缓慢下来，原来前方十字路口红灯，停在最前面的正是梅梅乘坐的那辆出租车。

他没怎么多想赶紧跑上去，在红灯即将变为绿灯的刹那，拉开车门钻了进去。

的哥忙诧异地喊："我这车有客人了！先生你不能随便上来。"

钟越道："没事，一会儿钱我付，双倍！"

"这不是钱不钱的问题，我要被投诉的话可就麻烦了！"

"你放心，没人投诉你。赶紧走吧，没听见后面的车在使劲按喇叭吗！"

钟越转脸看向梅梅，她正低着头，双手不知所措地绞在一起，楚楚可怜，钟越觉得心疼，轻轻握住她的手："梅梅。"

的哥这才放下心来，嘟哝一声："原来你们认识啊！"

梅梅没有抬起头来，但委屈的泪水却像断线的珠子那样扑哧扑哧往下掉，全滴落在钟越的手背上。

他把梅梅搂进怀里，又小心地为她擦去眼泪，可她的眼泪那样多，怎么擦都擦不完。

钟越用力搂着梅梅，彼此都没说话，但他那颗总是很浮躁的心却慢慢安静了下来。

小桥坐在输液室打吊瓶，陪在她身边的人乌泱泱的不计其数，当然她一个都不认识。时间全被化成一滴滴液体，慢慢地从瓶子里流入她体内，单调而无聊。

　　当她的吊瓶里终于只剩五分之一液体时，钟越的电话打了过来。

　　她的精神立刻振作起来："你追到梅梅没有？"

　　"嗯。小桥，我又向梅梅求婚了，"钟越的声音沉稳而轻松，"她同意了，而且，孩子还在，好好的呢！"

　　小桥听了也替他们高兴。

　　梅梅的声音出现在耳边："谢谢你，小桥！"

　　小桥笑道："谢我干什么，是你和钟越有缘！梅梅，这回可别再跑啦！我一遍又一遍地跟你说恭喜，说得我自己都觉得像在做梦一样了。"

　　梅梅笑出了声，笑声羞涩而甜蜜。

　　私下里，钟越仍免不了要跟她玩笑般感慨："没想到一开始答应和你做普通朋友，到头来落得只能永远做普通朋友了！"

　　小桥嗔道："都这时候了，还说这种话，小心梅梅听见了给你白眼儿！"

　　钟越神色正经了一些，"人呐，总喜欢给自己设立一些自以为是的目标，然后一根筋地往前跑，以至于差点错过最值得珍惜的那个人。这叫吃一堑长一智。"

　　小桥笑起来："你终于也开窍了呢！"

　　钟越笑嘻嘻地盯着她："这话也适用于你呀！说实话，你现在有没有一点点后悔？"

　　小桥赏了他一颗毛栗子，钟越大叫着躲开，在那副嬉皮笑脸的神情背后，到底还是让小桥读出了一些复杂的情绪，既有失落也有解脱。

　　毕竟人不能总是把精力浪费在没有成效的事情上，小桥知道钟越以后必定会慢慢成熟起来，早晚也会在事业上有所成就。不过他心里的那些困惑、矛盾和纠结大概不会再跟小桥诉说了，因为他的身边有了梅梅。

　　小桥也说不清楚在感情方面，到底是坚持最初的信念正确还是因势利导及时调整正确，也许这本身就是个没有标准答案的人生题目，每个人只能跟着自己的感觉或者说意愿一步步摸索下去。

　　徐琛的婚礼在十月中旬，赵奕南带着燕妮和丁丁一起去参加，赵奕南还以证婚人的身份上台发了言。他祝福徐琛的同时，也得到了徐琛的祝福，而徐琛望着他的眼神意味深远。

　　燕妮和丁丁坐在台下观摩婚礼，燕妮看得尤其认真，因为不久以后，她也要亲身经历这样一个过程。

赵奕南问她:"有没有一点紧张?"

燕妮笑着点头:"我最怕这种人多的场合了。"

"没关系,到时候有我在。"赵奕南握着她的手安慰她。

台上,徐琛和新郎正在交换戒指,徐琛的笑容饱满而幸福,赵奕南瞧在眼里,不免想,幸福的给予者或许并不是唯一的,就像此刻的徐琛。

那么对小桥来说,大概也是一回事吧?

这辈子,他注定要辜负小桥,但将来总会有一个人,能代替自己让她幸福。

这样想着,徐琛的容颜恍惚间变成了小桥,赵奕南呆呆地看着,看到小桥冲别的男人幸福地微笑,眼里映衬着别的男人的影子,心里的某处竟像被针扎了似的,隐隐作疼。

忽然,他感觉燕妮在推自己,飘远的神思忙又抓回来,看见燕妮正用困惑的眼神望着自己。

"奕南,你怎么了,我跟你说话你也听不见?"

"没事。"赵奕南勉强笑着,"你说什么?"

"刚才婚纱店打来电话,说我的婚纱已经准备好了,让我星期六去试试。"

"星期六?我正好有时间,到时我送你过去。"

"好。"燕妮笑着,眼神里的失落却久久未散。

星期六下午,赵奕南亲自驱车送燕妮去试婚纱,丁丁闹着要一起去,但燕妮不同意:"你好好在家看书,我会拍照回来给你看的。"

坐在车里,赵奕南笑着问:"为什么不让丁丁去,你还怕难为情啊?"

燕妮不响,隔了片刻方说:"这是咱俩的事情。"

赵奕南扫了她一眼,见她脸绷得紧紧的,有点不同寻常。

燕妮从试衣间出来时,赵奕南眼前猛然一亮。

"好看吗?"一丝腼腆的笑意挂在燕妮脸上,她像完全换了个人似的。

"好看。"赵奕南如实道。

燕妮盯着镜子里的自己叹息:"我活了三十七岁,还是第一次穿婚纱,以前这种事连想都不敢想——奕南,你帮我照张相吧。"

赵奕南掏出手机给她拍了几张,燕妮又接过去仔细端详了一番:"有这几张照片也就够了。"

"怎么可能?"赵奕南笑起来,"过两天不是还要去拍婚纱照,都约好了的。"

燕妮没理他,进试衣间把衣服换下来,又招呼店员过来:"这件衣服我不要了。"

赵奕南意外地看向她。

店员不知所措："可这都是按您的要求定制的，我们没法退。"

"我没说要退，钱我照付，但衣服我就不带走了，反正以后也用不上。"

"这……"店员求助地看向赵奕南。

赵奕南有点紧张，以为她又哪里不高兴了，"燕妮，你是怎么了？"

燕妮说："我先跟他们结完账再说，你去外面等我一会儿。"

赵奕南在门口心神不宁地点了根烟，抽了不到半根，燕妮就出来了。她指了指对面："请我去那边喝杯咖啡怎么样？"

两人在咖啡店坐着，彼此都各怀心事。赵奕南安静地等着燕妮开口。

燕妮几次把目光投向他，仿佛在重新评估他，又仿佛他们只是刚刚认识，终于，她缓慢而郑重地说："奕南，我们分手吧。"

尽管有心理准备，听她如此直爽地提出来，赵奕南依然吃惊："你……是我哪里做得不够好么？"

燕妮摇头，"恰恰相反，奕南，你人太好，好得让人忍不住想欺负你。"

赵奕南闻言无话可讲，只能自嘲地笑一笑，手习惯性地掏出烟盒，又想抽烟。

燕妮盯着他手上的烟盒："跟我在一起后，你抽了不少烟吧，我记得你以前是不碰烟酒的，说这些东西对身体不好。"

赵奕南的手顿了顿，把烟盒放回桌上。

燕妮又道："你还在想着小桥，对吗？"

他的目光变得迷蒙幽深，对这样的问题既然没法违心否认，便只能沉默。

燕妮也不再盯着他，口气变得怅怅的。

"那天在商场碰见小桥，你俩都很难受对不对？我都看出来了，后来你提前下楼，也是为了看她一眼——我没猜错吧？"

到了此时，赵奕南几乎可以断定燕妮又多心了，只得劝她："你别多想，我跟小桥不可能……"

燕妮却飞快地打断他："我不是冲动，更不是拿这事做借口冲你发脾气，作这个决定对我来说不容易，就在几天前，我还幻想着要跟你白头到老。"

她抬眸，凝视他："我知道，嫁给你我肯定会很幸福，可想想过去种种，我实在亏欠你太多，而在这个世上我最不愿意亏欠的人就是你……所以，我们还是分开吧，这样至少我能过得比较心安。"

沉默良久，赵奕南才开口："你……决定了？"

燕妮点头："决定了。"

她脸上的凝重让赵奕南相信她的确不是心血来潮。

一种轻松和忧伤并行的复杂情绪在这一刻包围住了赵奕南，他长长地、无声地叹了口气。

燕妮不仅决定离开赵家，还决定离开三江，看到赵奕南眼中的顾虑，她当然知道他在担心什么。

"你放心，那种地方我不会再去了。即使做不成你的妻子，我也还是丁丁的妈妈，以后不会乱来——我在兰溪有个朋友，做糖果生意的，几次让我过去帮他，这不圣诞节快来了吗，我现在过去开一家小店卖卖巧克力，说不定还能赚上一笔。"

这一回，燕妮是彻底决定改头换面了。

至于丁丁的去留问题，赵奕南和燕妮商量过后决定把自主权交给丁丁自己，丁丁纠结了几天，还是舍不得爸爸，决定继续留在爸爸身边，燕妮虽有些伤感，还是接受了，毕竟这些年在丁丁身上费神最多的是赵奕南，不是自己，所谓一份耕耘一份收获，用在孩子身上也是不错的。经过这么多事后，丁丁也懂事多了，知道大人之间的事不能强求，他央求母亲多给自己写写信，经常回来看看自己，燕妮都答应了。

走的那天，赵奕南送燕妮去车站，丁丁要上课，没来送母亲，这也是燕妮特别安排的，免得到时候小家伙哭哭啼啼自己不好受。

燕妮还是一头短发，打扮简洁潇洒，赵奕南要送她进候车室，被她拦住了。

"我们就在这儿说再见吧。"她笑望着他，"你给我的那些钱就当我借的，等卖糖果发了财我再慢慢还你。"

赵奕南也笑："随你。"

燕妮犹豫了一会儿，还是鼓起勇气来说："什么时候你跟小桥结婚，记得给我发张卡片，我不一定来喝喜酒，但肯定会给你包喜钱！"

赵奕南望着她不失真诚的表情，不觉眯起眼睛，"燕妮，你真的变了。"

燕妮豪爽地在他胸前擂了一拳："傻瓜！我一直都是这样啊！是你从来就没认清过我，告诉你，以后别再对人那么好了，不是所有人都有我这样的觉悟的！"

赵奕南失笑。

燕妮神色忽然变了变，收敛笑容望着他："奕南，有件事我还是想跟你澄清一下，虽然我做了很多对不起你的事，但丁丁……"

"你别说了！"

"不，你听我说完，"燕妮深深看着他，"丁丁是你的亲骨肉，这是千真万确的事实。"

赵奕南点点头，"我知道。"

燕妮眼神复杂了一些："你……去做过亲子鉴定？"

"没有。"赵奕南转眸看了看远处，"我以前没告诉过你，我曾经有过一个小叔叔，很小的时候就过世了，死于……心脏病。"

赵奕南把目光重新投向燕妮时发现她一脸惊惧的表情，笑了笑道："你别怕，其实他的心脏病和丁丁一样不是不可治的，只是那会儿医疗水平低，家人又没重视才……"

燕妮想了想，"就凭这个你就认定丁丁是你儿子？"

赵奕南缓缓摇头："我相信你不会在这种事上骗我。"

燕妮眼圈一红，倏地低下头，半晌才抬起脸来，恢复了洒脱的笑意，含着一丝离别的柔情。

"那么，就这样吧，我进去了！"她朝赵奕南挥挥手，"再见，我曾经的……"话没说完，她已转身。

赵奕南久久望着她离去的背影，恍惚回到初中时期，但他的心情不再惆怅，而是像天空一样明朗轻盈。

手不自觉又插进裤兜，一摸，烟盒早就空了，他把烟盒团成一团，扔进了附近的垃圾箱，返身往停车场走去。

终章　幸福的味道

当又一个圣诞节来临前夕，丁丁收到燕妮寄来的大盒巧克力和一叠照片，她的糖果店已顺利开张，从相片上看，店堂里布置得温馨洋气，一身时尚打扮的燕妮站在中央货架前，头发已经齐耳朵那么长了，她朝镜头摆出胜利的手势，笑容自信。

"妈妈的生意肯定很好。"丁丁一边看照片，一边赞叹，忽然见到一张母亲和别人的合影，忍不住拿给赵奕南看，"爸爸，这人是不是妈妈时常提到的那位朋友？"

赵奕南扭头扫了一眼，和燕妮并肩站在一起的男子四十来岁，身材壮硕，笑容憨厚，很朴实的模样，虽然和燕妮站在一起看上去有点不搭调，但从神情不难判断出两人有着不同一般的亲密。

"应该是吧。"

丁丁听罢默然，又将照片审视了好一会儿才放到一边。

赵奕南观察着他的表情，问："你怎么不高兴？"

丁丁努了努嘴巴，一副老成的模样："没有啊！我也想开了，不管她以后找什么人，自己喜欢就行了。"

赵奕南忍不住笑，心里又颇多感慨。

老林曾经评价燕妮人不错，就是脾气过激，事情不顺意起来恨不能鱼死网破，不过一旦想通了，她也会变得洒脱且体贴，比如她寄这张照片给自己，目的就是为了让自己彻底放心。

丁丁又把目光转向他："爸爸，小桥还没有消息吗？"

赵奕南脸上的笑容顿时淡下去，"没有。"

和燕妮分手后没多久，赵奕南就主动联络小桥，孰料她的手机已经停机，想来是换了新的。他又照着小桥那天在商场里报给燕妮的公寓地址找过去，敲了半天门也无人应答。后来又连着去了好几趟，回回都吃闭门羹。

最后一次上门，刚巧隔壁走出来一位年轻的上班族，他告诉赵奕南小桥不久前搬走了，至于去了哪儿邻居自然无从知晓。

赵奕南怅然若失地走出公寓，不期然在小区门口与钟越迎头撞上，也没细想怎么会在这儿遇见钟越，倒像是看到了救星，连忙拦住他打听小桥的下落。

钟越很诧异："怎么，她去了哪儿连你都没告诉？小桥不是一向很信任你吗？"

赵奕南黯然道："我跟她有阵子没联络了。"

"那你今天怎么忽然跑来找她？"钟越斜睨着他，故作恍悟状，"不会是你前妻跑了，你就想着回来找小桥了吧？"

赵奕南顿时陷入难堪，又不好辩解什么，忍了忍，还是从皮夹里掏出一张名片递过去："如果你有小桥的消息，麻烦告诉我一声，谢谢！"

钟越却没伸手接，两臂往胸前一抱："赵先生，你找错人了，即使我知道也不会告诉你的。"

赵奕南见状，只得缩回手："那么，打扰了。"

从知道小桥喜欢赵奕南后，钟越就一直很讨厌这个男人，哪怕时至今日也没法对他表现得友好一些。然而此刻，当他目送赵奕南离去，不知怎么心里的别扭感越来越重，好像做了什么见不得人的事儿似的。

"赵奕南！"他猛然高声叫唤。

赵奕南顿住脚步，刚回过身去，钟越已经走到他跟前，脸上的表情却不再似刚才那样盛气凌人。

"两周前她接受公司的人事调动，去别的城市待两年，我只能告诉你这些。"钟越瞥了他一眼，"小桥不希望我们透露她的行踪……她心里还有你，所以，请你考虑清楚后再去找她，别再伤害她了。"

一丝愧意划过赵奕南的面庞，他点了点头："谢谢你告诉我。"

赵奕南往小桥公司打电话询问她现今的下落，接电话的女孩口气警觉且老练，仿佛这样不明不白的打探电话接多了，不管赵奕南怎么解释，对方一口咬定这是员工个人信息，不能随便向外泄露。他悻悻地挂了电话。

可是小桥的人际关系如此简单，简单得让人无从下手。最后实在万不得已了，赵奕南只能打电话向二叔求助。

赵利澜早就从大嫂口中得知事情的来龙去脉，跟大嫂一样，他也不看好赵奕南和小桥的这段感情，所以一听完赵奕南的请求就给他泼冷水。

"你死心吧，以我对江秋梓的了解，她是不可能把女儿嫁你的，说不定我刚一张口她就喷我一脸唾沫星子了。"

"我又没让你去跟她提，你把她的联络方式给我，我自己跟她说。"

"嘿嘿！你以为你是谁？垂涎人家闺女，唾沫星子照样喷你一脸。小南，你向来要面子，这种事你干不来的，想结婚，还是让二叔我给你介绍吧，犯不着去找小姑娘自讨没趣！"

赵奕南却固执起来："我这小半辈子都是随波逐流过来的，这回无论如何也得主动一次，唾沫星子喷就喷吧，到时候擦擦就好。"

赵利澜大笑："我从前真是小看了你，以为你三棍子也打不出个闷屁来，这回居然也敢去撞南墙了！看来江小桥年纪虽小，道行可够深的啊！什么时候我得见见她才行——得，你既然有这胆量，我也不拦着，等我一分钟，我去给你找江秋梓的号码！"

等赵利澜把江秋梓的手机号报给他，又跟他浑开了一通玩笑，即将挂电话时，他口气忽然又凝重起来："小南，如果你理智还在的话，我看这事儿还是算了。"

"我意已决。"

"唉，那我只能在这里提前向你表示慰问了。"

斟酌了两天，赵奕南选了个晚上的时间给江秋梓拨电话，丁丁比他还兴奋，怎么赶都不肯走，非要坚守在一旁围观。

其实赵奕南没打算在电话里向江秋梓剖白心曲，生怕太直接会把对方吓出个三长两短来，他只是想通过委婉的方式先把小桥的下落打听出来。

按下一串数字后，赵奕南深吸一口气，仿佛成败在此一举。然而，就在他即将摁下拨号键时，手却忽然顿在了半空——

他与江秋梓有过一面之缘，知道那位母亲眼光犀利，心思缜密，且护犊子心理严重，自己这么无缘无故打电话过去搞不好是偷鸡不成蚀把米，不但打听不到小桥的下落，还无端在她心上撒芝麻似的撒下若干疑点，时间一长，不定会发酵成什么东西，这事到头来反而不好办。

见他迟疑，丁丁也紧张起来："怎么了爸爸？"

赵奕南把手机搁下，一脸沉思的神色："我想暂时还是别打了。"

丁丁立刻目露谴责："你想放弃？难怪小爷爷一早就劝你算了。"

"谁说我想放弃了，我是觉得，这种事还是当面说比较好。"他把目光转向丁丁，"不如这样，等春节假期，咱们一块儿去趟小桥的家乡好不好？虽然不知道她现在哪儿，可过年她肯定会回家的。"

丁丁眼睛瞬间亮起来："好耶！"

年底的时光一划而过，新年转眼即至。

一月中旬，徐琛去D市出差归来，在赵奕南办公室向他例行汇报，该谈的都谈完了，她却没立刻就走。

"赵总，我这次在D大看见江小桥了。"

赵奕南正在饮水机边给茶杯叙水，闻言一时失神，开水溢出杯口淋在手上，皮肤霎时红了一片，他哪里顾得上疼，猛一个转身朝向徐琛："小桥在D市？！"

"对啊！"徐琛点头，有点诧异似的望着他，"我以为你知道呢！"

赵奕南一个箭步走回办公桌，"她还好吗？你有没有跟她说上话？她，她住哪儿？"

徐琛头一回见他如此失态，不觉轻轻笑了笑，一一回答他："我过去跟她打招呼来着，小桥看见我很惊讶，说她目前也在人力资源部，专门负责校园招聘工作，那天跟他们公司的几个同事在D大做招聘宣传，我看她精神状态不错，跑来跑去忙得要命，所以也没怎么多聊。"

赵奕南这时已经坐进椅子里，有点艰涩地舔了舔唇，哑声问："她……有提到我么？"

徐琛抱歉地摇了摇头，见赵奕南神色失落，便道："我以为你们一直有联络，所以也就没多嘴。赵总，需不需要我跟她……"

"不！别！"赵奕南忙拦住她，一脸紧张地笑了笑，"谢谢你的好意——你，呢，有她的联络方式吗？"

徐琛莞尔，从文件夹中掏出一张名片递给他："这是那天我问小桥要的，你留着吧，应该能用得上。"

D市工业园区商业街一隅。

赵奕南坐在咖啡馆靠窗的角落里，一边慢啜咖啡，一边时不时瞥一眼街对面的某公司正门——小桥目前就在那家公司。

他是坐下午一点的航班过来的，这会儿才四点，离下班还有一个多小时。

其实他打个电话给小桥大约立刻就能见到她，但出于某种心理，他决定先在这儿等小桥下班，他渴望看到小桥最自然的状态。

一想到过不了多久就能见到小桥，思念之情油然而生，他手里翻着一本杂志，但内容基本都没进脑子。

等待的心情既忐忑又愉悦，赵奕南已经许久没有这样兴奋过了，他自忖有点越活越回去的意思，但唯其如此，他才能感到体内正迸发出久违的热量和活力，仿佛又回到很年轻的时候。

他以为至少要到六点才有可能见到下班职员的身影，谁知五点刚过，便赫然看见两个年轻员工说说笑笑从门内走出，刚好一男一女，步履飞快。

赵奕南定睛一看，那女孩不是小桥是谁！如果他不是平均三十秒扫射一次对面的话，很可能就错过了。

他心内一阵激动，慌忙招来服务员结账，目光则牢牢锁定窗外那两人，看着看着，不安忽然掠过心头，那两人的神色似乎很亲密，亲密得都有点……不像单纯的同事了。

等赵奕南回过神来时，发现自己已经跟着那两人走过了一条横街，此刻正朝着一家生意看上去非常红火的快餐店走去。

意识到自己在跟踪别人，赵奕南立刻放慢脚步，但目光仍不离小桥左右，初来时的兴奋和初见小桥时的喜悦此刻正缓缓退潮，换成了疑虑和彷徨。

小桥并不知道他跟燕妮终究还是分手了，对小桥来说，他是她痛苦的源泉，是无论如何都要避开和忘却的，从她离开三江，跑到这遥远的D市就不难推测出来。

也许，她正在努力忘记自己……不，也许她已经忘了自己，而有了新的朋友、新的生活。自己这样贸然出现，真的合适吗？

熟悉的凄凉的滋味再度涌上心头，如同诱惑，要劝他放弃。

他忽然想抽根烟，手摸向口袋，里面当然没有烟盒，他早已经戒了。

在快餐店的外卖窗口外，小桥接过打包好的三个快餐盒，笑嘻嘻地向老板道了声谢，就跟同事彭飞一起打道回府。

彭飞手上已经有了五个快餐盒，但他不由分说就把小桥手上的袋子抢过来自己拎着："怎么能让女孩子动手！"

小桥嘟起嘴："既然你一人就搞得定，干吗还硬把我叫出来呀？"

彭飞嬉皮笑脸："想让你陪陪我不行吗？这叫男女搭配，干活不累！"

小桥作势要劈他，被彭飞手忙脚乱地躲过，小桥大乐，目光扫过街角交通标志牌下站着的一个身影时，她神色一怔，笑容瞬间在嘴边凝住。

赵奕南缓缓朝他们走来，脸上挂着熟悉的笑意："小桥。"

"……赵哥，你怎么来了？"小桥喃喃地问。

"我……出差，听说你在这儿，顺便过来看看。"他把失落掩饰得滴水不漏，一面说着，目光一面扫向一脸懵懂的彭飞，眼神复杂得难以言说。

小桥见状，眼眸中忽地掠过一丝异样，又很快消失，她对彭飞道："我碰见个熟人，要聊两句，你先回去吧。"

"哦，那行，你也早点回啊！晚了这饭就不好吃啦！"彭飞拎着两袋子快餐一步三回头地走了。

赵奕南依旧笑着："你同事真热心。"

小桥神色自然地介绍："他叫彭飞，跟我一个部门的，现在是我男朋友。"

赵奕南的笑容顿时僵住，一颗心冰凉冰凉的，为什么不祥的预兆总是那么准！

"你，你们，咳……有点突然。"他神色闪烁着，脑子里仿佛真空似的，一时组织不出合适的语句来。

小桥无视他局促的表情，笑着解释："也不算很突然，我初到这儿人生地不熟的，彭飞帮了我很多忙，我觉得他人挺好，脾气也不错，所以就想，为什么不试试呢……更何况，人总是要找个归宿的，赵哥你说是不是？"

她漂亮的眼眸微微眯着，像要把真实的情绪藏在最深处那样看着赵奕南，他只与她对视了一眼就迅速转开目光。

幸好他还能保持住笑容，尽管那笑容自己不看都知道该有多惨，他胡乱点了点头，不愿再往下深谈，转而找了个安全一点的话题："小桥，你在这儿还好吗？"

"还不错，上个月我升职了，虽然只升了一级，不过老板说我是进公司后升职最快的职员。"

"……你妈妈知道了一定很高兴吧。"

小桥微笑，反问："你呢，赵哥？还有丁丁，你们也都挺好的吧？"

"都挺好。"赵奕南努力笑了笑，忽然不知道接下来要说什么。

他凝视小桥的脸庞，眼睛迟迟舍不得挪开，尽管在理智的控制下，他已经竭力在隐藏目光中不该显露出来的眷恋和忧伤。小桥还是如从前那样清秀好看，唯一有所变化的，大概就是眼神不再如初见时那般轻松透明了，那里头沉淀了一些深色系的物质，给她增添了几分成熟的妩媚。

小桥也开始没话找话，有点唠唠叨叨的："我到了这边挺充实的，就是工作量大，时常要加班，今天也是，不到九点估计没法完工，同事们又不爱吃公司的快餐，让我们出来采购好吃的。我们同事之间关系都挺好的，互相帮忙，这一点倒是很难得。"

　　赵奕南木然点着头，"那就好。"他意识到自己不能再这样聊下去了，否则迟早会露馅。

　　他抬起手腕扫了眼时间，"不早了，我该回去了。"

　　"你回酒店还是回三江？"

　　"……三江，我订的晚上八点的航班。"他尽量让自己表情自然一些。

　　小桥盯着他看了足有三四秒，才极慢地点了点头："谢谢你来看我，赵哥。"

　　赵奕南也朝她笑笑，"你一切都好我就放心了。那么……再见，小桥。"

　　"再见，赵哥。"

　　赵奕南最后望了小桥一眼，猝然转身，朝着来时路一步步往回走，脑子里重新化作空茫茫的一片，竟然不知自己将归向何处，只知道小桥离他越来越远，越来越远……

　　就这样结束了？他问自己。

　　初来时的期盼和愉悦此刻凝成一泓冷泉，沉甸甸地在心田中滚动，要将他的五脏六腑都挤至扭曲。

　　他想起在电话里对二叔许下的豪言壮语："我这小半辈子都是随波逐流过来的，这回无论如何也得主动一次……"

　　他千里迢迢赶到这里，就为跟小桥说这几句不痛不痒的话？他这算哪门子的主动！

　　他忽然抬手狠狠撸了一把脸，不行，这也太窝囊了，他不能就这么走了！

　　无论如何，他得老老脸皮努力一把。

　　赵奕南猛然收住脚步，倏地又转回身去。

　　小桥还没走，呆呆地站在原来的地方，神色平静地注视他，与其说平静，不如说冷漠，只有对一个人失望透顶才会流露出那样的眼神。

　　赵奕南在那两道目光的注视下一步步走回去，小桥眼里渐渐起了光芒，但不明显。

　　他终于重回小桥面前，四目相对，赵奕南的心竟不听使唤地怦怦直跳，让他觉得自己像个被人牵制住命脉的木偶，而掌控他命脉的线就握在小桥手里。

　　"小桥……"他开口了，嗓音异样嘶哑，他想为自己找个重新开头的话题，思绪却如此纷乱。

小桥似笑非笑："赵哥，"她的声音低低的，却仿佛带着穿透他内心的魔力，"你真的是因为出差才来这儿的吗？据我所知，晚上八点根本没有回三江的航班。"

赵奕南闭了闭眼睛，心里有什么东西被巨浪冲垮——原来小桥早把他看得透透的。

彻底卸下伪装的同时，他竟感到如释重负的轻松。

"对，"他听到自己的声音在说，"我来这儿不是为了工作，而是因为……你在这里。"

小桥没什么反应，但眼睛始终一瞬不转盯着他。

"昨天下午Linda告诉我你在D市，所以我订了今天的机票过来找你……小桥，我没有结婚，我知道即便如此，我也不见得有资格理直气壮地来找你，可我还是来了，我以为我还有机会，更重要的是，我还有话没对你讲完。可就在刚才，我看见你和你男朋友……你看上去那样快乐，我忽然又退缩了，我不确定自己这样做究竟对不对。我曾经那么自私地对你，或许我现在唯一能做的就是不再打扰你。"

这些话仿佛早就存储在他嘴边，只要嘴巴一张，就自顾自流了出来。

"所以你打算回去了？"

赵奕南愧然摇头："我觉得我不能就这么走了。请你原谅我的自私，就算，"他深深吸了口气，"就算你已经有了男朋友，我还是要让你知道……我一直爱着你，小桥。"

"你来找我，就为告诉我这一句话？"

有路人经过，好奇地频频回首。赵奕南却浑然未觉："我还想知道，你是否愿意再给我一个机会？"

"如果我说……我不愿意呢？"

赵奕南的眉宇间猛地抽动了一下，但这一次他没再退却，咬牙道："除非你结婚，否则我不会放弃。"

小桥的脸色终于不再平静，她望了望天，想把眼泪咽回去。

"许燕妮走了，所以你来找我？"她使劲忍住泪，"那如果哪天又从什么地方蹦出来一个张燕妮，或者王燕妮呢？"

小桥的口气如此咄咄逼人，让赵奕南第一次感觉到她的锋芒，可他并不觉得尴尬，反而有种蚀骨的疼痛，若非被自己伤得太深，小桥不会跟他这样说话。

他努力笑了笑："不会了。来找你之前，我把我前半生都仔细盘点了一遍……我就作过那一次孽。"

小桥想笑，泪水却终于控制不住，顺着面庞滑落下来。

赵奕南靠近她，小心翼翼地为她拭去泪水，小桥没有避开。

"小桥，我一直在找你。"他柔声低诉。

"我知道。"小桥哽咽，"我知道你打过电话去公司找我，还有上回碰见Linda，她也把你的近况都告诉我了……之所以没去找你，是我怕……怕你到头来又因为别的原因离开我。"

新的泪水从眼眶里涌出。

赵奕南羞愧难当，又痛又悔，他将小桥紧紧搂进怀里，微含哽咽："对不起，小桥，都是我的错，我太自私，总是让你等，让你伤心。"

小桥本以为自己不会再为往事流泪，但此刻置身于赵奕南的怀中，心底的委屈却成倍地翻涌出来，化作越来越多的泪水涌出，仿佛怎么流也流不完。那眼泪浸透了赵奕南外套的前襟，同时也濡湿了他的心。

赵奕南并未劝阻小桥，而是任由她将委屈和难过尽情发泄出来，这一刻，他心中再无半分犹疑，以后的日子，无论前路怎样崎岖，他也决不会撒开小桥的手，任她独自伤心。无论是快乐的时候抑或难过的时候，他都要确保自己在她身边，与她分担，与她共享。

这里毕竟是热闹的商业街，行人不绝，两人这么一哭一抱的，围观的人自然很快就多起来。等小桥睁开哭得如蜜桃般红肿的眼睛，发现自己正被路人当成怪物围观，顿时羞红了脸，扯扯赵奕南的衣袖："我们赶紧走吧！"

她拉着赵奕南往一条僻静的小路上走，赵奕南此刻心潮起伏，如同行走在梦里，但他的手被小桥紧紧拉着，那份柔软真实的触感分明在提醒他这并非是梦。

他的心情从未像此刻这样愉快明朗过，真希望这条路没有尽头，而他可以就这样牵着小桥的手，一辈子走下去。

到了一片开阔地，有绿荫，有长凳，夕阳的余晖中，人迹稀疏。

小桥松开他的手，赵奕南微觉失落，但见她神色未明，便也不敢随便造次。

"我们在这坐一会儿吧。"

两人面对夕阳并肩坐着，落日像放大了数倍似的摆在他们面前，散发出温和靓丽的橘光，唯有这种时刻，人们才敢与太阳对视。

"这儿很美吧？"小桥歔欷，"每次心情不好，我就会独自来这里坐坐，人这样渺小，在时空中刷的一下闪过就没了，想想真没必要为自己的得失烦恼。"

赵奕南轻轻握住她的手，"小桥，虽然我已经不算年轻，但只要你愿意，我余下的生命就都是你的……让我好好补偿你，可以吗？"

小桥心里暖融融的，却故意歪头调皮地对他眨了下眼睛，"原来你也会说这样肉麻的话。"

赵奕南有些脸红："这些话，我只对你一个人说。"

小桥的脸也红了。

"你还没回答我。"

小桥不说话，却飞快地转过脸去，在赵奕南面颊上轻啄了一口，他心头哗地热起来，熟悉的感觉骤然涌入心田，扳过小桥的脑袋就要亲下去，却在即将碰触到她双唇时顿住。

他缓缓松开小桥，双手交握搁在膝上，表情莫名地凝重起来。

小桥不解："怎么了？"

赵奕南斟酌半晌方道："我今晚不走了，明天你方便约他出来吗？我想跟他谈谈。"

小桥有点茫然："谁？"

"咳……你男朋友。"

小桥这才恍然，忍不住笑起来："可我没有男朋友啊！"

赵奕南一愣，随即心头一松，虽然内心喜不自胜，脸上却故作不悦："原来你刚才骗我。"

小桥笑道："我只是想试试你，看你会不会又因为这个原因躲得远远的。"

赵奕南仔细一回想，后背竟生出一层细密的冷汗，如果他刚才就那样窝囊地走了，岂不是再次错失小桥？

小桥道："你知道吗，我离开你的这些日子，慢慢明白了一个道理。"

赵奕南默然望着她。

"幸福不是你爱我，我爱你就可以了，幸福还需要耐心地守候，要勇敢地争取和一点点好运气才能长久。"

她的表情骤然间变得成熟，让赵奕南一时难以适应，尽管他明白这并非坏事，但不知为何，心里还是有种怅怅的失落。

孰料下一秒，小桥的脸蛋就像开花一样笑得灿烂起来，和他初见她时一模一样。

"还好还好，这一回你终于勇敢了！"

赵奕南轻拥住她，歉然问："小桥，跟我在一起，你是不是很辛苦？"

小桥想了想，点点头，旋即又摇摇头："我们好像一直在赛跑，可因为时机不对，不管怎么努力都没用，就像白天和黑夜总也见不了面。不过，虽然伤心的时候很伤心，可我从来没后悔过认识你。"

赵奕南的眼眶忽然湿润了。

小桥仰起头，轻唤一声，"赵哥……"

而赵奕南早已低头，深情地吻向她，小桥也不再有任何顾虑，展开双臂，热烈地回抱住赵奕南。在这深深的一吻中，两人都忘了时光的存在，忘了自己身处何方。

小桥觉得，她和赵奕南之间的感情虽然颇多波折，但毕竟他们是幸运的，在一个恰当的时间点上，他们没再错过彼此。

春节假期，小桥带赵奕南和丁丁一起回了趟家乡齐眉镇。

出于种种考虑，她没提前告诉家人自己与赵奕南现如今的关系，抵家后，妈妈和外婆对赵奕南父子表现出极大的热情。妈妈江秋梓话里话外更是要小桥以小辈的身份向赵奕南一再表示谢意，赵奕南本就觉得有压力，如此一来更难启齿了。

乘人不备，小桥偷偷拉了他上自己房间商量。

"这事到底是你说还是我说？"

赵奕南困难地清清嗓子，"不是讲好了我来说么？"

小桥嘟起嘴："可你迟迟不开口，妈妈和外婆的误会都越来越深了。"

赵奕南也懊恼，"是啊！还是应该一上来就讲清楚。"

小桥见他满脸为难，索性道："要不我现在下去告诉她们！"

"哎，别！"赵奕南一把将她拽住，"还是我去吧，这种事怎么能让女孩子出头呢！"

小桥搂着他的脖子，踮起脚在他唇上啄了一口，"赵哥，你要勇敢啊！"

赵奕南笑道："我是怕吓坏她们。"

江秋梓冷不丁推门进来，吓得两人连忙撒开手，小桥不满："妈妈，你进来怎么门都不敲？"

"我以为里面没人啊！"江秋梓狐疑地扫视他们，"你带小赵上来说什么悄悄话呢？"

小桥拼命拿眼神暗示赵奕南现在说出来正是时候。

赵奕南脑门上几乎要起汗，硬着头皮道："那个，我们……"

江秋梓却误会自己刚才的话让他尴尬了，忙道："我没别的意思，小桥这丫头有时候没规没矩的——你们赶紧下楼吃饭吧，小桥，一会儿稳重点儿，你林叔叔和喜悦来了。"

江秋梓一溜烟不见了，小桥无奈地望望赵奕南，后者微一耸肩，握住她的手，"下楼再说吧。"

丁丁和喜悦正在厨房里闹别扭，喜悦比丁丁年纪小，但长得比丁丁高，所以不肯叫丁丁哥哥，她爸爸林峰正在劝她，丁丁则满脸不屑："算啦算啦，强扭的瓜不甜。谁稀罕当你哥哥呀！"

喜悦说："本来就是！我只知道这家有个姐姐，还从没听说又从哪里蹦出来个哥哥呢！"

林峰叹气："你这孩子，真是让我给惯坏了。"

外婆做和事佬，安排他们坐一起，喜悦不肯："我要和小桥姐姐坐。"

丁丁不乐意了："小桥得跟我坐，我跟她是老朋友了，你跟小桥才认识几天？"

结果小桥左边坐喜悦，右边坐丁丁，赵奕南被排到了她对面，和林峰坐一起，两人年纪差不多，几句话一聊就熟络起来。

吃饭前，江秋梓又郑重其事地给初次见面的赵奕南和林峰彼此做介绍，轮到介绍赵奕南时，自然又免不了添油加醋一番感谢，听得赵奕南如坐针毡。

江秋梓正要宣布开饭，丁丁忽然跳出来："我爸爸才不是为了让你感谢他才来你们家的！"

众人一愣。

丁丁扫了父亲一眼，大声说："我爸爸喜欢小桥！"

江秋梓和外婆面面相觑，有些诧异，但都以为这是小孩子特有的说话方式，便笑道："那是肯定，要不然你爸爸也不会这么照顾小桥了……"

丁丁见她们不解，急得满头汗："我的意思是，我爸爸爱上小桥啦！他这次带我来是为了要把小桥娶回我们家！"

"当啷"一声，江秋梓手上的调羹落在盘子里。几双眼睛更是如电筒一样同时射向赵奕南，他不得不脸上堆笑道："让大家受惊了。"

"这……不是真的吧？"江秋梓惊魂未定，"丁丁可真会开玩笑！是吧……啊？哈哈！"

赵奕南先对丁丁道："儿子，我该谢谢你。"又转眸望向江秋梓，"是真的，阿姨，我和小桥彼此相爱，我们打算在一起。"

小桥这时也道："妈妈，我喜欢赵哥，赵哥也喜欢我，这次回来，我们就是想把这事儿告诉你跟外婆来着。"

江秋梓觉得脑子不够使了："你们……"

气氛一下子尴尬而局促。

林峰第一个反应过来，向赵奕南伸出手："恭喜你们！"

赵奕南感激道："谢谢！"

江秋梓瞪了林峰一眼，站起身："你们先吃吧，我、我得上趟楼。"

小桥追上去："妈妈！"

江秋梓狠狠推开她，独自走上了楼梯，小桥很委屈，扁着嘴走回来。

外婆望望小桥，又望望赵奕南，再看一眼女儿失魂落魄上楼的背影，笑着招呼："小林，小赵，你们先吃着，我去劝她几句。"

大家默默地等待，除了两孩子谁也没胃口。

林峰对赵奕南道："你别担心，我跟秋梓也差好几岁呢，她不是那么不通人情的人。"

赵奕南只能笑着点头。

约莫隔了十来分钟，外婆押着妈妈下来了，江秋梓这时候脸上总算有了人色，在原位上坐下来后，目光闪烁了好几下才停留在赵奕南脸上："你们的事太突然了，所以我……小桥这丫头，也不提前告诉我一声！"

小桥一听妈妈的口气就知道危机过去了，顿时喜上眉梢，飞快地朝赵奕南眨了眨眼睛。

外婆笑道："我年纪最大，就倚老卖老说几句，你们这几个孩子也都是经过不少事了的，尤其我家秋梓，我早就盼着她再找个好人家，盼了这么多年总算盼来了，这是多少年修来的缘分，都不易，那些个俗规矩我看在咱们家就都免了吧。"

江秋梓皱眉："妈，说小桥的事呢，你又扯起我来了。"

外婆说："小桥的事比你简单！我看小赵人蛮好，小桥交给他我放心。"

赵奕南心头又是一暖，连忙道："谢谢外婆！"

喜悦得意地对丁丁挤眼睛："听见没有，你爸爸叫外婆外婆，我也叫她外婆！按照辈分，你该管我叫阿姨！"

"想得美！"丁丁把头用力转过来。

众人一笑，气氛又轻松起来，林峰也开起了玩笑："那老赵不是也要差我一级辈分了，我这便宜占得大了去了！"

外婆道："嗨！管什么辈分不辈分的，只要大家都过得和和美美的，比什么都强！"

江秋梓神色庄重地对赵奕南道："小赵，我对你印象一直不错，只是没想到你后来会跟小桥……不过既然你们俩都愿意，我也没法反对，毕竟，一年前我就答应小桥，以后她的事她自己做主。"

赵奕南感动，也郑重承诺："您放心，我会照顾好小桥。"

丁丁又活跃起来："还有我呢，以前我可是经常和小桥分担家务的，比爸爸对她还好呢，是不是，小桥？"

小桥快笑出眼泪来了，摸摸丁丁的脑瓜："是！丁丁对我最好了！"

在妈妈和外婆的盛情挽留下，小桥和赵奕南父子又在家多住了几天。这期间，小桥每天都会带他们出去闲逛。

齐眉镇周边有不少名胜古迹可以游览，那些个历史典故小桥从小就烂熟于心，给赵奕南和丁丁讲起来自是绘声绘色。

"齐眉镇在古时候叫作让城，是座规模很大的古城，为什么叫让城呢，因为很久以前，有个叫太伯的人，为了让第三个弟弟当王，就逃到了这里……"

丁丁对这些故事非常着迷，经常追问小桥："是真的吗？这种事以前真的发生过？"

小桥便在镇上唯一的书店里给他买了本地方风物读物《让城遗事》，丁丁读得废寝忘食。

最后一天，小桥带他们去逛了古镇街，这里的商业气氛就很浓厚了，不过对从小生活在城市里的丁丁来说，很多事物依然是新奇的，比如粽子糖居然是拿剪刀剪出来的，酒坊里摆着一排排大瓮让人感觉像穿越进了《水浒传》。还有刺绣工坊的女工们，在阳光下慢慢绣出精美的景物，无一不让丁丁流连忘返。

赵奕南给了丁丁一百块钱，让他想买什么就买什么。自己则跟小桥手拉着手在巷子里闲庭信步。

没多久，丁丁呼哧呼哧追过来，手上拎着好几个相同的大袋子。

"你都买了什么呀？"

"麦芽糖啊！"丁丁笑嘻嘻地，"小桥阿姨，我终于找到传说中的麦芽糖店了！"

赵奕南无语："……买这么多，你吃得了吗？"

"又不是买给我一个人吃的，小桥也爱吃啊！"

中午吃饭时，小桥在厨房听到一个消息：父亲张其正被双规了，据说除了经济问题，还有生活作风问题。

消息是外婆从报纸上看到了说出来的，江秋梓没再不耐烦地打断她，默默听完才冷哼一声，"狗改不了吃屎。"

小桥由此联想到冯念凝，大概她的工程也会受到牵连吧，不过，她耸耸肩，那些事确实都离自己很远了，她不必再为此伤神。

吃过饭后，丁丁累得走不动，就躲在家里看闲书吃零食了。赵奕南便和小桥单独出来逛，小桥的手上时刻拎着一个装麦芽糖的袋子，一路游玩一路吃，她几次邀请赵奕南同吃，都被拒绝："我不吃小孩子的零食。"

该看的景点都看得差不多了，小桥搜肠刮肚，忽然又想起来镇西有座挺有来头的小楼，便强拉着赵奕南去了。

小楼一共三层，独门独栋，四周被植物环绕，属民国时期建筑，门口挂着一块文物保护的牌子。小桥上去仔细读了读，对赵奕南解释："这牌子应该是最近才挂上去的，以前这里可是有人住的，两三年前，有个挺有名的画家就在这儿住过几个月，名字叫什么来着，一时想不起来了。"

赵奕南忍不住笑："这也算有名？"

"我记性不好嘛！"

小桥拉着赵奕南围小楼转了一圈，可惜门锁着，进不去。

镇西人迹稀少，午后更是人影子都不见，两人偎依在一棵庭院树下猜测小楼曾经的神秘主人，只觉得时光易逝，人事无常。

小桥问："赵哥，我们会永远都这么好吗？"

"当然。"

"永远不吵架，不翻脸，不彼此看不顺眼？"

赵奕南笑了："我会让着你的。"

"你真好。"

小桥忍不住主动凑上去亲他，两人在午后慵懒的阳光里缠绵，赵奕南只觉得小桥嘴里有股奇特的甜香。

他松开小桥时，轻刮了一下她的鼻子："你吃太多糖了，我都尝不出你原来的味道了。"

小桥调皮地做了个鬼脸："你真傻，幸福的味道就是这样的呀，甜甜的，香香的，就像是……麦芽糖！"

番外
家长会以后

　　小桥在楼梯口朝左右各望一眼，仍然困惑，一个老师模样的中年女子恰好经过，她连忙拦住人家问："对不起，请问八年级三班在哪儿？"
　　"我也不清楚，我是家长。"那女子手指胡乱往左边一指，"也许在那边，你去看看吧！"
　　小桥道了谢，往左拐，脚步总算利索了。
　　八年级三班的教室里坐满了家长，一张张陌生而老成的面孔让小桥陡生怯意，自己走进去的话，受关注程度一定很高吧……
　　"这位同学，你哪个班的？不要跑来跑去！这儿开家长会呢！"
　　面目严肃的班主任皱着眉头打量小桥，小桥脸都涨红了。
　　"我，我不是学生，我也是家长来着。"
　　班主任飞速眨眼，像没听明白："你是……家长？哪位同学的？"
　　"赵丁丁。"小桥努力让自己显得成熟稳重一些，"他爸爸出差了，所以让我来参加。"
　　"哦——"老师恍然大悟，"你是他姐姐吧？"
　　"我……"小桥脸更红了。
　　"钱老师，她不是我姐姐，是我爸爸的老婆。"赵丁丁不知从哪里钻了出来，脸上不带一丝表情，"也就是俗称的后妈。"
　　班主任瞠目结舌，就差拿手去捂嘴巴了，两只眼睛像探照灯一样在小桥脸上、身上扫来扫去。小桥依然红着脸："老师，我能进去了吧？"
　　"可以可以！"
　　班主任正准备跟进去，见丁丁还站在一旁不走，忽然恢复了理智："赵丁丁，你跑这儿来干吗？"

丁丁耸肩："我来看看我后妈有没有找对地方啊！她胆子小，脸皮薄，脑子还不太好使。"

"难怪你爸爸能……"后面的话被生生吞回肚子里，班主任连连咳嗽几声，"行了，没你什么事儿，赶紧去自习！"

小桥对着镜子左顾右盼，牙齿间咬着几根发夹，正费力将一头长发盘起。

丁丁门也不敲就闯进来："小桥，跟不跟我去骑车——哇，你在搞什么？"

床上衣服摊得到处都是。

"等我几分钟，马上就弄好头发了！"

丁丁走到床前，看看这件衣服又摸摸那件，摇头："真心土啊——你就准备穿这些玩意儿迎接我爸回家？"

小桥却兴高采烈："丁丁，你说我穿哪件会显得比较成熟？"

"土气不等于成熟啊。"一回头，又被小桥脸上的妆吓一跳，"你的脸怎么回事？阴天落雨的表情啊！"

小桥不自信起来："不好看吗？我是照书上说的那么弄的。"

"一点都不适合你。"丁丁催促，"你就别折腾了，赶紧收拾收拾跟我户外运动去！"

小桥愁眉苦脸："可我不想再被人误会是小孩子了。"

"你本来就是娃娃脸嘛！天生的，没办法。"

"肯定有办法可以让自己变老一点的。"

丁丁啼笑皆非："光听人想青春永驻，还没听说谁巴不得自己提前步入老年呢——喂，你不是说真的吧？"

小桥使劲点头。

"那这样好了，你陪我骑车，我给你想办法，怎么样？"

"一言为定！"

两人一路骑到湿地公园的人工湖旁，找了个台阶坐着补充水分。

深秋上午的阳光，明朗暖和，洒在皮肤上很舒服。

"爸爸去美国该满一个月了吧？"

"今天正好31天，你想爸爸了？"

丁丁点头："他从没出差这么久过，不知道这次回来会不会高升？"

"能高升当然好了。"

"那也未必。"丁丁挑眉，"升了职会更忙，老爸不一定受得了。六月份徐琛阿姨生宝宝，你不是参加公司组织的黄山旅游了嘛，我就跟老爸两个人去探望她，听徐阿姨说，去年总部就想把爸爸调去F市造新工厂，但爸爸拒绝了。"

"为什么呀？我都没听你爸爸提过。"

丁丁一脸坏笑："这都不懂，当然是为了你啦！他不想和你分开呗！"

小桥红着脸瞪他。

丁丁忽然愣住，像发现新大陆一样叫起来："哎，小桥！我想到变老的好办法了！"

"是什么？"

丁丁诡谲地笑："生个宝宝啊！"

"啊？！"

"徐阿姨说，她感觉自己生完宝宝后老了很多呢！"

梅梅笑容满面地招呼小桥："赶紧进来！"

刚踏足进门，一个三岁不到的小家伙就端着把玩具枪从房间里冲出来，对小桥一通扫射："哒哒哒哒哒哒！"嘴里的饭米粒喷得到处都是。

梅梅绷脸训斥儿子："亮亮，别闹，快叫阿姨！"

小桥站在射程以外的安全范围内跟亮亮打招呼："小亮亮，你还认不认得我？"

亮亮轻蔑地扫她一眼，收起机关枪，又跑房间里去了。

"别管他了，坐吧小桥，你好久没来了呢！"

"你和钟越太忙了，我不好意思来打扰——钟越人呢？"

"他去泰和见客户了。"

"酒楼生意不错吧？"

"还行。"梅梅用指尖揉着太阳穴，"就是太累，我现在严重缺觉。白天在酒楼忙，晚上回来还要被这小家伙闹。"

小桥笑道："梅梅，你越来越能干了。"

"我还是羡慕你呀！生活清闲，想怎么过就怎么过。不像我，两头都要操心。跟你说啊小桥，自从生了亮亮之后，感觉自己真是一下子就老了很多，以前熬夜看电影，第二天一点问题没有，现在哪可能！"

小桥掩饰心中的喜悦，小心翼翼地问："生孩子……真能让人变老啊？"

"可不是！"梅梅起身拉小桥，"你跟我来！"

两人到了盥洗室里，梅梅指着梳妆架上的瓶瓶罐罐向小桥抱怨："这些都是钟越出国给我带回来的，全都是顶级化妆品，可我涂了一点起色都没有！钟越还说想再要个孩子，可把我纠结坏了！小桥，你看你这皮肤多好，嫩得能掐出水来，也没我这样的斑斑点点，生孩子真是要谨慎啊！"

书房门被敲响。

赵奕南喊一声："进来！"

小桥推门而入，赵奕南一见是她，脸色顿时柔和下来，带着笑意说："我以为又是丁丁呢！"

小桥望一眼办公桌上的架势："你很忙啊？"

"是啊！一回来就有好多事要整理，千头万绪的，明天一早开会还得交代下去——过来。"

小桥走过去，很自然地在他腿上坐下，赵奕南搂住她的腰，埋头在颈项中使劲嗅了嗅，陶醉低语："真香。"

"美国好不好玩？"

"没意思，天天想着能早点回来。"赵奕南将她身子扳过来，正对自己，"想我吗？"

"嗯。"小桥用力点头。

赵奕南满意地笑了，把小桥拉近，深深吻住。

他傍晚六点才到家，那时张阿姨还没走，丁丁也已经放学回家，根本没有私人空间可以和小桥亲热一下。

亲够了，赵奕南又轻轻吻了吻小桥的面颊，柔声嘱咐："乖，回房间等我，九点前一定收工。"

小桥扭捏着不肯走："我其实…… 有话想跟你说。"

"哦？"

"呃……你不觉得咱家少了点儿什么吗？"

"你想买什么，尽管去买。"

"我不是说缺东西。"

赵奕南迷茫："那你是指……"

他用那样认真又困惑的眼神盯着小桥，小桥忽然就脸红了，有点难以启齿："算了，还是等你回房间再说吧。"

赵奕南拉住她不让走，笑问："到底是什么，你把我好奇心勾出来了。"

小桥只得说:"前天我去开家长会了。"

"嗯哼,老师是不是告丁丁的状了?"

"不是,老师以为我是别的班的学生。"

赵奕南轻笑:"你是不太像家长。"

小桥烦恼地扭着身子:"所以我想……"

"想什么?"

"你真的一点都猜不出来?"

赵奕南仔细打量她,小桥的眼睛水汪汪的,两边面庞像卧了两朵桃花,白里透红,娇艳无双,看得他心旌摇曳,禁不住又把脑袋凑了上去……

一阵急促的敲门声打断了他们,小桥站起身的同时,丁丁的脑瓜从拉开的门缝里钻了进来。

赵奕南严肃地看着儿子:"你在干什么?"

丁丁鬼头鬼脑扫了眼小桥:"哎呀爸爸,小桥说话吞吞吐吐的,急死我了!还是我替她说了吧——她是要你给我生个小弟弟或者小妹妹啦!"

赵奕南的目光从儿子转向小桥,小桥脸红得已经像熟透的番茄了。

小桥洗完澡出来,赵奕南靠在床头不知在想什么,她爬上床,小猫似的依偎在他身旁。

赵奕南伸出手臂圈住她:"你真的想要个宝宝?"

"……嗯。"

赵奕南笑了笑:"怎么忽然就有了这个念头?"

他们刚庆祝完结婚一周年。

小桥说:"只有当了妈妈,才算真的长大了。"

赵奕南搂紧她:"其实,这个问题结婚时我就考虑过,可是看你还这么年轻,自己都像个长不大的孩子,所以想等过两年再说。有了宝宝会很辛苦的。"

"只要能快点长大,我什么苦都不怕。"小桥信誓旦旦。

赵奕南低头看看她那一脸初生牛犊不怕虎的表情,忍不住想笑。

"好吧,既然你已经决定了,我怎么也得好好努力了!"

关灯前,他又似笑非笑地对小桥来了句:"开弓没有回头箭哦!"

小桥陡然间有种重担压身的紧张感,她刚想喊"让我再考虑考虑",赵奕南已经热情地付诸行动了。

小桥心想,反正早晚有这么一天,那就……这么着吧!

又是秋高气爽的时节。

小桥抱着宝宝坐在阳台里晒太阳。宝宝才四个月大，白白嫩嫩，像只圆滚滚的团子。

张阿姨在楼下煮饭，丁丁做好功课上楼来看小妹妹。

"我洗过手了，我来抱一会儿吧。"丁丁从小桥手里接过孩子，这个新出生的小婴儿让他爱不释手，稀奇不已。

小桥不停地打哈欠："春困秋乏啊！秋天真是让人一点力气都没有。"

丁丁笑话她："春困秋乏夏打盹，睡不醒的冬三夜。"

"对对，老话说得真是一点没错。"

宝宝在丁丁怀里睡得惬意安详，一缕口水沿嘴角淌出，丁丁抽了张纸巾小心翼翼地擦拭掉。

小桥瞥一眼女儿："哎呀，这会儿她总算消停了，可为什么一到晚上就哭个不停呢！简直都不让人睡觉。"

丁丁说："也许你召唤她来的时候她还没准备好吧，心里肯定有怨气啊！"

"可怎么你爸爸一抱起她，她就乖得像只猫呢，实在太不公平了！"

丁丁不以为然："嗨！这有什么想不通的——哪个孩子看见爸爸不得乖乖的啊，万一将来考试不好，爸爸念及她小时候给面子，也不好意思揍她了。"

"……"

深夜两点，赵奕南被宝宝的号哭吵醒，他在床上等了会儿，宝宝的哭声未见收势，反而更响了，他再也躺不住，从床上爬了起来。

自从宝宝到来之后，赵奕南的睡眠质量直线下降，有时候就连上班都精神萎靡不振，为了能保证他有充足的睡眠，小桥最近坚持与他分房睡，她表示自己晚上一个人可以照顾好宝宝。但这个家庭政策实施了一星期，收效甚微，每次都是赵奕南第一个听到宝宝的哭声。

赵奕南推门走进婴儿房，打开一盏壁灯，眼前的情形让他又好气又好笑：宝宝在婴儿床上蹬腿哭闹，小桥却在大床上睡得七荤八素，身子都快歪成与字形了。

他先将宝宝抱起，给她换了纸尿布，嘴里低声哄着，小婴儿感觉舒服了，哭声渐渐缓下来，眼睛滴溜溜盯着他转。

赵奕南冲好奶粉，抱起宝宝，喂给她喝。宝宝大口大口吞咽，显然是饿极了。

"乖，慢点喝啊，小心呛到了。"他微笑着说，望着女儿的眼睛里充满慈爱。

人人都说宝宝长得像他，尤其是脸部轮廓和嘴巴，简直就像从他脸上复制粘贴过来的一样，不过宝宝的眼睛和小桥一模一样，圆且明亮，透出澄澈单纯的光芒，这是赵奕南最喜爱女儿的地方。

床上的小桥翻了个身，嘴巴里嘟嘟哝哝说了句什么，之后又静寂无声。赵奕南本想叫醒她，又有点不忍心，想想还是算了。

喂完奶粉，宝宝的精神顿时抖擞起来，对灯光和墙上的壁画都充满好奇，赵奕南便抱着她在房间里走来走去。

女儿对出现在眼前的每一件物品都做了番仔细而严肃的研究，时不时咿咿呀呀发表一通见解。有时，她会忽然回过头来看着赵奕南，好像在等他回应似的，赵奕南便假装听懂她的话了，点着头表示赞同。

终于，宝宝再度陷入疲倦，在他怀里昏昏欲睡，他耐心地轻拍着她，等她沉入梦乡。

忽然，宝宝睁开眼睛，看着父亲甜甜一笑，那笑容清澈得如同山涧流淌的溪水，又像冬日里一道暖人的阳光，照亮赵奕南的心。他的目光迟迟不舍得从宝宝脸上移开。

这笑容，和小桥多么像呃！

女儿睡着后，赵奕南轻轻将她放回床上，扭头看小桥，她睡得正香，大概这时候就是电闪雷鸣也很难把她弄醒。

小桥说，她想要个宝宝是为了能让自己尽快成为一个真正的大人，不过赵奕南觉得这个理想她恐怕是很难实现了。

他在小桥脸颊上轻轻印了一吻，留下那对酣睡中的母女，蹑手蹑脚走出房间，并轻轻带上了房门。